A.J. 크로닌 장편소설

사랑의 회리바람

길 옮김

지성문화사

책 머리에

이 책은 간호원 자매의 아름다운 이야기이다. 언니인 '안'과 동생 '루시', 이 두 사람의 애정을 주축으로 하여 스토리가 전개된다.

안은 간호원을 천직으로 생각하여 일생을 이 직업에 바치려고 결심하지만, 동생이 범한 과실의 책임을 지고 근무하는 병원에서 나와 지그재그한 인생 코스를 걷게 된다. 동생 루시는 전형적인 현대여성의 발랄한 성격으로, 처음부터 간호원이라는 직업을 싫어하고 안이한 생활에 쏠려 언니보다 먼저 결혼해 버리지만, 언니의 집요한 설득과 어떤 불행한 사건의 결과에 자극되어 다시 간호원이 되어 갸륵한 일을 하게 된다. 이것은 훌륭한 변신이 아닐 수 없다.

그동안 언니 안은 뇌외과의 권위자이며, 개성이 강한 의사 프레스코트를 알게 된다. 이 의사의 진지한 삶과, 뇌외과병원 설립을 추구하는 열렬한 의지에 감동되어 은밀히 프레스코트를 사랑하게 된다. 그러나 안은 프레스코트에지지 않을 만큼 자존심이 강해 최후의 순간 까지 자기의 사랑을 자각(自覺)하려 하지 않는다. 프레스코트가 안을 사랑하는 것에 있어서도 마찬가지이지만 이고 자기의 사랑을 좀처럼 인정하려 하지 않고, 두 사람은 서로 사랑하면서도 영원한 평행선을 걸어가며 서로 접촉하는 기회가 없지나 않을까 하는 위험시되는 삶을 추구한다.

이 작품이 제시하고 있는 중요한 주제는 언니와 동생과의 애정에 얽힌 이야기이며, 의학자인 남성의 사랑과 자존심, 그리고 생애를 간호원으로서 오로지 봉사할 결심을 한 여성의 사랑과 자존심에 고뇌하는 심리와 행동의 이야기이다. 이 심리적 갈등이 어떻게 전개되고 해결되는가 하는 과정에 이 작품이 흥미가 있다.

작자인 크로닌은 이미 자전적 장편 〈인생의 도상에서〉에서 눈물겨운 생을 보낸 간호원을 묘사했고, 또 중편 〈K 병실 풍경〉에서는 간호원들의 일상적 생태를 솔직하게 그려내고 있으며, 장편 〈사랑과 죽음의 카르테〉에서는 간호원의 헌신과 러브 로맨스를 교묘히 섞어서 독자에게 선물하고 있다.

이 작품의 원제는 〈The Sisters〉이다. A.J.크로닌 장편소설의 열아홉 번째에 해당하는 작품으로서, 다만 우리 독자들에게 이 작품을 널리 이해시키고픈 욕심에서 소설 제목을 쉽게 풀이하여 붙였음을 밝힌다. 감명 깊게 읽어 좋은 벗이 되어졌으면 하는 간절한 마음으로.

옮긴이

목 차

제 1 부

1

여섯시가 되어가려 하는데도 얼어 붙은 것 같은 겨울의 새벽은 아직 캄캄한 밤이었다. 시아람 시료병원(施療病院)의 조그마한 전염병실(傳染病室)은 깊은 고요함 속에 갇혀 있었지만, 이러한 병실 특유의 고요함은 들릴 듯 말 듯한 목쉰 소리로 깨뜨려질 뿐이었다. 그것은 병실의 가장 깊숙한 안에 쳐진 커튼 밑의 조그마한 침대에 누워 있는 어린 아이의 숨쉬는 소리였다.

그 머리맡에 앉은 젊은 간호원 안 리이는 오랜 밤샘의 피로와 싸우면서 세심한 주의를 한 순간도 소홀히 하지 않으며 계속 시선을 한눈 팔지 않고 바라보고 있었다.

두 살 난 어린 환자의 침대 머리쪽에 붙여 놓은 한 장의 종이에 후두(喉頭) 디프테리아라는 애처로운 글자를 희미한 가운데 분간할 수 있었다. 위험한 병이고 무서운 증상이기도 했다.

전날 밤 이 아이는 구급차로 급히 실려져 왔지만 곧 이루어진 기관절개수술로 겨우 목숨을 건질 수 있었다.

안 리이 자신이 핫살 박사가 집도하는 수술을 거들기도 했다. 그리고 지금 이 어린 아이는 그 가느다란 목에 두른 포대에서 나와 있는 은으로 된 가는 파이프와 농독증(膿毒症)을 막기 위해 주사한 1만 단위의 항(抗)디프테리아 혈청 덕분으로 겨우 고비를 넘기고 있었다. 자칫했으면 죽음으로 빠져들 뻔한 구렁에서 서서히 떠오르고 있는 것이다.

시간이 다가온 것을 본능적으로 느끼고 안 리이는 살며시 일어났다. 그리고 어린 아이 위로 몸을 굽혀 조그만 은상자에서 유리관을 꺼내 재빨리 닦아내고 곧 그것을 제자리에 갖다 놓았다.

어린 환자의 호흡은 훨씬 편안해지고 또 규칙적으로 되어갔다. 그녀는 그러고 나서 알콜램프의 심지를 돋구었다. 그 위에는 목이 긴 주전자가 작은 참대의 스탠드 밑으로 흰 김을 뿜어대고 있었다.

얼마 후 그녀는 자기의 시계를 슬쩍 본 후 머리맡의 테이블 위의 피하(皮下) 주사기에 주사약을 채워, 확실하고 정확한 동작으로 어린 아이의 사타구니에 처방된 스트리키니네를 주사했다. 바늘을 꽂자 어린 아이의 사타구니가 부르르 떨렸다.

간호원은 긴장으로 몸을 좀 굳어진 채 다시 딱딱한 나무 의자에 앉았다. 거의 견딜 수 없을 정도로 피로했지만 어린 환자가 이 무서운 병의 최악의 위기를 살아 견뎠다는 감정이 그녀를 거세고 큰 기쁨으로 꽉 차게 했다.

이런 데에 스스로의 사는 이유가, 큰 희망이, 아니 인생의 목적 그 자체가 있는 것이 아닐까. 덮개를 씌운 전기 스탠드의 불빛이 희미하게 비쳐지는데 턱을 괴고 앉은 안 리이의 그런 모습은 노련한 간호원으로서는 어울리지 않을 만큼 젊어 보였다. 사실 그녀는 겨우 스물다섯 살이지만, 시아람의 병원에서 3년의 학습과 실습을 끝내 최근에 자격증을 받았던 것이다.

키가 늘씬하게 크고, 가늘고 아름다운 손, 순진하고 감수성이 강한 얼굴, 부드러운 곡선의 입모습, 검고 큰 눈의 빛남, 엄숙함이 있는 미소가 어느 정도 부드럽게 해주었다. 단정한 청백의 제복이 놀라울 만큼 그녀에게 잘 어울렸다. 움직이지 않는 느긋함의 그것이 깊은 주의와 함께 완전한 몸가짐이 되어 주었다.

여섯시, 마침 간호원의 교대시간이었다. 자기 뒤를 인계해서 아이 곁에 있어 줄 간호원이 동생인 루시라고 생각하니 애정이 넘치는 미소가 그녀의 입가에 떠올랐다. 안은 루시를 아주 사랑하고 있었고, 나이도 일년 반밖에는 위가 아니었기 때문에, 루시에 대해서는 어머니 같은 애정을 가지고 있었다.

아마 그것은 두 사람이 아주 어렸을 때부터 고아로 지나며 어려운 일을 많이 겪어 왔기 때문일 것이다. 그녀들의 아버지는 노산 바란드의 어느 탄광의 감독을 하고 있었지만 갱내 사고로 무참한 죽음을 당하고, 어머니는 그 충격을 견디지 못하고 그로부터 며칠밖에는 더 살지 못했다.

이 가혹한 사건 때문에 자매는 일찍부터 자신의 힘으로 생활하지 않으면 안될 입장에 놓이게 되었다. 안은 일찍부터 간호원이 될 것을 꿈꾸고 있었기 때문에 수 개월 후 루시를 설득해서 시아람 시료병원에 같이 있게 하는데 성공했다.

겨울날인 이 아침에 루시가 모습을 나타냈을 때, 이미 여섯시에서 십분이 지나고 있었다. 병원 근무에서는 한 순간의 지각도 용납되는 것이 아니지만, 그러나 동생에 대해 안은 조금도 나무라는 내색을 보이지 않고 아낌없는 미소를 띄우며 맞아들였다. 그녀는 작은 목소리로 동생에게 기록장에 실려 있는 지시사항을 상세히 주의시켰다.

이 전염병실에는 이 밖에 중태환자는 한 사람도 없었다. 가벼운 디프테리아가 거의 나아가는 어른이 두 사람 있을 뿐이었다. 그렇기 때문에 모든 주의와 모든 시중을 이 어린 아이에게 집중하지 않으면 안되었다.

"잘 알고 있겠지, 루시."

안은 턱으로 작은 침대를 가리키며 말했다.

"그밖에 아무도 주의할 사람은 없어, 이 병실에는. 어린 아이만 열심히 보살피면 돼. 이 의자에 앉아서 미스 홀이 여덟시에 순시 올 때까지 여길 움직이지 말아줘."

루시는 끄덕이며 언니의 자리에 앉았지만 안의 충고 따위는 아주 쓸데없는 일이란 듯이 무뚝뚝하게 내던진 듯한 모습을 하고 있었다.

안은 이 환자에 대해서 스스로가 지니고 있는 큰 관심을 동생에게도 갖게 하기 위해 또 얼마 동안 머뭇거렸다.

"의막(義膜)이야, 알지…… 혈청은 의막을 누그러뜨리는 거야. 그렇지만 때에 따라서는 기관을 막아 버리니까 네가 보살펴야 할 것은 그거야."

"알았어요, 잘."

루시는 그런 설명 따위는 필요 없다는 듯이 언니에게 해붙였다.

"나도 언니처럼 흰 수염을 단 핫살 박사의 강의에는 언제든지 나갔어요."

안은 아무 대꾸도 하지 않았다. 루시는 곧잘 날카로운 대꾸로 안의 비위를 상하게 했다. 그런 아침에는 기분이 좋을 때가 별로 없었다.

안은 쭉 허탈상태인 어린 아이를 또 한번 들여다본 후 루시에게 떠난다는 말을 하고 방을 나가 지나치는 길의 현관에 걸려 있는 자기 케이프를 들고 스윙도어를 밀었다.

시료병원의 가운데 마당은 아직 밤의 장막 속에 갇혀 엷게 스린 하늘에는 몇 개의 별이 희미한 빛을 내고 있었다. 얼어 붙은 듯한 바람이 불고 지나갔지만 그녀는 그쪽에 빨려들 듯이 얼굴을 돌렸다.

가차없는 시간인 철야근무가 끝나면 언제나 그녀는 계단 쪽으로 가서 미풍에 날리는 소금기를 품은 새벽 공기를 마시는 것이었다. 등뒤에는 시료병원의 낮고 검은 형체가 있고, 발밑에는 아직 잠들어 있는 시아람의 작은 고을이 있다. 크레인이 솟아 있는 탄갱과 바다로부터 저장 식량을 가져 오는 어선의 한 무리가 보였다.

여기는 영국 북부의 비참하고 황량한 소도시의 하나지만 그래도 안은 자기들 가족의 요람지에 싶은 애착을 품고 있었다. 자신이 태어난 곳은 이곳이고, 볼튼 로의 작은 집에서 양친과 함께 즐거운 어린 시절을 보낸 곳도 이곳이다. 루시와 함께 항구가 내려다보이는 회색의 석조(石造) 고등학교에서 공부를 한 곳도 이곳이고, 간호원이란 직업을 갖게 된 곳도 이곳이다.

그리고 병원에서의 3년간은 이제까지의 생애에서도 가장 즐거운 세월로 헤아릴 수 있었다. 빈약하고 설비가 나쁜 이 건물은 대수로운 것이 아니었지만 그러나 간호원 양성학교는 평판이 좋고 간호원장인 미스 레나드는 명랑하고 너그러운 마음씨의 소유자였다. 그렇다. 안의 견습기간은 쏜살같이 지나가 버린 것이다.

그러나 안은 다시 먼 곳을 바라보고 있었다. 시아람은 그녀에게 애착심을 갖게 한 고장이기는 하지만 이름도 없는 소부락에 지나지 않았다. 게다가 안은 루시를 위해서도 또 자기 자신을 위해서도, 또 다른 커다란 야심을 가지고 있었다.

이제 한 달만 지나면 루시는 실습기간을 끝내고 자격증을 얻을 수 있게 된다. 그렇게 되면 둘이 같이 커다란 고을의 병원으로 일하러 가게 될 것이다. 잘은 모르겠지만 둘이서 시계 정복을 나서게 되는 것이다! 이렇게 생각하자 안은 즐거운 마음을 금할 수 없었다.

그녀는 이미 간호원 숙소 쪽으로 향하고 있었지만 그때 어떤 고함소리를 듣고 그 자리에 멈칫하고 섰다. 한 그림자가 그녀 쪽으로 달려오고 있었다.

2

안이 나가 버리자 루시는 곧 편안한 자세가 되려 했지만 의자가 딱딱하고 아직 잠이 제대로 깨어 있지도 않았다. 그녀는 쓸데없이 몸을 우직이며 그 조그맣고 부드러운 얼굴을 더욱 무뚝뚝하게 만들었다.

아침에 일찍 일어나는 것이 싫었고, 아직 컴컴한 병실에서 새벽부터 근무하는 것은 더욱 질색이었다. 그런 언짢은 시간에 따뜻한 잠자리에서 나오다니, 정말 간호원이라는 생활 중 가장 나쁜 점이었다. 더구나 홍차 한잔 마실 겨를도 없이 일을 시작한다는 것은 더 더욱 그렇다.

루시는 아침에 처음 마시는 한잔의 홍자에 사로잡혀 있었다. 그것은 그녀를 똑똑하게 잠에서 깨게 해고 그리고 기분을 좋게 하는 것이었다. 그런 것을 생각하면 할수록 그녀의 기분은 더 언짢아져 갔다.

그녀는 작고 단단한 몸집에 털털한 모습으로 활기있고 분방한 눈초리를 지녔으며, 금발의 곱슬머리를 약간 내밀 듯 곳을 들여 코케티슈하게 모자를 쓰고 있었다. 기분이 좋으면 언제나 쾌활한 모습을 보이고 기운이 뻗친 듯이 행동했지만 오늘 아침은 재수가 없다는 듯이 부르튼 얼굴이 귀여운 얼굴을 어둡게 하고 있었다.

그녀는 화를 마음속에 끓이며 의자에 앉은 채 몸을 흔들고 있었지만 그 이상 더 견디고 있을 수가 없었다.── 안 언니는 정말 잔

소리장이 올드 미스가 되어 버렸어. 거기에다가 뻐기기조차 한단 말이야. 무슨 권리가 있어서 나에게 명령을 하는 거야! 이 애는 완전히 회복되었는데!

루시는 마지못해 한 손을 뻗쳐 어린 아이의 가냘픈 주먹을 잡아 보았다. 맥박은 아주 좋았다…… 물론 약간 빠르기는 했지만 그렇게 약한 편은 아니었다. 그러나 결국 그녀는 1분간도 그렇게 하고 있을 수는 없었다. 그렇지, 아무래도 나는 홍자를 한잔 마셔야만해!

그녀는 일어나자 라바솔의 덧신으로 미끄러지듯 소리도 없이 병실 곁의 조그만 방으로 들어갔다. 거기에는 모든 것이 말끔하게 치워져 무엇이든지 손이 닿는데 놓여 있고- 안은 꼼꼼한 성격에는 적어도 이러한 이점이 있었다── 작은 가스곤로에는 주전자를 올려 놓고 쇠그물 위에 빵이 한 조각 앉혀 있는 것을 한눈으로 볼 수 있었다. 루시는 우선 물을 한 모금 마셨다.

그러나 병실 안쪽의 침대에 누워 있는 어린 아이의 병세는 나빠져 가고 있었다. 루시가 그곳을 떠나고 나서부터 바로 호흡이 조금씩 빨라져 갔다. 그래도 규칙적으로 쭉 위를 보고 누워 있었지만 그 사이에도 검은 소용돌이는 그 창백하고 작은 얼굴 위로 떠돌아 다녔다. 어린 아이의 길고 검은 눈썹이 눈 아래로 쑥 들어가 보이는 퍼런 멍을 한층 돋보이게 했다. 이불에서 삐져 나온 조그만 주먹은 눈에 보이지 않은 적과 싸우고나 있는 듯이 경련하고 있었다.

그런데 갑자기 그 증상에 변화가 생겼다. 호흡이 규칙적인 리듬을 잃어 가고 있었다. 목이 쉰 듯 쌕쌕 하는 소리를 내기 시작하고 물이 통을 흘러 내려가는 듯한 이상한 소리로 바뀌어 갔다. 그와 함께 의막(義膜)의 녹색 비슷한 한 조각의 목구멍에서 튀어나와 유리관의 입구를 막히게 하고 말았다.

그것은 거기에 붙은 채 아기가 힘들고 어려운 호흡을 한 때마다 번갈아 빨아들여졌다 불어졌다 하고 있었다. 그 어둑어둑한 병실의 내팽개쳐진 작은 침대 안에서는 한 연극이 벌어지고 있는 것이다. 그곳에서 벌어지는 싸움에는 무엇인가 비참한 것이 있었다. 어린 환자는 가냘픈 힘을 다해 호흡을 괴롭히는 그 의막을 털어 버리려 하고 있었다. 조그만 두 주먹을 꽉 쥐어 보기도 하고 작은 얼굴을 잿빛으로 변해 가면서 두 다리를 힘없이 흔들고 있었다.

그 사이에도 호흡은 점점 짧아지고 더욱 경련을 일으켜 갔다. 얼굴빛은 남색으로 변하고 작은 가슴은 필사적으로 조금이라도 공기를 빨아들이려고 오므라들었다.

그러나 그러한 싸움도, 그러한 노력도 오래 계속되지는 않았다. 마지막으로 경련을 일으키고 딸꾹질을 한번 하는 듯싶자 그대로 조용해져 버렸다. 쥐가 내린 조그만 주먹은 살로 된 꽃처럼 벌어지고 손가락은 마치 햇빛을 받은 꽃술처럼 하나하나 천천히 펼쳐졌다. 얼마 후 어린애는 꼼짝도 않은 채 두 팔은 애원이라도 하듯 쭉 뻗고 말았다.

루시가 병실로 돌아온 것은 마침 그때였다. 뜨거운 홍차를 듬뿍 마셔 느긋한 기분이 되고 버터를 바른 두 조각의 토스트를 먹은 덕분에 제대로 기분을 돌이킨 그녀는 작은 침대 쪽으로 다가갔다.

그러자 그곳에는 아기가 꼼짝도 하지 않고 있지 않은가―― 섬뜩해서 그녀는 몸이 얼어 붙었다―― 그리고 갑자기 모든 것을 깨달았다. 휘둥그래진 그녀의 두 눈은 두려움으로 더욱 크게 떠졌다.

너무나 지나친 두려움에 입술까지 고함소리가 나올 듯싶은 것을 지그시 참았다. 그러나 어떻게 해야 좋을지 도무지 분간을 할 수 없게 되었다. 그리고 유리관을 닦아 낸다든지, 호흡을 회복시키기 위해 손을 쓰는 대신 그저 두 손을 절망적으로 흔들어대며 안간힘을 써 언니의 이름을 부르며 병실을 뛰어 나가고 있었다.

3

그로부터 삼분쯤 지나 다시 작은 침대 위에 몸을 굽힌 안은 한 눈에 그 자리의 비극을 알아차리자 곧 응급기구를 손에 잡았다. 우선 어린 아이의 목구멍에서 이제는 아무 쓸모도 없어진 구멍이 막힌 관을 끄집어 냈다.

이어서 핀센트의 도움을 받아 기관(氣管)의 입구를 넓혀 막고 있던 의막(義膜)의 끄트머리를 떼어 내고 이번에는 온 힘을 다해 인공호흡을 시작했다. 창백하고 경련을 일으킨 듯한 얼굴을 하고 거기에 열중하고 있었다.

"주사를 두 대만 준비해 줘. 스트리키니네 한 대 하고 캄플유 1cc 관을 한 대. 그리고 에텔을 줘."

루시에게 낮으면서도 긴장된 소리로 말했다.

루시는 손을 떨면서 약품장의 열쇠를 힘껏 열면서 언니의 말에 따랐다. 그리고 두 대의 주사기에 약을 채우자 안에게 내밀었다. 이어서 또 열에 들뜬 것처럼 인공호흡을 하기 시작했다. 얼굴이 땀으로 얼룩지고 거친 의지가 빛을 잃은 입술에서 알아차릴 수 있었다.

그녀는 어떤 희미한 희망에도 소원을 걸어 완강하게 불가능에 도전했지만 마음 한구석에서는 그 희망이 헛된 것임을 알고 있었다. 그리고 낮으면서도 긴장된 소리로 명령했다.

"간호원장님을 불러 줘."

이 두려운 말을 듣자 루시는 몸을 떨었다. 그러나 할 수 없이 언니의 말에 따랐다.

순식간에 병실 안이 많은 사람들로 꽉 찼다. 간호원장 미스 레나드는 평상복인 채로 달려왔고, 감독인 미스 홀, 그리고 미스 그레그와 미스 젠킨즈의 두 간호원이 풀먹인 칼러도 소매도 걸치지 않은 것을 눈치채지 못했지만 핫살 노박사 자신도 그것은 마찬가지였다.

모두가 불가능한 일에 도전하고 있었다. 작은 침대의 다리 밑에 꼿꼿한 자세로 서 있던 안은 그 필사적인 싸움을 한마디의 말도 없이 지켜 보고 있었다. 그녀의 곁에는 루시가 경련을 일으키듯 두 손을 맞잡고 있었다.

끝없을 것으로 여겨지던 시간이 지나가 간호원장은 일어섰다. 가냘픈 몸매와 빗을 틈도 없었던 눈처럼 흰 머리를 한 그녀는 금테안경 속에서 꼬치꼬치 캐는 듯한 눈을 빛냈다.

"왜 이렇게 됐지요?"

그녀는 안에게 엄하게 나무라는 투로 물었다. 거의 끝없는 침묵이 이어졌지만 얼마 후 드디어 안이 대답을 했다.

"관이 막혔어요. 우리들은 모든 수단을 다 썼어요, 할 수 있는데까지는."

"왜 관을 막히게 했죠?"

더욱 무겁고 지겨운 침묵이 병실을 억눌었다. 끝없는 괴로움의 빛을 보이며 핫살 박사는 어린 사자의 얼굴을 홑이불로 덮었다. 그 사이에 간호원의 한 사람인 미스 그레그는 작은 방으로 모습을 감추었다.

눈에 띄는 모습을 한 변덕스러운 여자로, 덮어놓고 남의 일에 간섭하는 것에 열을 올리고 언제나 안에게 어떤 종류의 적의를 지니고 있는 것을 나타내고 있었다. 그레그가 서둘러 병실로 돌아오자 빈틈 없는 모습으로 입을 열었다.

"간호원장님, 제가 묘한 것을 지금 발견했어요. 누군지 조금 전에 그 조그만 방에서 홍차를 끓여 마신 사람이 있어요."

모두의 시선이 일제히 안에게로 향했다.

간호원장은 지그시 감정을 억누르며 억양이 없는 목소리로 겨우 말했다.

"당신이 정말 홍차를 끓여 마셨나요. 어떠한 사정이 있어도 병자의 머리맡을 떠나서는 안되는데?"

안은 간호원장의 얼음장 같은 눈초리를 어떻게 해서라도 견디려고 했다. 사실을 그대로 털어놓아 버리면 루시를 책망하는 것이 된다.

"그것은 저……."

그녀는 필사적으로 동생 루시를 감싸려고 말을 얼버무렸다.

또 한번 준엄한 고발을 하는 듯한 질문이 날라왔다.

"몇 시에 관이 막혔어요?"

이 질문은 앞의 것보다도 더욱 위험한 것이었다. 거기에 대답하는 것은 루시의- 귀여운 동생인 가엾은 루시의 장래를 영원히 위험한 자리에 드러내게 되는 것이다. 아 큰일이다라고 안은 마음속으로 생각했다.

루시는 아직 면허장을 가지고 있지 않은 것이다. 이러한 중대한 실책을 저질러서는 그 귀중한 증서를 받는 것이 절대로 불가능해진다. 그것은 모든 희망의 끝장을 뜻하고 루시의 장래는 아직 시작되기 전에 깨지고 마는 것이다.

안은 가슴속에는 자매애와 보호 본능이 머리를 쳐들어 지금이야말로 결단의 시기라고 명령하는 것이 있었다. 루시를 위해 희생적으로 서슴없이 거짓말을 하고 모든 실수를 스스로 짊어지는 것이다. 그렇게 결심하자 그녀는 나지막하면서도 평온한 목소리로 말했다.

"제가 여섯시 오분 전에 왠지 아주 피곤하게 느껴졌어요. 어린 아이는 회복되어 가는 듯이 여겨졌고, 그래서 잠깐 자리를 떠도 별일이 없을 것으로 생각해서 홍차를 한잔 마시러 갔습니다. 그러자 교대를 하러 온 루시가 저를 불렀어요. 그래서 저는 곧 무슨 일이 일어난 줄 깨달았어요. 우리들은 곧 응급조치를 했습니다."

그리고 병실의 벽에 걸려 있는 시계에 눈길을 돌렸다가 안은 간호원장의 무자비한 시선에 마음을 곧게 하고 맞섰다.

"저희들은 모든 것을 다 했습니다…… 주사도 놓았고, 인공호흡도 했습니다. 인공호흡은 사십오분 가까이 계속했습니다…… 그러나 이미 허사였습니다."

미스 그레그의 엷은 입술은 자못 비난조의 표정을 담고 굳게 다물어졌지만 핫살 박사는 경멸하는 듯한 분개의 고함을 질렀다. 얼마 동안 무겁고 지겨운 침묵이 흘렀다. 안은 역시 작은 침대의 마리 밑에 자세를 곧바로 한 채 서 있었고, 루시는 한마디도 말을 못하고 벽에 등을 기대고 있었다.

얼마 후 간호원장인 미스 레나드가 얼음장 같은 목소리로 안에게 말했다.

"자기 방으로 가도록 해요. 당신 일은 나중에 우리들이 의논할 테니까."

4

　홀로 자기 방에 있는 안에서 시간이 지나가는 것은 괴로울 정도로 초조했다. 그곳은 간호원 숙소의 가장 깊숙한 곳에 있는 작고 좁은 방이지만 아주 검소하면서 위엄이 있기조차 했고 아늑하게 모든 것이 제대로 정돈되어 있었다.

　3년 동안 이 방은 안에게 있어서는 가정의 구실을 해준 곳이었다. 하루의 근무를 마치고 피곤한 몸을 쉬러 돌아오는 곳도 이곳이었다. 여기에서 그녀는 매일의 근무에 나서기 위해 새벽에 잠을 깨는 것이었다. 여기에는 그녀의 조그마한 보배, 양친의 사진과 루시의 사진, 그리고 또 한 장 학교를 졸업할 때 찍은 동급생들의 사진과 어머니의 것이었던 은제 화장도구 등이 모두 모여 있었다.

　그러나 갑자기 이 방도 생소한 것으로 여겨지기 시작했다. 이제는 자신도 이곳에서 떨어져 나가게 되는 것일까. 생각지도 않던 파멸이 갑자기 스스로를 엄습하여 이 아늑한 방이 자기를 위해 지니고 있던 매력을 끊어내고 말았던 것이다.

　이런 일이 있어도 되는 것일까. 그녀는 충격에 멍해져서 머리가 제대로 안 돌아가게 되고 말았다. 어떠한 작은 소리도 분간해서 듣는데 익숙했던 그녀의 귀는 매일 정해진 친숙한 소리라면 곧바로 분명하게 식별할 수 있었다. 그러나 이 괴로움에 가득 찬, 언제 끝날지도 모르는 오전 중에 누구 하나 그녀의 고독을 깨러 오는 사람은 없었다.

그런데 오후 세시쯤 누군가 도어를 노크하는 사람이 있어 안은 가슴이 두근거렸다. 희망과 불안이 뒤섞인 기분으로 그녀는 뒤돌아보았다. 미스 레나드일까? 아니, 아니다. 들어온 것은 눈썹을 치뜨고 두 손에 큰 쟁반을 든 미스 젠킨즈에 지나지 않았다. 그녀는 슬쩍 안에게 눈길을 돌리자 마음속에서 선의가 새어나오는 초조하고 불안한 투로 말했다.

"내가 하고 있는 일은 금지되어 있는 일인데 그것은 너도 알 거야. 만약에 누가 이 자리를 본다 해도 잔소리를 들을 거야 없지만 말야. 그저 네가 몹시 배고파 하고 있을 것을 생각하니 내가 못 참겠어."

"고마워요, 젠킨즈. 정말 고마워요…… 그러나 지금은 아무 것도 목에 넘어가지 않아요."

"어리석은 짓은 하지 마. 무슨 일이 있더라도 먹지 않으면 안 돼. 그리고 이제부터 너를 기다리고 있는 것에 대비하기 위해 너의 모든 힘이 필요한 거야. 이것만은 내가 말해 두겠어. 자, 빨리 먹어요."

미스 젠킨즈가 일부러 해 보이는 엄한 눈길 앞에서 안은 이 간호원이 차려다 준 샌드위치를 조금씩 씹고는 코코아를 마셔 넘겼다. 미스 젠킨즈는 침대 가에 앉아서 안이 먹는 것을 입술을 굳게 다문 채 쳐다보았다.

무뚝뚝하고 메마른, 나이를 분간할 수 없는 젠킨즈는 일생을 간호원이라는 직업에 바쳐 슬픈 여생을 보내고 있는 여성의 산 표본이었다. 예순의 고개를 넘긴 이 부인은 자신이 말하듯이 한푼의 저축도 하지 못한 채 40년 이상을 병자의 시중을 들어 왔다. 그래도 그녀는 그 무뚝뚝한 겉모습 속에 다소곳한 온정을 숨기고 있었다. 안에 대해서는 참다운 애정을 품고 있었지만 그것을 보이고 만나면 차라리 죽는 편이 낫다고 생각하고 있는 것 같았다.

"이렇게 말하면 무엇하지만 너도 난처한 입장에 놓이게 됐어."

그녀는 날카로운 투로 말했다.

"그런 짓을 왜 했어! 이러한 일은 병원 안에서만의 이야기에 불과하지만 미스 그레그는 그 능청떠는 투로 여기저기서 떠들어대는 모양이야. 하기야 누구도 놀라지는 않지만."

"미스 그레그는 전부터 나를 아주 미워하고 있었어요."

안이 씁쓰레한 어조로 말했다.

"나만은 네편이야. 그래서 모두에게 잠자코 있도록 말해 두었어. 그리고 누구든지 언젠가는 과실을 저지르게 된다고 말이야."

안은 아무 대답도 안했다. 이 선량하고 훌륭한 사람 이외에도 누군가 자신을 변호해 주는 사람이 있다면 얼마나 좋을까.

"루시는 어디 있어요?"

안이 간신히 물었다.

"근무중이야. 그리고 그 애는 대단한 말은 안할 거야."

또 침묵이 흘렀다.

"당신 생각으로는 내가 어떻게 될 것 같아요?"

얼마 후 안이 억눌린 투로 물었다.

"그 일이라면 곧 알게 될 거야. 위원화가 임시회의를 다섯시에 소집한다니까."

미스 젠킨즈는 알고 있다는 듯이 고개를 흔들며 말했다.

다시 안은 아무 대답도 안했다. 미스 젠킨즈는 문득 선의의 감정이 치솟아 안의 위에 몸을 굽혀 그 어깨를 가볍게 두드렸다. 그러자 갑자기 그 빛바랜 생기 없는 얼굴에 인간미 넘치는 애정에 가까운 표정이 번득였다.

"자, 안, 그렇게 걱정할 것 없어. 그 사람들이 할 수 있는 것은 기껏해야 너를 쫓아낼 수 있는 정도야. 그렇게 된다 하더라도 너에게는 더 좋은 일이 생길 수도 있는 거야. 이렇게 됐으니 나도 내가 생각하고 있는 것을 말하겠어. 거기에다 충고까지도 말이야. 세상에 간호원처럼 잇속 없는 직업이 없어. 난 이젠 지칠대로 지쳤어…… 날이면 날마다 나는 힘껏 일해 왔어. 그런데 그 결과가 이 꼴이니 이밖에 무슨 이득이 있겠어? 노예처럼 일생 동안 뼈빠지게 일하고 한푼의 저축도 못했잖아. 이 이상 몸을 못쓰게 되면 헌 양말짝처럼 은급(恩級)도 없이 폐품이 되고 마는 거야. 나는 양로원이 고빌 거야. 그러면서도 우리들과 같은 처지에 있는 사람들이 수천 명이나 되니, 난 일을 할 의욕을 잃었어. 이건 정말 수치야, 스캔들이야! 내가 말하는 것이 당연하다는 것은 너 같으면 잘 알 수 있을 거야. 벌써 삼년 전부터 이 직업에 너는 종사하고 있으니까. 정말 노예 상태, 이게 바로 그렇지. 실지 견습중에 닦은 마룻바닥이나 녹을 벗겨낸 놋쇠 그릇이나 가셔낸 요강 등 하나하나 생각해 봐요. 우리들이 지켜온 규칙이나 금지사항을 생각해 보라고. 밤에 늦게 돌아오면 안된다, 이 을씨년스러운 작은 방에 친구를 맞아들여서도 안된다, 향수를 뿌리거나 담배를 피우거나 머리에 웨이브를 해서도 안된다, 모든 것들이 우리들에게는 금지되어 있어. 규율 위에 규율, 언제나 규율투성이. 미치지 않는 것이 천만 다행이야. 거기에다 환자는 또 어떻고!"

미스 젠킨즈는 쓰라림과 원한에 맺힌 말을 이어갔다.

"그야 환자들은 감사하고 있고 참을성이 있고 싹싹하다고도 할 수 있지! 알콜을 발라 문질러 준 할머니들을 생각하면 낯짝에 양푼이라도 내던져 주고 싶어…… 아니 정말이야. 이런 건 생활도 아니야. 물론 너는 주의를 게을리해서 중대한 과실을 범한 것엔 틀림없어. 그렇지만 다시 한번 내가 말하지만 이것은 더 좋은 일이 생길 찬스인지도 몰라. 이 지옥에서 벗어나야 해. 그래, 그리고 무슨 일이 있더라고 두 번 다시 돌아오지 않는거야. 너는 예쁜 아가씨야, 그러니 언제나 네 둘레를 기웃거리는 그 날씬한 청년과 결혼을 해요…… 조오 샨드라고 했던가? 가정을, 그리고 어린애를 갖는 거야. 너는 그 사람들에게 아낌없이 마음을 쏟고 얼마든지 보살필 수 있잖아. 거짓말은 안하겠어. 여자가 정말 그리워하는 것은 그것뿐이야. 얼마나 내가 후회하는지, 네가 알아 주었으면……."

노간호원은 거기에서 입을 다물었다. 생각지 않게 감정이 격해져서 지껄이고 말았지만 아주 지쳐 버린 것과 또 이렇게 마음의 밑바닥까지 보이고 만 것이 어느 정도 창피하기도 한 모양이다.

안은 얌전한 모습으로 잠자코 상대를 쳐다보고 있었다. 그리고 스스로의 타는 듯한 신념을 입에 올릴 필요에서 지금 자신이 놓여 있는 두려운 입장을 순간 잊어버리고 말았다.

안은 자기 자신에게 이야기하는 듯한 어조로 대답했다.

"당신의 이야기가 사실이라는 것은 나도 알고 있어요. 적어도 그 대부분은 사실이에요. 그러나 나는 자신의 직업이 아주 좋아요. 여기에는 정열을 불태울 수도 있고 스스로를 바칠 만한 가치가 있다고 생각해요. 그야…… 우리들 간호원은 급료도 아주 적고 대우도 아주 나쁘지요. 그러나 그러한 일은 모두 바뀌어질 수 있어요. 우리들이 단결하고 모두가 함께 싸운다면 더 좋은 규약도 얻을 수 있어요. 거기까지 다가서는 것이 나의 커다란 이상의 하나에요. 그러나 가령 우리들이 비참한 환경에서 일을 계속하게 된다 하더라도 나는 간호원이라는 것을 낮게 평가하려 고는 생각지도 않아요. 괴로워하고 있는 인류에 헌신하는 것은 훌륭한 일이니까요."

안은 갑자기 입을 다물었지만 아주 괴롭고 어지러워 머리 끝까지 빨개졌다. 거짓의 입장에 서서 스스로 중대한 과오를 저질렀다고 해놓고, 자신의 직업의 아름다움과 고귀함을 찬양하다니 지금의 자신이 해야 할 일인가.

사실 미스 젠킨즈는 깜짝 놀란 듯한 시선을 안에게 던지고 일어서면서 실망한 모습으로 코를 벌름거렸다.

"너의 이론은 아주 훌륭해. 그렇지만, 네가 그것을 실천하고 있다고는 생각되지 않아. 내 충고에 따라요. 그리고 기회가 주어졌으니까 이 계제에 자유스러운 몸이 되는 거야."

그리고 갑자기 쟁반을 손에 들자,

"이젠 다 먹었어?…… 더 무얼 먹고 싶지 않지? 그럼 됐어, 나는 가겠어. 네시에는 또 근무니까. 의무의 노예에는 유예(猶豫)가 없어. 위원회가 너한테 너무 가혹하지 않기를 빌어."

고개를 조금 끄덕여 보이며 젠킨즈는 방을 나가고 말았다.

혼자 남겨진 안의 가슴에는 자신의 허위의 입장을 뼈아프게 느껴졌다. 늙은 마사는 자기를 당치도 않은 위선자라고 생각할 것이 틀림없다. 그러나 안의 결심은 흔들리지 않았다. 그녀는 다른 사람이 저지른 과실을 스스로 짊어졌지만 그것이 어떠한 결과가 되든 마지막까지 루시를 지켜 줄 생각이었다.

다섯시 반이 되자 간호원장인 미스 레나드로부터 기다리고 있던 호출이 왔다. 그것을 안에게 전해 온 것은 아주 굴욕으로 여기고 있는 미스 그레그로부터였다.

이러니저러니 말은 없었지만 전달의 말을 입에 올리는 어조에

28

는 적지않게 불길한 것이 담겨 있었다. 안은 귀밑에서 맥박이 뛰는 것을 느끼면서 가운에 마당을 가로질러 별관의 관리부 복도를 따라 간호원장의 사무실로 들어갔다.

간호원장 미스 레나드는 집무 책상 앞에, 그리고 창밑에 있는 긴 테이블에는 네 사람의 위원이 자리를 차지하고 있었다. 광산감시관(鑛山監試官)인 에모스 그린, 광부장인 웨자비, 대리소송인 삼스테플스, 그리고 데이비드 페린 전도사였다.

그녀가 들어서자 네 사람은 일제히 캐고드는 듯한 눈으로 자신들은 관계없다는 듯이 얼굴을 돌렸다. 간호원장 뒤에는 서류 검사에 여념이 없다는 시늉을 하고 있는 핫살 박사가 서 있었다. 박사는 안에게 눈길도 돌리지 않았다.

실내는 담배 냄새가 나고 연기가 자욱하게 천장에까지 꽉 차 있었다. 안은 위원회가 얼마 전부터 열리고 있었던 것을 깨달았다. 아무리 배짱을 내밀려 해도 용기가 꺾이는 것 같은 느낌이 들었다. 거기에다가 간호원장이 앉으라는 말을 안해 주는 것이 그녀를 몹시 불쾌하게 했다.

깊은 침묵이 순간 방에 꽉 찼지만 얼마 후 간호원장이 입을 열었다.

"우리들은 지금 당신 문제를 검토하고 있던 중이야, 안 리이양. 아주 견디기 어려운 임무지. 나는 위원회 여러분들 앞에서 당신의 결백을 밝히기 위해 무슨 할 말이 있는지 당신에게 물을 의무가 있다고 생각해요."

안은 몸을 떨었다. 루시에게 죄를 뒤집어 씌우지 않게 하기 위해 어떠한 설명을 할 수 있을 것인가? 위원회를 구성한 네 명의 위원앞에 출두한 것이 중죄(重罪) 재판소의 판사 앞에 나서 있는 것처럼 여겨졌다.

"저는…… 저는 아무 것도 드릴 말씀이 없어요."

안은 더듬거리면서 입을 열었다.

"아무 것도 없다고!"

에모스 그린이 부르짖었다.

"허어! 그렇다면 당신은 이 고약한 행위를 아무런 정상 참작의 여지도 없이 저질렀단 말이지요?"

안은 가슴을 죄는 듯한 느낌으로 듬직하고 정력적인 에모스 그린 노인에게 눈길을 돌렸다. 노인은 그녀의 부친의 친구로 어릴 때 곧잘 튀김과자를 가져다 주기도 했었다.

"그렇다면 당신은 완전하게 죄를 인정한다고 해도 괜찮단 말이지요?"

페린 전도사가 부드러운 어조로 물었다.

안은 목이 메인 채 한마디도 입을 열지 못하고 그저 끄덕이며 동의할 뿐이었다.

위원들은 잠시 동안 낮은 목소리로 무엇인가 서로 이야기를 하더니 얼마 후 위원장인 웨자비 씨가 입을 열었다.

"이 이상 이 회의를 계속해도 아무 소용이 없겠습니다."

그는 미스 레나드 쪽을 쳐다보았다. 간호원장은 피곤한 얼굴에 실망한 듯한 모습으로 메마른 입술을 축였다. 어린 아이가 죽은 것은 그녀에게는 무서운 타격이었고, 안이 위원회에 출두한 것은 엄한 시련이었다. 독기 없이 개인적인 감정을 나타내지 않으려고 결심은 하고 있었지만 도저히 감정을 억누를 수가 없었다.

"안 리인양."

간호원장이 입을 열었.

"이 일이 얼마나 나의 감정을 상하게 했는지, 그것을 입 밖에 내서 말할 수는 없어요. 부하인 간호원의 한 사람이, 더구나 당신이 이처럼 중대한 직무상의 가오를 저지르다니……."

목이 쉬어 그녀는 두 손으로 이제는 아무 힘도 없다는 듯한 시늉을 했다.

창 곁에 서 있던 핫살 박사가 슬쩍 뒤돌아보았다. 커다랗고 둥글둥글하게 살이 찐 얼굴을 오랜 세월의 풍상에 온통 젖어 있었다. 그의 말에는 날카로운 구석이 있었다.

"미스 레나드, 당신의 말이 막힌 것은 나도 잘 알 수 있어. 이러한 행위는 언어도단이니까."

그리고 안을 향해서 말했다.

"자네는 용서할 수 없는, 그리고 죄악이 되는 태만으로 인해서 한 어린 아이를 죽게 했어. 그러고도 이곳에 출두해 아무 말도 안 하고 말뚝처럼 꼿꼿하게 서 있기만 하고 있어. 자네로 말하더라도 내가 지금 해 온 것처럼 그 아이의 죽음을 모친에게 말하지 않으면 안된다면 반드시 낯빛이 달라졌을 것에 틀림없어. 무슨 짓이야! 그렇다면 자네는 자신을 변호하기 위해서 아무 것도 호소할 일이 없단 말인가?"

자신 앞에 가로막고 서 있는 네 명의 제판관의 비난하는 듯한 시선을 받자 안은 그들을 향해서 진실을 부르짖고, 그 눈앞에서 누명을 씻어 버리고 싶은 생각을 억누를 수 없었다. 무겁게 덮쳐온 이 치욕을 남김없이 씻어 버리고 싶은 유혹은 거의 견딜 수 없을 정도였다. 그러나 그것을 밀어 떨칠 수 있었던 것은 모든 안간힘을 쓴 결과였다. 그녀는 온몸을 떨며 눈을 내리깐 채 잠자고 있었다.

간호원장은 핫살 박사와 위원장의 시선과 마주치자 뜻하지 않게 깊은 한숨을 쉬었다.

"이 사건에 대해서는 우리는 이제 당신을 위해서 아무 것도 해 줄 수 없어요. 당신은 스스로의 과실의 결과에 따르지 않으면 안 돼요. 당신은 면직이 될 것입니다. 곧 아니면 늦어도 내일 아침에 병원을 나가야 합니다. 다만 당신의 근무상태로 봐서 더 무거운 제재와 간호원 면허 취소는 안하겠어요. 위원회의 위원 가운데에는 당신의 문제를 간호원 평의회로 제출하자는 사람도 있었습니다. 그렇지만 이제까지의 당신의 훌륭한 품행을 참작하여 우리들은 이 일을 세상에 소문나지 않도록 결정을 내렸습니다. 당신은 다른 병원에 다서 보상을 하도록 힘쓰십시오. 물론 어떠한 증명서도 줄 수는 없습니다. 나는 다시는 당신과 만나고 싶지 않습니다. 자, 이제 돌아가시오."

하고 간호원장은 말했다.

안은 눈물로 가려진 눈길을 간호원장에게 돌렸다. 나를 간호원으로 양성해 주고 격려해 주고, 또 자신도 존경하고 있는 이 총명하고 친절한 여성이 거의 견딜 수 없는 고민을 안겨 줄 만큼 나를 처벌하고 멸시할 수 있다니. 그러나 어쩌면 좋단 말인가…… 안된다. 그렇다, 아무 것도 할 수 없다. 눈물을 솟구치며 안은 문께로 향했다. 그리고 그곳을 나서려 하자 핫살 박사가 마지막 말을 던졌다.

"세상에는 나쁜 간호원보다 불길한 것을 또 없고, 좋은 간호원보다 훌륭한 것도 달리 없어. 이것을 머리에 새겨 두도록, 미스 리 이. 이것은 죽을 때까지 생각해 둬."

복도로 나오자 안은 눈물을 닦고 서둘러 샛문을 통해 간호원 숙소로 돌아왔다. 운 좋게 아무도 만나지 않았다.

몇 킬로나 달린 뒤처럼 숨을 헐떡거리고 옆구리를 누르면서 방안에 닿았다. 그러자 그곳에 루시가 기다리고 있었다.

"언니!"

루시가 부르짖었다.

"어떻게 결정났어? 난 언니를 만나고 싶었지만 일분간도 빠져 나올 틈이 없었어. 저 미스 홀 년이 다섯시까지 나를 붙잡아 두지 않아. 자, 빨리…… 말해요!…… 어떻게 됐어?"

입술까지 새파랗게 된 안은 도저히 이야기를 할 기력조차 없이 그저 옆구리만을 누르고 있었다.

"빨리 말해요!"

루시가 독촉을 했다.

"아무 것도 할 이야기가 없어."

겨우 안은 훨씬 먼 곳에서 들려오는 소리처럼 말했다.

"……면직이 됐어, 쫓겨난 거야. 그것뿐이야."

"언니가 면직?"

루시는 눈에 띄게 안심했다는 듯이 부르짖으며 얼굴이 갑자기 밝아졌다.

"그밖에는 아무 일도 없었어?"

악몽에서 깨어난 듯이 안은 상대를 살피자 비로소 동생의 뿌리 깊은 에고이즘을 깨닫고 깜짝 놀랐다.

"그것만으로는 충분하지 않다는 거니?"

안이 되물었다.

"그야 물론 안타까워 못 견디겠어."

루시는 억지로 마음을 애태우는 듯한 시늉을 하면서 말했다.

"그렇지만 난 조사가 있지 않나 해서 걱정했어. 경찰이 드나들고 언니를 괴롭히지 않나 하고 말이야……. 난 아주 괴로워했어.

만약에 언니가 심한 경우를 당하게 되면 난 언제든지 모든 것을 자백해 버릴 작정이었어."

안은 갑자기 화가 나고 견딜 수 없는 분노가 솟구쳐 동생에게 이렇게 퍼부었다.

"괴로워할 필요가 있었던 것은 오늘 아침이었잖아, 그 불쌍한 어린 아이가 아직 살아 있었을 때 말이야. 아, 겁나는 일이야! 겁나는 일이야! 정말 악몽 같애. 난…… 아직도 정말 같지가 않아!"

루시는 몸을 꼿꼿하게 했다.

"지금이라도 자백할 수 있어요. 늦지는 않을 거예요."

그녀는 서슴없이 말했다.

"언니가 그렇게 하라면 난 그렇게 하겠어. 내가 겁내고 있다고는 생각지 말아 줘요. 내 발로 난 미스 레나드에게 갈 테니까."

"그 사람은 네가 말하는 것은 믿지도 않아."

안은 씁쓰레하게 말했다.

"네가 나를 감싸려고 한다고 생각할 거야."

작은 방에 두터운 정적이 싸였다. 무겁고 지겨운 정적이었다. 안은 깊은 슬픔에 잠겨 창 밖을 내다보고 있었지만, 루시는 외고집의 심술궂은 모습을 하고 입술을 꽉 물고 있었다. 얼마 후 두 사람은 문득 얼굴을 마주 대했다.

그러자 루시는 회한에 떠는 고함지르며 안의 팔에 몸을 던졌다.

"아, 난 후회하고 있어요…… 얼마나 후회하고 있는지 언니가 알아 주었으면 싶어!"

그녀는 흐느끼면서 말했다.

"왜 이렇게 됐는지 나도 모르겠어. 언니가 그렇게 서슴없이 그 과실의 책임을 져 주었으니 말이야. 내가 그런 입장에 맞선다면 도저히 할 수 없어, 그런 용기는 없어. 면허장에 관해서라면 나도 단념할 수 있었을 거예요. 그렇지만 나의 장래는 그것으로 끝장이야. 그렇지만 언니, 언니라면 새 직장은 쉽게 구해질 거야. 시험에만 붙는다면 난 곧 언니와 함께 있을 거야. 무슨 짓을 해서라도 우리는 시아람에 언제까지나 남아 있지는 않겠어. 그렇잖아? 이런 시골 마을에 있어 봐야 시간 낭비야…… 그렇지만 언니가 있고 싶다면 나는 아직 그 사람들에게 말하러 가도 괜찮아……."

루시가 갈피도 잡을 수 없는 말을 열에 들뜬 듯이 지껄이고 있는 사이에 안은 동생을 꼭 껴안아 부드럽게 이마를 쓸어 주고 있었다. 그녀는 자신의 희생이 다만 당연한 일일 뿐 아니라 불가피했다고 여겨질 만큼 동생에게 깊은 애정을 품고 있었다 그녀의 포옹은 더욱 보호자 같은 것이 되었다. 자매는 좁은 침대에 앉아서 여러 가지 장래의 계획을 이야기했다. 그 사이에도 작은 고을의 먼 곳에서부터 등불은 하나하나 켜지고 있었다.

"어디로 갈 거야?"

얼마 후 루시가 중얼거렸다.

안은 이미 그것도 생각을 끝내고 있었다. 그리고 전에서부터 언제고 큰 도회지로 나가 일할 작정을 하고 있었다. 그 기회는 생각했던 것보다도 훨씬 빨리 닥쳐 온 셈인데 생각지 않던 불행한 조건을 동반으로 찾아온 것이다.

"멘체스터로 가려고 해."

그녀는 힘주어 주먹을 쥐면서 루시를 안심시키듯이 말했다.

"나 때문에 괴로워하지는 말아. 그쪽에 가면 바로 일자리가 찾아질 거야. 그리고 너하고도 그리 멀리 떨어지는 것이 아니야."

"우리들이 따로 떨어진다는 것은 도저히 생각할 수 없어."

루시는 눈물로 목소리가 흐려졌다.

"너도 바로 와야 해, 알았지?"

또 다시 침묵이 흘렀지만, 이윽고 어두운 방안에는 안의 주저하는 듯한 목소리가 높아졌다.

"그런데 한 가지 약속을 해주지 않으면 안되겠어, 루시. 내가 무엇이건 다소 도움이 되어 주었다고 생각한다면 너를 위해 내가 부탁하는 것을 해주어야겠어. 이제 다시는 태만의 죄를 저지르지 않겠다고 약속해 줘. 네가 저지른 과실을 보상하고 체면을 회복하겠다는 약속을 해. 좋은 간호원이 되겠다고."

"약속하겠어."

루시는 흐느낌을 억누르면서 중얼거렸다.

이제는 이별을 하는 일밖에는 두 사람에게 남아 있지 않았다. 그것은 아주 쓰라린 일이기도 했다.

얼마 후 루시가 가버리자 안은 문에 열쇠를 채우고 짐을 꾸리기 시작했다. 내일 아침 날이 새면 곧 떠나기로 작정하고 있었다. 냉엄한 해고라는 사실에 따른 셈이었지만, 여직원의 휴게실에서 동료들과 얼굴을 맞대거나 이러니저러니 입에 올라 비평이나 동정의 말을 듣는 것은 더욱 견딜 수 없었을 것이다. 이러한 사건에서는 단호한 조치를 취하는 도리밖에 없었을 것이다. 그러나 그녀도 대부분의 간호원들이 품고 있는 우정에 기대고 싶지는 않았다.

저녁 식사를 끝내가 그녀들은 줄을 지어 몰려 와서 안의 방문을 노크하며 안의 행운을 빌고 갔다. 다만 한 가지 귀에 거슬리는 말이 미스 그레그에 의해 던져졌다. 반쯤 열린 문에서 그녀는 꽃송이를 들이밀자 무엇을 캐기 좋아하는 여러 가지 뜻을 품은 무거운 말투로 이렇게 말했다.

"우리들은 또 만나게 될 거야, 미스 리이. 난 너를 잊어버릴 일 은 우선 없을 테니까."

그러나 동료들의 친절은 안에게 있어서 슬픈 가운데서도 하나 의 위안이 되었다.

그렇지만 마지막 동료 간호원이 떠나 버리자 안은 어쩐지 머리 가 쑤시고 마음은 더욱 무겁게 느껴졌다. 실로 짧은 시간 사이에 여러 가지 사건이——예상도 하지 않았던 무서운 일이 일어났던 것이다! 그녀에게는 하지 않으면 안될 일이 또 하나 남아 있었다.

밤 열한시, 야근자가 근무에 들어가고 간호원 숙소의 불이 모두 꺼지자 안은 조용히 방문을 열고 살금살금 층계를 미끄러지듯 내 려가 가운데 마당을 가로질러갔다. 그리고 울타리 바로 가까이에 있는 초라한 교회당 비슷한 석조의 조그만 별관으로 향했다. 병원 의 시체 가치장(屍體假置場)이었다.

안은 두려움도 없이 그곳으로 들어갔다. 그녀는 그날 밤 교회가 지켜 주고 있는 조그만 시체를 아주 심각한 얼굴로 오랫동안 들여 다보고 있었다. 어린 아이의 죽음처럼 비통함이 더욱 솟구칠 뿐 가슴에서 피가 터질 지경이었다.

안은 이제까지 이렇게 기도 드린 일이 없을 정도로 정성들여 기 도를 드리기 시작했다. 동생을 위해서, 자기 자신을 위해서, 두 사 람의 미래를 위해서 루시가 저지른 무서운 과실을 제각기, 또 둘 이 같이 보상하기 위해서.

얼마 후 이상하게 마음이 누그러져 안은 아까 왔던 길을 되돌아 가 자기 방의 조그만 침대로 들어갔다.

5

여섯시 십오분 전에 안방에 있는 자명종이 울렸다. 그녀는 일어나서 재빨리 옷을 갈아입자 옷가방을 한 손에 들고 방을 나섰다. 이런 시간에 가슴이 찢어지는 듯한 이별은 하고 싶지 않았다. 동생 루시의 방 앞을 지나면서 안은 전날 밤 써 두었던 짤막한 편지를 방문 밑으로 밀어 넣었다. 루시라면 알아주겠지. 아직 사람 기척이 없는 층계를 내려가 마지막으로 병원 문을 나섰다.

곧잘 해변을 찾아드는 부슬비가 내려 그녀의 머리칼과 곤색 레인코트에 진주 구슬 같은 것을 만들어 놓았다. 병원의 높은 울타리를 뒤로 하고 작은 고을로 통하는 거리에 접어들었을 때 왠지 울고 싶어져 마지막으로 뒤돌아볼 용기도 나지 않았다. 아주 검소하고, 그리고 깊은 애착을 느끼고 있던 그 작은 병원 안에서 안은 정말 행복했었다. 그러나 자신의 가는 길에는 미래가 열려 있다고 생각할 만한 양식과 기력은 그녀도 충분히 가지고 있었다. 옷가방을 든 손을 꽉 쥐고, 있는 용기를 다 내자 이번에는 허약한 구석을 안 보이며 걸음을 이어 갔다.

아직 5백 비터도 가지 않았는데 시끄럽게 클랙션을 울리며 부르는 바람에 문득 그녀는 뒤돌아보았는데 그 와중에도 낡은 포드 차가 비에 젖은 도로를 미끄러지며 곁에 와 멈추었다. 힐끗 보자 조오 샨드의 차였다. 그리고 한 순간 뒤에는 조오 자신이 뛰어나와 보도에 있는 그녀 앞으로 달려왔다. 금발의 듬직한 청년으로 때묻은 파란 옷을 입고 있지만, 그 선량하게 보이는 둥근 얼굴은 언제나 쾌활한 듯싶은데 찌들어 음침한 느낌이 들기도 했다. 처음에 그는 아무 말도 안하고 안을 쳐다보더니 얼마 후 중얼거리는 듯한 투로 말했다.

"여섯시 반 차를 탈 줄 알았지."

안은 그러한 조오의 말이 무엇을 뜻하는지 생각해 보고 나서 주저하는 듯한 말투로 대답했다.

"그러면 내가 떠나는 걸 알고 있었어?"

"그야, 온 고을이 알고 있는데!"

조오는 말을 더듬거렸지만 안은 잘 알아들을 수 있었다. 시아람의 온 고을이 이제는 자기가 병원에서 쫓겨난 것을 알고 있는 것이다. 그리고 수다스러운 여자들은 그 일로 한껏 즐거웠을 것에 틀림없다. 안은 이것도 견디고 마셔야 할 쓴 알약의 하나라고 생각했다. 그려는 이를 악물었다.

"난 서둘지 않으면 안돼, 조오. 마침 기차가 닿는 시간이야."

"잠깐만 기다려 줘."

조오가 말했다.

"그러니까 내가 온 거야. 너한테 옷가방을 들게 할 수는 없어. 그리고 말이, 만약에 꼭 그 완행열차를 타겠으면 그림소프에서 오십분만 기다려 갈아타면 돼…… 이봐, 안! 그림소프까지 내가 바래다 줄 수 있게 해줘. 아무 것도 아니니까. 나에게는 십오 킬로거리는 있으나 마나한 거고 너에게는 지루한 것일 테니까."

안은 자신에게 있어서 뜻이 분명한 그 말을 아무 것도 아닌 체하고 입에 올리는 조오의 얼굴을 지그시 쳐다보았다. 조오가 말하는 것은 당연한 일이었다. 시간도 여유가 생기고 무엇보다도 시아람역에서 사람들과 얼굴을 맞대는 고통을 피할 수 있을 것이다.

"고마워, 조오."

그녀는 감동해서 말했다.

"정말 고마워, 그렇게까지 생각해 주어서."

그리고 2분 후 두 사람은 그림소프의 방향으로 달리고 있었다. 조오의 운전은 멋진 것이었다. 그는 기계를 아주 좋아해 엔진에 관해서는 모르는 것이 없었다. 게다가 그것은 그의 직업이기도 했다. 다른 분야는 모두 서툴러 별로 자신이 없었다.

그는 얼마 동안 잠자코 운전만 했다. 기분은 좋지만 어딘지 성격이 약한 것을 나타내는 그 옆얼굴을 쳐다보며 안은 조오가 무섭게 괴로워하고 있는 것을 알았다. 그리고 그녀는 걱정으로 가슴이 꽉찼다. 조오 샨드는 어릴 때부터의 친구였다. 안과 조오와 루시는 함께 같은 학교에 다녔다. 함께 숲에 가서 새집에서 알을 꺼내기도 하고 교회의 합창대에서 노래를 부르기도 하며 같이 자랐던 것이다.

시아람 유일의 차고의 주인인 조오의 아버지 톰 샨드는 지금까지도 병상에서 쭉 움직이지 못하고 있었다. 관절염에 걸렸을 땐 처음 무렵 그를 간호하러 달려온 것도, 진찰을 받으러 왔을 때 디아텔미나 전기요법을 해준 것도 역시 그녀였다.

톰 노인은 중매 잘 서는 사람에게 있기 쉬운 책략을 여러 모로 써서 안을 자기 며느리로 삼으려고 했었다. 조오는 곧잘 부친에게 말했었다. 훌륭한 사나이가 되기 위해서는 안 같은 마누라가 절대로 필요하다고. 조오로 말하자면 역시 안도 그에게 대해서는 참다운 애정을 품고는 있었지만 너무 자주 결혼을 독촉하는 바람에 안을 아주 난처하게 하고 있었다.

"안! 나는 이번 일을 도무지 분간할 수 없어. 모두들 이야기하고 있는 것들이 도무시 종잡을 수가 없어. 글쎄 에모스 그린 말야, 어젯밤 우리 집에 왔지만 그가 지껄여대는 것은 한마디도 믿을 수가 없어. 제발 안, 사실대로 나에게 말해 줘."

안은 분명한 태도로 고개를 흔들었다.

"난 그 일이라면 말하고 싶지 않아, 조오. 모두 끝난 일이야. 과거의 일이야. 그러니까 나는 이제는 그런 일은 생각지 않기로 맹세했어."

본능적으로 노련한 솜씨로 운전하면서 조오는 한 순간 도로에서 눈을 돌려 안쪽을 돌아보았다.

"정말이야? 진실한 이야기지?"

"그렇고말고."

두 사람은 잠시 동안 잠자코 차를 달렸다. 조오에게 있어서 안이 말하는 것은 복음서의 말과도 같았지만 그때만은 그것으로 만족할 수 없었다.

"이렇게 해 놓고 가버리다니, 난 마음에 안 들어."

조오가 말을 이었다.

"너무 심해, 그건 몰상식이야. 도대체, 왜 사아람을 떠나야 하는 거야?"

"그렇다면 내가 여기 남아야 할 이유가 있단 말이야?"

안은 되물었지만 이런 말은 하는 것이 아니었다고 깨달은 것이 조금 늦은 것 같았다. 조오는 곧 그 말을 역이용했다.

"이유라니, 그건 내가 부탁하기 때문이잖아. 그 일을 부탁하고 있는데, 나하고 결혼해 달라는 것 말이야. 나는 네가 필요해, 안. 너만 내 곁에 있다면 난 무슨 일이고 할 수 있어! 사업을 확장할 생각이야. 내게는 확신이 있어, 꼭 할 수 있다는. 거기에다……
(말하면서 조오는 귀밑까지 빨개졌다) 난 너를 사랑하고 있어. 이
번의 곤경을 벗어나는데 도움이 되는 일도 나는 꼭 할 수 있다고
생각해."

　이렇게 까지 성실한 데는 안도 감동하여 얼마 동안 잠자코 있었
지만, 자기도 모르게 그녀는 싸움 따위는 포기해 버리고 조오의
곁에서 가정과 편안함을 구하고 싶은 기분에 끌려 들어갈 것만 같
았다. 그러나 무엇인가, 알 수 없는 무엇인가, 그러면서도 마음의
깊숙한 속에서 불러대는 무엇인가가 그녀를 말리고 있었다.

　"이런 때 서두르지 말아요, 조오."

　안은 시간의 여유를 얻으려 애원했다.

　"난 지금 정신이 없어, 알고 있지? 좀더 후에, 혹은…… 만약에
네가 그때까지도 나하고 결혼하고 싶다는 생각을 변치 않는다
면……."

　조오는 아까보다도 더욱 얼굴이 빨개졌다. 그는 무엇인가 말하
려 했지만 또 생각을 돌이켰다. 안간힘으로 자제하려 해서 겨우
감정을 억누를 수 있었다. 이제까지 안은 한번이라도 희망조차 그
에게 준 일이 없었다. 그는 속절없는 말로 이 좋은 기회를 놓치고
싶지 않았다. 그리고 지금의 상태를 될 수 있는 대로 오래 즐기고
싶었다.

　그러나 차는 급행이 도착하는 5분 적에 그림소프 역에 닿았다.
한 뭉치의 잡지와 신문을 살 만한 시같이 었었다. 벌써 열차는 모
퉁이에 모습을 보여 차바퀴를 울리며 플랫폼에 멈추었지만 안은
객차에 올라타자 승강구에서 손을 흔들었다.

　"행운을 빌겠어, 안."

이미 열차는 움직이기 시작하고 안은 목소리를 높여 말했다.

"루시를 부탁해요."

매연에 끄슬리고 비에 젖어 볼품없는 공업지대를 횡단해 가는 맨체스터까지의 여행은 우울하였다. 회색빛 섞인 비 속에 석탄의 높은 산더미가 광석 찌꺼기나 쓰레기 더미 사이에 탑처럼 솟아 있었다. 지나가는 고을이라는 고을은 바람과 매연으로 더럽혀져 추하고 음산했다.

그러나 안은 경치나 날씨 이외의 것에 온통 마음이 사로잡혀 있었다. 생활을 뒤죽박죽으로 만든 사건으로 아주 압도당해 있기는 했지만 조오에게 말했듯이 과거는 과거로서 다 흘려 버리려고 굳게 결심하고 있었다. 그래서 몇 가지 신문 가운데서 《간호원 사보》를 골라내 천천히 주의 깊게 구인광고의 페이지에 눈길을 쏟았다. 점점 그녀의 얼굴은 흐려졌지만 얼마 후 신문을 다 읽자 생각지도 않게 이마를 찌푸리고 말았다. 맨체스터의 어디를 찾아도 간호원의 일자리가 빈 곳은 없다. 그것은 그녀에게 심한 타격이었다.

우선 무엇보다도 바로 일자리를 찾는 것이 가장 요긴한 일이었다. 시내에 숙소를 정하고 가져다 주는 근무처를 기다린다는 것은 바랄 수도 없었다. 만약에 할 수 없이 그렇게 하지 않으면 안된다면 언제까지나 우물쭈물하다가 무일푼이 될 수는 없다. 수중에 있는 얼마 안되는 저축을 생각한다면 그녀의 눈은 공포로 꽉 찼다.

실지 견습중의 간호원의 급여는 1년에 꼭 12파운드였다. 심한 피로와 노예처럼 일한 3년간 그녀는 36파운드를 얻은 셈이다. 신발이나 양말과 생활필수품, 그리고 때때로 루시에게 보낸 조그만 선물값을 제하면…… 그녀의 수중에 남는 것은 별로 없었다. 검소한 의복은 제쳐놓더라도 지니고 있는 재산이란 더할 수 없이 엄한 절약을 지켜야 겨우 한 달 살아나가는데 급급했다.

불안에 사로잡힌 그녀는 맨체스터에서 가장 큰 일간지 《크라리온》을 손에 들자 광고란에 눈길을 쏟았다. 그러자 곧 얼굴이 밝게 빛났다. 제 1단의 위쪽에 이런 구인광고가 나와 있었다 '간호원, 젊고 건강한 여성, 경험 불문, 해파톤 시료병원(施療病院), 간호원장 미스 이스트에게 신청할 것.'

이런 광고가 오늘이라는 날짜에 부딪치다니 무슨 행운이냐 하며 안은 가슴을 두근거렸다. 그녀는 이 뜻밖의 기쁜 소식에 마음이 즐거워져 여러 가지 계획을 세우기 시작했다. 그러자 갑자기 텅하고 진동이 있어 문득 눈을 올려 떴다. 벌써 맨체스터였다! 그녀는 열차를 내리자 옷가방을 수화물 보관소에 맡기고 힘있게 해파톤 시료병원을 찾아 나섰다.

6

안이 전차를 타고 달려간 해파톤의 교외는 시의 남지구에 위치하고 있었다. 좁은 도로가 마치 거미줄처럼 얽혀 어느 곳이고 하층계급의 노동자의 주택지였다. 노점, 가구 달린 아파트, 거리, 공장, 채소가게, 전당포, 끈들끈들 하는 전차, 그리고 흔들려 시끄러운 트럭, 면직 바지에 털터리 구두를 신은 사나이들, 물건을 파는 숄을 걸친 여자들, 어두컴컴한 골목에서 달려 나오는 아이들, 마치 생명의 꿈틀거림에 넘친 한 구역이었다.

그리고 그곳에는 이 변두리 동네의 심장부라고도 할 수 있는 곳에 노란 벽돌로 지은 병원의 높고 거대한 덩어리가 솟아 있었다. 붙임성이 좋고 친밀감이 있는 시골의 작은 병원과는 딴판으로 무수한 창이 나란히 붙어 있는 터무니없이 큰 이 건물을 앞에 하고 안은 용기가 꺾이는 것을 느꼈다. 굉장하군, 이 건물은! 그렇지만 이렇게 많은 사람이 살고 있는 고을의 병원에서 일하게 되다니, 자신 같은 젊은 간호원에게는 경험을 쌓는 것만으로도 아주 훌륭한 기회인 것이다. 동네의 한 모퉁이 다방에서 마신 한잔의 커피와 작은 빵에 힘을 얻어─ 그녀는 아침부터 아직 아무 것도 먹지 않고 있었다─ 안은 곧 수위실에 가서 선뜻 간호원장에게 면회를 신청했다.

그녀의 소원은 생각했던 것보다 정중하게 이루어졌다. 우선 서류에 기입을 하자 잠시 기다리라고 했다. 한시가 조금 지나가 천식 앓이 같은 엘리베이터로 7층까지 올라가 노란 색으로 칠해진 음산한 복도를 지나, 얼마 후 간호원장의 사무실로 안내되었다.

병원의 내부는 안이 상상했던 것보다 훨씬 낡았지만 미스 이스트는 여기에 비기면 절대로 과거의 잔해 같은 느낌은 안 들었다. 쩍 벌어지고 뚱뚱한 40대의 여자로 가슴이 두툼하고 팔은 짧고 큰 허리에 마치 불독 같은 얼굴 모습에다 코는 빨간 색을 하고 있었다.

한눈으로도 활동적이고 유능하며 억누를 수 없을 정도의 정력이 꽉 차 있는 느낌이었다. 군더더기의 말은 없애고 두 무릎을 복사견처럼 네모나게 세우고 곧 본론으로 들어갔다.

"당신은 이 병원에 고용되도록 지원한 거지. 이름은 안 리이, 시아람 시료병원에서 3년간 일했었다…… 시골의 작은 병원이겠지? 면허장 얻자 곧바로 도망친 거지? 그런 꼴만 보아 왔으니까…… 모두 그런 거지만 어쨌든 할 수 없지. 그런데 면허장은?"

안은 면허장을 간호원장에게 내밀었다. 간호원장은 빼앗듯이 그것을 속에 쥐자 쭉 훑어보고 고개를 흔들며 안에게 돌려 주었다. 그리고 꺼칠꺼칠한 볼을 문지르며 마치 기관총처럼 말을 탕탕 뱉어냈다.

"됐어! 기회를 주지. 미스 질슨이 있는 곳에 가시오. 외과병실의 감독이야. 내일은 내일 시험에 붙겠지. 그리고 이 점은 기억해 줄 필요가 있어, 규율을 소홀히 하지 않는다는 것. 가장 성적이 좋을 경우 휴가는 2주일에 반나절. 가장 나쁜 경우는 잔업 근무. 담배를 피우거나 화장을 하거나 향수를 쓰는 것은 절대 금지. 방은 동료의 두 사람과 함께 쓸 것. 이 서류를 미스 질슨에게 돌려 주시오. 이것으로 전부야."

간호원장은 훈시를 끝내자 사무실 책상 위의 버저를 눌렀다. 안은 물러서기로 했다. 면접이 아주 짧았기 때문에 깊은 안도의 마음을 가질 수 있었다. 난처한 질문은 하나도 받지 않고 증명서에 관해서도 전혀 묻지않았다.

그래서 그녀도 겨우 떨림이 멈추었다. 반드시 저 사랑해야 할 불독 간호원장은 인원 부족으로 아주 괴로워하고 있는 것에 틀림없다. 무슨 수를 써서라도 그이를 도와 주지 않으면 안되겠다고 그녀는 막연하게 추측했다. 그리고 자기 자신의 이익만을 생각하고 지원자의 근무상태에 대해서는 깊이 살피려 들지 않았다. 그런데 머리를 쓰는 것은 그다지 즐거운 일이 아니었지만 그래도 안은 마음이 가벼워진 것처럼 느껴졌다. 채용된 것이다. 일자리가 기다려 준 것이다. 그리고 미래는 자기 앞에 열린 것이다.

C병실은 북쪽 남개 동의 끝에 있었다. 그곳은 실제로는 수술조에 따라 두 칸으로 나뉘어져 있었다. 안은 미스 질슨이 있는 곳으로 갔지만, 그녀는 아주 피곤한 모습을 한 여성으로 묻는 것도 간호원장보다 더울 적었다. 3분쯤 해서 소정 서류를 모두 훑어본 미스 질슨은 분명한 어조로 말했다.

"오후부터 근무해 주세요. 진료일이니까. 지금 환자가 만원이에요. 그리고 직원이 모자라고."

그러면서 마침 지나가던 젊은 간호원 쪽을 돌아다보며,

"던양 끝났어? 이 리이 양을 간호원 숙소에 데려가서 필요한 지시를 모두 해주어요. 세탁의 순번을 할당해 주고, 그리고 침대를 찾아줘요."

안은 젊은 간호원의 안내로 그곳을 향했다. 포장된 가운데 마당 끝에 본관에서 조금 떨어져 서 있는 별동 쪽에서 가며 동행을 슬쩍 살폈다. 이 음울한 건물에 들어와서 처음 보는 상냥한 여성이었다.

노라 던은 스물다섯쯤 된 주근깨투성이의 명랑한 얼굴을 한, 잘 웃는 처녀였다. 긴 눈썹의 아일랜드인 특유의 까만 눈에는 아무리 해도 지워질 것 같지 않은 사람을 비웃는 것 같이 빛이 반짝거렸다. 그녀도 또한 동의를 나타내는 눈매로 안을 감싸고 있는 정도였으므로 물론 호의적인 것임에는 틀림없었다. 사전 연습을 하는 셈치고 이런 말을 한 것인데 그 얼굴 가득히 환영의 미소가 빛나고 있었다.

"그럼 당신도 새로운 희생자군요. 간호원 전멸을 목적으로 하는 제도에 의해서 구해진 젊고 건강한 처녀란 말이지. 아! 당신은 그것에 반항할 수 있을 만큼 든든하다고 생각해요."

깜짝 놀라고 있는 안을 보고 웃으면서,

"무슨 말을 하고 있는지 지금은 이해하지 못하겠죠? 그렇지만 틀림없이 머지않아서 이거였구나, 하고 생각하는 게 있을 거예요. 이 사랑스럽고 전통 있는 해파톤을——이래뵈도 금세기 최량의 병원이지만——급탕과 급수가 각층에 충분히 공급되고 아침 식사는 침대에서 하고. 더구나 자택에 있는 것이나 마찬가지로 절대로 쾌적하구말구."

"난 솔직히 말해서, 그런 인상을 받지 않았는데요."

안은 발끝으로 걸으면서 말했다.

"그거에요 바로!"

"정말 이미 한계에 도달한 거에요! 더러운 병실, 판자처럼 딱딱한 침대, 벽에는 바퀴벌레가 슬슬 기고, 식당은 습기로 축축하고, 헛된 말은 하지 않는 것이 좋아, 입만 아프지. 목욕을 하려면, 먼저 잡역부 마리강에게 미리 신청을 하지 않으면 안될 정도예요. 그리고 밥통──저런 실례했군, 나 자신의 생리학을 잊고 있었군──자신이 준비하고 시중을 드는 고통스럽고 조잡한 식사를 소화하기 위해서는 먼저 타조와 같은 위를 가질 필요가 있다구요."

하고 노라 던이 말했다.

"그리고 일은?"

노라 던은 매우 기분이 좋아 크게 웃어젖혔다.

"그야 일만은 정확해요. 우리 병실의 침대는 하나도 비지 않아요. 더구나 센세셔널한 괴물이 계세요…… 외과의 선생님인데 냉정하고 말수가 없는 프레스코트라고 하는 대수롭지 않은 사람이지만, 수술은 매우 능하거든요. 불행하게도 병실은 이 선생의 근무 외에 속하지만, 때때로 우리도 수술에 참가하는 수가 있지. 정말 괴짜예요."

노라는 한숨을 돌리고 다시 또 웅변을 터뜨렸다.

"그것은 별도로 치고, 여기는 가난뱅이 단체예요. 불행을 말하자면, 그 원인은 여기 조직에 있는 거에요. 돈은 없어요…… 돈은 없고 쓸 만한 것이라곤 하나도 없어. 이 병원은 뭐든지 개인의 기분에 의존하고 있기 때문에 그런 것을 공급받지 못하는 거죠…… 적어도 충분하게는 말이지. 그 결과고 만사에 있어서 인색하고, 초한 토막까지도 절약하기 때문에 모두 불편하기 짝이 없어요. 밖에서 보면 건물은 제대로 외관을 갖추고 있지만 내부는 완전히 걸레야. 우리들 간호원이 간신히 견딜 수 있는 식사도 당신은 배탈이 나 버릴 거예요. 더구나 모두가 오래 가지 못하는 이유는…… 여기간호원장에 있어요. 틀림없이 당신도 광고를 보고 혹한 거겠지. 그야 당신뿐만이 아니지. 그러니까 한마디만 하고 싶은 것은 귀여운 어린양이여, 그 광고는 1주일 동안에 일곱 번 내는 거예요. 원장이 하는 거예요. 우리는 그녀를 불독이라고 하고 있지. 알겠어요, 그 사람에게 걸여된 것은 동정심이라할까, 대단히 엄격하기 때문에 강철이라도 그 사람 옆에 가면 부드럽게 보인다고 할 정도예요.”

“그렇다면, 아무도 이 병원에서는 간호원의 생활상태를 개선하려고는 하지 않는군요.”

안은 신중한 표정으로 새 친구들에게 물어 보았다. 노라가 입을 삐죽거렸다.

“그야 물론 신경을 쓰는 사람이 한두사람 있지. 특히 프레스코트예요. 하긴 그 사람은 우리가 어떤 점에 고통을 받고 있는지 전혀 모르지. 그 사람은 겉만 보고 있는 게지. 그 사람의 머릿속에는 하나의 생각밖에 없어요. 뇌외과 전문의 외과진료소를 개설하는 것. 그리고 물론 그 외에도 보오리라고 하는 사람이있지. 의사가 아니예요. 이 사람은 유명한 마슈 보오리예요. 큰 제사공장 사장이고 당신도 소문은 들었겠지. 돈에 파묻혀 있는 사람. 즉, 큰 부자란 말이에요. 병원을 위해서도 여러 가지 일을 하고 있지. 특히 그가 프레스코트의 개인적인 친구예요. 그 외의 사람들은 일일이 말할 것까지도 없는 사람들이에요. 더구나 위원회란 것은 다만 졸장부들만 모여서, 하는 일이라곤 하나도 없지.”

지껄이기를 계속하면서 두 사람은 간호원 숙소로 되어 있는 별동에 닿았다. 작달막한 아일랜드 처녀는 그때 안을 돌아보고, 예의 도저히 저항할 수 없는 미소를 지으면서 말했다.

“당신은 나를 대단히 경솔한 여자라고 생각할지 모르지만 그러나 나는 당신이 마음에 들었어요. 어때요, 앞으로 미스 그레니와 나와 함께 지내면 우리 방은 다른 방보다 그다지 나쁘지 않고, 더구나 세 사람이 쓰도록 되어 있어요. 미리 말해 두지만, 그레니는 아데노이드에 걸린 새끼돼지처럼 코를 골아요——적어도 한 밤에 두 번은, 슬리퍼를 그 머리에 내던지지 않으면 안될 거예요—— 그렇지만 당신만 좋다면 내가 잘 이야기해 보겠어요."

안은 이렇게 따뜻한 환영을 받고 용기를 얻었고, 자기도 노라에 대하여 대단히 친밀감을 느꼈으므로 기꺼이 받아들이기로 했다.

"당신은 참 좋은 사람이에요."

노라는 미소 지으며 말했다.

"우리 앞으로 둘이서 그레니의 밤의 연주회를 조용하게 만들자구요."

그녀들은 나선계단을 올라가 7층의 지붕 바로 밑에 있는 허술한 방안으로 들어갔다. 그것은 정확히 말해서 완전히 갈라진 리노류움의 방바닥, 고정된 기구로 전부 막혀 있고, 지저분한 철제의 침대 세 개와 부서져 가는 나무 옷장 셋, 에나멜의 세면대가 둘 있는 지붕 밑 방이었다. 노라는 안이 얼굴을 찌푸리는 것을 재미있다는 듯이 지켜 보고 있었다.

"놀라지 말아요, 미스 리이."

하고 그녀는 안심시켰다.

"앞으로 여기서 살아야 하니까."

"그렇군요."

안은 애써 명랑하게 이야기하려고 했으나, 그러나 지금까지의 생애에 이만큼 비참한 방을 본 적이 없었다.

"그야 물론, 여기는 리츠(파리의 유명한 호텔)는 아니예요. 그렇지만 어지간하면 내가 말하는 것도 믿어 줘요. 이 근사한 초가삼간 가운데서 이래뵈도 가장 기분이 좋은 방이니까. 사치스러운 곳에서 살 운명이 아닌 바엔 간호원의 방이 이런 거라고 생각하면 속이 편할 거예요…… 그렇지 않아, 그레니?"

이 최후의 말은 계단에서 두 사람의 비로 뒤를 따라와서 방금 방안에 들어선 젊은 간호원에게 하는 말이었다. 주렁주렁한 긴 케이프를 걸치고, 피곤한 모습을 한 꺽다리 키에 빨강머리, 갈라진 손등을 한 첫 인상이 좋지 않은, 거두나 말수까지 적은 스코틀랜드 여자였다. 케이프를 침대에 던지고 그레니는 솜씨 좋게 담뱃불을 붙였다. 그 솜씨가 오랜 습관인 것을 말해 주고 있었다. 또한 그녀는 안을 줄곧 관찰하고 있으면서도 아무런 감흥을 나타내지 않았다.

"자, 두 분, 이제 친구가 되는 거요."

하고 노라는 명랑하게 말했다.

"그레니, 우리 방의 새로운 친구 안 리이를 소개하겠어. 그런데 안, 병원 안에서 담배를 피우는 것에 놀라고 있는 모양인데, 이건 확실히 면직감이에요. 그렇지만, 그레니는 이 세상에서 두 가지밖에 사랑하는 것이 없어요. 담배와 그리고 저것이에요."

그렇게 말하고 노라는, 턱으로 미스 그레니의 옷장 위에 있는 크라크 케이블의 사진을 가리켰다. 뜻밖에 자기가 좋아하는 이의 이름이 나오는 것을 듣고 그레니는 부끄러운 것 같은 미소를 안에게 보냈다. 그다지 아름답지 못한 얼굴 빛내면서 대단히 인간적인, 경건하기까지 한 그 무엇을 포함한 미소였다.

"미스 리이, 크라크 케이블이 대단히 멋있다고 생각지 않우?"

그녀는 그람피앙 산맥(스코틀랜드에 있는 산맥) 위에서 들리는 뇌성처럼 발음을 굴리는 영어로 말했다.

"난 그가 직접 준 사진도 가지고 있어요! 자필의 근사한 편지도

써 준 걸요!"

보기에는 첫 인상이 좋지 않으나, 그레니에게는 노라와 마찬가지로 안을 친구로서 인정하고 있는 것 같은 무엇인가가 있었고, 그것이 안에게도 알 수가 있었던 것이다. 2, 3분이 지나서 이 젊은 세 처녀는 점심식사를 하러 식당으로 내려갔는데——지나가면서 노라는 수위를 하고 있는 동향의 마리강에게, 안의 슈트 케이스를 역에 가져다 달라고 부탁했다——안은 두 사람의 동료가 자기를 잘 관찰도 하고 또 정당한 평가도 해주고 호의로 받아들여 주고 있는 것을 느꼈다.

식당의 입구에서 그레니는 멈추어 서서 새삼스러운 표정을 지우면서 진지하게 물었다.

"미스 리이, 식욕은 왕성해?"

"으응."

하고 안은 깊이 생각지도 않고 대답했다.

"왜 그러지?"

"아니, 아무것도 아냐."

그레니는 역시 진지한 어조로 말했다.

"별로 배가 고프지 않으면 칠면조의 토스트를 권하고 싶어서 말이야. 그건 대단히 맛이 좋거든."

무슨 이유로 노라가 갑자기 웃어대고, 이 변덕스러운 제안을 환영하거나 했는가를 안은 나중에 깨닫게 되었다.

간호원 식당은 장식도 뭣도 아무 것도 없는 넓은 홀이며_ 여기도 예의 갈라진 리노류움의 바닥이었다. 두 줄의 조잡한 나무 테이블에는 40명 정도의 간호원이 이미 앉아 있었다. 기름기가 감도는 증기가 주위에 충만하여 소변 색깔의 노란 벽을 따라 흐르고 있었다. 격자창이 음산한 벽돌의 벽에 끼워져 있다. 줄무늬의 장미 색 부라우스를 입은 중년의 하인 두 사람이 바쁘게 접시를 나르고 있다. 안은 전에 한번 간호원학교의 동급생과 함께 시아람의 양로원에 간 적이 있었다. 여기 식당은 그것에 비하면 아직은 약간 호화스런 것이었다.

안은 두 사람의 새 친구 사이에 자리를 잡았는데 바로 자기 앞에 요리가, 아니 적어도 요리라 생각되는 것을 담은 접시가 놓여졌다. 시아람의 무료시설 병원에서는 보통 훨씬 간단한 것이긴 했으나 미스 레널드는 요리가 따스한가 풍부한가, 잘 조리를 했는가 배려를 했었다. 그러나 여기에서는 고기는 식어빠져서 껍질처럼 딱딱하고 도저히 먹을 수 있는 것이 못되었고, 고기국은 국물이 전부이고 감자는 비누만 했고, 캬베츠는 접시를 닦은 후의 더러운 물의 냄새가 날 정도였다. 디저트에는 회색기가 도는 흡사 돌처럼 굳어진 기름기 많은 푸딩이 나왔다. 일하고 피곤해진 여자에게는 명백히 불충분한 식사이다. 그래도 간호원의 대부분은 그것에 만족하고 있는 것 같았다. 안은 자기에게 노라의 익살맞은 시선이 쏟아지고 있는 것을 느끼고 구토증을 억누르고 그녀들을 따라 식사를 했다. 안은 2시가 되어 근무에 착수했다. 일에 대한 정열은 식욕보다 훨씬 컸다. 2시 5분 전에 병실에 들어갔다. 그리고 5분쯤 지나 그녀는 벌써 해파톤의 병원에 환자가 많다는 것, 증상이 다양하다는 것에서 미루어 보아 적지않게 결함이 있다는 것을 깨달았다. 방금 아까 그녀가 작별하고 온 시골 병원보다 환자의 수나 종류도 백 배를 넘고 있었다. 안은 자기의 직업이라면, 어떤 일이라도 진심으로 정열을 가지고 대했으나 그 가운데서도 외과근무를 더 좋아했다. 그런데 C병실에는 시아람에서는 한번도 간호해 본 적이 없는 수술 후의 환자가 여섯 사람이나 있었다. 그것은 20년을 근무했다 할지라도 아마도 접할 기회가 절대로 없을 환자였다. 더구나 더불어서 입원 신청을 하고 있는 신규의 환자가 병실에 넘쳐나고 있었다. 안은 열심히 일하기 시작했다.

2시간 이상, 안은 자기의 일에 전력을 집중시켰다. 기중기에서 떨어져 옆구리를 다친 노인 노동자가 그녀에게 맡겨졌다. 기브스를 대서 고통을 덜어 준 것은 어마나 잘한 일인가! 이어서 싸움을 하다가 머리에 부상한 주정뱅이가 배당되었다. 안은 상처부위의 머리카락을 면도로 깎고, 상처의 치료를 해주고 달래듯이 불대를 매어 주었다. 다음은 수술을 하여 회복된 복막염환자가 왔다. 그리고 하상을 입은 사람에게는 밀납 같은 새 연고로 치료해 주었다. 하여간 이렇게 사람의 정감을 자극하거나 슬프게 하거나 하는 환자가 줄지었으나, 모두 고통이나 인간의 비참의 오저(奧底)를 손끝으로 접촉시켜, 동정을 불러 일으키고 최고의 의사와 간호원을 요구하고 있었다.

4시 반, 마침 안이 환자의 치료를 하고 있을 때 병실 저쪽 끝에서 질문을 하듯한 소리가 귀에 들렸다. "이봐 거기 간호원!" 하고 명령이라도 하는 것처럼 그녀를 향해서 소리치고 있었다. 돌아보니 입구에서 취미가 좋은 듯한 복장을 한 젊은 사나이가 서 있는 것이 보였다. 바지의 주름이 번쩍번쩍 빛나는 엷은 금발의 가르마와 함께 똑같이 흠잡을 데가 없었다. 대단히 능력을 자랑하는 것 같았고, 거만한 모습 그 자체가 어디까지나 그렇다는 것을 자신이 의식하고 있는 것을 나타내고 있었다.

"간호원!"

그는 더욱 거칠게 소리쳤다.

안은 얼굴이 빨개졌다. 그리고 붕대를 작은 탁자에 놓고 기분이 내키지 않게 병실을 가로질러 갔다.

"당신은 귀머거리인가?"

그 사나이는 무례하게 물었다.

"내가 간호원 하고 부르면 민첩하게 행동하라구. 당신 새로 왔군 그래?"

"네."

안은 그 이상 아무 말도 하지 않으려도 자제하면서 대답했다.

"그렇겠지."

하고 젊은 사나이는 부드러워졌다는 표정을 보이면서 말했다.

"당신은 누구와 이야기하고 있는지 모르겠지. 닥터 케리야, 닥터 죠오지 케리. 그 병원 인턴이야. 잘해 나가고 싶거든 내가 이 병실에 들어왔을 때에도, 당신은 차려 자세를 하고 내가 시키는 대로 해야 해."

안은 얼굴이 새파래졌다. 자존심이 너무 강한 것이 그녀의 유일한 결점이었으나, 이 풋내기의 건방진 태도에 창자가 뒤틀리는 격분을 느꼈다. 그리고 그가 손톱 끝으로 튕기듯이 상의의 깃에서 있지 않은 먼지를 거드름을 피우며 털었기 때문에 그녀는 자신을 망각하고 분노를 터뜨려 버렸다.

"병실에 있을 때에는 나는 대체로 서 있고, 나를 필요로 하는 사람의 왕진에 잘 봉사할 수 있게 언제라도 준비를 게을리하지는 않습니다. 당신은 나에게 차려 자세를 취하라고 하셨지요?"

확실하고 똑똑한 소리로 그녀는 말했다.

빨개진 것은 이번에는 인턴의 차례였다. 그는 안을 노려보고, 자제심을 잃지 않으려고 했으나 헛일이었다.

"무례해도 분수가 있지!"

하고 그는 부르짖었다.

"무례한 것은 당신이잖아요."

"거짓말 작작해!"

"당신은 거기서 아무 일도 하지 않고 멍하니 있지 않았어. 조심하라구! 그렇지 않으면 원장선생님에게 보고하여 이틀 이내에 모가지를 시켜 버릴 테니까!"

이마처럼 창백해진 안은, 피가 날 정도로 입술을 깨물고 목구멍까지 치켜올라온 격렬한 분노의 말을 있는 힘을 다하여 억누르고 있었다. 그녀는 이러한 혹독한 불법행위에는 무방비상태였다. 직장을 잃을 모험만은 저지를 수가 없었다.

"놀란 모양이군. 어때, 오만한 아가씨. 당신과는 이게 마지막이 아니야. 이 병실에서 당신이 지켜야 할 예의를 가르쳐 주겠어. 더구나 당신은 내 발밑에 굴복하게 된단 말이야…… 그러니까 당신이 바보가 아니라면 앞으로 내가 말하는 것을 잘 주의해 들으라구. 9번은 위장환자야. 오늘 아침 토혈의 징후를 보였어. 그래서 내가 걱정하고 있다 이거야. 바로 옆에서 주의해 보고 있다가, 또토혈을 하면 바로 나를 부르란 말이야. 파크호텔에 전화하면 돼. 거기서 차를 마시고 있을 테니, 알겠나?"

"네."

안은 이 한마디 대답을 고통을 느끼면서 발음했다.

"누구에게 네. 야? 당신은 모르는 건가? 직함을 붙여서 말해야 한다는 것쯤?"

안은 미칠 것 같은 노기를 느꼈으나, 그러나 다시 한번 자존심을 억제할 필요가 있었다. 그녀는 입술까지 창백해져서 똑바로 젊은 의사의 눈을 응시하면서 낮으나 확실한 소리로 말했다.

"그렇습니까 닥터."

그는 안 앞에 버티고 서서 두 다리를 벌리고 승리를 즐기면서 다시 한번 냉소를 띠었으나, 이윽고 발꿈치를 돌려 스윙도어를 밀고 모습을 감추었다. 안은 잠시 그 자리에 못박힌 채 서 있었다. 한참 뒤에야 담당 환자 옆으로 돌아갔다. 머리끝에서 발끝까지 더럽혀지고 치욕을 당한 느낌으로 온몸의 전율이 그치지 않았다. 이것이 인턴과의 최초의 옥신각신이었다. 그러나 최후가 아닌 것만은 틀림없었다.

7

그 이튿날, 안은 병원장인 싱크레아 박사로부터 입소 시험을 받은 바, 직무수향에 적합하다고 판정받았다. 여의치 않은 일과 극도로 곤란한 생활상태임에도 불구하고 점차로 안은 거대한 병원의 일상 임무에 용감히 융해되어 갔다. 이미 그녀도 작은 톱니바퀴의 하나가 되어 일에 정열을 불태우고 있었다. 싱크레아 박사는 영국의학회 회원이며 뛰어난 외과의사였다. 작달막한 키에 짧고 히끗히끗한 수염을 한 박사는 고령에도 불구하고 아직도 뛰어난 임상의(臨床醫)이기도 했다.

그러나 박사는 자기에의 신뢰의 부족으로 괴로워하고 어려운 환자나 의문의 여지가 있는 환자는 같은 층의 병실을 담당한 동료인 프레스코트 박사에게로 보내고 있었다. 안은 틀에 박힌 근무 외에 때때로 수술실에 불리워 가는 수가 있었다. 그럴 때의 기쁨이란 말할 수가 없을 정도였다. 그녀는 외과에 적합한 능력을 가지고 있었으나 특히 수술에 있어서는 뛰어난 기량을 발휘하여 그 위선자, 즉 감독인 미스 질슨으로부터 칭찬의 말까지 끌어낼 정도였다.

그녀의 하루는 근무는 길었고 일도 격무였기 때문에 여가라고 하는 것은 거의 없었고, 또 그것을 즐길 힘도 그다지 남아 있지 않았다. 유일한 도피라고 한다면 루시의 일을 생각하는 일이었고, 또 루시에게는 새로운 경험을 상세하게 적은 활기찬 긴 편지를 보내고 있었다. 노라와 그레니가 격려해 주는 날로 두터워지는 우정은 낙담하거나 곤란에 빠지거나 할 경우 특히 닥터 케리가 언제나 내보이는 야비한 적의를 극복하는 데에 큰 도움이 되었다. 그러나 루시에게서는 전혀 소식이 없는 것이나 마찬가지여서 그녀도 걱정하지 않을 수가 없었고, 이 큰 병원에 와서 함께 지낼 것을 루시가 어떻게 생각하고 있는지 때때로 그것을 생각하는 것이었다. 더구나 또 해파톤은 상상하고 있었던 바 대로 마음껏 일하기에 적합한 곳인가 그런 것까지 생각하는 수고 있었다. 그러나 맨체스터에서 근무한 지 1개월이 지났을 무렵 다시 용기와 정열을 부여해 주고, 또 그것 때문에 일생의 방침마저 바꾸기에 이른 어떤 사실이 일어났다.

안은 그 토요일의 오후를 마음으로부터 즐기고 있었다. 그녀로서는 이 반나절의 휴가는 더할 나위 없는 기쁨이었고, 돈으로도 살 수 없는 진주라고도 할 만큼의 귀중한 오후였다. 침대에 누운 체로 지금부터 보낼 저녁 때를 몽상하면서 손톱의 손질에 여념이 없었다.

노라가 국립극장의 무료입장권을 두 장 교묘히 입수하고 있었던 것이다. 언제나 정기적으로 병원에 보내오는 것이었지만, 그것도 감독이라든가 상급의 직원들 이외에는 좀처럼 손에 들어오지 않는 것이었다. 마침 그때, 그레니가 방안에 들어왔다.

"질슨 감독이 미스 리이를 부르고 있어."

하고 그레니가 말했다.

"그것도 초지급이야! 근무의 순서가 바뀐 거야!"

일어나면서 바로 안은 걱정이 되어 반문을 하려고 했으나 이미 그때는 그레니의 말이 계속되고 있었다.

"으음, 걱정할 것 없어요, 한번 뿐이니까. 그렇게 높은 사람의

일이며…… 뭔가 긴장되고 있는 것 같아. 보오리 담당의 여자들이
또 뭔가 잘못을 저지른 것 같아. 보오리 말이야…… 알고 있지! 프
레스코트가 황급히 그 사람을 데려 왔어. 미스 리이, 상상할 수
있어? 그 유명한 마슈 보오리가 B과의 개인실에 납시었다 이거
야. 그런데 난 뭘 지껄이고 있지? 그 사람 벌써 수술실에 와있을
것이 틀림없어요. 전직원이 긴급소집된 거야. 미스 리이는 영광스
럽게도 거기에 참석하는 거야. 나 따위는 도저히 바랄 수 없는 영
광이야."

　묘하게 모순된 감정의 포로가 되어 안은 감독인 미스 질슨의 명
령에 따르기로 했다. 영광인지 아니건 하여간 사람 손이 부족하기
때문에 간호원이 당연히 가져야 할 휴식의 시간까지 감독이 뺏지
않으면 안되는 것은 전적으로 부당한 것임에는 틀림없었다. 그렇
게 생각하면서도 B수술실에 닿으니, 안은 불평 같은 것은 잊어버
리고 당장 준비에 열중했다.

　누구나가 이 수술을 퍽 간단하기는 하나 보통이 아니고 중요한
것으로 간주하고 있는 것은 명백했다. 총감독인 미스 이스트도 스
스로 거기에 나와 있었다. 그리고 말하자면 참모장으로서 병실의
감독인 미스 질슨이나, 프레스코트 박사의 조수나 그 외에 선발된
네 사람의 간호원이 수술을 보좌하는 격이었다. 두 사람의 간호원
이 보조 산소통을 운반해 오고, 마취의는 장비를 소정의 위치에
놓았으나 급환을 맞아 수술실의 준비를 할 경우에 피할 수 없는
어떤 일종의 열띤 활기가 주위를 지배하고 있었다. 모든 작은 준
비가 되고 모두 수술복과 살균된 장갑으로 무장을 했다.

　프레스코트 박사가 모습을 나타낸 것은 그때였다. 박사는 활기
있고 그러나 조용한 걸음걸이로 들어왔는데, 공연히 서두르지도

않고 조금도 자만하는 표정은 찾아볼 수 없었다. 그뿐 아니라, 초연하게 실제로 준비의 잘못이 없는가 어떤가 그것만 생각하고 있는 것 같았다.

지금까지 몇 번째 저 사람이 프레스코트라고 알려 주어 알고는 있었으나, 안은 이렇게 가까이에서 박사를 본 적이 없었다. 박사가 있어야 할 장소에는 더구나 순백으로 청결하게 빛나는 수술실에 들어온 박사를 훔쳐보면서 안은 그 강렬한 존재와 그 개성이 풍기는 힘에 감동되지 않을 수 없었다. 적당하게 살찐 중 키에 건강한 체격, 유연하면서도 동시에 단정을 했다. 이목구비가 잘 생긴 얼굴에 온화하고 자신에 넘치는 표정을 띠고 까맣고 진한 머리카락과 단호한 턱을 가지고 있으며, 또 그 이상으로 사람의 눈을 끄는 것을 조심스럽고 동시에 깊은 통찰력을 가진 눈매였다. 그 파아란 빙하같은 눈은 마음의 밑바닥까지 꿰뚫어 보는 것처럼 생각되었다.

박사가 손가락 하나를 쳐들었다. 그러자, 이미 마취가 된 환자가 손수레에 실려 와서 수술대 위로 옮겨졌다. 마슈 보오리의 몸에서 누구나 볼 수 있는 것은 시트에 덮어 씌워지고 요드를 칠한 배의 일부뿐이었다. 프레스코트는 메스를 손에 들자 최초의 절개에 착수했다.

안은 수술실의 지극히 특이한 분위기에 익숙해 있었다. 시아람에서는 핫살 박사가 권위를 가지고 수술을 하거나 혹은 중증인 때는 초빙한 전문의 힘차게 처치하거나 하는 것을 그녀는 몇 번이고 보아 온 것이다. 여기의 병원장인 싱크레아 박사가 역시 고전적이기는 하나 특출한 방법을 사용하는 것도 그녀는 잘 알고 있었다. 그러나 이 순간, 그는 한잔의 샴페인이 침전된 물과 다를 만큼 보통의 방법과 동떨어진 독특한 실험에 임하고 있는 것이었다. 어쩐지 참으로 현혹되는 것과 같은 것이 있었다.

환자의 신분 같은 것에 조금도 마음이 동하지 않고, 또 총감독의 명령에 의한 어마어마한 배비(配備)에도 흔들리지 않으면서 프레스코트는 정확하고도 또한 신속한 수술을 진행했다. 보통의 충수절개는 아이들 장난과 같은 수술이었다. 그러나 수술은 생각한 것보다 복잡한 양상을 나타내고 있었다. 그 새로운 난문을 앞에 놓고 프레스코트는 눈 하나 깜짝하지 않았다. 이미 충수돌기는 제거되었으나, 박사는 명백히 직관에 유도되어 간의 옆을 더듬고 있었다. 처음 절개한 좁은 절개 부위에서 믿을 수 없는 속도로 손을 움직이면서 형편없는 상태로 되어 있는 담낭을 드려내었다. 안은 박사가 지금 그것을 절개할 것을 결정한 것이라고 생각했다.

숨을 죽이고 그녀는 신속하고 확실한 박사의 동작을 주의 깊게 눈으로 쫓고 있다. 소정의 시간에, 조수인 키스 카가 엉뚱한 기구를 건네 주었다. 안은 그 실책을 보고 자칫하면 소리를 지를 뻔했다. 그것은 마치 훌륭한 지휘자에 지휘되는 교향곡의 연주 중, 제일 바이올린의 주자가 연주를 잘못한 것과 흡사한 데가 있었다. 프레스코트는 약간 손을 쉬고 돌아보지 않고 기구를 타일의 바닥에 떨어뜨렸을 뿐이었다. 메스가 떨어지는 소리는 그에게 있어서 실랄한 말보다도 심한 비난이었다. 이어서 박사는 간호원이 놓은 겸자에 장갑낀 손을 뻗쳤다. 그것이 지금 필요한 것이다. 이러한 동작은 모두 어디까지나 무언으로 요구한 것은 누구나가 알고 있었다. 고만(高慢)하고 냉정하고 쌀쌀맞은 인간이지만, 그 얼마나 큰 능력을 가진 실력가인가 하고 마음속으로 안은 경탄을 금치 못했다. 자기도 이런 선생을 따라 근무를 할 수가 있다면 틀림없이 오랜 대망을 이룰 수가 있을 것이다.

수술은 종반에 가까웠다. 다음은 복벽을 봉합하는 것만이 남았다. 프레스코트는 계속해서 좋다는 한마디를 기다리고 꼼짝도 하지 않고 있었다. 다시 교향곡의 리듬을 탤 땐 이 정지는 헛되이 소비된 시간이라고 안에게는 느껴졌다. 프로스코트의 조수인 미스 카는 약간 얼굴을 붉히고 탐폰 가제를 헤아리는 간호원에게 눈으로 물었다.

"24매."

하고 그 간호원이 당황하며 속삭였다.

작달막한 몸뚱이의 미스 카는 프레스코트 쪽을 돌아보고 바늘을 하나 내밀었다.

"맞습니다, 선생님."

안은 자기의 혈관이 얼어 붙는 것 같았다. 이번에는 애가 타는 것이 가슴속만이 아니었다. 전율이 전신을 달렸다. 그녀의 역할은 다만 일루리아 아틀을 언제나 움직일 수 있도록 대기하고 있는 것이긴 했으나, 수술의 과정을 세세한 점까지 하나부터 열까지 본능적으로 쫓고 있고 사용된 탐폰 가제와 사용 후의 피투성이인 채로 내던져지는 것까지를 기계적으로 헤아리고 있었던 것이다. 그런데 프레스코트 박사는 실제로는 24매 사용했는데 23매밖에 버려지지 않았다. 그러니까 아무래도 1매가 부족한 것이다.

무서운 나머지 안은 그 자리에 우뚝 서 버리고 말았다. 프레스코트는 이미 봉합을 시작하려 하고 있었다. 더구나 자기만이 간호원의 잘못을 파악하고 있다고 의식하면서, 양성기간 중의 교육에서 말하더라도 또 규칙에서 말하더라도 모든 것이 그녀에게 침묵을 명하고 있는 것이지만, 그러나 자기가 잠자코 있다간 이 수술

64

은 큰 재앙을 초래하는 결과가 될는지도 모를 일이다. 그녀는 주먹을 꼭 쥐고 있는 용기를 다 짜내서 어떻게 해서든지 동료에게 잘못을 범하지 않에 하려고 열중했다. 그리고 한걸음 나아가서 살그머니 입술을 놀려 속삭였다.

"미스 카…… 탐폰 가제가 하나 부족합니다."

"입 다물어. 수술중에 말하는 건 용서 안해."

하고 프레스코트가 심한 어조로 말했다. 그리고는 다시 몸을 구부리고 다음의 봉합에 착수했으나 문득 몸을 일으켜 말로는 표현하지 않고 대단한 과오를 저지를 간호원을 눈으로 찾았다. 그리고 바늘을 손에 든 채 얼음 같은 어조로 물었다.

"지금 뭐라고 했지?"

입술까지 새파랗게 된 안은 주눅이 들어 지그시 그 눈을 보면서,

"죄송합니다."

하고 조용히 말했다.

"다만 저는, 탐폰 가제를 23매밖에 헤아리지 않았기 때문에."

"뭐라고, 바보 같은!"

라고 간호원장은 그 대답하기 짝이 없는 안의 말에 분개하여 부르짖고, 노한 불독이 얼굴을 안에게 돌렸다. 안은 말로 적지 않게 분개하고 있응 미스 카의 항의를 프레스코트 박사는 제스쳐로 가로막았다.

"탐폰 가제 수를 세어 보아요."

하고 박사는 엄하게 명했다. 그들은 휴지통에 버려진 피투성이의 탐폰 가제를 다시 세어 보았다. 23매밖에 없었다. 미스 카는 소리를 억제했으나 이미 빨갛게 된 간호원장의 얼굴은 이번에는 새파랗게 변해 있었다. 프레스코트는 한마디도 말하지 않고 환자에게

몸을 구부리고 크게 입을 벌린 절개 부위에 손을 넣었다. 그 손을 뺐을 때에는 가냘픈 손가락에 부족분의 탐폰 가제를 집고 있었다.

의미심장한 무거운 침묵이 일순 수술실을 휩쌌다. 모두 숨을 죽이고 있었다. 이윽고 무언이니 채 프레스코트는 절개 부위의 봉합을 끝냈다.

"이제 잘되어 갈 거야."

하고 그의 어느 때보다도 냉정한 표정으로 옆에 있는 마취의에게 말했다.

그러나 조수에 대하여는 비난의 말 한마디도 하지 않고, 또 언어도단의 과실을 범한 간호원에 대하여도 꾸중 한마디 하지 않았다. 그리고 환자에게 마지막 일별을 하고 안에게는 힐끗지도 않고 수술실을 나가고 있었다.

안은 박사가 지금의 불행한 사건을 빨리 잊고 기억에서 삭제해 버리려고 하고 있는 것이라고 생각하지 않을 수 없었다. 그러나 그런 그녀도, 로버트 프레스토크 박사가 자기의 평생의 사업으로서…… 그것 때문에 일생을 바치고, 그것 때문에 신성한 불을 태우고 있는 자기 사업으로서 취급한 것에 대하여는 무엇 하나 결코 잊지 않고 있다는 것까지는 알 까닭이 없었다.

제 2 부

1

안은 해파톤의 병원에 근무한 지 벌써 두 달이 지나고 있었다. 그러나 루시로부터는 거의 소식이 없어 그것만이 그녀의 걱정거리였다. 그녀는 1주에 두 번 긴 편지를 써 보내고 있는 데도 동생으로부터는 점점 뜸뜸이, 그것도 짧은 답장을 받을 뿐이었다. 안은 무엇보다도 먼저 루시를 만나고 싶었고, 그 즐거운 이야기를 하거나 자기가 그렇게 사랑하고 있는 동생과 옛날처럼 마음과 마음을 서로 털어놓고 절실히 이야기하고 싶은 생각이 앞섰다.

안은 당분간은 시아람에 갈 수 없었다. 그러나 루시는 3주마다 하루의 휴가가 자유로 되니까 수월하게 맨체스터까지 만나러 올 수가 있을 것이었다. 그런데 루시는 전연 그럴 생각이 없는 것 같았다.

3월도 다 가는 어느 날 한 통의 편지가 왔는데, 그것은 안으로서는 수수께끼 같은 것이었다. 편지의 문맥을 모두가 뜻밖의 일뿐이었다.

언니, 언니를 무척이나 놀라게 해줄 일이 있다고. 이것은 언니에게는 틀림없이 쇼크일 것이라고 생각해요. 그렇지만 조오와 내가 결혼했다는 것을 알면 기뻐해 주리라고 생각합니다. 조오는 언니가 출발한 후 얼마 되지 않아서 아버지가 돌아가셨답니다. 나는 그것을 언니에게 편지하려고 생각했으면서도, 해서는 안될 일이 많아서 하지 못했답니다…… 조오의 아버지는 약간의 돈을 남겨

놓고 가셨습니다. 그리고 조오는 시아람이 싫어 견딜 수가 없어서 자기 점포를 팔아 버렸습니다. 그리고 런던에 가서 운수사업을 해 볼 결심을 했다고 그리고 날더러 결혼해 달라고 서둘렀습니다. 나도 결국 승낙했습니다. 그래서 우리들은 결혼하기 위해서 런던에 왔습니다. 난 대단히 행복해요. 조오가 잘해 주니까요. 그는 운송회사의 장거리 버스부에 들어갑니다. 그것은 조오에게는 알맞은 직장이며 보수도 좋아요. 우리들은 근사한 별장이며 사랑의 집인 작은 집을 매스엘 힐에 발견하여, 난 미친 사람처럼 여기저기 점포를 뛰어다니며, 커튼이며 깔개며 가구 등을 고르면서 즐기고 있습니다⋯⋯.

조오는 결혼선물로 근사한──그 말에는 두줄의 선이 쳐저 있었다──눈알이 튀어나올 만큼 값비싼 은고(銀孤)와 녹색의 칠보 화장도구를 사주었습니다.⋯⋯ 참으로 근사해요. 내가 간호원의 직업을 그만두어 버린 것은, 특히 언니가 나를 위하여 여러 가지로 애써 준 그 일의 후였으므로──이 말에도 역시 두줄의 선이 그어져 있었다──언니가 유감스럽게 생각하리라는 것은 저도 알고 있어요. 그렇지만 내가 실습기간 최후의 시험에 거뜬히 합격한 것, 그리고 면허장을 얻은 것을 알면 틀림없이 기뻐해 주리라고 생각합니다. 참으로 알 수 없는 일이 아니겠어요⋯⋯ 그것은 나도 이중으로 언니를 실망시키고 싶지 않았던 거겠지요. 기회 있는 대로 만나러 와 주세요. 여기에 주소를 적어 놓습니다(아직은 그럴싸한 편지를 쓸 틈이 없습니다.)

런던 제 10구 엘스레다 아베뉴 7번지.

추신 : 조오가 아무쪼록 안녕하시기를 부탁한다고 합니다.

편지가 안의 손으로 미끄러져 떨어진 것은, 대단히 놀란 것과 루시가 근황을 알려 온 것이 만사가 완전히 마무리된 것을 기다려 한 것이라고 생각되는 슬픔에 마음이 두 갈래도 나눠졌기 때문이다. 그녀는 자기의 희생이 헛되이 되어 버린 것, 그렇게도 애정을 가지고 루시와 자기를 위하여 세운 계획을 모두 단념하지 않으면 안된다고 생각하니 비통한 생각으로 가슴이 찢어지는 것 같았다. 오래 전부터 그녀는 동생과 공동으로 일하고 동생과 함께 빛나는 생애를 보내고 싶다고 얼마나 바라고 있었는지 몰랐다.

그리고 그녀는 조오가 자기에 대하여 품고 있다고 말한 애정의 문제를 생각하고 빈정대는 미소를 띠었다. 불쌍한 조오! 여자 앞에서는 그다지 온순하고 그다지 약한 조오! 더구나 그것은 어떤 여자라도 좋았던 것이다! 그러나 갑자기 안은 얼굴이 활짝 밝게 빛났다. 결국 이 결혼은 조오로서는 나쁘지 않을는지도 모른다…… 그리고 루시로서도 그럴는지 모른다. 충분한 생활력도 있고 자신을 굳게 믿고 있는 루시이니까, 조오에게도 자신을 불어넣어 틀림없이 성공에의 길로 인도할 것이 틀림없다.

"왜 그러지?"

휴게실에서 그녀의 앞쪽에 자리한 그레니가 물었다.

"미국의 숙부라도 죽어서 유산이 굴러들어 왔다는 건가?"

벌써 2, 30분 전부터 노라와 그레니는 안의 표정에 진지했다가 즐거워졌다가 하는 것을 친구다운 호기심으로 지켜 보고 있었다.

안은 얼굴을 들고 약간 난처한 표정을 하며 웃었다.

"소식이 와서 약간 놀란 거야. 그렇지만 좋은 소식이야. 동생이 결혼했다는군."

"참 잘됐군."

하고 노라가 말했따.

"부자와?"

하고 그레니가 물었다.

"으…… 응, 그래."

"운이 좋은 사람이야!"

그레니가 빈정거리는 것처럼 말했다.

"분하다. 나도 썩어나갈 만큼 돈이 있는 남편을 붙잡을 날까지 기다리라구요! 너희들 두 사람은 확실히 내 값어치를 인정해 주지만, 사내들은 나 같은 것은 돌아보지도 않고, 자기들이 손해보고 있는 것도 모른다니까. 참으로 난 운이 나쁜 거야. 여기에서 가름해 본 인턴들은 모두가 완전한 바보이거나, 그렇잖으면 그 저능의 케리처럼 이미 약혼자가 있단 말이야…… 내가 바보야. 나도 언제인가는 꿈에서 본 남편감을 꼭 발견하리라고 생각해. 그렇게 되면 그 사람에게 내가 달라붙을 거라고 생각하니?"

"그레니, 그렇게 말하는 게 아니야."

하고 엄숙하게 안이 말했다.

"사실은 그레니는 그러지 못하잖아. 그렇지만 그런 말을 들으면 다른 사람은 그렇게 믿어 버릴는지 모르잖아."

노라는 웃음을 참지 못하고 킬킬거렸다.

"왜 그레니가 조금도 그렇게 생각하고 있지 않다는 거지? 우리의 성녀(聖女) 안 리이양? 그야 우리 모두 남편을 손에 넣으려는 것만 항시 꿈꾸고 있지 않은가 말이야. 내 말을 의심한다면 지금까지의 통계를 보아요. 간호원의 오십 퍼센트는 결혼하여 들어앉아 직장을 버리는 것을 보아도 알 것 아닌가. 나도 이 눈으로 보아온 거라고. 늙수그레한 돈 많은 환자라든가, 젊고 핸섬한 의사를

72

발견하려고 간호원이 된 처녀를 난 몇 사람이고 알고 있단 말이야. 왜 그것이 비난되는 거지? 안이 이상주의자라는 것은 알고 있어. 그렇지만 우리도 인내가 중요하다는 것을 생각해 보아. 아무리 우리의 지위를 좋게 하려고는 하지 않으니까, 여기에서 떠나려고 하는 것도 별로 놀랄 것은 없을 거라고 생각해."

"노라, 넌 하나 잊고 있는 것이 있어. 간호원 가운데는, 자기의 직업에 정열을 가지고 있는 사람도 있다는 것을."

안은 자신 있게 말했다.

"더구나 여자가 자기의 매력을 함께 일하는 의사 옆에서 풍기다니, 천직을 배신해도 분수가 있지."

"참으로 우리는 멍청이군, 프로렌스 나이팅게일식의 당신의 설교를 들으면."

그렇게 말한 그레니의 스코틀랜드 사투리는 영화에서라도 얻어들을 말의 뉘앙스가 느껴졌다.

"만약 그렇게 젊고 핸섬한 닥터를 홀릴 수 있다고 생각하면 난 아무 때고 병실을 홀랑 벗고 걸어다녀 보일 테야. 고다이바 부인(17세기 영국 마아시아 백작의 처. 남편에게 백성의 무거운 税를 면제하도록 부탁한 바 거리를 말타고 나체로 돌면 부탁을 들어 주겠다 하므로 깊은 밤 아무도 보지 않도록 명하고 완전히 나체로 거리를 돌았다는 여성)이 말을 타고 거리를 돌았던 것처럼 말야."

이 서슴없이 한 말에 두 친구는 와, 하고 웃어 버렸지만 안은 그레니의 말에는 전혀 납득이 가지 않았다. 이 문제에 대하여는 자기 나름의 생각이 있었고 뭐가 어찌 도어도 그것을 굽힐 생각은 결코 없었다. 그녀에게 있어서 결혼은 간호원이라고 하는 천직과는 양립할 수 없는 것이다. 그래도 그녀는 루시의 결혼을 생각하면 할수록 그것이 기쁘게만 생각되었다. 그리고 어쩐지 동생과 조오를 공연히 만나고 싶어졌다. 두 사람에게 축하의 전보를 치고 난 다음 이미 그곳에 가만 있을 수가 없어 간호원장인 미스 이스트에게 가서 주말에 휴가를 내 주었으면 한다고 요청했다.

"천만에!"

미스 이스트는 테이블을 향하여, 어느 때 보다도 더욱 이빨을 드러낸 불독처럼 사나운 문지기와 같은 표정으로 말했다.

"그런 말 지금까지 들어 본 적이 없어요! 아직 여기서 채 3개월도 일하지 않은 주제에…… 그래 도대체 어디에 가는 거죠?"

"런던에요."

"그럴 거라고 생각하고 있었어. 당신 같은 젊은 여성들은 런던 같은 데를 어슬렁거릴 것만 생각한단 말이야. 묻겠는데, 어떻게 하면 규율을 지킬 수가 있다는 거지? 노는 것밖에 생각하고 있지 않은 여성들만 있다면."

"동생을 만나러 가는 것입니다. 동생이 이번에 결혼해서요."

하고 안은 설명했다.

"안돼, 안돼, 그건 허가할 수 없어요."

전연 이치에 닿지 않은 말이지만, 안이 수술실에서 우발사고에 도전한 것을 고맙게 생각하고 있지 않은 미스 이스트는 격한 말투로 말했다.

"지금은 매우 일손이 부족하니까, 당신이 있어 주어야겠어요. 그러나 1개월 이내에는 어떻게 해주겠어. 나로선 어쩔 수 없어요. 아무리 동생이 결혼한다 하더라도."

이야기는 이것으로 끝났다 하는 것을 안에게 알으켜 주기 위해서 벨을 누르면서 기분 나쁜 유머를 완전히 무의식상태에서 덧붙였다.

"여기에선 결혼 따위 중요하지 않아요. 휴가를 얻을 수 있는 것은 장례식뿐이야…… 물론, 거짓이 아니라는 것이 완전히 증명된 경우에 한해서."

안은 쓸쓸할 기분으로 돌아와 다시 근무하기 시작했다. 그 실망을 더욱 가중이나 하는 것처럼, 그 방에는 닥터 케리가 기다리고 있었다.

이 인턴은 자기만족과 괴상한 자만심으로 얼굴을 빛내고 있었다. 안은 전부터 그것이 결코 좋은 조짐이 아니라는 것을 알고 있었다. 조오지 케리는 무능한 인간이었다. 그러나 겨우 어렵게 의학 공부를 마치자 재빠르게 맨체스터의 어떤 의사의 딸과 약혼했다.

그리고 약혼하자 바로 막대한 이익을 가져다 주는 진료실에서 장인의 협력자가 되어 있었다. 그러한 좋은 기회를 얻고 자기의 가치라든가 빈틈 없는 것이라든가 용모의 훌륭함이라든가, 말하자면 자만심을 훨씬넘어선 영원한 행복감 속에서 살고 있는 것이었다. 자기의 의견에 동의하지 않는 인간은 아무나 원수처럼 생각하고 있었으므로 안을 미워하는 것도 그런 데에 있었다.

그는 자기가 안의 실책을 목격한 것을 역력히 기뻐하고 있는 모양이었다.

"지금 이 책을 부인병실의 19번의 베개 밑에서 발견했는데."

하고 말했다.

안은 그가 제시한 책을 흘끗 보았다. 유명한 현대작가 격조높은, 더구나 읽기 쉬운 소설로서 안이 악성종양에 걸린 노부인에게 준 것이었다.

안은 수세에 나서면서 말했다.

"저입니다. 그 책을 그분에게 준 것은."

"음, 자백했군."

하고 케리는 입을 오므리면서 말했다.

"그런데, 내가 그 부인에게 독서를 일체 삼가한 것은 당신도 확실히 알고 있을 거요. 그 환자는 대단히 쇠약해 있기 때문에 책을 읽는 것은 거 피로시킬 뿐이야."

"그 환자는 실제로 대단히 쇠약합니다, 닥터."

안은 애써 냉정을 유지하려고 했다.

"쇠약이 심해서 벌써 위험한 상태잖아요. 돌아가시는 것은 시간 문제일는지 모릅니다. 더구나 매우 책을 읽고 싶어합니다. 그것이 고통을 잊게 하고, 하니 잠시라도 고통을 잊은 단 하나의 수단이 아닌가요. 그래서 어떻게 해서라도 이 책을 가져다 달라고 나는 부탁받은 것입니다."

케리는 손바닥으로 그 책을 탁탁 치면서 거만럽게 말했다.

"그런 동정은 이해할 수 없어요. 이 책이 읽고 싶었는지 어쩐지는 별로 큰 문제가 아니야. 하여간 그런 것은 환자에게 좋지 않으니까, 내가 말하고 싶은 것은 그것뿐이오."

"좋지 않을 것 없잖아요, 암으로 돌아가실 노인에게?"

안은 소리를 약간 높이면서도 역시 자제하는 말투로 말했다.

"만약 당신이 임종의 고통을 경험하고 있다고 한다면 자신은 뭐가 최후의 즐거움을 구하려 하시지 않고, 그런 것을 거부한 채로 꼼짝 않고 그 고통을 참고 견디시겠습니까?"

케리의 혈색 좋은 얼굴이 분노로 빨갛게 되었다.

"난 임종의 괴로움 따윈 아직 경험하고 있지 않아. 더군다나 19번 같은 하잘것없는 병자와 비교해서 이러쿵저러쿵하다니 언어도단이야."

"미안합니다, 닥터 케리. 나는 다만 자신이 생각한 대로 말씀드린 것뿐입니다."

안은 입술이 새파랗게 되어 있었으나 냉정히 대답했다.

인턴은 이마를 찌푸리며 뚫어지게 그녀를 응시했다. 그는 자기가 유리한 입장에 있다는 것을 잘 알고 있었다.

"조금도 나는 여기에서 가상적인 입장에 대하여 당신과 토론하고 있는 건 아니야. 다만 확실하게 명령을 내리고 그것이 지켜지고 있는가 아닌가를 알고 싶을 뿐이오. 나는 이 책을 휴지통에 버리겠소. 만약 19번이 다시 또 책을 읽고 있는 것을 발견하면 이번에야말로 당장 싱크레아 박사에게 그것을 보고하겠소."

안은 속이 매슥거릴 만큼 분개하면서 현명하게도 전연 그런 기색은 얼굴에 나타내지 않았다.

"좋습니다, 닥터."

그녀는 담백한 표정으로 대답했다. 상대에게 버럭버럭 화를 내게 하지 못한 것으로 실망한 케리는, 경멸적으로 안을 빤히 보고 자기의 권위를 십분 알아차리게 하려고 거길 나가기 전에 반박할 여지도 없는 말투로 말을 던졌다.

"잊지 말라구요, 15번의 정맥염환자에게 메조닐의 특약을 아홉시가 되면 3백 밀리 투약하는 거요."

안의 심장이 가슴속에서 펄쩍펄쩍 뛰었다. 드디어 케리는 본색을 드러내고 자기의 무지를 폭로하여 그녀에게 꼼짝 못하게 되어 버린 것이다.

"3백 밀리라구요?"

하고 그녀는 확실히 되풀이했다.

케리는 거드름을 피우며 고개를 끄덕였다.

"그래요, 3백 밀리요."

안은 여유를 보이면서 아무런 대답도 하지 않았으나 그 얼굴에는 조소와 경멸의 기색이 떠오르고 있었다. 케리는 이미 도어 쪽으로 가고 있었으나, 힐끗 안의 표정을 보고 못박힌 것처럼 그대로 멈추어 섰다. 그녀는 일순 그런 그를 어정거리게 내버려 두었으나, 드디어 말이 힘을 주어 입을 열었다.

"메조닐의 최대 복용량은 30밀리입니다."

인턴은 멍청히 입을 벌린 채 완전히 낭패하여 안의 얼굴을 빤히 보았다. 그는 아직껏 투약에는 자신이 없고, 거의 언제나 처방권을 떼기 전에 자기 사무실에 들어가 약전을 참조하는 것이었다. 메조닐이라는 것은 전적으로 새로운 약인데, 부룸과 같은 무해한 성질의 것이라고만 생각하고 있었던 것이다. 그는 머리끝까지 빨갛게 되면서, 그래도 아직 어리석게도 허세를 부리려 애썼다.

"그게 무슨 말이지? 그럼 당신은 메조닐에 대한 설명을 들은 적이 없는가 보군."

"착각하고 있는 것은 당신이에요."

하고 안은 모명적인 연민의 정을 나타내는 미소를 띄우면서 말했다.

"그것은 코데인에서 새로 만들어진 매우 무서운 독약이에요. 그러니까 3백 밀리나 환자에게 투약하면 환자를 죽여 버리게 됩니다."

"그건 그렇지만……."

하고 그는 뭔가 입 속에서 어물어물 말했다.

그러나 안은 상대보다 뛰어난 지식의 무게를 가지고 거침없이 계속했다.

"더구나 싱크레아 박사도 15밀리 밖에 투약하지 않습니다. 만약 내가 말하는 것이 믿어지지 않으시면 15번의 카르테를 잘 보세요. 싱크레아 박사가 직접 쓰신 거니까요."

인턴은 완전히 타도되어 버려 다만 멍청히 아무 말도 하지 못했다. 그래도 입 속에서는 중얼중얼거리면서 괴로운 눈초리를 안에게 던치며 발꿈치를 돌렸다. 그가 입구에서 나가려고 한 순간 안은 최후의 화살을 쏘았다.

"그렇게 하면 15번은 치사량을 투약하지 않아도 됩니까, 당신의 명령이라 할지라도? 우리들의 생각이 완전히 일치하고 있는 셈이지요, 닥터?"

그녀는 '닥터' 라고 하는 말에 신랄하기 짝이 없는 빈정거림을 포함했다. 케리가 고개를 떨구고 등을 구부리고 지금까지의 모든 부당한 행동과 모든 학대와 또 그녀에 대하여 표시해 온, 그리고 앞으로도 또 표시할 비열한 태도를 암묵 가운데 모두 증명하면서 나가는 것을 그녀는 보고 있었다.

2

루시로부터 편지에다 케리에 대하여 심한 모욕을 준 것으로 안은 마슈 보오리의 수술이나 그때 자기가 한 역할 따위는 완전히 잊어버리고 있었다. 그러나 그 주의 금요일 오후, 감독인 미스 질슨이 붙임성이 좋으리 만큼 상냥한 말투로 전화를 걸어 왔다.

"B과의 병실에서 부르고 있어요. 보오리 씨가 만나고 싶다는 거에요."

경험이 없는 간호원들을 지시하느라고 피로한 그녀는 간신히 안에게서 충분히 신뢰할 수 있는 것을 발견하고, 그때까지의 무거운 집을 내려놓을 수가 있는 기분이었던 것 같다. 안의 가치를 정당하게 평가하게 준 셈이다.

"그렇게 두려워하지 않아도 돼요."

감독은 친근미를 담은 미소를 지우면서 덧붙였다.

"별로 불유쾌한 일이 아니니까."

그러나 그럴 수 없었던 안은 적이 아니 당황하면서 B과로 향했다. 그녀에게 있어서 지금까지 마슈 보오리는 수술대에 누워 있는 막연한 실루엣에 불과했다. 실제에는 어떤 사람일까? 그녀에게는 상상조차 할 수 없었다. 그 병실의 도어를 노크하면서 안은 오히려 신경질적으로까지 되고 있었다.

"들어와요."

하는 소리가 났다.

안은 병실에 들어가자, 이 병원의 너절하고 허술한 외관가는 심한 대조를 이루고 있는 사치스러움과 풍부함에 놀랐다. 병실의 여기저기에 장식된 꽃, 베갯머리의 테이블과 라디오, 그리고 소형의 원탁 위의 진기하고 아름다운 과실을 담은 광주리. 그러나 안이 더욱 놀란 것은 마슈 보오리 자신이었다.

나이는 사십대 후반이며, 보기에도 퍽이나 정력적인 암팡진 몸매, 거칠지만 솔직할 것 같은 얼굴에 날카로운 눈을 한 사나이었다. 험준한 세파에 시달린 끝에 불운도 이겨낸 인간, 상당한 세력을 갖고 재산을 쌓아 올린 자신만만한 사나이라는 느낌이다. 침대에 누운 채, 베개에 기대어서 줄무늬의 파자마에 야한 녹색의 사텔 실내복을 걸치고 있었다. 산과 같은 서류가 그의 주위에 널려 있었다. 뒤웅스런 눈길 나래서 안을 빤히 응시하면서 힘주어 사나이다운 악수를 하고 말을 걸었다.

"야아, 미스 리이, 당신이 와 주어서 대단히 기쁘오. 나는 내일 이 병원을 퇴원해요. 중요한 시기였소. 그러나 당신의 얼굴을 보지 않고서는 가고 싶지 않아서…… 참으로 예쁜 얼굴이군!"

가슴이 떨리고, 안은 자신의 얼굴이 빨갛게 되는 것을 의식했다. 보오리는 뱃속으로부터 웃어 보이며, 두 사람밖에는 모르는 일이란 듯이 눈짓을 하면서 말을 하기 시작했다.

"누구한테서 들었는가, 그것은 말하지 않기로 하지. 다만 내 새끼손가락이 살며시 이 귀에 속삭였어. 그러나 이거예요, 마슈 보오리는 뱃속에 탐폰 가제를 넣고 싶지는 조금도 않았다는 것만은 확실히 말하겠소. 그렇게 되면 전혀 유쾌하지 않으니까 말이오. 그렇지 않아요, 안 리이양?"

안은 침착성을 되찾아 어린애같이 눈을 빛내면서 대답했다.

"그것은 말씀하신 대로 그렇다고 생각합니다, 보오리 씨."

그는 친근하게 그녀의 볼을 손가락으로 눌러댔다.

"그래그래, 당신은 양심과 동시에 아름다움도 혜택받았어요. 그건 여성에게는 드문 인연이야."

이러한 상찬의 말에 의심을 포함하는 것은 불가능했고, 이 공업가는 거기에 성심성의를 다하고 있는 것 같았다.

그는 다시 말을 이어,

"간호원과는 더군다나 귀중한 인연이군! 어쨌든 사람이 이 병이 들었을 때라든가 환자가 집안에 있을 때라든다 할 때에 예쁜 여자로부터 보살핌을 받는 것이, 콧물 흘리고 마당발에 키가 큰 키다리의 신경질적인 간호원 따위의 보살핌을 받는 것보다 얼마나 기분 좋은지 몰라요."

안은 문득 웃음 짓고 말았으나, 대답은 조심스러웠다.

"그런 사람이 세계에서도 가장 우수한 간호원일 수도, 그야 있을 수 있겠지만…… 그러나 마슈 보오리로서는 그런 것은 문제가 아니야."

마침 그때 베갯머리의 테이블 위의 작은 괘종세계가 찌르릉하고 3시를 울렸다. 보오리는 이별이 아쉬운 듯이 한숨을 내쉬고, 친근미를 다하여 최후에 안의 손을 꼭 쥐었다가 놓았다.

"아아, 멋대로 지껄이고 있으면 오늘 하루 종일 당신과 노닥거리는지 모르지, 그런데 말이야, 내 변호사가 두 사람 곧 오게 되어 있어요. 악당들이야. 물론 두 사람 다 말이오."

그리고 침대 아래 흐트러져 있는 서류의 산더미를 가리키며,

"보라구요, 날 따분하게 해주는 것을! 그들이 면회에 오는 것을 프레스코트가 오늘까지 금하고 있었던 거요. 그들은 반드시 늦어

진 것을 되돌리려 할 테지…… 그러나 걱정할 것 없어요, 리이양. 언젠가는 다시 만날 거요. 나는 말이지, 은혜를 잊는 그런 인간이 아니야. 그럼 그때까지 이것을 받아 주구려…… 자칫했으면 잊어 버릴 뻔한 탐폰 가제의 추억으로(미소하면서 그는 베갯머리의 테이블 위에서 사치스런 포장을 한 물건을 그녀에게 내밀었다). 아니, 아무 말도 하지 말아요. 감사하다는 말은 다음에 만날 때 까지 보류하기로 하고, 그럼 오늘은 이것으로 안녕……."

보오리는 고맙다는 말을 듣고 싶지도 않았던 것 같았으나, 안은 완전히 마음이 따스해지는 기분으로 병실을 나왔다. 자기가 한 일을 확실히 인정받았다고 생각하니 뭐라 말할 수 없는 기쁨이었다. 프레스코트 박사 이외에 그 부족했던 탐폰 가제의 일을 보오리에게 이야기할 사람은 없다. 그녀는 주위에 아무도 없는 것을 확인하고 당연한 호기심으로 받은 것을 열어 보았다.

근사한 핸드백이었다. 가죽으로 된 호화스런 것으로, 전부터 탐내던 것과 똑같은 것이었다. 너무나 좋아서 눈을 반짝이고 황홀해 하면서, 그것을 열고 속을 보았다. 그런게 순간적으로 그녀의 얼굴이 흐려졌다. 그 가운데 작은 지갑이 들어 있고, 거기에 10파운드짜리 지폐가 들어있었다.

안은 빳빳한 새 지폐를 손에 들고 당황하여 그 자리에 서 버렸다. 보오리로서는 더할 나위 없는 선의의 것이겠지만 금전의 사례는 의외로 데리케이트한 마음씨가 결여되어 있는 증거라고밖에 생각할 수 없었다. 이것은 여자하인에게 팁을 주는 거나 마찬가지이며, 모처럼의 자시 노력도 아주 잡쳐 버리는 것이라고 생각했다. 그녀는 오로지 단순한 생각으로 그것을 되돌리러 가려고 했다.

그런데 보오리 방으로 다시 되돌아가려고 할 순간 복도에 발소리가 났다. 안은 문득 뒤돌아보았다. 프레스코트 박사가 이쪽으로 오고 있었다. 핸드폰과 돈다발을 손에 들고 있는 것을 갑자기 보였기 때문에 그녀는 매우 당황하면서 망설였다.

프레스코트 박사는 대단히 섬세한 직감의 소유자인지, 그렇지 않으면 보오리가 안에게 선물하는 것을 알고 있었을까? 박사는 잠시 스친 것으로, 언제나 그 자리의 공기를 확실히 깨달아 버리는 것이다. 그는 멈추어 서면서 여느 때와는 달리 매우 상냥한 표정으로 말을 걸었다.

"오, 미스 리이, 내 환자의 문병을 와 준 게로군요."

"그렇습니다, 프레스코트 박사님."

프레스코트는 다 알고 있다는 듯이 끄덕여 보였다.

"보오리는 활발한 데에는 때때로 당황할 때가 있어요. 나도 사례를 받을 때, 너무 많아서 그렇게 생각하게 되거든."

이러한 간단한 말로, 안의 기분을 편하게 해주었으나 안은 역시 망설이지 않을 수가 없었다. 그녀는 간신히 말을 했다.

"솔직하게 말해서 프레스코트 박사님. 이런 도움 받는 것은, 저는 불유쾌합니다."

"연극 같은 짓은 말아요."

프레스코트 박사는 농담조의 말에는 그다지 익숙하지 못한 것 같아 약간 답답한 유머의 말투였다.

"모두 선행이란 보수를 받을 가치가 있는 거요…… 특히 이번의 경우, 뱃속에 가제를 넣고 잊어버리지 않았으니까."

"저는 다만 자신의 의무를 다했을 뿐입니다."

하고 안은 눈을 내뜨리면서 말했다.

"수술실에서 일하는 것을 저는 대단히 좋아합니다."

잠시 침묵이 흘렀다. 안은 이제 근무로 되돌아가야 한다고 생각했으나, 프레스코트 박사가 복도의 중앙에 버티고 서서 지나갈 곳을 막고 있었다. 그는 간호원과 병원의 복도에서 노닥거리고 있다는 전적으로 익숙치 못한 일에 뭔가 어색함이라도 느낀 모양으로 가벼운 기침을 하고서,

"아냐, 당신이 애정을 다하여 일에 열중하고 있다는 것은 나도 잘 알고 있으며, 그것 대단히 기뻐요. 당신과 같은 간호원이 우리에게는 필요한 거요. 아니 매우 필요하다고 해도 좋아요. 아무리 솜씨가 좋은 의사라도 자기의 옆에 필요한 조수가 없으면 아무 힘도 발휘하지 못하고, 또 자기의 명령이 세밀한 점까지 엄밀히 실행에 옮겨진다 하는 확신이 없으면 무장을 해제당한 것이나 마찬가지예요. 당신들의 직업이 얼마나 중대한가 하는 모두 간과하고 있는 것 같지만."

"그렇게 생각해 주신다면 참으로 저는 기뻐요, 박사님!"

안은 문득 말해버린 대담한 말에 당황하면서 이 잘못을 되돌리기 위해서는 어떤 대가를 치러도 좋다고 생각할 정도였으나 프레스코트 박사는 기분 나쁜 기색은 전연 없고 미소마저 띄고 있었다.

"당신 자신이 모두에게 그러한 교육을 하려는 사명에 몸을 바치고 있는 거지요!"

안은 얼굴이 화끈하여 고개를 숙여 버렸다.

"방금 말한 것은 말씀드리지 않아야 했습니다. 틀림없이 저를 건방진 애라고 생각하시겠지요, 그렇지만……."

"그렇지만, 뭐요?"

점점 난처해져서 안은 중얼거리듯이 말했다.

"자기의 천직의 명예를 위해서는 투쟁도 불사할 작정입니다."

"나도 찬성이오, 인간이 투쟁심을 갖는다는 것은."

하고 프레스토크 박사는 잠시 사이를 두고 말을 계속했다.

"나도 야심을 갖는 것은 싫어하지 않아요. 만약 내가 조그마한 원조하도 할 수 있다면 언제든지 기꺼이 해주겠소. 여름에는 면허를 가지고 있는 간호원 여러분을 위하여 강좌가 열리는데, 미스 리이도 출석하고 싶을 것이 틀림없을 거요. 당신에게 몇 권의 책을 보내 주겠소. 해파톤의 보험위생직원의 수준을 높이는 일이라면 어떠한 일이라도 나는 유의하고 있으니까요."

그런 이야기를 하면서 프레스코트 박사는 서로의 거리를 유지하면서 어떤 종류의 흥미를 가지고 약간 고개를 끄덕이며 그녀를 뒤에 남겨 놓고 보오리의 병실 쪽으로 발을 옮겼다.

안은 박사를 만난 것으로 완전히 활기를 되찾고 병실에 돌아왔다. 프레스코트 박사에게도 뭔가 솔직하고 적극적인 데가 있어 그것이 그녀에게 정열과 용기를 주고 있는 것 같은 기분이 들었다. 곰곰이 생각한 끝에 이 돈으로 근사한 은쟁반을 사서 루시와 조오에게 결혼선물을 하려고 생각한 것이다.

3

　그러는 동안에도 병원에서는 변함없이 식사가 더욱 나빠질 뿐
이었다. 어느 날 점심 때 안은 회색으로 변한 삶은 고기를 억지고
먹고 있었다. 식욕을 돋구지 않는 것을 젖혀 놓고 문득 보니 바퀴
벌레가 응고한 소스 가운데서 움직이고 있지 않은가. 그녀는 구토
기를 참으면서 찬찬히 그 벌레를 지켜 보았다. 그리고 갑자기 새
파랗게 질린 얼굴을 하고 일어서서 식당에서 뛰어나왔다. 갈라진
타일바닥의 곰팡이 냄새가 물씬 나는 화장실에서 그녀는 먹은 것
을 다 토해 버렸다.

　그런 잠시 후 여성직원 공동의 휴게실에는 간호원들이 자기들
에 대한 대우에 분격한 나머지, 안을 에워싸고 착잡해 있었다. 그
가운데는 노라와 그레니 등의 안에게 동정하게 된, 일 잘하고 부
지런한 미스 다우, 미스 토드와, 거기에 병원에서 제일 빈틈 없는
유능한 간호원도 몇 사람인가 섞여 있었다. 그녀들은 똑같은 생각
에 흥분하고 있었으나 처음에는 묵묵히 아무 말도 없다가 드디어
갑자기 노라가 소리쳤다.

　"이건 치욕이에요! 이미 이젠 이대로 방관할 수 없어요. 그렇지
않으면 더욱 나빠질 것이 뻔해요!"

　"스미스는 전염성 앙기이나에 걸려 버렸어요."

　하고 간호원 한 사람이 말했다.

　"그것도 다만 저항력이 없었기에 그런 거예요. 모두 그것을 병

원성(病院性) 앙기이나라고 말하고 있어요. 이것 기아에서 온 앙기이나라고 하는 것이 좋지 않을까요? 프레스코트 박사도 그 불쌍한 스미스를 진찰하고 '과연 이 사람은 영양 부족이야'라고 말했을 정도예요."

"언제나 우리들 가운데는 병자가 있기 마련이에요."

하고 다우가 중얼중얼 말했다.

"흡사 노예처럼 부려먹고, 돼지나 먹을 것을 먹이고 있단 말이야!"

"안을 잘 보아요."

노라가 노기 충전하여 말했다.

"여기에 와서 적어도 5킬로는 야위었어요. 이것은 완전한 부정 행위예요.!"

"그녀는 미용식을 먹고 있는 거야."

하고 그레니가 태연자약하게 말했다.

"가만 있어요, 그레니!"

노라는 이번에는 참으로 화를 내면서 말했다.

"농담을 하고 있을 때가 아니라구요. 엊저녁만 해도 썩은 냄새가 나는 핫도그가 나오지 않았느냐 말이야. 오늘은 구린내나는 감자였고, 오늘 아침에 나온 베이콘은 아무리 건강한 장부라도 가슴이 메스꺼울 거야. 그러니까 며칠째 이러는 거지. 입에 넣을 수 있는 것은 전연 없었지 않은가 말이야…… 여러분도 마찬가지가 아닌가 말이에요. 그러니까 놀랄 것 없어요, 젊은 실습생이 식이요법 중의 환자의 쟁반 위에 있는 우유를 훔친 현장을 들켰다 하더라도! 여러분도 알고 있잖아요! 우유! 과실! 그것이 어떤 것인지 지금은 확실히는 기억 못하지만, 언제였던가, 쇼오 선생이 비타민의 영양가에 대하여 강의를 한참 하고 있는 도중에, 일어서서 '그것은 매우 좋은 것임에는 틀림없습니다, 쇼오 선생님! 그렇지만 이 병원에 와서 지금껏 우리들은 레타스 한 장, 그린피스 한 톨 구경하지 못했습니다' 라고 말해 주고 싶어서 견딜 수가 없었어요."

"그런데 어떻게 하면 좋을지 알 수가 없군."

토드가 두 팔을 걷어 올리면서 말했다.

"그럼, 내가 여러분에게 말하겠어요. 지금부터 어떻게 하면 좋은가를."

하고 노라가 보가 터진 것처럼 지껄이기 시작했다.

"그 사람들의 코빼기를 통통 속에 쳐박아 주는 거예요. 이것은 내가 이삼일 전부터 생각하고 있었던 일이에요. 단식 스트라이크를 하는 거예요. 앞으로는 내 놓는 것에 손도 대지 말고 다른 방법으로 어떻게든 극복해 나가는 겁니다. 내가 말하는 것을 잘 듣고 내일 한시 반에 모두 깃브스의 방에서 만납시다. 거기에서 비스킷이나 치즈나 바나나를 사서 간호원장실의 창밑으로 돌아와서 거기서 그것을 먹는 거예요. 내가 알고 있는 바로는 그것을 금할 규칙은 하나도 없어요. 이것을 일주일만 계속하면 그 늙은 불독도 틀림없이 움직이지 않을 수 없을 것이라는 점은 내가 보증합니다."

노라의 이 경솔한 제안은 가장 젊은 간호원들로부터 열광적으로 받아들여졌다. 아직도 기분이 좋지 못하고, 허기진 안은 조금 떨어져 앉아 있었으나 항의할 만큼의 기력도 없었다. 이 작은 음모가 성공할 가능성은 거의 없을 것을 그녀는 알고 있었다. 일순, 프레스코트 박사에게 이야기를 꺼낼 유혹에 사로잡혔다. 그러나 생각해 보니 박사와는 그다지 친숙하게 지내고 있지 않으므로, 박사에게 말하면 아마도 자기더러 분주히 뛰라고 할 터이고, 하여간 박사가 조정에 개입해 줄 만한 일은 아니라고 생각했다.

안에게는 병원이 조직 전체에 결함이 있고, 실제적으로 영속적인 개혁을 실행하는 데는 간호원장에게가 아니라 병원이 이사회 자체에 호소하지 않으면 안된다는 것을 잘 알고 있었다. 식료품은 한꺼번에 다량으로 구입할 뿐만이 아니고 에누리해서 사들이며 회계과가 품질을 관리할 수고를 취하지 않고, 더구나 그것이 아무리 맛있는 것이라도 전부 그 맛을 없애 버리는, 손질이 잘되어 있지 않은 냄비로 끓이기 때문에, 자기들은 구미에 맞는 반찬을 어찌 바랄 수가 있겠는가? 고기나 생선 등을 보존하기 위한 냉장실도 없을 뿐만 아니라 냉장고 하나 없기 때문에 어두컴컴하고 습기 찬 지하에 있는 조리장과, 식품위생에 대하여 전혀 지식도 없는 조리주임, 거리에 해파톤과 같은 병원이 이 지방에는 열 개도 더 있을 테고, 더구나 더 있을 곳도 있을 것이 틀림없다.

모두의 계획이 성공에는 의심을 가지고 있기는 했으나 안으로서도 동료들의 편을 들지 않을 수 없었다. 최후까지 완강하게 저항하겠다고 하는 사람은 전부 아홉 사람이었다. 이튿날의 점심 때, 그녀들은 내놓은 식사에는 손도 대지 않았다. 아무도 그것에 주의를 기울이는 사람마저 없는 것 같았다. 감독인 미스 루카스는 식당의 감시계를 자칭하고 있었으나, 그날은 모습조차 나타내지도 않았다. 한시 반이 되자, 아홉 사람의 간호원이 병원의 현관 곁에 있는, 대개의 것은 다 팔고 있는 깃브스의 점포로 나가 비스킷과 초콜릿, 과실 등의 필요품을 사들였다. 그리고 간호원장실의 창 아래로 가서 그 검소한 식사를 덥석덥석 먹었다. 그것은 아무런 센세이션도 일으키지 않았다. 그래도 미스 토드는 이렇게 서슴없이 말했다.

"그래도 그 더러운 방에서 내놓는 것보다는 역시 훨씬 낫군."

90

그것을 듣고 다우는 동료들이 분개하고 있는 앞에서 불시에 웃음을 터뜨리고 말았다. 노라는 노라답게 일부러 보란 듯이 바나나의 껍질을 미스 이스트의 창틀에 올려 놓았다.

그녀들은 아무 효과도 얻지 못했다고 생각했으나, 그러나 이 사소한 시위운동도 전혀 주목되지 않았던 것은 아니며, 이튿날의 점심에는 당장 그 증거가 나타났다. 한시가 되자 마스 루카스가 식당에 나타났으나 예의 아홉 사람의 간호원이 내놓은 식사에 손도 대지 않은 것을 보고 일동을 뚫어지게 응시했다.

"모두 왜 먹지 않은 거유?"

하고 미스 루카스는 쌀쌀맞게 노라에게 물었다.

"배가 고프지 않아서요."

"무슨 뜻이지요?"

감독은 이마를 찌푸리면서 말했다.

"당신들에게 내놓은 식사는 매우 상급의 것이에요."

"무엇을 말하는 거지요, 미스 루카스?"

그레니가 더할 나위 없이 비앙거리는 말투로 되물었다.

"당신들 감독님들은 우리들과 똑같은 식단이 아니에요. 훨씬 좋은 것을 먹고 있는 것입니다.

미스 루카스는 얼굴이 빨갛게 되었다.

"무례한 말은 집어치우세요! 만약 당신들이 먹는 것을 거부하면 내가 원장님에게 보고하겠어요."

"식욕이 없다고 하는 것이 규칙에 위반되는 건가요?"

안이 악의 없는 말투로 물었다.

감독은 실색하여 안을 응시하면서 당황하여 퇴각을 했기 때문에 반역자들은 펄쩍 뛸 듯이 좋아라 했다. 그녀들은 또 식료품점에 가서 듬뿍 사들고, 미스 이스트의 사무실 창틀에 노라가 늘어놓은 것은 이번에는 바나나껍질 두 장이었다.

하루가 지나고 이틀이 지났으나 여전히 상층부에서는 아무런 반응도 찾아볼 수 없었다. 명백히 관리부는 이 반란이 무사히 끝나기를 기대하고 있는 것 같았다. 그러나 반역자들은 결코 깃발을 내리지는 않았다. 그러자 금요일, 모두를 아연케 한 것은 미스 이스트가 스스로 식당에 나온 것이다.

그녀는 마침 대구찜이 식탁에 놓여졌을 때 갑작스럽게 모습을 나타낸 것이다. 암홍색의 번쩍거리는 제복을 입고, 펄럭거리는 베일이 있는 때자국 하나 없는 모자를 쓴 작달막하긴 하나 인상적인 모습이었다. 엄숙한 표정의 그 얼굴은 입술을 굳게 다물고 두 팔을 가슴에 끼고 있어서 불독이기보다는 오히려 교회의 고위 간부와 같은 느낌이 들었다.

그녀는 거의 이상하리 만큼 조용한 가운데 천천히 식탁에 접근해 왔다. 아홉 사람의 음모자는 내심 떨고는 있었으나 미스 이스트가 그녀들의 앞에 발을 멈추어 서고, 요리가 잔뜩 담긴 접시의 열에 뚫어지게 눈을 돌리고 있을 때는 조금도 당황하지 않았다.

여느 때는 대단히 시끄러운 식당 내의 접시가 부딪치는 소리나 포크의 소리도 나지 않고 조용한 가운데서 미스 이스트는 안에게 말을 걸었다.

"그 생선을 먹지 않는가?"

안은 공손히 일어섰다.

"네, 미스 이스트."

"왜 그렇지요, 도대체?"

이 질문을 당하지 식당 내에는 전율이 엄습했다. 아무런 두려움

없이 건방진 대답을 하거나 식사의 질이나 조리에 대하여 솔직하게 불평을 하거나 하면 최악의 사태마저도 초래될 위험이 있었다. 그러나 안에게는 갑자기 묘안이 머리에 떠올랐다.

"저는 좋아하는 것을 밖에서 사는 편이 더 좋습니다."

안에게는 그 이상 현명한 대답을 할 수가 없었을 것이다. 그리고 그녀들만이 되었을 때는 동료들로부터 대답을 잘했다 해서 칭찬받기도 했다. 그러나 미스 이스트는 완전히 예상이 뒤엎어진 것 같았다. 그녀는 뭔가 건방진 대답을 기대하고 있었던 것이며, 그것에 의하여 필요한 조치를 당장에 취하려고 준비를 하고 있었기 때문이다. 예의에 합당한 안의 대답에 미스 이스트는 자기의 입장을 상실해 버린 것이다. 그녀는 미스 루카스처럼 안색이 변하거나 하지는 않았다. 그런 사태에 대응하는 경험은 충분히 쌓았고 확고한 확신을 가지고도 있었다. 그녀는 안에 대하여 비교적 오래, 그리고 엄격한 시선을 던지고는 조용히 식탁을 돌아 묵묵히 식당을 나갔다.

음모를 꾸민 측에서 이미 승리를 획득한 것처럼 생각했다.

"이번에는 납작코를 만들었군!"

하고 노라가 기뻐서 소리쳤다.

"틀림없이 무슨 수를 쓰지 않을 수가 없을 거예요."

"그렇겠지, 그러게 무슨 수를 쓸까?"

안이 걱정스레 말했다.

과연 그녀의 예상은 옳았다. 이튿날 아침에는 게시판 공고가 붙어졌다.

"간호원은 정오부터 두시까지 병원 밖으로 나가는 것을 금한다. 또 특별한 허가가 없는 한 간호원은 외부로부터 식료품을 반입하는 것을 금한다. 에리자벳 이스트."

노라는 원망스러운 표정을 게시판으로부터 외면을 하면서,

"아, 바로 이거였군!"

하고 낙담하여 말했다.

"이제 우리는 굶어 죽거나, 그렇지 않으면, 더러운 돼지죽이나 홀짝일 수밖엔 없는 거야."

그녀들은 사실 그럴 수밖에 없었던 것이다.

4

묘한 이야기지만 어이없게도 무너진 단식 스트라이크에 참가했음에도 불구하고 안에게만은 주말휴가가 인정되었다. 미스 이스트는 단호하게 절대로 부당한 태도는 보이지 않았었다. 이를테면 불독이라든가 형무소의 간수라든가 하는 평판을 듣고 있기도 했으나, 그것은 그녀가 실습생에서 간호원을 거쳐 감독, 그리고 간호원장의 지위까지 올라가는 단계를 기어오르기 위해서 격렬하게 투쟁하지 않으면 안되었었기 때문이다.

그녀는 자신도 말하고 있는 것처럼 고통스런 훈련을 받아 왔기 때문에 자기 부하인 여자들을 같은 시련에 따르게 하는 것이 의무라고 생각하고 있었다. 그뿐만이 아니라 해파톤에서는 터무니없는 곤란에 부딪쳤었고, 끊임없이 이사회의 간섭 때문에 고심해 왔기 때문에 그것이 그녀에게 철(鐵)의 훈련을 사용하게 된 이유이기도 했다. 그렇긴 하나, 뛰어난 간호원이 가지는 헤아릴 수 없는 것을 그녀는 잘 알고 있기 때문에 안에 대하여는 과도한 엄격성을 나타내지 않으리라 마음먹은 것 같았다. 그리하여 안은 5월초의 주말에 외출의 허가를 얻은 것이다.

안이 런던행의 열차를 탄 날은 대단히 좋은 날씨였고, 사랑하는 루시를 만날 수 있다 하는 생각으로 기쁘기만 하였다. 금요일 오후부터 월요일 아침까지 자유로운 것이다. 그리고 열차가 햇빛을 흠뻑 받은 전원으로 달리고 있을 때 이렇게 살아 있는 것은 얼마나 즐거운 일인가 생각하기도 하였다. 최근의 두 주간은 친구도 몇 사람 생기고 병원생활에서의 화나는 일이나 괴로운 상태에도 불구하고 직업상의 자기는 많은 진보가 있었다는 지각을 가질 수 있었다.

최근의 두 주간 그녀는 프레스코트 박사의 수술조에 가담했다. 그것은 그녀로서는 언제나 경탄할 뿐이었고 박사의 훌륭한 솜씨, 특히 그의 전문인 신경 중추나 뇌의 수술시에 그것을 자세히 보는 일에 일종의 흥분마저 느꼈다. 그녀는 흔한 박사의 일을 생각하곤, 그 극도로 능숙한 솜씨, 확실하고 신속한 손의 움직임, 메스의 일촉(一觸)으로 생과 사의 갈림길이 되는 미세한 선을 긋는 것 등을 생각에 떠올리고 있는 자신에 놀라는 수가 있었다. 더구나 박사는 언제나 냉정한, 엄격히 직업적인 태도로 그녀에게 관심을 나타내고 교과서를 빌려 주기도 하고, 병원균에 관한 연속 3회의 강연입장권을 보내 주기도 했다. 물론 그녀는 프레스코트 박사에게 한없는 존경의 마음을 안고 있었다. 박사는 이미 대가이거나, 그렇지 않으면 틀림없이 대가가 될 것이다. 그리고 안은 자기도 마찬가지로 자기 자신의 직업에서 그러한 완벽의 영역에 도달할 것을 명상하게 되었다.

루시는 역에 마중 나오지 않았다. 안은 간신히 직감을 발동해서 버스를 발견했다. 버스는 매스엘 힐에 있는 엘스리가 아베뉴까지 비교적 빨리 데려다 주었다. 그녀는 가슴을 두근거리며 7번지의 계단을 뛰듯이 올라가 벨을 눌렀으나, 도어를 열어 준 작달만한 귀여운 하녀의 뒤에 루시의 모습을 발견하고 기쁨의 환성을 올렸다. 바로 다음 순간 두 자매는 서로의 품안에 몸을 던지고 있었다. 안은 너무나 감동되어 안고 있는 루시를 좀처럼 떼어 놓으려 하지 않았다. 겨우 포옹의 손을 풀고 팔걸이의자에 앉으며 곧 동생에게 여러 가지의 질문을 퍼부었다. 루시가 얼마나 이야기를 하고 싶어하고 있었는가 그것은 상상 외의 것이었다. 동생은 약간 통통하게 살이 찐 것 같았으나 옷깃에 타후타를 댄 옷을 입고 매우 고상한 모습을 하고 있었다. 그녀는 집이나, 왁스로 잘 닦은 가구류나 꽃무늬를 수놓은 에프린 입은 귀여운 하녀를 천진스럽게 자랑하면서, 이제 막 시작했을 뿐인 가정주부의 역할을 하는 것에 취해 있었다.

자그마한 객실에 의젓하게 앉은 채로 하녀가 가져 온 쟁반을 앞에 놓고 루시는 안에게 최대한의 서비스로써 차를 제공했다. 그녀는 이웃 사람들——참으로 품위가 있는 사람들——의 이야기이며, 지금까지 본 연극이나 영화의 이야기를 언니에게 해주었다. 더군다나 그녀는 안이 이야기할 차례를 기다리고 있지 못했다. 시트가 최상급인 것부터 새로 맞춘 야회복의 독특한 것까지 어떤 사소한 것까지도 하나도 빼놓지 않았다.

안이 루시에 대하여 깊은 애정을 갖고 있지 않았다면 그 너무나도 어린애 같은 점에 미소를 지었을 것이다. 그러나 안은 루시가 결혼에 의해서 초래된 것들을 무엇이나 보여주려고 하는 그 자랑스러운 설명에 눈물이 글썽해지는 것을 느꼈다.

"모든 것이 나무랄 데가 없구나."

하고 안은 동생의 허리에 팔을 돌리면서 말했다.

"네가 행복하니 난 참으로 기뻐. 틀림없이 조오는 좋은 일이 있어서 너를 이렇게 행복하게 해주는 거겠지."

루시는 그렇가는 듯 끄덕여 보였다.

"그래요, 그는 행운을 붙잡은 거예요, 언니. 내가 언젠가 '장거리 버스'의 이야기를 언니에게 말하지 않았어요. 조오는 테드 그레인과——그 사람은 참으로 신사예요——공동으로 시작했어요. 테드는 런던, 브리스톨, 카이디프, 맨체스터 간을 왕복하는 장거리 버스의 회사를 만들었어요. 그래그래, 좋은 생각이 떠올랐어……."

그리고 과장된 표정으로,

"언니, 우리 차로 맨체스터까지 돌아가세요. 뭣 때문에 그런 더럽고 지저분한 기차를 타요? 장거리 버스를 얼마든지 이용할 수 있어요. 장거리 버스는 대단히 장래성이 있어요. 벌써 이년째예요, 테드가 그 회사를 창립한 것이. 더구나 그 사람, 대단히 조오에게 호의를 가지고 있고, 동등한 권리로 회사일을 시키고 있어요. 조오는 가진 돈을 전부 회사에 투자했어요. 그래 이런 기업이 참으로 벌이가 좋은 걸요. 보라구요, 언니, 언젠가는 언니의 동생이 부자가 될테니."

그런 동안에 조오가 나타났다. 변함 없이 어색한 표정으로 안에 대하여 대단히 환영의 뜻을 나타냈으나 어딘지 거북스러운 표정도 없지 않았다. 안은 조오가 매우 변한 것을 보고 놀랐다. 회사에 나갈 때 입는 까만 옷의 탓인지도 모른다고 생각했으나 얼굴이 창백한 것, 긴장하고 있는 모양이며 눈썹 사이에 새겨진 주름에 신경쓰고 있는 것을 알아차렸다.

"당신은 고향의 공기를 가져다 주셨군요."

그는 약간 웃음지으며 말했다.

"그 공기를 다시 마시다니, 참으로 기쁩니다."

"바보 같은 소리 작작하세요, 조오!"

루시는 초조한 표정으로 말했다.

"바보가 뭐야, 나에겐 그렇게 느껴지는 걸. 설사 오분만이라도 작업복을 입고 시아람의 길을 낡을 포드 차로 달린다면 돈이 들어도 아까울게 없소."

"그럼 당신은 평생 기계쟁이로 있는 편이 좋았을 거라는 말인가요!"

하고 루시는 얼굴을 붉히며 노해서 소리쳤다.

"기계쟁이, 옳아, 그것이 참다운 내 모습이야."

이번에는 조오가 흥분하여 대답했다.

"근본적으로 하찮은 기계쟁이야, 자신이 자신을 말하는 거니까 틀림없어!"

당장에 싸움이 벌어질 것 같았으나 루시는 대단히 애쓰며 자제했다.

"좋아요, 하여간 기다릴 테니 갈아입으세요. 일곱시까지 준비하지 않으면 안돼요."

"뭐라구! 또 외출하는 거야?"

조오가 소리쳤다.

"그래요, 연극을 보러 가는 거예요."

하고 루시는 대꾸했다.

"언니가 런던에 머무르는 동안은 여러 가지 해 드리고 싶어요."

다시 공기가 험악해졌다. 안은 거북스러워져서 급히 말참견을 했다.

"오늘 밤은 나가지 말기로 해요. 계속 당신들과 이야기하는 편이 훨씬 좋아요. 난 그러기 위해서 온 걸."

"연극을 보러 가요."

루시는 막무가내로 말하고 조오에게 사나운 시선을 던졌다. 그도 이 이상 말다툼하지 않는 것이 상책이라고 깨닫고 옷을 갈아입으로 2층으로 올라가 버렸다.

　그들은 참으로 보잘것없는 오페라를 구경했다. 안은 돌아가고 싶어 견딜 수가 없었는데, 루시는 상연물에 신경을 쓰고 저명인사가 와 있는 것을 언니에게 가르쳐 주기도 했다. 묘하게도 조오만은 마음으로 흡족해 하고 있었다. 그는 막간이 되자 바에 가서 피로를 달래도 있었으나, 최후의 막이 내려질 무렵에는 약간 취하여 좋은 기분이 되어 있었다.

　토요일 아침, 루시는 피로함도 보이지 않고 안을 여러 상점에 데리고 가거나 옥스퍼드의 혼잡한 거리로 끌고 다니거나 했다. 결혼이 루시를 한층 허영에 빠지게 했는지 뭔가 열에 들뜬 것처럼 시종 바쁘게 돌아갈 필요가 없는 성 싶었다. 그렇게 생각하니 안은 슬픈 생각이 들었다. 저녁 때가 되자 그들은 리이젠트 스트리트에 있는 자칭 엘레강스한 레스토랑 우리디밀로 갔다. 조오의 공동 경영자인 테드 그레인이 세 사람 사이에 끼어 함께 식사했다.

　최초의 시선과 최초의 말——당신들 간호원들은 인생의 일단(一端)밖에 모르는 것이 아닌가요——로, 그것만으로도 안은 테드 그레인에 대하여 내색은 하지 않았지만 심한 반감을 느꼈다. 지방질의 뚱뚱보에 까만 머리를 곱슬거리에 지지고, 우아하고 상냥한 모양을 낸 테드 그레인은 여봐란 듯이 비단 턱시도를 입고 있었다.

　함부로 '당신은' 이란 말을 친절한 듯이 사용하고 겉으로는 웃는 얼굴을 보이며 눈을 뒤룩거리고 있었다. 조오의 초대를 받았는데도, 요리나 술을 주문하는 것은 그였다.

　"생활을 향락할 줄을 알고 있는 거예요, 저 테드씨는."

　하고 루시가 반한 듯이 감탄의 소리를 냈다.

　"저 사람, 우리가 교제하고 있는 사람 가운데서는 가장 유쾌한 사람이에요."

조오와 테드는 그 후에도 비교적 많은 술을 마셨다. 테드 그레인은 겉으로는 점잖은 태도를 유지하고 있었으나 조오는 계산을 할 무렵에는 이미 침대에 들어가야 할 만큼 취한 상태였다.

일요일은 더욱 기분 좋게 지나가고 있었다. 루시는 자기도 피로해졌으나 조오가 낮잠 후에 와이셔츠 바람으로 입에 파이프를 물고, 잠으로 부석부석한 눈을 하고 객실로 내려왔을 때도 불유쾌한 말은 한마디도 하지 않았다. 분위기가 차분히 누그려졌다. 드디어 세 사람은 시아람에서의 좋았던 나날, 즐거웠던 무렵의 일을 회고하기 시작했다.

루시도 유쾌해 했다. 그리고 그날은 하녀도 쉬는 날이어서 줄곧 와이셔츠에 바지 차림인 조오는 자기 집의 독특한 간식을 자기가 만든다고 주장하기도 했다…… 그것은 근사하고 맛있는 햄 엑그스였다. 이 집에 온 이래 비로소 안은 조오와 루시가 조금이라도 변하지 않았고, 앞으로도 이들의 결혼은 틀림없이 행복하리라고 생각했다.

그러나 여덟시에는 여기를 출발하지 않으면 안되었다. 주말은 살같이 지나가 버린 거시다. 월요일 아침 10시, 다시 C병실의 근무를 하기 위해서는 더 이상 어물어물하고 있을 수는 없었다. 더구나 조오와 루시로부터 돌아갈 때는 무슨 일이 있어라도 회사의 차를 타고 가 달라고 사뭇 권함을 받고 보니 안은 입이 시리도록 거절하긴 했지만 역시 승낙하지 않을 수가 없었다.

"그렇지만, 나는 왕복표를 가지고 있는걸."

하고 안은 미소를 지으며 조심스럽게 말했다.

"저희들은 차비를 한푼도 받지 않겠다고 말하고 있지 않아요.

그것을 거절하면 진짜로 화낼 테야!"

두 사람은 안을 트라팔거 스퀘어까지 배웅하였는데, 여덟시 조금 전 거기에 회사의 청색과 황색을 한 대형 자동차가 와서 그들은 보도의 가장가리로 피했다.

"야, 근사한 차군요! 당신들이 자랑하는 것도 당연한 일이이요."

하고 안이 외쳤다.

"네, 나쁘지는 않지요."

조오는 흠이라도 찾듯이 눈으로 차를 점검하면서 말했다.

"새 차를 샀습니다. 물론…… 그러기 위해서 꽤 돈이 들었어요. 저 엔진이 신경쓰이지만 새 형이 나오면 이건 버려야겠어요."

그는 야윈 얼굴에 와이셔츠 차림에 차양이 달린 모자를 쓴 젊은 운전수와 뭔가 말을 교환하고는 매우 즐거운 표정으로 두 사람이 있는 곳으로 돌아와서 시계를 보았다.

"빨리 타세요, 시간이 됐어요. 오늘은 차가 만원입니다. 승객은 삼십 명. 장사란 것은 항시 잘된다 할 수는 없는 것이지요. 그렇지만 우리 운수업자는 차를 빈 차로 운행하지 않으면 안될 때가 가장 곤란한 일이지요."

안은 루시에게 작별 키스를 하고 조오와는 악수를 했다. 그리고 차에 올랐다. 두 사람은 명랑하게 손을 흔들어 이별의 인사를 했다. 장거리 버스는 브레이크 소리를 내고 클랙션을 울리면서 움직이기 시작했다.

5

런던 교외로 나와 북부로 가는 본가도로 향할 때에는 어둠의 장막이 완전히 내려졌다. 빠르고 쾌적한 버스는 스프링의 상태로 좋았으나, 좌석에 우두커니 앉아 있는 안으로서는 누워 잠잘 수 있는 열차의 삼등 침대를 일순 아깝게 생각하지 않을 수 없었다. 그리고 이 좌석에서 꾸벅꾸벅 조는 것으로 만족하지 않으면 안된다고 생각했다.

열시 경 차는 스티브네이지 가까이의 호텔 앞에 서고, 거기서 커피와 샌드위치가 제공되었다. 촉촉이 비가 내리고 있었고, 스며들 듯이 안개가 서리고 있었다. 그래도 승객의 대부분은——어떤가하면 얌전했고 또한 조금도 스스럼이 없는 사람들뿐이었다——차에서 내렸다. 안은 그 가운데서도 특히 한 사람의 모친과 세 명의 여자아이에게 눈이 끌렸다. 승객들이 원기를 되찾자 차는 다시 달리기 시작했다.

안은 약간 동안 졸았으나 차의 동요로 눈을 떴다. 밤은 자꾸자꾸 지나가고 있었다. 다섯시 경 자리를 고쳐앉은 여행도 마지막에 가까워지고 있어 마음이 거뜬해지고, 조금 원기를 내 보자고 마음먹었다. 맨체스터에는 여섯시에 도착할 예정이었다.

안은 유리창을 흐리게 하고 있는 수증기를 닦고 밖을 바라보았다. 아직 날은 밝지 않았으나 줄기차게 내리는 비임을 알았다. 고개를 기울여서 밖을 보니 마치 터널 속처럼 길이 캄캄하고, 타이어가 물을 가르는 소리와 함께 그것을 삼키고 있는 빛이 바로 눈앞에 전개되었다. 커다란 트럭의 까만 차체가 몇 대인가가 스쳐지나가고 추월하기도 했다.

안은 핸드백을 열고 오데코롱의 작은 병을 꺼냈다. 그리고 기계적으로 관자놀이를 가볍게 두들기는데, 갑자기 타이어가 심하게 삐걱거리고, 차가 옆으로 미끄러졌다. 무거운 차바퀴가 미끄러져 50미터나 지그재그로 나아갔다. 안은 그 순간 이미 운전수로서는 어쩔 수 없는 상태인 것을 깨달았다.

공포의 부르짖음이 있기도 전에 차는 방향을 바꾸어 무섭게 옆으로 미끄러지며 반들반들한 길에서 벗어서 경사면을 기어올랐으나, 그 경사면에서 적어도 10여 미터는 미끄러져 떨어지며 느티나무에 충돌하여 굉장한 소리와 함께 유리창이 깨지고, 금속류는 찌그려지며 차체는 엉망으로 망가져 버렸다. 그래도 아직 발동하고 있던 엔진이 귀가 막힐 만큼 커다란 소리를 내면서 폭발했다. 완전히 일회전한 차는 그대로 옆으로 쓰러지면서 박혀 버렸다. 차 지붕에서 불길이 솟았다. 차바퀴 하나가 공전을 계속하고 있었다.

거의 실신할 지경이었으나 안은 의식을 잃지 않았다. 타가 느티나무에 충돌하는 순간 그녀는 전신에 쇼크를 느꼈다. 바른쪽 어깨가 마비된 것 같았고, 그리고 유리창 사이로 비를 맞아 따스하고 짭짤한 피가 흘러 들어왔다. 다시 무의식 속으로 갈아앉는 것 같았으나 자기 바로 옆에 있는 여자가 소리쳤기 때문에 허무의 세계에서 빠져 나왔다. 그리고 망연한 상태에 있으면서 자신에게 말해주었다. '여기에서 빠져나가지 않으면 안된다…… 어떻게든 부상자를 구조하지 않으면 안된다…… 그것이 나의 의무이다!'

있는 힘을 다하여 안은 억지로 의자에서 몸을 끌어내어 기둥을 잡고 겨우 차의 가장 높은 곳에 이르렀다. 그리고 박살난 유리창을 발견하고 그 열린 구멍에서 땅으로 굴러떨어져 축축한 풀밭을 네 발로 기었다. 그때 자기 바로 옆에 이마를 두 손으로 누르고 있는, 내동댕이쳐진 것 같은 사나이가 있었다. 그 사람은 버스 운전수인 것을 깨달았다.

"어디 다치셨습니까?"

하고 그녀는 물었다.

"어찌 되었는지 모르겠습니다."

아직 쇼크로 멍한 운전수가 대답했다.

"전봇대에서 내동댕이 쳐진 겁니다…… 잘못 운전한 것이 아닌데…… 브레이크 탓이오…… 브레이크가 고장나 버려 힘껏 했는데……."

"그런 건 아무래도 좋아요. 그것보다 급히 해야 할 일이 있어요. 자, 제발 부상자를 차에서 끌어내는 일을 도와 주세요. 그렇지 않으면 전부 타 죽어 버려요!"

차 속에서는 여자들이 울부짖고 있었다. 안은 운전수를 일으켜 세웠다. 벌써 차의 앞부분은 완전히 화염에 싸여 있었다. 녹아나는 금속과 니스의 타는 강한 냄새가 목구멍을 찌르는 것 같았다.

"비상구가 뒤에 있습니다."

하고 운전수가 중얼거렸다.

"빨리! 열어 주세요."

하고 안이 소리쳤다. 두 사람이 전력을 다하여 쐐기라도 박은 것 같은 비상구의 도어를 당겼다. 그것을 겨우 열자 승객 한 사람이 튀어나와 두 사람을 벌렁 나자빠지게 했다.

"아, 고맙소!"

하고 그 사나이는 숨을 몰아쉬며 말했다.

"빠져 나오지 못하는가 했어요. 비상구가 잠겨 꿈쩍도 안했어."

"도와 주세요, 다른 사람을 밖으로 끌어내는 것을."

두 사람의 뒤를 따라 그녀는 차내에 들어가, 함께 부상자를 끌어 내기 시작했다. 한눈으로 안은 참사가 얼마나 큰가를 알았다. 승객의 대부분은 의식을 잃고 있었고, 거의 전부가 중상을 입고 있었다…… 골절된 사지, 열상을 입은 근육, 그 가운데서도 가장 심한 것은 두개골이 깨진 사람이 두 사람이나 있는 것이었다.

비가 억수같이 쏟아지는 밤인 만큼 차 지붕에서 뿜어내는 화염의 빛이 한층 처참한 광경을 드러내고 있었다. 많은 경험을 쌓았다고 자부하는 안도 일순 어떻게 하면 좋을지 도무지 알 수 없고 손 쓸 수가 없는 것처럼 느껴졌다.

그러나 이를 악물고 온갖 지혜와 힘을 짜냈다. 한 사람 또 한 사람 부상자를 언덕바지의 비를 피할 큰 나무 아래에 뉘어 놓았다. 한 여자가 신경 발작으로 울부짖으며 도망하고 있었다. '다행히 저 사람은 부상당하지 않았어요' 하고 안은 그 여자를 잡으려고도 하지 않았다. 다음 사람은 죽은 사람처럼 창백하고 전신에 피가 한 방울도 없는 것 같은 소녀였다. 심한 출혈…… 그것도 팔의 정중정맥(正中靜脈)에서의 출혈이다 하고 안은 속으로 중얼거렸다. 전광석화처럼 스카프를 찢어 그 소녀의 찢긴 팔에 지혈대 대신으로 감아 주었다. 이어서 한 손이 완전히 짓이겨진 노인이 고통에 허덕이며 나왔다. 운전수는 그 노인을 안아 부축하고 있었으나 안을 향하여,

"이제 전부요, 모두 나왔습니다. 내가 최후입니다."

하고 말하고, 운전수는 그 자리에서 정신을 잃고 안의 발아래에

쓰러져 버렸다.

　마침 그때 우유 배달하는 트럭 한 대가 흔들리며 위의 도로 위에 멈추었다. 안은 급히 그 차의 운전수를 불렀다. 농장에 근무하고 있는 나이가 열일곱쯤 되어 보이는 소년이었는데, 이 공포와 비참한 광경을 보고 반쯤 정신이 나간 것 같았다.

　"여기에서 맨체스터까지 어느 정도의 거리지요?"

　하고 그녀는 그 소년에서 물었다.

　"대, 대강 20 킬로쯤 될 것입니다."

　하고 더듬거렸다.

　"의사가 이 근처에 있나요?"

　"네, 마을에 있습니다. 저기 5킬로 앞에 헤이 박사님이라고."

　"내가 말하는 것을 잘 들어요."

　안은 소년의 팔을 잡으며 말했다.

　"이 트럭으로 될 수 있는대로 빨리 마을로 가는 거예요, 헤이 박사님에게 우선 알리고, 그리고 구급차를 보내도록 전화를 걸어 주어요, 네?"

　그때 문득 머리에 떠오르는 것이 있었다. 부상자 중 몇 사람인가는 움직일 수가 없다고 생각하고 이렇게 덧붙였다.

　"그리고, 맨체스터의 프레스코트 박사님에게도 전화를 해주고, 번호는 파이크 4300. 바로 와 주십사 말씀드려요. 무서운 사고가 일어나서 바로 수술을 하지 않으면 안될 부상자가 있습니다 하고……."

　벌써 소년은 뛰어가려고 했는데, 그녀는 그를 붙잡고 덧붙였다.

　"또 하나 묻겠는데, 바로 이 근처에 인가가 있나요?"

　"네, 1킬로만 가면 로드니 농장이 있습니다. 이 길로 가면 됩니다."

소년은 그렇게 말하고 손가락으로 가로수 길을 가리켰다.

"저는 거기에서 일하고 있습니다."

안은 끄덕이며 제발 서둘러 달라고 부탁하고, 최초에 구출한 승객을 돌아보았다.

"농장까지 뛰어가세요. 여기에서 일어난 일을 설명하고 모포와 들것, 뜨거운 물을 가져 오도록 부탁하세요. 올 수 있는 사람은 모두 와 달라고 하세요. 들것이 없으면 문짝이든 뭐든 상관없어요…… 하여간 급히 가세요…… 제발 빨리!"

"알겠습니다. 기다리세요."

하고 말하고, 그 승객은 비 속으로 뛰어갔다.

혼자가 된 안은 심한 고통에 가슴을 조이며 부상자 쪽으로 돌아갔다. 구급상자 하나라도 준비하고 있었더라면…… 그러나 설사 가지고 있다 하더라도 이미 차 안에는 아무 것도 남아 있을 리가 없다고 단념했다.

가장 심히 다친 부상자의 대부분은 이미 의식을 되찾고 고통의 신음소리를 내고 있었다. 몰핀이라도 있으면 아픔을 덜어 줄 수가 있는데 하고 생각하면서, 안은 젖은 풀밭에 무릎을 꿇고 될 수 있는 대로 손을 써서 그 사람들을 간호했다. 손수건을 빗물에 적셔 피로 얼룩진 얼굴을 닦아 주고, 그 상처를 각각 조사했다. 승객의 대부분은 심한 상처를 입고 있었으나 한 사람도 죽은 사람은 없었다. 제발 모두가 구조되어었으면…… 안은 다시 희망을 가지면서 자신에게 중얼거렸다. 만약 자신이 그런 기적을 성취시키는데 도움을 줄 수가 있으면…….

여러 사람이 뭐라고 부르고 있는 소리와, 무거운 구두소리에 그녀는 머리를 들었다. 새벽의 회색 어둠 속에 몇 사람의 영상을 분간할 수 있었다. 농장 주인과 두 사람의 일꾼과 부탁하러 간 승객이 들것과 위스키와 모포를 가지고 왔다.

안은 안개가 낀 것 같은 멍한 머리로 하여간 빨리 하여야지 하고 생각했다. 먼저 가장심한 부상자의 간호를 하는 것…… 두개골절이 된 두 사람과 출혈하고 있는 남자와, 어깨가 으스러진 남자를 추위와 비에서 피난시키는 일이었다. 아마 자기는 솔선해서 위험한 일을 하고 있는지도 모른다. 그러나 그런 것에 구애되고 있을 때가 아니다. 이 부상자들은 뭐라 해도 하여간 죽음의 위험에 빠져 있으며, 비와 추위에 내버려 두면 사태를 악화시킬 뿐이다. 그녀는 모두에게 네 사람의 부상자를 들것에 실어 농장으로 운반해 달라고 부탁했다.

결과는 그녀의 조치가 옳았던 것을 증명했다. 우유 차의 소년은 20분이나 지나서 겨우 되돌아왔는데, 그것은 의사가 함께 와 주지 않았기 때문이다.

"헤이 박사는…… 왕진 가고 없었어요."

하고 소년은 설명했다.

"그러나 부르러 갔습니다. 프레스코트 박사도 바로 오시겠다고 했습니다. 내가 직접 전화를 했습니다."

"그런데, 구급차는?"

"오고 있는 중일 것입니다. 마을 병원이 보내 줄 것입니다."

구급차가 여기에 도착하기까지 또 끝없는 긴 시간을 지나고 있었다. 드디어 열의에 찬 젊은 인턴을 태운 구급차가 두 대가 와 주었다. 그리고 안이 자기가 취한 조치에 대하여 뭔가 설명하려고 할 때 또 한 대의 차가 질풍처럼 나타났다. 그 운전대에 프레스코트 박사가 있는 것을 보고 안은 기쁜 나머지 자칫 울어 버릴 뻔했다.

박사는 차에서 뛰어내렸는데 서둘러 옷을 갈아입은 증거로 두꺼운 외투 밑에 프라노바지와 쉐터밖에 입고 있지 않았다. 안의 모습을 보고 깜짝 놀랐으나 그러나 박사는 그런 기색은 전혀 보이지 않았다. 병원의 병실을 회진할 때 그대로의 냉정하고 태연한 표정으로 눈을 허공에 두고 머리를 약간 기웃하면서 그녀의 보고에 귀를 기울이고 있었다. 안은 말이 자꾸만 입밖으로 밀어닥쳐 왔으나 젊은 인턴에게 설명하는 것보다도 박사에게 상황을 있는 그대로 말하는 것이 훨씬 수월했다. 프레스코트라고 하는 사람이 이해도 빠르고, 해야 할 일을 서슴지 않고 결심하는 것을 알고 있었기 때문이다.

"자네는 이 부상자들을 돌봐주게나."

하고 박사는 인턴에게 말했다.

"될 수 있으면 신속하게 병원으로 옮겨야 해. 나는 급히 미스 리이와 농장으로 가겠네. 이 사람은 우리 병원의 간호원이야. 만약 헤이 박사가 그동안에 오면 바로 내가 있는 데로 오시도록 하게."

그리고 3분도 지나지 않아 박사와 안은 농장에 도착하여 넓고 큰 부엌으로 들어갔다. 이미 불 옆에는 네 개의 이불이 깔리고, 중상을 입은 승객들은 뉘어 놓고 있었다.

일순의 허비도 없이 프레스코트는 거기에 무릎을 꿇고 네 사람의 부상자를 신속히 진찰했다. 놀랍게도 박사가 모습을 보인 것만으로 그 냉정함은, 모두가 웅성대고 있던 집안의 대소동을 순식간에 진정시켜 버리고, 방금까지 아무 이유도 없이 왔다갔다만 하고 있던 이 농장의 뚱뚱한 주부도 분별을 되찾았다.

프레스코트는 일어나자 커다란 조리대와 북향을 하여 밖을 바라볼 수 있는 창과 거리에서 5월 아침의 차가운 빛이 비치고 있는 것, 그리고 불 위에 걸어 놓은 뜨거운 물의 냄비 등을 한눈으로 알아차렸다.

"조리대를 창 가까이에 옮겨 주시오."

하고 그는 명했다.

"뜨거운 물이 필요해요…… 많이. 또 깨끗한 타올을 몇 장……자, 그럼 여러분은 나가 주실까."

그리고 소리를 낮추어 안에게 말했다.

"부상자 가운데 세 사람은 움직여서는 안되니까 바로 여기에서 수술합시다."

안은 심장이 뛰는 것을 느꼈다. 그렇다면 자기의 판단은 옳았던 것이다. 그러나 그녀는 아무 말도 하지 않았다. 사실 당장이라도 실신할 것 같은 기분이어서 말하고 싶어도 말이 되지를 않았던 것이다. 그래도 그녀는 프레스코트의 차까지 달려가서 의료가방을 두 개 가지고 돌아와서 당장 수술에 필요한 준비를 하기 시작했다.

그런 후의 안은 마치 꿈속에서처럼 기묘한 무대에 가담했다. 그것은 일종의 몽롱한 악몽이었다. 필요한 동작을 본능적으로 하면서 흡사 자동인형처럼 자기의 역할을 연출하고 있을 뿐이었다. 프레스코트는 스웨터를 벗고 운동셔츠 하나가 되어 늠름한 팔을 드러내고 얼굴을 긴장시키면서 바로 수술에 착수했다.

그러는 동안에 안경을 낀 희끗희끗한 머리를 한 작달막한 레이 박사가 도착하여 바로 마취용 마스크를 꺼냈다. 그래도 그녀 자신은 순전히 반사적인 동작으로 기구를 건네거나 받아들거나, 가제를 자르거나 프레스코트가 시키는 대로 하고 있을 뿐이었다.

요드징크를 바른 부상자 한 사람은 두개골 속에 천두기(穿頭器)를 넣어 갉아내고 있는 것을 보면서 그녀는 다시 자기의 판단이

옳았다는 것을 생각하지 않을 수 없었다. 후두부의 골절이 틀림없었기 때문이다. 그런데 또 천두기의 소리와 봉합하는 기계의 날카로운 소리…… 그것은 두 번째의 두개골절 환자의 수술이었다.

그것이 얼마나 긴 시간에 걸쳐서 계속되었는지, 몇 분 몇 시간이 지났는지 그녀는 이미 알 수 없게 되어 있었다. 이윽고 방안에는 누군가가 와 있었다. 농장의 처녀가 출혈한 소녀에게 수혈을 하고 있었다. 프레스코트의 얼굴에서는 땀이 방울방울 떨어지고 있었으나, 그러나 박사는 어쩌면 그렇게 교묘히 섬세한 수혈기를 다룰 수가 있을까.

더구나 박사 자신의 손이 어쩌면 그렇게 교묘히 민첩하게 그것을 도울 수가 있을까. 그러게 생각하는 한편 그녀는 자기의 몸이 조용하고 숨막히는 부엌 가운데서 둥둥 떠있는 것처럼 느껴졌다. 이미 최후의 부상자가 조리대 위에 뉘어졌다. 더구나 그녀는 아까부터 줄곧 그 자리에 있는 것이다. 이지러진 팔의 절단을 돕거나 동맥을 핀센트로 집거나 장선(腸線)을 통하여 바늘을 건네거나, 프레스코트가 최후의 봉합을 시작하는 것을 지켜 보면서.

전부가 끝났다…… 드디어──. 거의 그것을 믿지 않는 기분으로 그녀는 허술한 거울에 수척한 눈 가장자리의 기미가 생긴 볼에 핏자국이 남아 있는 자신의 얼굴이 비친 것을 보았다. 신선한 공기를 마시러 밖으로 나가지 않으면 당장에 쓰러질 것 같았다. 프레스코트는 그러한 그녀를 지켜 보고 있었다. 이런 약점을 박사에게 보이다니, 굴욕이라고 느꼈다.

"밖의 공기를 쏘이고 와야겠군."

하고 그녀는 혼자 중얼거리며 얼른 밖으로 나갔다.

넓은 정원에는 사람들이 밀어닥쳐 있었는데, 그 사람들에 섞여 맨체스터의 신문기자가 몇 사람 와 있었다. 찌르는 듯한 신선한 공기를 얼굴에 느끼는 것은 어쩌면 이다지 상쾌한가. 여러 가지로 질문을 받으면서 귀에 들리지만 그녀는 그것에 대답할 수가 없었다. 누군가가 의자를 하나, 거기에 한잔의 물을 가져다 주었다. 비는 이미 그쳤다. 햇빛이 빛나고 있다. 멀리서 공장의 기적이 한탄하듯이 울리고 있는 것을 들으면서 이미 정오가 되어 있는 것을 의식하였다. 마침 그때 프레스코트가 집밖으로 나왔다. 그리고 수분간 신문기자의 질문에 답하고 있었다. 그리고 박사는 구급차의 출발을 돕고 있었다. 그것을 마치고 이윽고 그녀 쪽으로 가까이 왔다.

"내가 데리고 가겠어, 미스 리이."

그가 그녀를 지켜 보면서 말했다.

"너무나 많은 리스트에, 이 이상의 새로운 희생자를 더 내고 싶지 않으니까."

6

맨체스터로 돌아오는데, 프레스코트 박사는 천천히 운전을 했으나 역시 여느 때와 마찬가지로 오로지 침묵으로 일관했다. 그 옆에 앉아서 눈을 감은 채, 부석부석한 얼굴에 상쾌한 공기를 기분좋게 마시면서 안은 깊은 경의를 담아 박사에게 감사하고 있었다. 이 상태면 병원에 닿을 때까지는 침착을 되찾을 시간을 가질 수 있다고 생각하면서, 그리고 간호원장이 자기에게 당장 근무하라고 명령하지 않았으면 좋겠는데 하고 생각했다.

그러나 거리로 들어가려고 할 때 눈을 떠 보니 차는 해파톤의 방향으로 달리고 있지 않은 것을 깨달았다. 그녀가 눈으로 묻기도 전에 프레스코트 박사는 그러한 그녀의 생각을 알았는지,

"우리 집으로 데려가는 거야."

하고 어색한 듯이 말했다.

"미스 리이는 조금 휴식을 취하고, 병원으로 돌아가기 전에 원기를 회복할 필요가 있어요, 그 얼굴에 입은 부상은 내가 치료하지 않으면 안되는 것 아닌가."

"전, 열시에 근무를 시작해야 하는데요."

안은 주저하듯이 말했다.

프레스코트는 큰소리로 웃었다. 여느 때의 무감동한 얼굴을 일변시켜 버릴 만큼 쾌활하고 개방적인 웃음이었다. 그것이 박사를 한층 젊고 한층 인간미 있게 보여주었다.

그러나 그는 바로 생각을 다시 하고 그런 표정을 보여 버린 것을 후회라도 하고 있는 것처럼 매우 무뚝뚝하게 말했다.

"쓸데없는 생각은 하지 말아요!"

그렇게 말하고 있는 동안에 차는 로이알 테라스를 향하고 있었다. 차량의 왕래와 소음에서 완전히 격리된 주택지구로서 품격과 전통으로 호흡하고 있는 동네였다. 그는 조지아풍의 훌륭한 집앞에 차를 세우고, 안이 내리는 것을 돕고, 그리고 포켓에서 열쇠를 꺼내 돌계단을 성큼성큼 뛰어올라가 도어를 열고 그녀를 맞아들였다.

모친으로부터 이어받은, 독신자에게는 너무 넓은 고풍의 고귀한 이 주택은 타인 부부가 살림을 꾸려 나가고 있었다. 가구는 어느 것이나 완벽한 취미를 나타내고 있었다. 프레스코트는 안을 2층의 훌륭한 방으로 안내하였는데, 거기의 발코니는 태양을 흠뻑 받는 정원에 면하고 있었다.

그는 긴 의자를 턱으로 가리키며 쉬기를 권했다.

"세리주를 한잔 가지고 오겠어. 미스 리이의 상태를 보니 아무래도 그런 것이 매우 필요할 것 같아."

그는 방 밖으로 나갔다가 작은 병 하나와 글라스를 둘 들고 바로 돌아왔다. 글라스 하나에 세리주를 채워 억지로 마시게 하고 그리고 자기의 글라스에도 부었다.

"나도 이게 필요해요."

하고 그는 투명한 황옥색의 술잔을 찬찬히 들여다보면서 현재의 기분을 정직하게 이야기했다.

"준엄한 시련, 그 지독하게 더운 부엌에서의 다섯 시간의 노동. 그러나 그것은 고생한 만큼의 가치가 있었어요. 부상한 사람들도

위기는 면했고, 만약 거기에서 바로 수술을 하지 못했다면 위험을 피할 기회는 없었을 것이오. 그 두개골절을 한 두 사람에게 천두술을 시술하지 않고 구급차로 운반했더라면 돌이킬 수 없는 결과가 되었을 테구."

그리고 그는 진지한 얼굴을 하고 안을 보면서 덧붙였다.

"나는 미스 리이에게 대단히 감사하고 있어요. 당신은 도저히 상상하지 못하리 만큼 말이지—— 냉정, 지성, 용기, 그런 것을 당신이 가졌기 때문에 얼마나 도움이 되었는지 몰라요."

그는 계속하기를 망설이는 것처럼 약간 입을 다물었으나, 드디어 강한 충동을 이기지 못했는지 말을 이었다.

"우리들이 오늘 아침 해낸 그 특수한 일은 화급한 경우이긴 했으나 여러 가지로 말이 많을 거요. 오늘 밤의 신문을 읽으면 다 알 수 있겠지만, 신문기자들에게 공개해 버린 동기에 대하여는 나를 경멸해 주지 않기를 특히 부탁하고 싶소. 내가 그것에 대하여 생각하고 있는 것은 개인적인 목적에서가 아니고 내가 시끄럽게 떠들고 있는 그 진료소를 실현하기 위해서는 생애의 사건 가운데서 그것이 크나큰 원조가 될 것이기 때문이었소."

그는 다시 빈정거리듯 씁쓸한 표정마저 지으며 말했다.

"오늘 아침 우리가 행한, 무모하다 할 수 있는 수술이 불러일으킨 센세이션은——이런 과장된 말을 사용할 수가 있다고 한다면 말이지만——모두에게 믿게 하려고 노력하고 있는 목적의 달성에 틀림없이 유리한 영향을 주리라고 생각해요. 그리고 특히 이것은 나의 친구인 마슈 보오리에게 영향을 줄 거요. 노멀한 상태에 있어서 행하여지는 무수한 수술의 일을 생각하면 말이오."

그는 일어서서 방안을 신경질적으로 성큼성큼 큰 걸음걸이로 왔다갔다했다.

"미스 리이, 내가 바라고 있는 것은 뇌 및 척추의 상해만을 수술하는 외과진료소의 창설이에요. 이것이 나의 생애의 목적이에요. 당신은 아마도 알지 못할는지 모르지만 매년 수천이라 할 수 있는 환자가 뇌수술에 필요한 시설이 없다고 하는 단순히 그뿐인 이유로 해서, 그리고 뇌외과가 도전하는 무한한 가능성을 늙은이들이 거부하고 있다고 하는 단순히 그것만의 이유로 죽어 가고 있어요. 그러한 진료소를 만약 손에 넣을 수가 있다면 나는 일생을 바쳐서 후회하지 않을 거요. 그리고 이 새로운 기술이 실제에 제공하는 무한한 분야를 세상에 알려 줄 수가 있다고 생각하고 있어요. 뇌종양이나 외상의 환자, 정신분열증의 어떤 종류의 환자까지도 커다란 효과를…… 아니, 무한한 효과를 가져다 줄 자신이 나에게는 있으니까 말이오."

프레스코트가 문득 발을 멈추어 말하는 것을 그치고 방안을 왔다갔다는 하지 않게 되었으나, 이마에 귀찮게 내려오기만 하는 머리칼을 초조해 하면서 손으로 빗어 올렸다.

"실례했소, 미스 리이. 너절하게 늘어놓았군. 그러나 내 말을 이렇게 열심히 들어 주는 사람은 별로 없었어요. 당신이 원기를 회복하는데 중요한 시간이라는 것도 깜빡 잊고 있었소."

그는 막무가내로 눕도록 하고, 가정부를 불러 그녀 옆에 테이블에 식사 준비를 시켰다. 뜨거운 콘소메, 코올드 치킨, 레타스, 거기에 디저트로서 대단히 맛있는 스프레가 나왔다. 안은 지금까지 이러한 훌륭한 식사를 해 본 기억이 없었다. 세리주가 그녀에게 기력을 회복시켰고, 식욕을 붙여 주었다. 엊저녁부터 아무 것도 먹고 있지 않았으므로 배가 고파서 죽을 것 같은 지경이었다.

그런게 프레스코트는 다시 냉정하고 새침한 태도를 취했다. 안에 대하여는 식사를 전부 먹으라고 권했으나, 그것도 조심성 있는 뭔가 어색한 데가 보였다.

"미스 리이는 물론 알아차리고 있겠지만."

하고 그는 약간 당돌한 표정으로 말했다.

"나는 해파톤의 간호원들과는 조금도 사교적인 관계를 갖고 있지 않아요. 대개의 의사가 도와 주는 간호원 여러분과 여러 가지 관계를 갖는다 하는 것을——이 말을 나는 가장 좋은 의미로 사용하고 있는 셈이지만——나는 더할 나위 없이 경멸을 하고 있소. 그것을 여러분의 신뢰를 빙자하여 이것을 악용하는 것이며, 우리의 직업상의 이상을 배신하는 것이라 생각하기 때문이오."

안은 끄덕여 보였다. 프레스코트 박사가 흉금을 털어놓고 이렇게도 자기가 생각하고 있는 것을 말해 주는 것이 대단히 기쁜 기분이었다. 그러므로 그녀도 확실한 말투로 대답할 수가 있었다.

"닥터에게는 닥터의 의무가 있고, 간호원에게는 역시 간호원으로서의 의무가 있는 것이 아니겠어요. 저도 선생님과 마찬가지로, 이 양자는 다른 면에서 서로 교제하거나 해서는 안된다고 생각합니다."

그리고 좋은 기분을 주는 미소를 띄우면서 덧붙였다.

"그렇지만 뭐라고 감사의 말을 드려야 할지 모르겠습니다. 이렇게 맛있는 식사를 주셔서."

프레스코트는 기계적으로 손을 움직여 빵을 잘게 썰고 있었다.

"오늘의 경우는 예외예요. 더구나 우리가 교제한 것은 직업면에서의 일이야. 당신이 훌륭한 일을 다해 준 것은 새삼스럽게 다시 한번 말하지 않으면 안될 것이오."

잠시 침묵이 흘렀으나, 이윽고 프레스코트는 안이 다 먹은 것을 확인하고 다시 말을 계속했다.

"이젠 미스 리이가 기분이 조금은 좋아졌겠지, 그 얼굴을 치료해 주겠소. 관자놀이에 심한 열상(裂傷)이야. 꿰메지 않으면 흉터가 남게 될 테니까."

그는 밖으로 나가 진료실에서 글라스의 쟁반을 가지고 돌아왔다. 상처를 알콜로 씻고, 크로르에틸로 국소마비를 한 후 두 곳에 봉합을 해주었다.

안은 최초의 바늘이 살을 찌르는 것은 얼마나 아픔을 느끼는 것일까 하고 몸이 굳어져 있었다. 그러나 대단한 것은 아니었다. 급관에서 안은 살갗에 접촉되는 것이 무섭다고 생각하고 있었다. 그러므로 성격적인 특징으로서 미장원에 가는 것도 그녀에게는 이를 악물고 견디는 고문이었다. 그러나 프레스코트의 손이 달아도 불유쾌한 감각은 조금도 느끼지 못했다. 그의 배웅으로 현관의 계단을 내려올 때 오래 악수를 했으나 이것 역시 불유쾌하지 않았다. 그리고 그녀는 병원을 향해 걸어가면서 이것으로 친구가 또 한 사람 생긴 것 이라고 생각하여도 별로 건방진 것이 아닐 것이라고 자기 자신에게 말하고 있었다.

제 3 부

1

프레스코트가 앞에서 말한 것처럼, 장거리 버스의 무서운 사건이나 농장의 부엌에서 행한 대담한 수술은 맨체스터의 신문 한 면의 전체에 대서특필로 장식했다. 박사가 수술을 한 부상자는 모두 쾌유의 방향에 있고, 다른 승객들은 모두 위험을 면하고 있었다. 신문에는,

'외과의사와 간호원, 30명의 인명을 구하다' 라는 제목이 붙어 있었다.

안이 좋아하는 바는 아니었으나 그녀는 완전히 영웅으로 취급되었다. 한편에서는 또 가장 보수적인 신문마저도 프레스코트 박사가 뇌수술 전문의 외과진료소를 창설한 야심이 있는 것을 조심성 있는 것이긴 했으나 집요하게 암시하고 있었다. 그것은 마슈보오리가 이 계획을 지지하고 있다고도 받아들일 수 있는 기사였다. 만약 제사공장의 주인 보오리가 재정적으로나 정치적으로 원조를 한다면 진료소의 설립은 결정된 것이나 마찬가지였다.

안은 매우 커다란 관심을 가지고 이 움직임을 주목하였고, 프레스코트 박사가 그 이상을 실현하도록 마음으로부터 기원하지 않을 수가 없었다. 냉감하고 과묵하기마저 한 이 사나이는 그 열망을 안에게도 분담시키는 것에 성공한 것이다. 그뿐만이 아니라 그녀는 박사에 대한 감사의 마음으로 충만되어 있었다.

사실 안은 병원으로 돌아와 열흘쯤 지나자, 자기가 행한 용감한

행위의 보상을 받게 되어 비로소 자기가 실제로 공을 세웠다는 기분을 절실하게 맛보았다. C병실 근무의 단순한 간호원이었던 그녀는 순회간호원장의 지위로 승진이 된 것이다.

이 지위는 여러 가지의 이유에서 대단한 갈망의 표적이기도 했다. 거기에다 이 은혜는 사고시의 훌륭한 행동에 대한 보수와 병원에까지 파급한 영예에 대한 감사의 표시로서 간호원장인 미스 이스트에 의해서 주어진 것인데 원장은 물론, 더구나 병원 전체로서도 프레스코트 박사의 명령에 따른 것이었을뿐이라는 것을 안도 잘 알고 있었다.

고참 간호원들이 이를 갈며 분하게 여기고 있는 것, 숙덕숙덕 뒷공론이 있는 것, 안 리이의 행운에 대해 넌지시 빗대어 수군거리는 태도들이 여기저기 보였으나, 그러나 전체적으로 보아서 안의 승진은 정실에서가 아니고 버젓한 그 공적으로 되어진 것으로 보고 있었다.

어쩌면 어떻게 넓은 시야가 그녀 앞에 전개되었다는 말인가! 그녀의 명령하에 있는 여섯 사람의 동료가 참가하는 순회간호원장으로서 앞으로 안에게는 해파톤 관구의 사회위생업무의 확보라고 하는 책임이 부과된 것이었다. 자택에 있는 환자를 치료하고, 몸을 아끼지 않고 병상에 따른 간호를 한다.

이 봉사업무는 일찍이 병원이 관리하고 있는 빈곤자주제사무소의 업무이다. 이것은 간호원들에게 개인적인 큰 경험을 얻게 하는 것이었고, 자발적인 봉사를 더욱 실천케 하는 것이며, 더구나 때로 필요한 경우에는 부유한 환자를 그의 호화스런 저택에까지 출장하여 간호하도록 지명되는 수도 있었던 것이다.

안은 자기의 새로운 지위를 생각할 때마다 그 무서운 사고가 결국 자기에게는 퍽이나 좋은 결과를 가져다 준 것이라 생각하지 않을 수가 없었다. 그러나 조오로서는 애석하게도 그것은 참으로 대단한 재앙이었다.

차의 손해는 회사가 부담하겠지만, 상해배상의 요구는 틀림없이 천문학적인금액이 될 것이었다.

안은 조오를 5월 17일 수성에 의하여 행하여진 증거 조사에 출석하기 위하여 맨체스터에 왔을 때 재회했다. 만난 것은 매우 짧은 시간이었다. 그것은 몇 분에 지나지 않았으나 조오의 표정을 보고 안은 그가 격심한 불안상태에 놓여 있는 것을 깨달았다. 그를 특히 괴롭히고 있다고 생각하는 것은 보험의 문제였다.

이 사고의 재정적 부담은 테드 그레인에게 있었으나 사고를 일으킨 차의 보험증권은 아직 지불되고 있지 않은 것 같았다. 또 나쁘게 해석하면 그 너무나도 약삭빠르고 너무나도 고상한 체하는 테드 그레인이 보험의 돈을 착복해 버린 것이나 아닐까 하고 안은 심하게 의심하기도 했다. 조오는 것에 대하여 그녀에게는 한 마디도 말하지 않았으나 그러나 법정으로 간다 하고 헤어질 때의 그의 표정이 그 문제에 대하여 확실하게 무언으로 말해 주고 있었다.

조사는 부상한 승객들이 증언차 나올 수 있을 때까지 1개월 연기가 되었다. 안은 그 후 조오가 런던으로 돌아갈 때까지 만나지 않았다. 그녀는 루시 앞으로 위로와 격려의 긴 편지를 썼다. 젊은 두 사람을 위하여 마음 아파하고 있었긴 하나 이윽고 새 임무에 대한 여러 가지 의무 때문에 여기저기로 뛰거나 몰두하거나 하게 되었다.

그녀는 훌륭한 자기 직업의 깊은 의의를 일찍이 이처럼 잘 이해한 적은 없었다. 그런 후부터는 그녀는 몸이 가루가 될 만큼 일에 몰두했다. 가난하기 짝이 없는, 먹을 것 마저 없는 비참한 가정이나 때국에 찌들은 이부자리, 삐걱거리는 의자, 우굴쭈굴한 낡은 냄비 등등의 가구가 달린 지저분한 아파트에도 들어갔다. 중풍에 걸린 채 여생을 보내고 있는 사람들의 집이나, 완전히 삶의 보람을 잃고 그녀의 얼굴에서 뭔가 희망의 표시를 읽으려고 하는 갖가지의 가정에도 발을 들여놓았다.

급한 경우에, 좋든 싫든간에 나가야 하는 호출이나, 철야로 간호하고 있는 중에 다른 호출을 당하는 것도 경험했다. 여러 자기 사고의 현장에도 불려 나갔다. 술 취해서 싸움하다가 부상 입은 선원, 부도덕한 에이젠트에게 착취 당하여 7층의 창문으로 투신한 희극 여배우, 주인의 돈을 도박으로 잃고 가스자살을 기도한 불쌍한 점원…… 간호원이라는 자격은 자기에게 있어서는 근사한 통행증이라는 것을 안은 깨달았다. 아무리 무례한 무리도 아무리 흥분한 사람도 길을 비켜 자기를 통행시켜 주었다. 시중의 아무리 부도덕한 구역에서도 백의(白衣)라고 하는 자기의 제복이 경찰보다도 잘 보호해 주었다.

그녀는 인생의 최악을 확실하게 보았다. 그러나 거기에는 가장 숭고한 것이 있는 것을 깨달았다. 그리고 또 그 고뇌와 노동 가운데에 만약 그러한 안식의 순간이 없었다고 하면 한 사람의 간호원으로서 그 타격에 견디어 나갈 수도 없을 것이라고 생각하기도 했다. 해파톤의 개먹장이 인턴——조오지 케리 의사——의 결혼은 지금도 생각할 때마다 웃음을 참을 수 없는 일대 희극이었다.

2

　조오지 케리의 결혼이 가까워지고 있다는 하는 매우 중대한 뉴스를 모두에게 알린 것은 노라였다. 그녀는 식당까지 와서는 자기의 자리에 미끄러지듯이 앉아 식탁에 앉아 있는 사람 모두에게 그 영광스러운 사건을 살짝 토로하기에 이르렀다. 통렬한 비꼬움으로 그녀가 자기의 기분을 발산한 것은 조금도 놀랄 것은 없다. 그녀는 C병실에서 안의 대리역을 맡고 있었으나, 예의 건방진 케리는 변함 없이 똑같은 경멸과 똑같은 거만성으로 그녀를 다루고 있었던 것이다.

　"그야 물론. 근사란 결혼이에요."

　하고 그녀는 감자를 포크로 찌르면서, 그 인턴의 점잔빼는 태도를 흉내내며 말했다.

　"결혼식은 이번 목요일에 센트 보톨프에서 하기로 되어 있어. 그리고 미트랜드 호텔에서 피로연이 있어요. 그 젊은 피앙세에게는 헤아릴 수 없을 만큼의 선물도 들어오고 각인을 한 은그릇에 조각이 되어 있는 크리스탈 글라스가 명함의 산에 에워싸여 있지. 사교계의 명사라 하는 명사들, 지인이라는 지인은 모두 초대되었어. 그러나 간호원은 초대하지 않는다 이거야. 감독도 한사람도 초대하지 않았어. 간호원장만은 예외였지. '그분은 대단히 영리한 분이니까' 하고 케리가 거드름을 피우며 나한테 말했다구요. 오전 중 줄곧 그것만 지껄였을 뿐이라고 다른 말은 한마디도 지껄이지 않았어. 그런 말을 노닥거리고 있는 동안…… 우리들은 경골의 소독을 돕고 있었는데 말이지, 난 도망칠 수도 없었다구요. 어쩜 그렇게도 거만하고 싫은 놈인지! 돼지처럼 살찐 게 허풍만 떤단 말이야! 그렇잖아? 안, 당신 대신으로 그를 대한 후부터 그 불결한 사내의 일로 얼마나 인내해 왔는가를 생각하면 참으로 울고 싶을 정도야. 난 메스를 그놈의 등짝에 내던져 주겠다고 마음에 맹세했어. 그런데 어떻게 되었다고 생각하나? 내가 복수하기 전에 그가 도망쳐 버린 거야."

"그래, 어쩔 수 없는 놈이야."

그레니가 뭔가 깊은 생각이 있는 것 같이 꿈꾸듯이 말했다.

"나도 그 엉터리에게 꼭 앙갚음을 해줄 참이야."

"누구지요, 결혼의 상대는?"

래파톤에 온 지 얼마 되지 않는 실습생이 부드럽고 깨끗한 소리로 물었다.

"누구는 누구야, 너는 아니니까 안심해."

그레니가 신랄하게 말했다.

모두들 와 하고 웃어 젖혔다. 그 젊은 실습생은 얼굴이 빨갛게 되어 매우 당황한 모양이며, 젊은 여성들이 매정하게 구는 것이 대단히 싫어 안은 급히 그녀에게 가르쳐 주었다.

"파이킨 박사의 따님과 결혼하는 거야. 개업의사인데, 소올트마켓의 지구에 좋은 병원을 가지고 있는 사람의 따님이야."

"그래요."

떨떠름한 얼굴을 하고 그레니가 말했다.

"케리는 거기에서 치즈통에 빠진 생쥐 꼴이 되는거야(라 퐁테느의 《寓語集》에 있는 이야기로 세상과 떨어져 느슨하게 행복한 생활을 하는 인간에 비유). 환자의 반과 대단한 사례금, 그런 것이 한 푼도 빠짐없이 손에 들어오는 거야. 공작새처럼 거드름을 피우고 걷건, 점잔을 빼든 놀랄 것은 하나도 없어. 그런 것을 생각하기만 해도 난 화가 치밀어."

"교회에 몰려 가서 엉뚱한 소란이라도 피워 주는 게 어떨까.?"

하고 미스 토드가 제나름의 말을 했다.

"몰려간다구, 그렇게 되면 미스 이스트가 해파톤의 현관을 우리 코앞에서 쾅 하고 닫아 버릴 거야."

안은 미소 지으면서 반대를 했다.

"그건 그렇지만 뭔가 재미나는 일을 생각해 내고 싶은 걸."

하고 보기 싫은 캐리를 웃음거리로 만들고 싶어 몸이 근질거리는 미스 다우가 초조하게 인내를 잃고 소리쳤다.

"근질거려 견딜 수 없는 무슨 가루를 신혼의 베드 속에 넣어 두면 어떨까? 그 정도는 너무 약과야. 열두시부터 열두시 반의 사이라면 문제없이 그 방에 들어갈 수 있어. 언제나 그 시간이야, 그가 목욕탕에 들어가는 것…… 그의 말에 의하면 밤에 기분전환이라는 거야, 그 촌뜨기가 말이야."

"안돼!"

하고 그레니가 말했다.

"그런 가루 정도는 약과야. 그리고 그 케리녀석, 악어 같은 피부를 하고 있잖아…… 아무 것도 느끼지 못해요. 그러나 밤의 목욕이라, 좋은 생각이 있어."

"어떤?"

일곱 사람은 합창이라도 하는 것처럼 일제히 말했다.

"물감 목욕은 어때?"

이것에는 완전히 놀랐는지 모두 묵묵히 앉아만 있었다. 이윽고 안이 웃음을 참지 못했다.

"뭐야, 그것이?"

하고 그녀가 물었다.

"그러니까, 지금부터 말하겠어."

그레니가 태연하게 말하였다.

"메칠렌의 파란 목욕이야. 언젠가 한번 그랜타운의 무료진료소에 대단히 평판이 나쁜 인턴이 있었는데, 그녀석에게 시킨 적이 있었어. 몸뚱이 전체가 새파랗게 물이 들어 마치 해수욕장의 포스터 흡사했어. 여러분! 그게 좀처럼 지워지지 않는단 말이야. 그 파란 색은! 대단히 근사하지 않는가 말이에요."

"아니, 참으로 할 작정인가요?"

하고 젊은 실습생이 눈을 동그랗게 하며 중얼거렸다. 그러자 그레니가 그 간호원에게 욕저거리를 해댔다.

"그렇게 잰 체하지 말아! 넌 요강을 대본 적이 없는 얼굴을 하고 있군 그래. 너 따원 담당 환자를 요강에 앉히기도 전에 불을 꺼 버릴 거야, 안그래?"

그리하여 그레니의 계획은 실행에 옮겨졌다. 한 사람 한 사람 간호원들의 얼굴은 신랑이 새파란 얼굴이 될 기대로 해서 기쁨에 빛나고 있었다.

"정말이야! 그렇다면 재미나는 일이 일어나겠군!"

하고 안이 말했다.

그 작은 그룹은 기쁨에 들떠 있었다. 모두 얼굴을 맞대고 완전히 음모의 이야기에 흥분하여 젊은 간호원들을 소화가 잘 안되는 푸딩을 제대로 씹지도 않고 삼켜 버렸다.

이런 다음 주의 수요일의 여섯시 경, 네 사람의 간호원이 은밀히 비상계단으로 기어 올라가 C병실의 사무실까지 가서, 바로 옆에 있는 리넨실로 살금살금 들어갔다. 광택나는 로올라에서 나오는, 시트의 산에서 일고 있는 습기로 좁고 뜨거운 방안은 대단히 따분하고 안, 그레니, 로드, 거기에 다우의 네 사람은 몸을 꿈쩍할 수도 없을 정도였다. 매우 흥분하여 긴장되어 있는 그녀들은 소리없이 가는 발소리가 들렸다. 다우는 히스테릭한 웃음을 참았다.

"그 녀석이야!"

그레니가 성난 사람처럼 속삭였다.

"쉬, 조용히 해. 모처럼의 대사를 망치면 되나!"

발걸음이 가까워지고, 드디어 리넨실의 옆 욕실에서 욕조에 물이 흐르는 소리가 났다. 그동안 또 발소리가 도어 앞에서 났다.

"저게 바로 그 녀석이야."

하고 그레니가 안에게 속삭였다.

"저 발소리를 들으면 어쩐지 병원이 그 녀석의 것 같이 생각된다니까."

그런 다음은 만사가 여느 때 대로였다. 언동이 아니꼽고 역겨운 케리 의사는 수도꼭지를 틀고, 자기 방으로 옷을 갈아입으로 가서 얼룩무늬의 근사한 실내복에 팔을 끼어 넣고 있었다. 음모자들이 숨을 죽이고 숨어 있는 것도 모르고 큰 소리로 말하는 그의 목소리가 들렸다.

"미스 단, 미안하지만 목욕탕 물을 잠가 주구려."

간호원에게 그런 서비스까지 시키는 것을 보아도 확실히 이 풋내기 사나이가 할 만한 짓이다. 그러나 대단히 상냥한 소리와 놀랄만큼 신속하게 대답한 것은 노라였다.

"네, 곧 잠그겠습니다, 케리 선생님."

잠시 있으니 물이 멎었다. 잠시 기다리고 있으니 이번에는 노라가 살금살금 리넨실에 접근하여 열쇠구멍으로 속삭였다.

"잘되어 가고 있어. 욕조에 전함을 한 척 물들일 만큼 듬뿍 메칠렌을 넣어 두었더. 내 신호로 거기에서 나오라구요."

좁은 리넨실의 숨막힐 것 같은 온도는 이미 대단히 올라갔다. 심장이 찢어질 것처럼 뛰고 있는 안은 미친 사람처럼 웃음이 치밀어 오르는 것을 억제하고 있었다. 그녀들이 하려고 하는 것은 거의 불가능한 미친 짓에 가까운 것이었지만, 그것도 이제 곧 성취되어 가고 있는 것이다. 그러므로 그녀들 모두는 복수의 도취에 젖어 있었다.

노라의 신호마저도 기다릴 수 없는 정도였다. 케리의 발소리가 틀림없이 욕실을 향하고 있다. 그것만으로도 충분했다. 그레니가 눈으로 세 사람의 의견을 듣고 도어를 반쯤 열어 놓았다. 노라는 거기에서 그녀들을 기다리고 있었다. 그녀는 입구의 불빛이 어둡게 되도록 신경을 쓰고 있었으나 그래도 실내복인 채로 케리의 영상이 마침 욕실에 들어가려고 하는 것을 목격했다. 이젠 지체할 때가 아니었다. 그러므로 안도 당장에 임박한 전투를 위하여 안절부절 못하는 흥분을 느꼈다.

"자, 가자!"

하고 그레니가 딱딱한 소리로 말했다.

그녀들은 그 순간 그 동의 입구를 가로질렀다. 그들은 닥터 케리가 바야흐로 욕실의 도어를 잠그려고 하는 순간 거기에 뛰어들었다. 그리고 지체 없이 불을 껐다. 다음 순간 조오지 케리는 그 자존심도 실내복도 다 함께 욕조 속으로 빠지고 말았다. 그는 누가 누군지 알지도 못한 채 간호원들에게 물을 끼얹으며 발버둥을 쳤으나 어쩔 도리가 없는 것은 깨닫고 사람 살리라고 소리쳤다. 그러나 네 사람의 간호원의 손을 신속하게 그를 요리하고 있었다. 케리가 소리치려고 입을 열 적마다 모두들 잉크처럼 바란 탕 속에 그의 얼굴을 처박았다. 그리고, 그가 발버둥을 치면 칠수록 탕 속에 처박히므로 메칠렌은 그의 피부에 스며들었다.

최후의 마무리로 모두는 메칠렌 한 병을 몽땅 그의 머리에 쏟아 부었다. 그것이 끝나자 갑자기 시작한 장난은 악몽에서 깬 것처럼 깨끗이 끝나 버렸다. 문소리가 난 다음 도어가 열리고 다시 쾅 하고 닫혔다…… 가련한 케리는 어찌하지도 못하고 다만 멍하니, 도대체 어쩌다가 이런 태풍을 만났는가 하고 의아해 하며 혼자 그 자리에 주저앉아 버렸다.

그 이튿날 아침, 간호원 숙소는 행복감에 충만해 있었다. 그녀들은 하나같이 불평도 하지 않고, 마치 루이 14세 시대를 연상케 하는 은근한 태도를 서로 나타내고 있었다. 그레니 마저도 옆에 있는 간호원에게 짬을 이쪽으로 달라고 하는 말을 하는데 '아무쪼록 그 짬을 이쪽으로'라고 공손하기 짝이 없는 말을 사용할 정도였다. 더구나 병실이 이만큼 신속히 정돈된 적은 일찍이 없던 일이었다. 그러나 닥터 케리의 모습은 줄곧 보이지 않았다.

"이럴 수가 있을까! 익사해 버린 것이 아닐까?"

하고 노라가 점심 시간에 웃음을 참으며 안에게 말했다.

"그 녀석 오전중에 계속 보이지 않았잖아."

안은 눈짓으로 옆에 있는 노라에게 말을 못하게 하고 예의 퍽이나 순진한 표정으로 당번 감독에게 질문했다.

"미스 질슨, 닥터 케리는 어디 아프기라도 한 게 아닙니까? 오늘은 회진도 하지 않았는 걸요."

C병실의 주임간호원은 그 창백한 긴 얼굴을 간호원들의 식탁쪽으로 향했다.

"글쎄요, 어디가 좋지 않은가 하고 실은 나도 걱정을 하고 있던 참입니다. 오전중 줄곧 방안에 틀어박힌 채로 있습니다. 아침 식사도 필요없다 하고, 아무도 만나려고도 하지 않아요. 뭔가 흥분하고 있는 거예요, 틀림없이…… 결혼 일로 신랑이 마음이 들떠 있다니 우스운 이야기예요. 더구나 더 이상한 게 있어요."

미스 질슨은 퍽이나 이상스럽다는 듯이 고개를 갸우뚱했다.

"속돌 하고 세탁비누를 달라고 했어요."

이 뉴스는 와아 하고 모두의 폭소로 맞아졌다…… 미칠 지경으로, 끝없는 폭소로. 미스 질슨은 마음껏 근사한 농담이라고 한 것처럼 생각한 모양이며 척이나 관대한 미소를 띠웠다.

그날 3시, 간호원들의 작은 그룹은 센트 보톨프 교회의 앞뜰에 얌전한 태도로 모여 있었다. 식에 참석하도록 초대를 받지는 않았으나, 미스 이스트로부터 허가를 받아 출입구에 몰려와 높직한 곳에 사람들의 맨 앞줄에 진을 치고 태연하기만 하였다. 그들은 경건하기까지 했다.

그녀들은 식이 끝나기 전에 도착했었다.

참석한 사람들은 비교적 많은 수의 사람임에는 틀림이 없었다. 파아킨 박사는 헤아릴 수 없을 만큼 교제 범위가 넓은 사람이었기 때문이다. 수많은 차가 그 부근의 길가에 주차하고 있었다.

간호원들은 열에라도 들뜬 듯이 기다리고 있었다. 겨우 의식이 끝났음을 고하는 올겐의 장중하고 즐거운 음향이 울려 퍼졌다. 일동이 숨을 죽이고 있는데, 닥터 조오지 케리가 신부를 한쪽 팔로 부축하면서 포오치 아래 모습을 나타냈다.

그 모습을 보고 안은 자칫했으면 정신을 잃을 뻔했다.

어제의 효과는 그녀들이 바라고 있던 것을 훨씬 초월하고 있었다. 케리는 물론 훌륭한 옷을 입고 있었다. 높은 칼라는 장갑과 마찬가지로 한 점의 티도 없는 순백이었다. 그것에 반해서 피부의 색은 보기에도 흉했다. 속돌로 피가 날 만큼 문지른 효과도 없이 점점이 반점이 되어 얼룩무늬를 수놓고 있었다. 추워서 새파랗게 된 것 같은 얼굴은 얼어 붙은 것 같았고, 아직껏 그 방의 어둠 속의 사건을 생각하고선 전율하는 것 같았다.

한 팔로 부축한 신부와 함께 계단을 내려오면서 그들은 사람들의 호기심과 동정을 한몸에 긁어 모았다. 모두들 진기한 것이라도 보는 것처럼 뚫어지도록 그를 지켜 보았다.

"불쌍한 사나이!"

군중 속에서 뚱뚱보 허풍쟁이 여자가 부르짖었다.

"정말로 어디가 좋지 않은 모양이야!"

"의사인 모양이던데?"

하고 그 옆의 여자가 말했다.

"틀림없이 나쁜 열병에라도 걸린 거예요."

케리가 간호원들에게 던진 눈길을 적의에 찬 것이었으나 사람들의 이러한 말은 그녀들을 형언할 수 없는 기쁨에 젖게 하였고, 그 가슴속에 참을 수 없을 만큼의 웃음을 가져다 주었다.

군중이 뿔뿔이 흩어진 후에도 오랫동안 그녀들은 현관의 계단에 앉아 있는 채로 몸을 비꼬며 웃음보따리를 터뜨리곤 눈물이 볼에 흐르는 대로 내맡기고 있었다. 다시 웃기 위해선 '불쌍한 사나이! 틀림없이 나쁜 열병에라도 걸린 거예요'라는 말을 되풀이하기만으로 충분했다.

그녀들은 겨우 침착성을 되찾았다. 이 승리를 더욱 빛내기 위해서 그레니는 모두 멋진 식당으로 안내했다. 미친 것 같은 웃음을 바로 억제하는 것은 별도로 치고, 그녀들은 전체적으로 매우 예의 바르게 행동했으나 안은 오케스트라의 지휘자에게 좋아하는 음악을 연주해 달라고 보채거나 하여, 자칫했으면 모두에게 대소동을 벌이게 할 뻔하기도 했다.

3

그런 3주일 후, 안의 생활에 대단히 중대한 사건이 일어났다. 그녀는 자기 개인의 최초의 지위가 매우 신뢰를 받고 있는 것을 깨닫고 또 유력한 친구들이 여러 사람 생긴 것을 깨달았다.

순회간호원으로서 개인적인 간호의 책임을 지게 되었는데 이번에는 단순히 병원 외의 일에 종사하지 않으면 안될 뿐만이 아니라, 대단한 지위에 있는 어떤 여성을 몸을 아끼지 않고 간호할 필요가 있게 되었다.

사실 그녀는 간호원으로서 중병의 자리에 누운 마슈 보오리의 부인의 간호를 맡게 된 것이다.

미스 이스트는 안을 사무실로 불러 놓고 위엄을 나타내며 말했다.

"미스 리이, 당신이 이러한 책임을 지는 것은 아직은 너무 젊긴 하지만."

하고 불독은 어깨를 으쓱하면서 말했다.

"다만 보오리 씨가 특히 당신을 요청했으며, 프레스코트 박사도 당신을 전면적으로 신뢰하고 있습니다. 나로서도 그분들이 당신에 대하여 품고 있는 평가에 적합한 행동을 취해 주었으면 합니다."

"할 수 있는 데까지 최선을 다하겠습니다, 미스 이스트."

"좋아요. 언제나, 그리고 모든 점에 있어서 해파톤의 성가(聲價)와 전통에 부끄러울 것이 없을 만큼의 일을 해줘요, 부탁이야."

"네, 알았습니다., 미스 이스트."

"좋아요, 그만 가 보시오."

"감사합니다, 미스 이스트."

직장에서의 단계를 퍽 좋은 속도로 승진할 수가 있다는 생각에 완전히 기분이 좋아진 안은 간호원 숙소로 돌아와 바로 슈우트 케이스에 필요한 것을 챙기기 시작했다. 열시가 되어, 준비가 다 되었을 때 차가 마중나와 주었다. 은색의 작은 장식이 있는 파아란 롤스 로이스를 금단추에 녹색의 제복을 입은 운전수가 운전하고 있었다.

오전중에는 더울 정도로 태양이 쨍쨍 내리쬐고 있었다. 안이 사치스러운 리무진 형의 뒷좌석에 앉자 차는 붐비는 먼지 속의 거리를 달리기 시작했다. 그 거리는 언제나 도보로 작은 의료가방을 들고 바쁘게 뛰어다닌 길이었다. 그녀는 거대한 부(富)가 주는 특권과 안락한 생활의 전주의 맛과 같은 것을 맛보았다.

보오리의 저택은 이런 인상을 더욱 강하게 할 뿐이었다. 매우 훌륭한 정원을 주위에 펼쳐 놓은, 작은 탑이 있는 아름다운 그 저택은 맨체스터에서 수 킬로 떨어진 언덕 위에 있었다. 호화스런 실내 장식, 두터운 융단, 여러 점의 값비싼 그람, 모든 것이 현란한 숨막힘을 주었고, 거기에는 돈으로 살 수 있는 것이라면 무엇이나 풍부하게 있었다.

안은 남쪽의 응접실에 꾸며 놓은 작은 방을 역시 근사하다고 생각했으나, 그것은 보오리 부인의 침실에 잇대어진 방이었다. 그 작은 방은 꽃으로 장식되어 있고 창은 모두 빌로도 같은 녹색의 잔디를 향하고, 더구나 세심한 배려에서 베갯머리의 테이블에는 책이 몇 권 놓여 있었다.

그녀가 닿자 바로 하녀가 달려와서 '커피를 드시겠습니까' 하고 물었다. 안은 약간 자랑스런 것을 느끼지 않을 수가 없었다. 여기에는 간호원생활의 윤기 없는 사막에서 보자면 기분 좋은 오아시스임에 틀림없었다.

이 아름다운 저택과 조금 전까지 그녀가 방문한 해파톤 교외의 오두막집과는 어쩌면 그다지도 대조적인가! 그녀는 커피를 다 마시고 까운으로 갈아입고 지체 없이 환자가 있는 방으로 갔다.

보오리 부인은 까만 머리에 누런 피부색을 한 오십 정도의 여성이었다. 비교적 체격이 좋은 풍만한 가슴을 한 부인은 평범한 얼굴에 적적한 표정을 하고 있었다. 부인은 덧문을 반쯤 닫은 넓은 방의 한가운데에——연결 테이블로부터 소형의 화장대에 늘어놓은 무수한 약병에 이르기까지——오로지 쓸모없는 것들에 둘러싸인 큰 침대에서 자고 있었다. 보오리 부인은 만성의 신경쇠약에 걸려 있었다.

그 당시, 삼십이 넘자 바로 가난하고 무명인 마슈 보오리 청년과 결혼했을 때에는 활동적이고 저력적인 여자였다. 그러나 남편의 지위가 상승함에 따라 그것이 그녀의 신경조직에 불가사의한 영향을 미쳤다. 부(富)라고 하는 것이 그녀의 심리에 뭐가 묘한 반동을 일으키게 한 것이다. 가난만이 자기를 지키고 있다는 병적인 상상이었다. 언제나 남편과는 깊이 맺어져 있긴 했으나 거의 매일을 병상에서 지내고 있었던 것이다. 그 원인은 의심할 것도 없이 결혼 당시의 수 년간, 아무리 해도 피할 수 없었던 악전고투에 소급되는 우울증의 발작에서 온 것이다.

부인은 초조한 표정으로 오랫동안 안을 주시하고 있었다. 이윽고 얼굴을 부드럽게 하고 이런 말을 했다.

"우리는 서로 잘 이해하게 될 것이라고 생각해요. 당신의 행동은 프레스코트 박사가 대단히 칭찬하고 있었어요. 계속 있어 주었으면 해요. 프로리다수(水)를 주세요. 그리고 내 옆으로 와서 앉으세요. 여러 가지로 이야기하고 있는 동안에 당신이 시간을 보내게 해줄 테니까."

안은 신속히 시키는 대로 했으나 그 까다로운, 그러나 선량한 부인을 괴롭히고 있는, 아니 괴롭히고 있다고 믿고 있는 병의 성질을 이해하는데 그다지 오래 걸리지는 않았다. 그리고 환자의 이마에 자기의 차가운 손을 대고 있는 동안에 그녀는 부인이 절실히 불쌍해져서 마음으로부터 동정심이 우러나는 것을 느꼈다.

오후 세시 경, 프레스코트 박사가 여느 때와 같이 왕진차 보오리 부인에게로 왔다. 외과의사인 박사에겐 부인의 증상이 전적으로 자기 영역 밖의 것이었으나, 첫째는 그 부군과 맺어져 있는 우정에서, 또 보오리 부인이 박사 이외의 의사에게서는 치료를 받으려고 하지 않았기 때문에 이러한 왕진을 오는 것이었다. 안은 조용히 관찰하면서 프레스코트 박사의 병자에 대한 언동에 완전히 감탄해버렸다. 냉정하면서도 또한 조심성스럽게, 더구나 친히 침대 끝에 앉아서 부인이 그 증상을 여러 가지로 늘어놓고 있는 동안 무감동한 얼굴로 듣고 있었다. 그러나 부인의 호소에는 조금도 놀라는 기색은 보이지 않고, 부인이 과장된 말을 하면 말보다는 먼저 눈썹을 치켜 올릴 뿐이었다. 박사가 떠날 때 보오리 부인은 곧바로 나을 것으로 생각해 버리고, 기분도 편해지고 위로되고 활기를 얻은 것으로 스스로 느끼는 것이었다.

안은 프레스코크 박사와 함께 넓은 실내 계단을 내려가면서 박사로부터 여러 가지 지시를 받았다. 계단까지 갔을 때 박사는 그녀 쪽을 돌아보았다.

"기억하고 있겠지, 내가 미스 리이에게 항시 말했던 것을. 의사에게 있어서 잘 이해되어 조력을 받는 것이 중요하다고 말했지요? 여기 부인이 그 전형적인 환자예요. 좋은 간호원이라면 의사이상의 일을 해줄 수 있다 하는 예(例)야. 나는 하루에 십분밖에 그 불쌍한 환자를 봐줄 수 없지만, 당신이라면 그분 옆에서 하루내내 지내 줄 수가 있어. 그리고 그분에게 커다란 영향을 줄 수고 있을 거요."

안은 얼굴이 불그스름해졌다.

"그렇게 되었으면 합니다. 그분은 참으로 동정해 드리지 않으면 안될 분이에요. 저는 어떻게 하면 그분을 완쾌시켜 드릴 수 있을까 그것밖에 생각하고 있지 않은 걸요."

"그리고 나는 당신이 그분 옆에 있어 주는 것이 대단히 기뻐요. 보오리가 나에게 그러한 요청을 했을 때 나는 즉석에서 그럴 듯한 일이라고 생각했어요."

박사는 약간 사이를 두고 말을 계속 했다.

"만약 우리가 저 불행한 부인의 정신적 고뇌를 완화할 수만 있다면 보오리는 틀림없이 미스 리이에게——그리고 아마 나에게도——매우 감사 할 것으로 생각합니다."

안은 이러한 말에 포함되어 있는 그 의미를 본능적으로 이해했다. 프레스코트 박사가 현관 앞의 가로수 길에 주차해 놓은 차를 타려고 계단을 하나씩 내려가고 있을 때 그녀는 뜻하지도 않은 말을 하지 않을 수가 없었다.

"언젠가 말씀하진 진료소의 일, 선생님은 계속 생각하고 계시겠지요."

박사가 던진 날카로운 눈길에 안은 빨갛게 얼굴을 붉혔다. 그리고 그가 대답한 말에는 어떤 종류의 비꼬움이 깃들어 있었다.

"그래요, 미스 리이. 나는 예의 진료소의 일을 줄곧 생각해 오고 있소."

그는 약간 망설였으나 이번에는 훨씬 자신 있는 어조어 말했다.

"예의 그 자동차사고 말이야, 그것으로 얻은 우리 두 사람의 굉장한 평판 등은 전연 쓸모가 없고, 여전히 나의 훌륭한 친구 보오리는 필요한 자금을 내놓을 결심을 해주지 않고. 아니, 그도 그것을 진지하게 생각하고 있다고 생각해. 그러나 아직 찬반양론 사이에서 시달리고 있는 모양이야…… 그는 완고해, 그 마슈 보오리란 사나이는! 그 녀석은 다음달, 맨체스터의 시장에 선출될 것이라고 나는 생각해. 그렇게 되면 나를 돕는 의미에서 혁명적인 계획을 실천해 주겠지만, 보수진영에서 심한 비난을 받을 것이 뻔하고, 그것을 다분히 두려워하고 있을 거요. 그러나 나는 믿고 있어요. 그래, 마음으로부터 믿고 있어요. 나에게 유리하게 되려면 아무래도 조금 힘이 필요한 것이 아닌가 하고. 거기에 또 나는 보오리를 잘 알고 있으니까, 놈이 일을 하려면 훌륭히 해낼 것이 틀림없어. 만약 거절하면——프레스코트의 얼굴이 그 생각으로 굳어져 가고 있었다——맨체스터에서는 그를 빼놓고는 아무도 그 일을 처리할 사람은 없다고 생각해. 아니, 나를 자신의 이 계획에 몰두시키는 것은 그런 것이 아니야. 만약 자신이 아무 것도 하지 못한다고 생각하면 틀림없이 나는 이 도시를 버릴 거요. 그렇게 되면 시는 시대로 멋대로 하라, 결국 그렇게 되겠지."

여느 때에는 없었던 이런 고백이 여기까지 오자 프레스코트는 손목시계에 눈을 돌리고 이번에는 부드러운 얼굴을 안에게 돌렸다.

"자, 작별해야겠소, 일에 지쳐 쓰러져선 안되오, 가세요. 정원을 산책하는 것도 좋아요. 이 정원은 훌륭하니까. 그리고 식사는 나오는 대로 잘 먹어야 해요, 해파톤의 식사와는 비교도 안될 만큼 건강에 좋을 거요."

차가 가로수 길의 모퉁이로 사라지자 안은 환자의 방으로 돌아왔다. 그녀는 깊은 생각에 빠져 있는 것 같았다.

프레스코트 박사가 자기에 대하여 그렇게도 친절한 데를 보여주고 있다. 그녀도 자신의 현재의 지위가 대부분 박사에게서 힘입은 것이라는 것을 잘 알고 있었으므로 이번에는 박사를 위하여 뭔가 해야겠다는 생각을 한없이 하고 있었다.

박사는 참다운 의사로서 자기의 직업에 적합한 영광을 얻고 있다. 박사를 그렇게 만든 것도 개인적인 야심 때문이 아니라 어디까지나 추구해 마지않은 숭고한 목적이 있기 때문이다. 좋다! 자기는 있는 힘껏 박사를 도우리라. 그를 위한다면 어떤 기회라도 남김없이 붙잡으리라! 그리고 만약 성공하면 자기는 자기 생애에서 최대의 기쁨을 맛볼 것이 틀림없다.

4

    그리고 이틀이 지나지 않아서 안은 자기의 일의 절차를 확고하게 작성했다. 하여간 좋은 스타트였다는 것을 느꼈다. 보오리 부인도 그녀에 대하여 공감을 가지게 되었다. 무엇보다도 가장 중대한 일은 자기가 담당하는 환자의 신뢰를 얻는 일이다. 가능하면 애정까지도 획득하는 것이 상책이기 때문이다.

    목요일의 오후 한시, 점심을 먹으려고 잠깐 휴식하고 있는데, 기름이 잘 쳐진 톱니바퀴처럼 돌아가는 이 저택이 여느 때와는 달리 술렁거리고 있었으므로 그녀는 층계 창에 멈추어 서서 난간에다 몸을 내밀고 홀에서 무슨 일이 일어나고 있는가를 보려고 했다. 마슈 보오리가 상용을 머물고 있던 리버풀에서 돌아온 참이었다. 하인 코린즈가 부피가 큰 여행용 외투를 벗는 것을 돕고 있는 동안 보오리는 선 채로 질문을 계속 퍼붓고 있었다. 문득 고개를 들고 안의 모습을 보자 보오리는 질문을 멈추고 큰 소리로 불렀다.

    “아, 미스 리이, 거기에 있었군. 당신이에요, 네가 만나고 싶다고 생각한 것은. 어떤 상태인가 당신이라면 전부 이야기해 주겠지.”

    그리고 안이 망설이고 있자,

    “내려오구려, 처의 상황을 상세히 보고해 주었으면 하오.”

    안이 마지 못해 계단을 내려가려고 할 때 보오리는 하녀를 향하여 말했다.

    “미스 리이가 나와 함께 점심을 들 테니까 말이지, 알겠나. 지금

144

부터 마님한테 갔다 올 동안 바로 식사 준비를 하라구."

이러한 남의 의견을 무시한 초대에서 도피하기란 대단히 어려운 일이었다. 더구나 보오리 쪽에서는 안에게 이렇다저렇다 하는 이의(異意)를 말할 시간도 주지 않았다. 그는 계단을 비비면서 내려와서, 식사 준비를 명해 놓은 한쪽에 햇빛을 받고 있는 작은 객실로 안을 데리고 갔다. 여기가 어마어마하게 큰 식당보다는 좋은 핑계로.

안으로서는 직업상으로도 그러하지 않으면 안되는 것처럼 자기의 방에서 혼자서 식사를 하고 싶을 것이 틀림없었다. 그러나 보오리가 보여주는 유쾌한 기분의 가운데에는 퍽이나 자연스럽고 퍽이나 동정적인 그 무엇인가가 있었으므로 한번쯤은 함께 식사를 해도 그다지 중대한 규칙 위반으로는 되지 않을 것이라고 자기 자신에게 말해 주고 있었다.

보오리는 그녀가 묵묵히 있는 것을 느낀 모양으로 약간 조심성 없고 재치 없는 큰소리를 쳤다.

"왜 그런 얼굴을 하고 있소. 당신이 하인이 아니라는 것쯤은 나도 잘 알고 있어요. 당신은 우리에게는 대단히 중요한 사람이에요. 그러니까, 이렇게 초대해도 상관없지 않을까, 어떻습니까?"

그리고 입안에 잔뜩 먹을 것을 집어 넣고 말을 계속했다.

"다만 내가 말하고 싶은 것은, 미스 리이, 당신이 나의 집에 와 준 것을 나는 대단히 기쁘게 생각하고 있다는 것이에요. 당신은 기억하고 있지요. 언젠가 병원에서 잠깐 이야기 한 것을? 이 집에 병자가 있을 경우에 예쁜 간호원이 와 준다면 대단히 기쁠 것이라고 했었지요? 그 이야기를 프레스코트의 머리에 스며들게 한 것이 바로 나요. 처의 간호를 위해서 와 주었으면 한다고 끈덕지게 부탁한 것도 나란 말이오. 그리고 당신이 틈이 있을 때에는."

그는 그런 자기의 생각에 완고한 얼굴을 지으면서 덧붙였다.

"나와 자주 이야기를 해주었으면 해요."

이런 노골적인 유혹을 당하고 보니 안은 무어라 대답해야 좋을지 몰랐다. 그녀는 하는 수 없이 드디어 이런 말을 중얼거렸다.

"대단히 감사합니다. 저의 일을 그토록 생각해 주시고, 그렇게 신뢰해 주시니. 저를 믿어 주세요. 그 말씀에 어긋나지 않게 무슨 일이든 할 작정입니다."

"나도 그렇게 믿고 있어요, 미스 리이."

하고 보오리는 힘주어 끄덕이면서 말했다.

그리고 그는 안에게, 나온 요리는 꼭 남기지 말고 먹으라고 말하면서 여느 때와 변함 없는 식욕으로 먹고 또 말을 시작했으나, 그녀에게는 거의 한마디도 말을 시키지 않는다 해도 좋았다. 안은 잠깐 동안은 잘 이해할 수 없었지만 보오리가 이렇게 자기의 심정을 토로하려고 하는 욕고에는 뭔가 좀 꼴불견인 데가 있었다…… 아니, 확실히 약간은 감동적인 데가 있기까지 했다. 비천함에서 몸을 일으켜 버젓한 성공자가 된 인간이 누구나가 하듯이 그는 드디어 자기의 지금까지의 생애의 이야기를 시작했다.

그의 일생을 자수성가한 사나이가 걸어온 순수히 전형적인 것이었다. 제사공장의 직고로 생애의 제일보를 내딛는 그는 몇 백억의 재산가가 되어 있었다. 그리고 그 성공을 얼마나 즐기고 있는 것인지 모를 정도이다. 그 사치를 극한 저택을, 차를, 회화(繪畵)의 수집을, 모든 소유물에 관한 것을, 그리고 그것들이 주는 정신적인 영향까지를! 더구나 이젠 그는 맨체스터의 시장에 출마하려고 하고 있는 것이다. 근사한 이야기가 아닌가, 하고 그는 만면에 웃음을 지으면서 안에게 되물었다. 그것이 성공할 것을 그 자신 조금도 의심하고 있지 않았다. 경쟁상대들을 모두 타도해 버릴 자신이 있는 것이다.

그러나 이야기가 가족의 일로 옮겨지자 그의 얼굴은 약간 흐려졌으나 동시에 부드러워지기도 했다. 신경쇠약이 된 처의 일에 대하여는 싫은 말은 한마디도 하지 않았으나, 안에 대하여 자기가 자기의 의사와 상관없이 얼마나 하잘것없는 여자와 결혼해 버렸다 하는 이야기를 꺼냈다. 자기에게는 지금 사랑스런 열세 살 난 딸 로즈밖에 남겨지지 않았다. 이 애가 몹시 귀엽다. 이 애를 영국에서 가장 훌륭한 학교의 하나인, 그의 말에 따르자면 '귀족의 자제가 배우고 있는' 서섹스의 대단히 엄격한 기숙학교에 보내고 있다한다. 그는 지갑에서 소녀의 사진을 몇 장인가 꺼냈다. 안이 보니 그것은 체조복인지 테니스복인지, 그렇지 않으면 승마복인가를 입고 있는 소녀로 어딘지 모르게 약하고 약간은 창백한 얼굴을 하고 있는 것처럼 느껴졌다. 보오리는 그 어린 딸의 일을 이야기하는데 더 이상의 애정이 세상에는 없는 것처럼 말했다.

그가 이 점심에서 뭔가 생생한 기쁨을 느끼고 있다는 것, 그리고 몇 시간이라도 딸의 이야기나 자기 자신의 일에 대하여, 또 일반적으로 인생에 대하여 기꺼이 이야기를 계속할 것 같다는 것을 직감으로 알았다. 그러나 안은 몇 번이나 맨틀피이스 위의 시계에 눈을 돌렸다. 시계가 두시를 쳤을 때 이야기가 중단된 것을 다행으로 생각하고 그녀는 조용한 소리로 말했다.

"저는 돌아갈 시간입니다, 보오리 씨. 벌써 저의 휴식시간은 끝났습니다."

"뭐 서두를 것 없잖소, 5분 기다리게 했다고 해서 그것 때문에 처가 더 나빠지거나 하지는 않을 테니까."

안은 방긋 웃으며 고개를 저었다.

"아닙니다, 정말 돌아가지 않으면 안됩니다. 보오리 씨, 환자께서는 저를 기다리고 계십니다. 만약 3분을 소홀히 하거나 하면 저를 좋게 평가하시지 않게 되지 않아요."

그렇게 말하고 그녀는 식탁에서 일어섰다.

보오리는 할 말이 많았는데 불의에 중단되고, 너무나도 안의 태도가 완강한 데에 실망한 것 같았으나 그 이상 붙잡지 않았다. 무거운 몸뚱이로 일어서서 안의 쪽으로 몸을 구부리면서 그 손을 가볍게 두들겼다.

"당신이 말하는 것은 가장 지당한 거요, 안. 의무는 유쾌함에 우선한다. 이것이 줄곧 나의 격언이었습니다. 제기랄, 나는 그저 좋아라 하고만 있었군."

그리고 호인다운 폭소를 터뜨리면서,

"빨리 가서 봐주구려. 그리고 내 대신 처에게 키스해 주세요. 자, 그럼 다음에 또. 그리고 특히 부탁해 두는데 될 수 있으면 마음편하게 하고 있어요. 코린즈가 당신의 시중을 들 테니까. 뭔가 필요한 것이 있으면 한마디만 일러놓고, 다른 것은 아무 것도 하지 않아도 돼요."

5

처음 2주일 동안은 순식간에 지나간 것 같았다. 그러나 그녀의 모든 노력에도 불구하고 대단히 실망한 것은 안이 보기에 환자의 용태는 조금도 나아지는 방향으로 향하고 있다는 느낌이 들지 않는 것이었다. 보오리 부인이 안과 처음으로 대면했을 때 그녀에게 나타내 보인 신뢰로 해서라도 안은 신속하게 회복하리라는 희망을 안고 있었다. 이 병의 정신적인 면에서 말하더라도 이러한 희망은 타당한 것이었다.

그러나 그렇게도 바라고 있던 희망적인 면은 보이지 않고 오히려 보오리 부인은 더욱더 악화될 뿐이었다.

요즘 수일간 이상하게도 말을 하지 않게 되고, 까다로운 태도만 보이고 있었다. 안은 환자를 힘을 내게 하려고 모든 것을 시도해 보았으나, 그러면 그럴수록 부인은 반대의 반응을 보일 뿐이었다. 안은 문득 보면, 뚫어지게 보고 있는 의심 깊은 눈과 마주쳐서 놀라는 수가 흔히 있었다. 뭐라고 설명할 수 없는 이 태도는 퍽이나 안의 기분을 상하게 했다.

안은 모두가 자기에게 기대하고 있는 신뢰에 보답하고자 전력을 다하고 또 선의를 다하여 대접해 주는 것에 감사하고 있는 만큼 한층 더 괴로워하고 있었다. 지금까지 그녀는 이만큼 곤혹케 하는 취급을 받은 적이 없었다. 작은 객실로 돌아오면 반드시 신선한 꽃이라든가 온실에서 키운 복숭아라든가, 자기 소유지의 밭에서 가져 온 마스카트의 커다란 꽃송이라든가, 그렇지 않으면 이 도시에서 가장 유명한 과자점 알렉산더에서 배달된 근사한 초콜릿 상자 등이 놓여 있었다.

그녀는 코린즈에게 이건 너무 도가 지나치다고 자주 말하기도 했으나 그 뱃속에 구렁이라도 든 것 같은 전형적인 갈색의 머리를 한 이 하인은 제법 침착한 얼굴을 하고 다만 명령대로만 하고 있을 뿐이라고 대답하는 것이었다. 안은 이 코린즈가 좋지 않았다. 조금도 신뢰할 수가 없었다. 그는 대단히 이외의 장소 보오리 부인의 방 같은 데 불의에 모습을 나타내기가 일쑤이고, 그것은 뭔가 딴 사람에게 알랑거리거나 불안을 주거나 하는 환영처럼 생각되어서 안에겐 견딜 수 없는 것이었다.

그런데, 안이 아무리 항의를 해도 그런 선물은 여전히 작은 객실에 계속 운반되었다. 그녀는 휴일이면 병원의 동료들을 만나서 가고, 이런 것들을 모두 그 사람들에게 선물로 가져 가서 양심의 무거운 짐을 가볍게 하기로 했다. 지금껏 해파톤의 간호원 숙소에 이렇게 훌륭한 행동거지를 하는 사람은 누구의 기억에도 없었다.

두 주일째의 토요일이 가까워진 어느 날 그녀가 환자를 위해서 탕약용의 그릇을 갖추어 객실에서 나오려고 하는데 마슈 보오리와 마주쳤다. 임박한 선거를 위한 회합에 나가려던 참이며, 그는 매우 서두르고 있는 것 같았으나 문득 멈추어 서서 친절하게 미소를 던졌다.

"당신은 오늘 오후부터 쉬는 게 아니든가."

그런 하잘 것없는 일을 알고 있으리라고 생각지도 않았던 안이 놀란 기색을 하자 그는 계속해서,

"어떻소, 내 차를 타고 가면? 지금은 아무도 사용하지 않아요. 시골로 신선한 공기를 마시러 가는 것이 미스 리이를 위해서 틀림

없이 좋은 결과가 될 거야."

안은 곤란해져서 고개를 저었다.

"그런 문제가 없습니다만, 보오리 씨."

"그렇다면 아무 말도 할 필요 없어요."

하고 보오리는 어색한 선심을 발휘하면서 말했다.

"차를 타고 혼자서만의 산책을 하는 것이 뭐 거북한 일이라도 있소? 내가 코린즈에게 일러 놓겠소. 멀리 드라이브하면 조금은 당신 일이 단조로움에서 해소되기도 할 거요."

손을 들어 인사를 하고 그는 도어 안으로 빨려들어가 버렸다.

안은 대단히 난처해져서 그러한 그를 눈으로만 보고 있었다. 이 2주일 동안 그녀는 종종 보오리와 만나서 이야기를 했다. 그의 말을 그래도 되풀이하면, 환자의 용태에 대하여 자기에게 정식의 보고를 하기 위하여 사무소까지와 달라고 그는 몇 번이고 그녀에게 간청한 것이다. 더구나 또 안이 부인의 방에 있을 때에도 종종 차를 마시러 오는 것이었다. 어느 날의 경우는, 눈에 넣어도 아프지 않을 만큼 귀여워하고 있는 딸 로즈를 위한 것이라면서 안에게 쇼핑을 의뢰하기도 했다. 그러나 이번에는 그런 경우와는 다른 것이다. 왠지는 확실치 않지만, 본능적으로 안은 주인의 이러한 특별한 호의를 거절하지 않고는 있을 수 없었다. 환자에게도 돌아가기 전에 그녀는 하인 방까지 내려가서 차는 필요 없다고 거절했다.

오전중 줄곧 그녀는 여느 때보다도 침착한 태도를 보이고 있었다. 보오리 부인도 마찬가지였다. 그리고 그녀가 두시에 나오려고 하자 부인은 태연한 태도로 그녀에게 물었다.

"당신, 오늘 오후부터 뭘 할 작정이죠, 미스 리이?"

"아직 정하지 않았습니다."

하고 안은 그녀답지 않게 얼굴을 붉혔다.

"아마 조금 산택이라도 하게 되겠죠."

"아, 그래요."

보오리 부인은 외면을 하면서 말했다.

안으로서는 얼굴 빨개진 것이 부끄럽게 생각되었다. 그리고 보오리 부인을 정면으로 보면서 분명한 어조로 말했다.

"네, 확실히 저는 산책하러 갑니다. 그리고 독서를 조금하고 돌아오겠어요. 마침 근사한 소설이 있으니까요. 부인, 저에게 이를 일이 있으시면 저는 방에 있도록 하겠습니다."

"아나, 당신은 나에게 아무 용무가 없잖아요."

하고 보오리 부인은 차분한 소리로 되물었다.

그렇게 되어 안은 산책하여 나갔다. 딱딱한 얼굴을 하고 깊은 생각에 잠긴 불안한 태도로 공원을 빙빙 돌아다녔다. 걷고 있는 동안에 기분이 좋아졌다. 공원의 철책 저쪽에 있는 다방으로 들어가 혼자서 커피를 마셨다. 돌아올 때에는 여느 때와 마찬가지의 좋은 기분이 되어, 자기는 두더지 집을 산과 같이 큰 것인 양 과장해서 생각하고 있었던 것이라고 생각하이도 했다. 목욕을 하고 특별히 좋아하는 진주색의 드레스를 입고 긴 의자에 길다랗게 누운 채로 대단히 마음 편히 책을 읽었다. 드디어 그 《성채(城砦)》에 완전히 몰두하여 몇 시간인가 앤들과 크리스틴의 불행한 생활에 자기 정열을 북돋우고 있었다.

그녀는 계속 읽고 있었으나, 일곱시가 되자 누군가가 노크하는 소리가 들렸다.

"들어오세요."

안은 하녀가 저녁식사를 가져 온 것이라고만 생각하고 얼굴을 들지 않고 말했다.

그런데 하녀라고 생각한 것은 잘못이었고, 도어 쪽에 모습을 나타낸 것은 마슈 보오리였다.

"야아!"

하고 보오리는 그 특유의 쾌활하고도 친절한 미소를 띠우면서 말했다.

"이렇게 근사한 미인은 지금껏 본 적이 없는걸!"

그의 소리에 안은 벌떡 일어났다.

"아냐 아냐, 미스 리이."

보오리는 말했다.

"그렇게 남을 흠잡는 짓은 하지 말아요! 나 불평을 하러 온 거야, 당신이 내 차를 쓰지 않았다구?"

안은 책을 내려놓고 차가운 눈으로 침입자를 응시했다.

"전 생각지도 못했습니다. 당신이 내 방까지 오시리라고는."

"상관없지 않소."

하고 그는 거칠은 말투로 말했다.

"내가 내 집안을 마음대로 걸어다닐 권리도 없다는 건가?"

자기 뒤에 도어를 닫고, 그는 팔걸이의자에 조용히 앉았다.

"참으로 근사해!"

그는 감탄해 마지않은 태도로 말했다.

"당신의 그 아름다움! 백의 벗은 당신을 보는 것은 처음이야. 나를 위해서 앞으로는 절대로 백의를 몸에 걸치지 말아 줘요."

안은 난처한 미소를 지었다.

"제가 백의를 단념하기엔 너무나 자신의 직업을 사랑하고 있습니다."

"당신은 그렇게도 자기 직업을 좋아하는가?"

"매우 좋아합니다."

"그럼 그만둔다는 생각도 하지 않는 게로군?"

"무슨 일이 있어도 절대로 그만두지 않을 것입니다."

보오리는 포켓에서 담배를 꺼내서, 그중 하나를 골라 불을 붙였다. 그리고 고래를 갸웃하면서 아까의 의견을 변명한다는 듯이 붙임성 좋게 안을 쳐다보았다.

"당신과 같이 인테리로서, 자기 직업을 이다지도 사랑하고 있는 여성이라면 좀더 큰 야심을 가졌어야 할 것이라고 생각하오. 근무하는 병원을 그만두어야 할 거요. 병원에선 모두 비참한 생활을 하고 있지 않아. 당신에게 필요한 것은 진료소를 좌우하는 일이야. 그러한 진료소는 막대한 벌이도 되니까 말이지."

"누가 저에게 출자를 하겠어요?"

하고 안은 무미건조한 소리로 되물었다.

"마슈 보오리를 당신은 어떻게 생각하고 있는 거요?"

입심 좋은 공업가는 답답한 농담이라도 하듯이 물었다.

안은 목구멍까지 나오려고 하는 노기 띤 말을 꾹 참았다.

이건 참 난처하게 됐군, 하고 생각했다. 그러나 자기도 이미 어린애가 아니고 무슨 일이 있더라도 보오리의 후원을 받고 싶지는 않았다. 드디어 그녀가 마음을 정했을 때는 대단히 냉정한 어조가 되어 있었다.

"이렇게 말씀 드리면 틀림없이 이상하게 생각하시겠지만 저는 돈을 벌고 싶다는 생각은 조금도 없습니다. 저의 목적은 다만 하나뿐입니다. 간호원의 생활조건을 개선하는 것, 간호원이 간호원으로서 인정받을 만큼의 위치를 차지하게 되는 그것을 이 눈으로 보는 것입니다. 그것이 제 생애의 야심이라 해도 좋습니다."

"당신은 내가 출자하겠다고 하는 것을 거절한다는 말을 하고 싶은 건가?"

보오리가 따끔하게 되물었다.

갑자기 안은 좋은 생각이 떠올랐다. 보오리의 생각을 딴 데로 돌리고 그동안 대단히 마음에 걸린 문제로 이야기의 방향을 돌릴 찬스가 온 것이라고 생각했다. 그래서 그녀는 자기가 느끼고 있는 것과는 동떨어진 침착성을 가지고 말했다.

"그러한 생각이 계시다면 왜 프레스코트 박사가 언제가 말씀하시고 계시는 뇌외과의 진료소를 위해서 출자하겠다고 말씀하시지 않습니까, 그렇게 되면 박사의 염원도 이루어지는 것이 될 터인데."

보오리는 담배를 입에서 떼고 이마를 찌푸리며 뚫어지도록 날카로운 시선을 안에게 던졌다.

"왜 당신은 프레스코트에게 그렇게 관심을 갖고 있지? 당신도 역시 그의 매력에 굴복한 사람 중에 하나인가?"

"아뇨, 어떻게 그런 말씀을 하실 수가 있나요!"

하고 안은 소리쳤다.

"당신이야말로 참으로 그에게 반하고 있는 게 아닌가?"

보오리는 역시 의심스럽다는 듯이 되풀이했다.

안은 굴욕을 느끼고 발끈하여 얼굴이 빨갛게 되었다.

"그런 상상을 하시다니 용서할 수 없어요. 제가 프레스코트 박사에게 관심을 갖는 것은 남성으로서가 아니라…… 의사로서이고, 박사의 일에 대해서입니다. 박사에 대하여 제가 가지고 있는 관심은 순수히 직업상의 것입니다."

잠시 침묵이 방안을 차지했다. 일순, 어두워진 보오리의 얼굴은 점차로 밝음을 되돌렸으나 그는 뭔가 미안한 것처럼 웃어 보였다.

"그래요. 이것은 내가 나빴어요. 그러나 나라는 인간은 한 사람의 여성이 마음에 들게 되면 대단한 질투를 한다오."

안은 눈을 내리떴다. 보오리의 태도에는 고문을 당하는 것 같은 생각이 들었으나, 그래도 가까스로 불안은 물리치고 간신히 그에게 미소를 띠었다.

"진지한 이야기를 합니다. 프레스코트 박사가 생각하고 계신 것은 대단히 훌륭한 것입니다. 더구나 시세(時勢)에 앞선 것이지요. 전생애를 바치고 계셔요. 그 노력을 보면…… 박사의 진료소 덕택으로 살아날 수 있는 사람들의 수는 엄청나게 많아요. 보오리시께서 될 수 있는 한 그 일을 해주시면 얼마나 굉장한 역할을 하시겠어요. 그리고 보오리 씨 자신도 큰 영예를 함께 하실 겁니다!"

보오리는 안에게 몸을 굽히고 그녀의 손을 잡았다.

"그럼, 당신은 내가 프레스코트에게 출자하면 참으로 기뻐해 주겠다는 건가?"

"네, 그것은 참으로 기쁜 일입니다!"

안은 힘주어 말했다.

"좋아. 그렇다면, 가능한한 일을 해볼까. 오늘부터 이틀간의 여유를 준다면 프레스코트에게 대답을 하기도 하지. 거의 확실히 '예스'일 거요. 그런데 당신은 나를 '보오리 씨'라고 부르는 것은 이상하지 않은가? 내 이름은 마슈야…… 친한 친구간엔 마트로 불리지."

그런 말을 하면서 자리에서 일어나, 그는 겉으로는 아무렇지도 않은 체하면서 의자가 있는 데까지 가서 안의 옆에 앉았다.

"참으로 차분하고 좋은 기분이군!"

하고 그는 한숨을 내쉬었다.

"미스 리이, 난 참으로 쓸쓸해요."

그는 여송연을 난로에 던지고 다시 말을 이었다.

"나는 오늘날까지 당신에게 이야기하는 것을 주저하고 있었으나 당신도 벌써 알고 있을 거요. 우리 여편네가 나 같은 사나이에 걸맞지 않다는 것쯤은, 그렇지…… 아냐, 아냐! 일어서지 말아요! 난 그렇다고 여편네를 욕할 생각은 털끝만치도 없고, 줄곧 그 사람한테는 성실히 대하고 있기도해. 그렇지만 말이야, 그렇게는 말하지만 나의 생활에는 누군가 활발하고 이해심이 풍부한 사람, 즉 젊은 여성이 필요하다는 것은 부정하지 않아요. 내가 말하려고 하는 것을 당신이 알아 주기만 한다면 이러한 흔지 않은 자유로운 시간도 윤기가 도는 것으로 될거라고 생각하는데."

안은 공포 때문에 몸이 마비되어 버려 다만 꼼짝하지 않고 눈을 앞쪽으로 못박아 두고 있는 힘을 다하여 버티고 있었다. 프레스코트를 원조하려고 한 것이 대단히 무서운 입장에 몰리게 되어 버린 것을 생각하면 몸서리가 쳐지는 것을 느꼈다. 그녀는 최후의 힘을 짜내어 보오리의 이성을 되돌리려고 했다.

"저는 보오리 씨가 말씀하시는 만큼의 가치가 저에게 있다고는 생각지 않습니다, 보오리 씨."

그녀는 매우 위엄을 담아 말했다.

"여봐, 여봐, 뭘 말하고 있는 거요. 난 숨김이 없는 사람이니까 번거로운 말을 할 생각은 없어. 당신이 병원에서 내 방에 들어온 최초의 순간부터 나는 당신에게 반해 버린 거요. 그런 후부터 난 간호원이 좋아진 거요. 그 사람들은 모두 인생에 대하여 구석구석까지 알고 있으며, 다른 많은 여성들처럼 무식하지도 않고 거칠지도 않아, 그래서 말이지, 지금 앞으로 두 사람이 만나기 위해서 자세한 것을 상의했으면 하는데……."

안은 불안과 혐오로 몸이 부들부들 떨리는 것을 참을 수가 없었다. 이미 이런 부탁은 이 이상 한 순간도 듣고 있을 수는 없다. 그녀가 일어서려고 할 때 보오리가 그녀의 떨리고 있는 무릎 위에 힘센 손을 놓아 그것을 억제했다.

"아냐, 도망치면 안돼! 좀더 나를 이해하면 당신도 내가 나쁜놈이 아니라는 것을 알 것으로 생각해. 게다가 돈은 얼마든지 있으니까 말이야……."

"부탁입니다, 보오리 씨!"

안은 간청했다.

"알고 계시지 않으십니까, 지금 저에게 무서움을 주고 있는 것을?"

"나를 마트라고 부를 약속이 아니었던가?"

보오리는 갑자기 웃음을 터뜨리며 그렇게 말하고 그녀의 몸에 손을 돌렸다.

그가 안을 안으려고 한 순간 도어가 열리고 보오리 부인이 입구에 모습을 나타냈다. 실내복을 입고, 급히 서둘렀기 때문에 머리를 상투같이 묶어 올리고 그대로 묵묵히 두 사람을 응시했다. 차리가 날아가는 소리마저 들릴 정도였다. 보오리는 멍청해져 버리고 뭔가 지껄일 작정인 것 같았으나, 입도 열지 못하고 있는 동안에 부인은 안에게서 눈을 떼지 않고 날카로운 소리를 지르며 비난하고 것이었다.

"틀림없이 당신들 두 사람이 여기에 있을 것이라고 생각했어, 예감 같은 것이 있었다니까."

그리고 안의 말을 흉내내서 잔인한 어조로,

"'저는 오후에 산책을 하러 갑니다. 저에게 일이 있으시면 저는 방에 있도록 하겠습니다?' 내가 그 말대로 믿지 않은 것을 당신은 생각하지도 못했을 거요. 나를 장님이라고 생각했던 모양이지. 그렇지만 난 당신이 하는 짓쯤은 확실히 알고 있고, 누구와 무엇을 하는가도 바로 알았단 말이요. 당신들 간호원이란 건 다 똑같아요 (부인의 말소리는 무서우리 만큼 커지고, 찌르는 것 같았다). 마님이 병들었으니 그 코앞에서 주인을 도둑질하려고 하기 때문이야. 그것이 당신들의 수입중의 또 하나가 아닌가 말이야."

안은 몸서리를 치며 일어서자, 최후의 힘을 다하여 항의하려고 했으나 보오리 부인은 그 틈을 주지도 않고 더욱 심하게 말을 이었다.

"그렇게 나를 보지 말아요. 마치 이제 벨(이스라엘王 아하브의 邪惡한 妻. 王朝의 몰락한 후 창에서 내던져져서 死體는 개에게 먹혔다고 한다)이 아닌가! 이번에는 그렇게 호락호락 당하지는 않을 테니까. 당신의 더러운 꿍꿍이속을 뒤집어 놓겠어."

그렇게 말하고 무척 당당한 태도로 남편 쪽을 돌아보며,

"당신도 그래요, 마슈 보오리. 이런 잔꾀에 걸려들다니 멍청이도 이만저만이 아니예요! 당신은 시장에 선출되어서 시 제일의 시민이 되는 것만 꿈꾸고 있으면 되는 거예요. 난 스캔들에 말려드는 것은 참을 수 없어요. 틀림없이 신문에서 좋은 특종감으로 삼을 거예요!……

'마슈 보오리, 간호원애무의 현장을 환자인 처에게 들키다!' 하고. 그래도 당신이 맨체스터의 시장에 선출된다고 나는 진작 옛날에 영국의 여왕이 되어 있었어."

부인은 이러한 독기를 쏟았으나 보오리는 어깨를 움츠리고 있

을 뿐이었다.

"여보, 당신이 설마 그런 짓을 하지 않겠지?"

하고 그는 신음소리를 냈다.

"아니 저런, 그렇게 생각하고 있군요? 그것은 당신의 착각이에요. 난 이 따위 체신머리 사나운 여자에게 당신이 농락 당하는 것을 보려고 삼십년이나 넘게 당신을 따라 사는 건 아니예요. 그러니까, 만약 당신이 이 이상 한마디라도 하게 되면 난 온 장안의 신문기자를 모두 부를 테예요…… 그러기 위해서 설사 내 최후의 힘을 짜낸다 할지라도."

그 흥분, 그 증오는 보기에도 처절한 것이었으나 그런 말을 하면서도 부인은 흡시 중풍에라도 걸린 듯이 머리를 흔들흔들하고 있었다. 그녀는 안을 돌아보며 떨리는 삿대질을 하면서 반은 목이 졸리는 것 같은 소리로 말했다.

"당신은 이 집에서 나가 주어야겠어, 바로 지금, 난 미스 이스트에게 이 일을 약간 이야기해 두겠어. 당신의 간호와 친절한 배신은 그에 해당한 보답을 받겠지만, 나는 자지 않고서라도 그것을 기다려 볼 테야."

그동안에도 계속 의자에 앉은 채로 고개를 숙이고 있던 마슈 보오리에게 안은 시선을 던졌다. 입술까지 창백해져서 활시위를 당긴 것처럼 긴장한 채 그녀는 보오리가 자기를 변호하고, 자기에게는 아무런 죄도 없다는 것을 부인에게 설명해 줄 것을 기다리고 있었다. 안으로서는 자기가 직접 설명했다가 보오리 부인의 이성을 되돌릴 수가 없다는 것을 너무나도 잘 알고 있었다.

그러나 보오리는 비겁하게도 그녀의 시선을 피하고 있는 것이다. 안의 무죄를 말하기에는 너무나도 처의 협박이 무서워 떨고

160

있고, 그 협박이 그를 무력하게 만들어 버린 것 같았다.

"나가요!"

보오리 부인이 외쳐댔다.

"뭘 기다리고 있는 거야? 당신의 짐은 보내 주겠어. 만약 지금 당장 나가지 않는다면 하인들을 시켜서 쫓아낼 테니까."

안은 이 미쳐 날뛰는 여성에게 냉정과 위엄으로써 마주 섰다.

"그럴 필요까지는 없습니다, 보오리 부인."

그녀는 이렇게까지 철저한 무례함, 이렇게까지 철저한 불공정에 자기가 더럽혀지고 상처 입혀지다니 하고 생각하니 몸서리가 쳐졌다. 그러나 이젠 더 이상 잃어야 할 것은 아무 것도 없다. 그녀는 이상한 태연함이 마음에 스며드는 것을 느끼고, 비꼬는 미소를 띄우면서 그녀는 덧붙였다.

"스캔들을 내버려 두는 것은 주인님을 위해서 좋은 선전이라고는 할 수 없겠지요."

"나가라구! 이것이 당신에게 해주는 최후의 말이야!"

보오리 부인이 부르짖었다.

마슈 보오리에겐 눈도 돌리지 않고 안은 도어 쪽으로 걸어갔다.

6

안이 병원에 도착한 것은 벌서 아홉시가 가까운 때였다. 그녀는 자기가 참고 견디지 않으면 안되었던 무서운 시간에 완전히 피로해져 버렸고, 혐오감으로 가슴이 매슥거렸고, 깊은 우울에 사로잡혀서 아무와도 만나지 말았으면 하고 바랐었다. 그래서 곧장 자기 방으로 갈 작정이었으나 해파톤의 현관까지 오고 보니, 수위인 마리강이 지나치려고 하는 그녀를 붙잡고 놀란 소리로 부르짖었다.

"이런 시간에 오다니 어찌 된 거요! 나는 방금 당신의 이야기를 하고 있었던 참이오. 두 시간 전부터 당신이 있느냐고 물으러 온 이상한 사람도 있었어요. 지금 당신이 병원에 없다고 아무리 말해도 듣지 않고 무슨 일이 있어도 당신을 기다리겠다고 하는 군요. 걷지도 못할 만큼 취해 가지고, 미안합니다. 귀찮아 내쫓아 버릴려고 하다가 그 사람을 대기실에 데려다 두고 오는 참입니다. 아마 가 버렸을 것입이니만, 그래도 한번 가 보지요."

"괜찮습니다, 마리강 씨."

안은 피로한 어조로 말했다.

"별로 대단한 일은 아닐 것입니다."

그러나 고지식한 수위는 아무튼 가 보겠다고 떠들더니 갔다 싶었는데 바로 돌아왔다.

"야, 놀랐습니다. 그 녀석을 줄곧 거기에 있었던 모양입니다. 무슨 일이 있어도 당신을 만날 필요가 있다고 합니다."

안은 하는 수없이 대기실까지 가 보았다. 그러자 사람 기척이 없는, 하얀 타일을 박은 벽에 둘러싸인 넓은 대기실의 의자에 허물어진 듯이 조오가 앉아 있는 것이 보였다. 그녀의 모습을 보자 그는 일어서려고 비틀거렸으나 그래도 의자에 엉덩방아를 찧었다. 창백하게 수척해진 얼굴, 머리카락은 눈에 띄게 자랐고 칼라 단추로 벗겨진 채로 조오는 한심할 정도로 취해 있었다.

"조오잖아!"

하고 안은 갑자기 현실로 되돌아와서 부르짖었다.

"아니, 여기서 뭘 하고 있는 거죠? 무슨 일이 일어난 거예요?"

"모든 것이……."

조오는 끈적끈적한 소리로 말했다.

"모든 것이 엉망이 됐어, 끝장이에요…… 무슨 일이 있어도 당신을 만나지 않으면 안된다고 생각했습니다. 안, 당신은 훌륭하고 좋은 사람이니까…… 아아, 어쩌면 좋아?……."

그는 머리를 감싸고 신음하기 시작했다.

"지금 말한 대로가 아닌가요, 미스 리이?"

따라온 수위가 참견했다.

"아까보다 더 나빠진 것 같군요."

안은 그쪽을 되돌아보았다.

"마리강 씨, 도와주세요. 자아, 이분을 정신이 들도록 도와 주세요."

수위의 도움으로 진한 커피를 끓여 주고, 그녀는 물에 축인 타올을 조오의 머리에 매주었다.

조오는 겨우 혼미에서 빠져나왔다. 그리고 미이강이 나가 버리자 별로 정연하지 못한 말을 딸꾹질로 중단시키면서 안에게 말했다. 그 요점을 추리면 간단하고 비참한 이야기였다.

　법정은 판결을 내렸다. 보험회사는 모두 책임을 회피했다. 야비한 사기꾼이며, 빈털터리였던 그레이는 금고에 남아 있던 돈을 가지고 도망해 버렸다. 파산선고를 받은 조오는 그것 때문에 모든 것을 잃고 끝장이 나 버린 것이다…… 이제 그에게는 한푼의 돈도 없어져 버렸다.

　"난 시아람을 떠나서는 안되었던 거야."

　그는 신음하는 소리를 냈다.

　"거기에서 살아갈 수 있을 정도는 됐었어. 모두 잘 아는 사이였어. 좋은 친구도 있었고…… 원숭이처럼 뛰어다녀야 하는 런던에서는 난 뭍에 올라온 생선과 마찬가지였어. 더구나 그 그레인이란 놈, 옛날부터 신용하지는 않았어. 그런 위험한 일에 나를 끌어넣은 것은 루시였어요. 루시는 귀에 못이 박히도록 그것만 붙어넣고 입만 방긋하면 그 말뿐이었어. 그것도 모두 우리 집을 가졌으면, 좋은 옷을 입었으면 했기 때문이고, 모두를 놀라게 해 결혼할 때만 해도 하라는 대로 했지. 당신은 잘 알고 있을 거요. 안, 당신이에요 내가 좋아했던 사람은. 내가 결혼하고 싶었던 것은 당신이야. 루시 따위가 아니야. 루시를 택한 바엔 내 다리를 꺾어 놓는 편이 훨씬 나았을 정도였어!"

　"조용히 해요, 조오!"

　안은 엄한 어조로 말했다.

　"루시를 그렇게 말하면 안돼요."

　안은 망설이고 있었으나 드디어 입술까지 나와 근질근질하던 말을 하고 말았다.

　"어디에 있죠, 루시는?"

"나를 버리고 가 버렸어."

조오는 고통스럽게 말했다.

"우리 사이는 잘되어 가지 않았어요. 내가 법정에서 돌아왔을 때에도 그는 무섭게 싸움을 걸어 왔어요. 온갖 욕지거리를 다 퍼붓고 나를 밖으로 내쫓았어요."

그는 그때의 정경을 생각하면서 잠시 입을 다물었으나 침울한 어조로 덧붙였다.

"지금은 다시 간호원을 하고 있어요."

"어디예요, 거기는?"

"런던의 어딘가, 진료소였다고 생각하지만……."

안은 어찌할 바를 몰라 깊이 한숨을 내쉬었다. 이렇게 끝나리라 생각 못한 것은 아니었다. 변덕장이이고, 에고이즘이 강한 루시와 마음이 약하고 온순한 조오가 절대로 잘되어 가지 않을 것은 처음부터 알고 있었다. 그녀는 애써 자기를 억제하고 침착성을 되찾았다.

"자, 괜찮아요, 조오!"

하고 그녀는 똑똑한 어조로 말했다.

"당신에게 일어난 일만으로도 확실히 중대하기는 해요. 그렇지만 그것만으로 그렇게까지 재기불능케 되어 버릴 이유는 되지 않아요. 용기를 내야 해요. 당신이 상상하고 있는 만큼 절망적이 아니라는 것쯤은 자신도 알고 있잖아요. 앞으로 어쩔 작정인요?"

"다만 일반 운전수가 될 뿐이죠. 나로서는 흡족하지 않아요. 예의 보험회가가 우리 일에…… 적어도 남아 있는 일에 융자한다고 말하고 있고."

그는 비참한 표정으로 입을 다물었다가 이윽고 말을 이었다.

"틀림없이 장거리 버스의 운전수로 고용되리라 생각해요."

"그럼 근사하지 않아요, 조오."

하고 안은 그 말에 힘을 주었다.

"만약 당신이 자신이 할 수 있을 만큼의 일을 해보이면 결국은 거기에서 남못지 않은 지위에 오를 수가 있는 것이 아닌가 말이에요."

"그럼 당신은 내가 체면도 돈도 다 버리고 고용해 주도록 부탁하라는 건가요?"

"그것으로 됐잖아요, 조오."

안의 말에는 격려의 친절한 어조가 담겨져 있었다.

"틀림없이 당신의 요구에 응해 줄 거예요. 그리고 당신과 같은 우수한 기계공, 모터의 일이라면 다 알고 있는 사람을 채용하면 그 쪽도 대단히 기쁘게 생각할 거예요."

"그야 기계에 관한 것이라면 난 잘 안다고 자부해요. 더구나 차를 운전하는 것이라면."

조오는 원기를 되찾았다.

"그렇다면 어떻게 해서라도 해야 해요, 조오. 당신의 실력을 모두에게 보여주는 거예요."

하고 안은 척이나 당연한 것이라는 어조로 말했다.

"그리고 루시에게는 아직은 참패한 것이 아니라는 것을 보여주라구요. 그러면 루시고 틀림없이 돌아올 거예요"

조오는 의자에 앉은 채로 몸을 꼿꼿하게 새우고 눈에는 희망의 빛을 빛내고 있었다.

"당신은 내가 인생을 새 출발할 수 있다고 참으로 믿고 있는 거군요?"

"그야 물론이죠, 조오."

두 사람은 잠시 말이 없었다. 조오는 완전히 술이 깨었다. 그리고 안은 돌아보았을 때 그 눈에 떠오른 것은 취한(取汗)의 눈물이 아니었다.

　"당신은 참으로 훌륭한 사람이오. 나 같은 사나이에게 용기를 되찾게 해주니 말이오. 내가 궁지에서 빠져 나오는데 도와 줄 사람은 당신밖에 없다고 생각했어요. 고맙소, 과연 그대로요! 오늘부터 술을 끊겠소. 그리고 그 보험회사 놈들 앞에서 쩔쩔대는 건 지긋지긋하게 싫지만, 고용해 주도록 말하러 가겠어요. 그리고 내가 아직 건재하고 있다는 것을 모두에게 보여주겠소."

　"잘 생각했어요, 무슨 일이 있어도 그렇게 하지 않으면 안돼요." 조오는 무겁게 일어나면서 가슴을 폈다. 안은 현관까지 바래다 주었다. 거기에서 그는 안의 손을 오래 힘주어 쥐면서 앞으로 계속 그녀와 연락을 취하고, 루시에게도 편지를 쓸 것과 재기의 길에 전력을 다할 것을 약속했다. 그리고 발꿈치를 둘려 결연히 어둠 속으로 사라져 갔다.

　안은 어둠 속에 사라져 가는 조오를 그윽히 지켜 보았다. 그녀 자신이 매우 큰 걱정거리를 가지고 있는 것 따위는 그에게 내색도 하지 않았다. 그러나 혼자가 되자 아까의 그 무서운 정경이 날카로운 아픔으로 되살아났다. 그러나 겨우 간호원 숙소의 자기 방에 돌아왔으나 거기에는 사무실까지 지체 없이 출두하라는 간호원장으로부터의 전갈이 놓여 있었다.

7

.

안은 그날의 간호원장과의 회견에서 무슨 일이 일어났는가 그
것은 아무에게도 말하지 않았다.

미스 이스트는 무엇보다도 먼저 현실주의자였다. 실제에 일어
난 일에 의심을 품고, 이 사건에서는 안이 억울하다는 것을——그
것을 조금도 밖으로는 내보이지 않으려고 신경을 쓰고 있었으
나——굳게 믿고 있기는 했으나, 이미 결심은 하고 있었다. 그리
고 어떻게 해서든지 스캔들을 피하고 싶었다. 그런데 보오리 부인
으로부터는 만약 병원에서 안을 해고하지 않으면 자기가 반드시
유일한 해결의 방법은 안을 해고하는 것이었다.

간호원장은 안에 대하여 취해진 처벌을 고하기 전에 신랄한 어
조로 누구건 남자를 너무 신용하면 바로 같은 꼴을 당하기 일수라
는 것을 설교했다.

그리고 간호원이라고 하는 것은 병자로부터 그 주인을 빼앗는
가도 하는 하나밖에 생각하지 않은 예의 엄청난 주장을 통렬히 몇
마디로 뒤엎고. 취후에 만약 비밀을 지킬 것을 맹세하지만 하면,
해고라고 하는 수치스러운 일은 집어치우고 사직의 허가를 얻을
수 있도록 주선하겠다고 말하여 안이 받을 타격을 약간은 완화시
켜 주었다.

이러한 조치에 대하여 뭐라고 대답할 수가 있겠는가? 안은 다만
그것에 따를 수밖에 없다는 것을 깨달았다. 이튿날 아침, 온 병원

사람들은 안 리이가 1개월의 예고로써 사직을 요청한 것을 알고 모두 어안이 벙벙해 하였다.

동료들은 모두가 안에게 질문을 퍼부었다. 그러나 안은 언제까지나 함구무언을 계속하고, 노라나 그레니에게마저도 비밀을 털어놓고 자기 기분을 가볍게 하려고도 하지 않았다. 이 명랑한 삼인조는 그것 때문에 완전히 우울해져 버렸다. 안은 가정 사정으로 사직한다고 하는 소문이 드디어 병원 전체에 퍼졌으나, 그러나 그것만의 설명으로는 두 사람의 친구는 만족하지 않았다.

안은 자기에게는 아무런 책임이 없는데도 또다시 직업을 버리게 되었다. 운명의 이 새로운 타격에 짓눌리면서도 근무만은 확실하게 계속하고 있었다. 처음에는 그녀도 보오리가 사태를 정당히 조정해 주리라는 희망을 안고 있었으나 이 사나이는 천박하리 만큼 비겁하고, 여편네의 협박에 겁먹고 자기를 키지는 것만을 생각하고 아무런 행동도 취해 주지 않았다. 그래서 안은 이윽고 그런 희망을 전부터 버리지 않으면 안되었다.

그 소동이 있는 다름 주일까지 그녀는 한번도 프레스코트 박사와 얼굴을 대하지 않았다. 꼭 한번 복도에서 스쳐 지나간 일은 있었으나 박사는 깨닫지 못한 것 같았다. 그러나 다음 주의 수요일, 안은 수술에 시중들도록 지명을 받았다.

그러나 대단히 두려워하고 있던 박사와의 대면이 도저히 피할 수 없게 되었다. 강의실에서 웃옷을 벗는 것을 돕고 있는데 그녀 쪽으로는 눈을 돌리지 않고 박사 특유의 얼음처럼 차가운 소시로 말했다.

"미스 리이는 어딘가 다른 병원으로 간다고 들었는데……."

그 찌르는 듯한 말에 안은 놀았으나, 그래도 평정을 유지하고 대답했다.

"네, 그렇습니다. 박사님."

"그럼, 어디로 가는 거야?"

"런던일 거라고 생각합니다. 저어…… 제 동생이…… 가정의 사정으로……."

그녀는 그 이상 말할 수가 없어서 입을 다물고 고개를 숙여 버렸다.

박사가 계속하는 침묵에는 경멸의 답답함이 있었다. 그녀가 내미는 타올을 받아들고 세심한 주의를 하면서 손가락의 하나하나를 닦아내고 있다. 그리고 외과의사다운 태도로 단호한 말을 했다.

"나는 그 신경병의 보오리 부인이 날조한 일 따위는 조금도 믿지 않아. 그러나 당신이 이렇게 내 일에 참가해 주는 것은 참으로 감사하오."

안은 자신의 불행이나 뇌외과진료소의 계획에 보오리의 관심을 얻으려고 한 그 가련한 노력을 비춰 보이는 그런 말에 마음이 아파와서 입술을 깨물었다.

그레스코트는 말을 이었다.

"당신의 의도를 틀림없이 훌륭한 것이었을 거라고 생각해요. 그러나 알아 두어야 할 것을 나는 자신의 일에 대하여 어떤 사람으로부터도 공연한 참견을 하는 것은 용서하지 않는다는 것, 하물며 간호원으로부터의."

"죄송합니다."

하고 안은 중얼거렸다.

"그것만은 유의해 주었으면 해요."

프레스코트 박사는 찌르는 듯한 비꼬움을 담아 말했다.

"그러나 미스 리이는 나 이상으로 그렇게 생각하고는 있지 않겠지. 당신의 연극 덕택으로 이미 맨체스터에선 진료소를 가질 찬스를 완전히 잃어버렸소. 이렇게 되면 당신이 만들어 준 큰 사건에 감사할밖에 다른 도리가 없다고 생각하고 있어."

안은 한마디도 할 수가 없었다. 그녀는 눈물을 꾹 참고 얼굴을 숙여 버렸다. 이윽고 여전히 그녀에게는 눈도 돌리지 않고 프레스코트는 말을 맺었다.

"나는 당신이 어떤 의도로 그런 일을 했는지 모르겠어. 또 할려고도 하지 않아요. 그러나 당신이 이러한 상태로 해파톤을 떠난다면 지금과 같은 지위를 찾아내려고 해도 그건 틀림없이 대단한 곤란이 따를 거요. 그래서 하여간 나도 당신이 여기에서 해준 일이 훌륭했다는 것을 공평한 입장에서 인정하고 있소. 내가 보내더라도 말하고 이 편지를 런던의 트라팔거 병원의 간호원장에게 주어요. 거기에서는 내 추천이 있으면 당신을 고용해 줄 것이고 생각하오. 그럼 안녕, 미스 리이."

감동으로 창자가 끊어지는 느낌으로 안은 건네 준 봉함을 하지 않은 그 편지를 손에 내밀어 받았다. 이것에 반해서 박사는 악수의 손도 내밀지 않았다. 그녀로선 이제 와서 뭐라고 변명할 수 있겠는가? 절대로 할 수 없었다. 그 때문에 그녀는 참으로 의기소침해져 버려 얼굴을 돌린 채로 한마디도 하지 않고 거기를 나갔다.

외과의 병동을 나와 C병실로 돌아가는 도중 감독인 미스 카아가 지나가면서 그녀를 불러 세웠다.

"어찌 된 거요, 미스 리이?"

하고 악의 같은 것은 전혀 없는 자연스러운 호기심으로 물었다.

"프레스코트는 특별히 싫어하는 태도는 취하지 않던 가요?"

그리고 안이 고개를 저어 보이자,

"당신의 얼굴에 그렇게 씌어 있어요. 오늘은 그 사람으로부터 크게 꾸중을 들었어요. 별로 그런 것에 놀라지는 않지만 말이야.

그 사람이 무슨 말을 하든 어쩔 도리도 없고, 병원은 아무래도 사직하지 않으면 안되었으니 참으로 딱한 일이야."

"박사가 병원을 그만둡니까!"

안은 멍하니 그렇게 부르짖었다.

"당신은 몰랐나요? 나도 방금 알았을 뿐이에요. 프레스코트가 싱크레아 박사와 이야기하는 것을 수술하지 조금 전에 들었다고. 뇌외과진료소의 설립자금을 보오리가 보기 좋게 거절했다는 거예요. '호사마다지 뭔가요, 백 살까지 살아도 여기에서는 아무도 나에게 찬스를 주지 않을 거요. 어딘가 다른 전선에서 싸워 보려고 생각합니다' 라고 프레스코트가 싱크레아 박사에게 이야기했어요."

안은 미스 카아로부터 이 놀라운 뉴스를 두근거리며 듣고 있었다. 어떠한 동기로 프레스코트 박사는 맨체스터를 떠날 결심을 한 것인가, 그것만은 충분한 설명이 되어 있지 않았다. 그러나 보오리에 대한 그 서투른 교섭이 박사에게 이러한 결심을 하게 한 원인이 된 것이 틀림없다고 희미하게나마 느껴졌던 것이다. 안은 아무 대꾸도 하지 않고, 놀라고 있는 감독 앞에서 갑작스럽게 사라졌다.

C병실에 돌아와 그녀는 작은 부엌방에 틀어박혀 손에는 편지를 보았다. 그리고 기계적으로 읽기 시작했다. 프레스코트는 칭찬 이상의 말을 사용하여, 트라팔거 병원 앞으로 현재 비어 있는 감독의 지위를 주도록 간곡히 그녀를 추천해 주고 있는 것이었다.

이미 깊은 감동에 싸인 안으로서도 그것은 넘쳐 날 만큼의 감격이었다. 또다시 그녀의 주위에서는 모든 것이 흘러 사라진 것이

다. 극도로 서로 용납되지 않은 감정의 포로가 된 그녀는 이제 더
이상 견디어 내지 못하고 체면이고 뭐고를 불구하고 울음을 터뜨
리고 말았다.

제 4 부

1

　얼어 붙을 것 같은 겨울날의 런던. 을씨년스러운 낮은 하늘이 광대한 잡답(雜沓)의 거리를 덮어 씌워져 있다. 거리의 시끄러움 속을 초만원의 버스가 지나간다. 택시가 붐비는 차 사이를 뚫고 달리는가 하면, 몇 백만의 런던 사람들이 각각의 용무로 뛰어 다니고, 직장으로 나가고 있다. 트리팔거 병원의 휴가일을 이용해서 루시를 만나러 간 안 리이로서는 이 놀라운 도시는 아직 매력을 잃지 않고 있었으며, 따라서 그녀는 잇달아 감탄을 하지 않을 수 없었다. 이 붐비는 도시가 그녀에게는 때로는 간호원인 자신도 솔선해서 전투에 종사하는 광대한 전쟁터 같았다.

　안 리이가 트리팔거 병원의 근무에 채용되는 것은 그때는 이미 기정사실로 되어 있었다. 키가 큰 홀쭉하고 대단히 고상한 간호원장인 미스 멜빌은 프레스코트 박사의 어머니의 친구였다. 그 아리스 멜빌이 프레스코트 박사로부터의 추천장을 읽으려고 안경을 걸친 순간부터 안 리이가 채용되는 것은 이미 형식적인 절차의 문제에 지나지 않았다.

　안은 그때의 근사한 인상을 지금껏 지니고 있다.

　하는 수 없이 해파톤을 떠나온 후 런던에서도 가장 큰 병원의 하나인 트라팔거 병원의 별실감독으로서 채용이 된 자신을 생각하는 것은 얼마나 큰 위안이며 격려인가. 몇 번이고 불운에 부딪치면서고 그녀의 천운(天運)은 아직 전진의 길을 꾸준히 더듬게 되는 것일까.

트리팔거 병원은 런던의 중심부 스트랜드의 가까이에 위치한 가장 현대적인 병원이었다. 과학의 최신 정수를 갖춘 거대한 건물이며 거기에서는 사고의 희생자, 병자, 신체부자유자들의 치료가 행하여지고 있었다. 안은 근무한 지 2주일이 미처 되지 않았으므로 아직 그 새로운 주위의 리듬이나 방법에 동화될 수가 없었다.

마음으로부터 정열을 외과(外科)에 두고 있는 그녀는 자기가 감독인 보오링브로크 병실이 내과인 것을 알고 실망하지 않을 수 없었다. 그러나 내과과장 베니 박사는 그녀의 진가를 인정해 주고 있는 것 같았으며, 그녀가 감독하는 스탭도 선의에 찬 태도를 나타내 주고 있으므로 맨체스터에서의 경험이 남긴 상처도 점차 아물기 시작하고 있었다.

그런데 루시와 만날 약속이 되어 있는 조용한 다방 블랙캣으로 향하여 리이젠트 스트리트를 걸어가고 있는 안은 뭔가 걱정스러운 듯 마음을 조이고 있는 것 같았다. 그러나 동생의 모습을 보자 그 얼굴은 빛나기 시작했다. 그녀는 발걸음을 빨리하여 상냥하게 동생을 두 팔로 안고, 루시! 하고 부르짖었다.

"너를 만나다니 참으로 기뻐! 또 나는 실망하는 것이 아닌가 하고 걱정했었는데!"

"저번에는 제가 나빴던 것이 아니에요."

하고 루시는 약간의 불유쾌한 소리로 말했다.

"그 진료소에서 긴급간호를 떠맡겼기 때문에 그런 거야."

"그건 당연한 일이지."

안 리이는 타협적인 말을 했다.

"긴급간호가 어떤 것인가는 나도 잘 알고 있어."

자매가 블랙캣으로 들어가, 조금 떨어져 있는 테이블을 골라 커피와 토스트를 주문해 놓고 두 사람은 드디어 무심코 서로 얼굴을 마주 보았다.

매스엘 힐의 작은 저택에 살고 있었던, 그다지 오래 되지 않는 시기부터 보면 루시는 변해 있었다. 어딘지 모르게 딱딱한 인생에 대한 뭔가 불신의 생각과 같은 것이 그녀에게서 느껴졌다. 예쁜 얼굴에는 비교적 짙은 화장이 눈에 띄고, 복장도 매우 멋을 부리고 있었다. 그것을 깨닫지 못하는 안에게는 다행한 일이었으나, 루시를 바라보는 남자가 함께 어울릴 수 있는 여자의 부류도 한눈에 봐 버릴 것이라고 생각했다면 얼마나 불유쾌한 놀라움에 사로잡혔을 것인가.

"조오로부터 소식이 있었어?"

안은 무엇보다도 먼저 물었다.

"있었다 하면…… 있었어요. 나더러 돌아오라고 항시 말하고 있어요. 그런 건 다만 진저리가 날 뿐이야. 우리들이 가지고 있었던, 혹은 가질 수가 있었던 그런 일이 있었던 후에, 그 사람 하찮은 버스의 못난이 운전수가 되어 버렸어요…… 집도 가구도 그 사람이 바보였기 때문에 전부 어디론가 없어져 버린 거예요…… 난 절대로 그 사람 용서할 수 없어요! 그러니까 무슨 일이 있어도 그 사람한테는 돌아가지 않겠어요. 나라는 사람은 결혼 같은 거 하게 되어 있지 않아요. 적어도 내가 한 것과 같은 결혼에는 적합하지 않아요. 난 혼자서 해 나가는 편이 훨씬 낫다고 생각해요. 간호원의 직업이 훨씬 적합해요. 지금 있는 곳에서 재미나게 벌고 있는 걸요."

안은 대답을 하기 전에 잠시 생각에 잠겼다. 조오를 위해서 변호하는 것은 쉬운 일이었으나 지금 그런 생각이라면 아무 말도 하지 않으리라고 생각했다. 그것은 루시가 지금 말한 소리로 안을 괴롭히거나 불안하게 하거나 하고 있는 문제가 이미 해결되어 있었기 때문이다.

"너에게 말하려고 생각하고 있었건 것은 바로 그거야."

안은 주저하는 말투로 말했다.

"난 너를 괴롭히거나 할 생각은 없어. 그러나 돈을 버는 것만이 전부가 아니야."

"아, 또시작이군."

루시가 강하게 말했다.

"그렇게 말하지 않을 수없어. 평판이 좋지 않은 진료소에서 일하고 있는 너를 보면 난 걱정인걸."

"제발 그런 말로 나는 바보 취급을 하지 말아요! 언니가 할 수 있는 건 그런 구식의 수단밖에 없나요? 그리고 롤그레브 병원은 개인의 진료소이고, 언니가 좋아하는 병원, 날 끌어들이려 하고 있는 그 어마어마한 공공시설이 아니란 말이에요……언니에겐 아무 것도 숨기지 않지만 조오가 날 구렁텅이로 떨어지게 했을 땐 난 나 혼자서 잘 타개해 나가려고 결심을 했어요. 롤그레브에선 사리반 부인이 다른 병원보다 3배나 더 간호원에게 보수를 주고 있고, 제복은 진짜 비단이며, 식사도 훌륭하고, 환자는 세상에서 이렇다 한 사람들 뿐인 걸. 그래서 난 1주일 전부터 영화스타 아이린 달라스 전속의 간호원이 되어 있어요. 언니도 틀림없이 그녀의 이야기는 듣고 있을 거예요. 그녀는 나를 캘리포니아까지 함께 데리고 갈 작정까지 하고 있다구요. 참으로 롤그레브에서 일한다는 것은 간호원으로서 대단한 행운이에요. 그리고 모든 면에서 가능성을 제공해 주거든요. 하긴 언니를 납득시켜 보아야 별 수 없겠지. 개인의 진료소에 대하여는 전부터 줄곧 두려움을 가지고 있었으니까."

"그렇지 않아, 루시. 다만 나는 나 나름대로 롤그레브와 같은 곳을 신용하지 않을 만큼 이의가 있는거야……."

하고 안은 조용하게 말했다.

그 이상은 안도 루시를 화나게 하는 것이 두려워 말하지 않았다. 그러나 그 침묵 그 자체가 말 이상의 것을 말하고있었다. 주택지인 메이파의 중심에 위치하여 환자의 대부분을 그 구역에서 얻고 있는 호화스런 진료소 롤그레브는 의심스럽다 하는 것 이상의 평판을 듣고 있었다.

소유주인인 사리반 부인은 간호원들을 돈으로 사는 짓을 하고 있었으나——부인으로선 간호원을 획득하는 유일한 방법이긴 했으나——다만 야심이 있는 비양심적인 건호원만이 거기에서 일하는 것을 승낙한다 하는 상태였다. 사실 그 진료소는 블랙 리스트에 올라 있었다. 그것은 돈을 위해서라면 법률도 금지되고 있는 수술을 행하고, 진료소로서의 이름을 존중하고 있는 곳에서는 어디서나 반드시 거절하는 마취약을 함부로 마시게 하거나 주사하거나 하는 의원(依願)의 하나였다. 안은 루시가 그 진료소에 있다는 것을 알고부터 루시에게까지 파급될는지도 모르는 스캔들을 항시 걱정해 왔다.

침묵을 깬 것은 루이였다. 그녀는 티 스푼을 신경질적으로 만지작거리면서 어린애와 같은 앵돌아진 말투로 말했다.

"좋은 화제가 아니예요. 요 주일 동안 아무일도 없었어. 그런데 언니는 전부 날 공격하는 것뿐이잖아요."

"그게 아니야, 난 널 공격하고 있지 않아."

안은 동생쪽으로 몸을 굽히며 부드럽게 말했다.

"더구나 좋은 이야길 가져 온 걸. 매우 의심스러운 그런 진료소는 그만두고 나와 함께 일하지 않겠어? 내 병실에 채용해 주도록 하겠다 이거야."

"뭐라고요?"

"지금 말한 대로야. 나는 자유스런 포스트에 있기 때문에 무슨 일이든 할 수 있어. 이미 간호원장인 미스 멜빌에게는 이야기해 놓았어. 동의해 주었으면 싶어. 함께 있게 되면 얼마나 좋을까. 다시 함께 있게 된다는 것은 얼마나 근사할까. 그렇잖아?"

"감독인 언니로선 근사하겠죠, 나를 자기의 명령하게 두니까."

안은 빨갛게 달아올랐다.

"그럼, 넌 내가 이런 말을 꺼낸 것이 그런 동기에서였다고 생각하고 있는 거니?"

"아니, 아니야."

루시는 당황하며 말했다.

"용서해요, 언니. 언니가 무슨 일이나 나를 위해 준다는 것은 잘 알고 있어요. 그리고 나도 언니를 생각하고 있는 걸요."

"그런 곳은 그만두고 트라팔거로 와서 함께 있자구나."

안은 애원했다.

"기억하고 있겠지, 내가 전에 세운 큰 계획을. 그 기회가 우리에게 미소짓고 있는 거야, 루시. 우리들은 운이 좋을 때나 나쁠 때나 함께가 아니었던가 말야. 그리고 지금은 모든 것의 중심인 런던에 있단 말야. 저번 주에 간호원 조합에 가서, 비서인 미스 그래드스톤을 만났었지. 거기서 많은 자료를 얻었어. 우리가 함께라면 큰일을 할 수가 있어. 루시, 너만 그럴 생각이 있다면 말야. 그러니까 부탁이야, 롤그레브 따원집어치워. 그런 곳에서 네가 일하고 있다고 생각하면 난 무서워서 견딜 수 없단 말야."

루시는 바로는 대답하지 못했다. 아까부터 커피의 스푼을 계속 만지작거리고만 있었다. 드디어 매우 불만스럽다는 듯이 완고한 태도를 취했다.

"언니는 참으로 친절해요. 그렇지만 난 사물을 언니와 똑같이 보고 있지는 않아요. 언니도 간호원의 생활조건 개선에 공헌한다는 다만 그뿐인 생각밖에 가지고 있지 않다고 나는 생각해요. 그렇지만 그건 1세기나 걸려야 되겠죠. 그렇다면 우리 두 사람은 다 같이 그렇게 되기 훨씬 전에 죽어 버릴 거예요. 지금의 이 현재에는 아무 쓸모가 없잖아요. 그렇기 때문에 난 인생을 유리하게 살고 싶은 거야. 언니가 만약 순서를 쫓는다면 일생 그것에 묶여 버리는 것뿐이에요. 그것이 어떤 것인지 난 알고 있어. 나도 그것은 해봤단 말이에요. 반대로, 곤란도 겨우 뚫고 나갈 수가 있어. 내가 한 것처럼 자신이 편한 일을 선택하면 간호원을 하고 있을망정 남 못지 않게 살 수가 있어요. 그러니까 세상이 지금과 같다면 가능한 한 돈을 벌어서 즐거운 생활을 하는 거예요. 그것이 나의 인생 설계예요."

안은 최후의 노력을 시도했다.

"넌 내가 이렇게 끈질기게 말하면 우스꽝스럽게 생각할지 모르지만 이것이 최후의 부탁이야, 제발 롤그레브를 그만두어 줘."

루시는 거절의 표시로 머리를 옆으로 저어 보였다.

"유감이야."

하고 루시는 매몰차게 말했다.

"그렇지만, 난 나쁜 짓을 절대로 하지 않아요."

우리는 이론(異論)이 없다는 말투였다. 동생을 잘 알고있는 안은 그 이상 집요하게 말하면 싸움밖에 될 것이 없다고 생각했다. 그녀는 잠시 입을 다물고 있었다. 드디어 종업원을 불러 계산을 했다.

안은 매우 진지한 태도를 하고 있었으므로 루시는 어쩐지 우스워져서 무심코 짤따란 웃음을 입가에 흘려 버렸다. 그리고 장갑을 끼면서,

"그런 슬픈 표정은 하지 말아요. 영화 보여줄게. 달라스가 엠파이어 극장의 표를 두 장 주었거든요. 임시비는 아주 조금밖에 주지 않지만 그 사람, 무섭긴 해도…… 약을 먹지 않았을 때는(그렇게 말하고 루시는 웃음을 터뜨렸다). 자 가요, 택시를 잡고 하긴 이건 우리에겐 호화판이야, 그렇죠?"

애써 미소를 띠우면서 이번에는 안이 일어섰다. 여느 때와 같은 평온함을 되찾고 벌써 택시를 부르고 있는 루시의 뒤를 그녀는 따라갔다. 그러나 무거운 불안감이 가슴을 덮쳐 누르고 있었다.

2

그 이튿날의 일이다. 간호원장인 미스 멜빌은 보오링브로크 병실의 주 1회의 검사를 방금 끝낸 참이었는데 병실은 그녀의 엄격한 눈에 맞게 번질번질하게 빛나고 나무랄 데 없는 것을 보여주고 있었다. 조리장이나 사무실, 조제실이나 리넨실도 병실과 똑같았으며, 완전히 질서를 유지하고 조의해야 할 점은 하나도 발견되지 않았다. 간호원장은 그래서 매우 기뻐하고 있었다. 안은 원장과 함께 나란히 순회를 했다. 미스 멜빌은 안의 빛나는 순백의 제복, 더할 나위 없이 풀먹여진 옷소매부리, 청결한 모자, 손질이 잘되어 있는 그 아름다운 손에 상찬(上饌)의 눈을 돌렸다.

입구의 방으로 와서 원장은 귀족적인 위엄을 어느 정도 버리고 새 감독인 안과 친밀한 대화를 시작했다.

"당신으로선 근사한 데뷔였어요, 미스 리이. 난 프레스코트 박사에게 이 선물에 대한 감사를 하겠어요…… 그런데 당신은 아마도 그분이 성(城) 마틴 신경과병원의 원장에 임명된 것을 모르고 있겠지?"

안의 심장이 가슴속에서 뛰었다. 그러나 감동을 겨우 누르고 매우 안정된 태도로 대답을 했다.

"박사님이 런던에 오신 것을 저는 몰랐습니다."

"그럴 거라고 생각했어요."

미스 멜빌은 관대한 태도로 방긋 웃으면서 말했다.

"하나만은 단언할 수 있는 것이 있어요. 그것은 그분의 임명이 센세이션을 일으켰다 하는것. 그분은 윔폴가에 거처하시면서 내월, 리스타 사업재단에서 뇌외과의 강연을 하시게 되어 있어요. 베니 박사의 말에 의하면 그분이 이론은 혁명적인 것이라고 하며, 그 업적은 여기에서 1년간 지내신 비엔나의 유명한 외과의사 폰 켈니히의 이론보다 훨씬 진보되어 있다는군요. 그 말을 듣고 내가 얼마나 기뻐하고 있는지 당신은 모를 거야. 난 말이지, 보브 프레스코트가 반바지를 입고 있던 어린애에 지나지 않을 무렵부터 친분을 가지고 있어요."

안은 아무 대답을 할 수 없었다. 프레스코트 박사가 런던에 와 있다는 것, 보오리의 변절에도 굴하지 않고, 자기의 이상에 도달하고자 새삼스럽게 돌격을 개시하고 있는 것, 그것을 생각하면 기쁨을 느끼지 않을 수가 없었다. 그리고 미스 멜빌이 박사의 이야기를 좀더 해주었으면 하고 바랐다. 그러나 원장은 매우 직업적인 태도로 되돌아가서 이번에는 근무의 이야기를 시작하였다. 그리고 함께 복도를 걸어가면서 원장은 다시 말을 계속했다.

"당신의 요청대로 동생이 자유롭게 되어 함께 일하지 못한 것은 유감이군요. 이 포스트에 자리를 준비해 놓았는데. 신임의 간호원이 내일 아침 근무하게 되어 있어요."

"괜찮습니다, 미스 멜빌."

안은 머리를 숙을 도리밖에 없었다.

최후의 순간까지 루시에게 이곳으로 와 주도록 납득시킬 작정이었고, 동생이 듣지 않으면 그 대신 노라나 그레니라면 기꺼이 해파톤을 그만두고 와 줄 것이라고 그녀는 생각하고 있었기 때문이다. 그러나 주사위는 이미 던져진 것이다.

그녀는 엘리베이터까지 원장을 따라갔으나 자기에게 향해지고 있는 원장의 붙임성 있는 미소에는 그때까지의 고생한 모든 것이 보상되는 느낌이 들었다. 그리고 안은 환자들의 곁으로 돌아왔다.

일을 하면서 그 며칠 전부터 이만큼 마음이 가벼워졌는가 하고 느낀 적은 없었던 것 같은 생각이 최후에 만났을 때 보인 프레스코트 박사의 그 차가운 느낌도 이젠 어디론가로 가버리고 두 사람 사이에는 뭔가 은밀한 인연이 존재한다는 것, 두 사람은 공통의 목적을 추구하고 똑같은 이상에 고무되고 있다는 것, 그런 인상이 아직껏 남아 있고, 그리고 마음의 밑바닥으로부터 박사의 성공을 기원하지 않고서는 견딜 수가 없었다. 그녀가 박사에 대하여 품고 있는 관심에는 조금도 개인적인 것은 없고 주제넘은 부조리한 감정 따위는 전연 없었다. 그것에 대하여도 그녀는 충분한 확신을 가지고 있었다.

프레스토드 박사의 일을 생각하면 그녀는 자기가 가지고 있는 대망(代網)에 새로운 자극이 주어지는 것과 같은 기분이 들었다. 그날 저녁 때 직장이 피하자 안은 서둘러 간호원 숙소로 돌아와 흰 까운 위에 외투를 걸쳤다. 병원을 나와 킹즈웨이 쪽으로 잽싼 발걸음을 옮겨 버스에 뛰어올라, 간호원조합이 있는 뮤지엄 광장에서 내렸다. 사무소는 이미 파한 후였으나 그녀의 새로운 친구인 비서 미스 그래드스톤은 윗층에 있는 자기의 조그마한 방으로 안을 맞아 주었다.

"저런, 어서 오셔요, 미스 리이."

하고 미스 그래드스톤은 입가에 물고 있던 담배의 부리를 문 채로 소리쳤다.

"오늘 밤은 참으로 만났으면 했어요, 커피를 따라요. 커피포트는 스토브 옆에 있어요. 그리고 배가 고프면 그 지대 속에 밴(건포도가 든 달콤한 로올반)이 있을 거예요."

책이며 서류, 식기며 담배의 꽁초, 음식물의 찌꺼기, 보고서, 그외에 뜨개질하다 둔 쇼올이나 화병, 간호원 일행의 사진 등의 문자 그대로 흐트러져 있는 테이블에 가까이 가자, 수우잔 그래드스톤은 그 한 귀퉁이를 챙겨 주며 안을 위해서 커피잔을 놓을 수 있도록 해주었다.

추한 몸매에 회색의 머리를 한 예순 살이 멀지 않은 이 몸집이 작은 여성은, 시들은 얼굴이었으나 특별히 의연하고 억센 표정을 하고 있었다. 확실히 잉글랜드 북부의 출신임에 틀림이 없었다. 외견은 관대하고, 더구나 안락한 삶 따위는 개의치 않고 전생애를 고결한 주의주장을 위하여 바쳐 온 여성이었다.

그녀는 안이 자리에 앉아 《이브닝 타임즈》를 한 장 내밀었다. 그 신문에는 파란 색연필로 일단을 줄을 쳐 놓고 있었다. 한겨울의 밤을 위로해 줄 수 있는 기사일까.

안은 얼른 그 구절을 읽어 보았다. 간단하고 매정스러운 말로 다음과 같은 것이 보도되어 있었다. 비교적 나이먹은 미스 로버트슨이란 여성이, 베즈워터가의 너절한 가구가 달린 주택에서 가스 자살을 했다고 하는 기사였다. 그리고 그 기사는 다음과 같은 말로 이 끝맺고 있었다. '매우 가난한 처지에 놓여 있었던 것으로 생각되는 이 여성은 본래는 간호원이었다고 한다.'

"실제로 간호원이었던 거야."

하고 미스 그래드스톤은 안의 궁금한 시선에 대답이라도 하는 듯이 무감동한 표정으로 말했다.

"그 사람은 사십년 동안을 계속 그 일을 몸 바쳐 온 거예요. 나도

잘 알고 있어요. 그 사람, 우리 조합에 구원을 요청해 왔었지. 우리
로선 하는 데까지는 했다고 생각해요. 그래도 부족했던 거예요."

"무서운 일이군요!"

안 리이는 동정심에 가슴이 미어지는 것 같았다.

"그래요, 무서운 일이야."

미스 그래드스톤은 근엄하게 말을 이었다.

"더구나 이 한 사람의 일이 아닌 거니까⋯⋯여기에 있는 것은
모두 나이를 먹은 간호원의 리스트인데, 이 사람들은 일생을 양심
적으로 근무하여 한푼의 저축도 할 수 없었던 거야. 그것도 이 사
람들이 나빠서가 아니예요. 그렇구말구. 다만 받은 보수가 비참하
리 만큼 적었기 때문이야. 나이를 너무 먹고 근무할 수 없게 되었
을 때는 폐품처럼 취급되어 양로원 신세가 되어 버린단 말야."

"그런 공평하다고 할 수 없어요."

안은 열을 올려 부르짖었다.

"그렇게 취급을 받다니 너무 하지 않아요."

"이렇게 보면, 세상에는 자기의 목숨을 깎아 소모해 버린 간호
원이 몇 만 명이나 있고, 더구나 여전히 혹사 당하고만 있는 거예
요. 영곡의 전주(傳注)에서 우리에게 보내온 간호원의 편지를 보
여줄 수가 있어요. 항의의 편지, 구원을 요청하는 편지, 자기가 희
생이 되고 있는 착취상태를 밝힌 증거의 편지. 나는 언제나 똑같
은 것만 읽혀지고 있지만, 이젠 도저히 견딜 수가 없어요. 그것을
생각하기만 해도 난 울화가 치밀어요⋯⋯ 사실은 말이지 미스 리
이, 우리들이 조직화되는 것을 알지 못하기 때문이에요. 우리들은
참다운 조합을 만들어야 하는 거예요." 안 리이는 여러 가지 생각
에 잠겨서 이마를 찌푸리고 있었으나, 그것만으로는 충분하지 못

해요, 하고 겨우 입을 열었다.

"필요한 것은 조금이라도 빨리 세론(世論)에 호소해야 해요. 그 사람들을 무관심에서 벗어나게 하는 일이 중요해요. 얼마나 간호원들이 혹사 당하고 있는가를 그 사람들에게 승리를 얻게 해주는 것이 되지요."

수우잔 그래드스톤은 힘차게 동의했다.

"근사해요, 미스 리이. 당신이 말한 대로야."

"이야말로 우리들의 규약을 개정할 좋은 기회예요."

안은 말에 힘주어서 계속했다.

"다른 직업단체, 예를 들면 노동자는 여러 가지로 좋은 조건을 획득하고 있거든요. 하루 여덟 시간 노동이라든가, 유급휴가라든가. 그런데 왜 불행한 간호원만이 희생이 되지 않으면 안되는 것일까요? 간호원의 일은 다른 많은 사람들과 마찬가지로 괴로움도 있고, 훨씬 위험하기도 합니다. 그런데도 왜 정당한 보수를 받지 못하는 것일까요?"

"왜?"

미스 그래드스톤은 씁쓸한 어조로 같은 말을 되뇌였다.

"그것은 지금까지의 전통이 우리들에게 이것을 성직(聖職)으로서 이행시키려 하기 때문이에요. 그리고 그것을 시키는 것은 모두 저 하찮은 프로렌스 나이팅게일 때문이야. 나이팅게일이란 사람은 순수한 자선이라고 하는 입장에 서서 간호도 했으며, 아낌없이 위로를 주기도 했잖았는가 말야!…… 날더러 말하라면, 자선만으로는 충분치 않으며, 그 실례는 나 자신 신물이 나도록 알고 있지 않은가, 그렇잖아?"

미스 그래스톤은 소리를 내며 코를 풀고서 이번에는 더욱 기세

좋게 말을 이었다.

"만약 참으로 투쟁을 불사한다면, 그 사람들을 분발케 할 수 있어요. 결국 우리들의 간호를 이용하는 것은 그 사람들이란 말이야. 그 불상한 늙은이 로버트슨이 자살했다고 하는 기사의 신문을 보고, 남(南) 웰즈에 만연하기 시작한 뇌척추막염의 유행과 싸우기 위해 그곳에서는 얼마나 간호원을 필요로 하고 있는가, 그것을 생각하면 말이야…… 아, 난 이젠 참을 수 없어요! 이렇게 될 것이란 것을 생각하면 난 무서워질 정도예요! 오랜 세월에 걸친 헛된 투쟁의 후에 나 같은 휴화산(休火山)에 또다시 활동을 개시할 수 있다고 생각하기만 해도!"

"그래요, 맞았어. 결국 당신이 나의 최악의 날에 찾아 준 것, 난 후한이 없어요. 당신이 우리 측에 서 주기만 한다면 참으로 근사해. 미스 리이는 감독이란 자격이 있으니까 당신은 트라팔거 병원에선 어느 정도의 자유는 가지고 있을 거예요. 그러니까 틈이 날 때에는 나에게 귀중한 원조도 해줄 수 있겠지. 물론 무보수예요, 우리들은 무일푼이니까 말이에요. 그렇지만 이것이 틀림없이 산이라도 뒤흔들어 놓을 기회를 당신에게 줄는지도 모르죠."

"나도 그 때문에 여기에 온 것이 아닌가요."

하고 안은 방긋 웃으면서 말했다.

"그러나 제가 두더지의 집 정도라도 움직일 수가 있다면 그것으로 만족하겠어요."

두 사람은 그런 후에도 오랫동안 좁은 방에서 이야기를 계속했다. 안은 이 전투적인 비서에게서 공감을 느꼈으며, 점점 존경을 품게도 되어가고 있었다. 또 더욱 그것으로 보람을 찾는 것처럼도 느꼈다. 드디어 그곳을 물러나려고 할 때 그녀는 그 정도일지라도 수우잔 그래드스톤과는 밀접한 유대로 맺어져 있다는 것을 느끼고, 느리고 앞으로 두 사람의 노력을 합쳐 나가리라는 것을 마음속으로 맹세했다.

활발한 발걸음으로 불룸주베리에서 트라팔거 병원으로 걸으면서 안 리이는 이것으로 자기도 진지하고 중대한 결심을 한 것이다 하는 확신을 했다. 간호원조합은 어떤 견지에서 보면 다분히 낡아빠진 활동이며, 그리고 또 미스 그래드스톤이 정직하게 인정한 것처럼 대단히 자금의 결핍에 시달리고 있었으나, 그렇다 할지라도 견교하고 진지한 조직적인 것에는 변함이 없고, 간호원의 처우를 개선하기 위한 강력한 투쟁을 기도하는 데는 이상적인 기관임에 틀림없었다. 이에 협력함으로써 안은 어느 날엔가는 이상을 위한 투쟁에 있어서 자기도 적극적인 역할을 하고 싶다고 생각했다.

병원으로 돌아오자, 저녁밥을 먹을 필요도 없다는 생각이 들어 곧장 자기의 방으로 갔다. 그녀는 그날 아침 미스 멜빌이 알려온 새로 오는 간호원과 아까 자기가 한 결정과의 사이에 무의식적으로 하나의 유대를 만들려하고 있는 것을 문득 깨달았다. 프레스코트 박사의 일을 생각하면 그 사람은 그 사람의 길을 줄곧 걸어가고 자기는 자기의 길을 전진하는 것이다, 라고 생각하기도 했다. 그리고 그날 밤 그녀는 깊은 잠을 잤다.

이튿날 아침, 한 사람의 실습생이 안에게 새로 온 간호원이 도착한 것을 알리러 왔다.

3

　안은 새로 온 간호원을 바로 부르려고는 하지 않았다. 무엇보다도 먼저 병실의 순시를 하지 않으면 안되었고, 등록부나 식이표 (食餌慓)가 정돈되어 있는가 아닌가를 확인할 필요도 있었으며, 합병증이 있는 위염환자인 6번의 마리맡에서 잠시 지체하고 있거나 하고 있었다.

　그녀가 새 간호원을 자기의 작은 사무실로 부른 것은 그 후 39분이 훨씬 지난 후가 되어서였다. 그녀는 테이블을 앞에 놓고 자리에 앉아 만년필을 한 손에 든 채 환영의 미소를 띄었으나 갑자기 그 얼굴은 긴장된 표정으로 바뀌었다. 안의 앞에 꼿꼿하게 서 있는 간호원은 틀림없는 시아람 병원에 있던 미스 그레그였다.

　그레그는 안의 얼굴을 보자 깜짝 놀랐다. 그러나 바로 자기를 되찾은 듯 그 엷은 눈동자에는 묘한 빛이 빛났다.

　"안녕하세요, 미스 리이."

　하고 그녀는 기선을 제하여 자신 있는 듯한 소리로 말했다.

　"안녕하세요."

　안은 조심성 있게 대답했다.

　시아람에 있을 때 그녀는 근무가 허용하는 한 미스 그레그와 접촉하는 것을 피하고 있었다. 그것은 이 얼굴이 파랗고, 아마색 머리칼을 한 화를 잘 내는 여자에게 조금도 호감을 가질 수 없었기 때문이다. 더구나 이 라이자 그레그가 자기에게 적의를 가지고 있는 것도 그녀는 전부터 알고 있었다. 안은 어색한 감정에 휩싸였다. 자기의 바로 앞에 과거의 기억을 불러일으키는 사람이 서 있는 것을 보고 더 이상 말을 하지 않고 있는 것은 고통이었다.

"기억하고 있겠지요, 안 리이?"

라이자 그레그가 말을 이었다.

"저런, 용서하게요! 당신이 감독이라는 것을 잊어버리다니. 그렇지만 미스 리이, 여기에서 당신을 만나다니, 어쩐지 이상해요."

안은 침착함을 잃지 않으려고 몸이 굳어졌다.

"당신을 맞이하는 것은 나에겐 그다지 이상할 것 없습니다."

하고 만년필을 손가락 사이에 꼭 끼우면서 안은 억양이 없는 소리로 되받아 말했다.

"여기에 오기 저에는 어떤 병원에서 근무했나요?"

"시아람이에요, 거기서 직접 왔는 걸요. 그때부터, 당신이 가버린 후부터 계속 그곳을 떠나지 않았어요."

하고 미스 그레그는 말했으나 푸르데데한 얼굴은 빈틈 없는 표정이 되어 있었다.

안은 조서에 기입을 하고 다시 질문을 했다.

"증명서는 가지고 있겠지요?"

"네…… 으흐…… 미스 리이."

안은 얼굴을 붉혔으나, 그래도 조서에 기입하는 동작을 멈춘 것은 아니었다. 원장도 이미 알고 있는 것이지만 기입하는 것은 의무적인 것이었다.

"오늘 아침부터 바로 근무에 임하세요. 여기가 당신의 마음에 들었으면 합니다. 그리고 내가 만족할 수 있도록 잘 행동해 주실 것을 믿겠습니다.

194

"기대하셔도 좋습니다, 미스 리이."

이중의 의미를 가진 이 대답에는 뭔가 빈정거림이 포함되어 있었을까. 안으로서는 뭐라고 단언할 수 없었을 것이다. 그녀는 혼신의 용기를 짜내어 미스 그레그의 푸르데데한 눈동자를 똑바로 응시했다.

"우리들은 이전에 시아람에서 동료였다는 사실과, 더구나 거기에서 지낸 추억으로 해서라도, 내가 이 병실의 책임을 가지고 있다는 것, 그리고 내가 내리는 명령은 수행해 줄 필요가 있다는 것을 잊지 않도록 해주세요."

"안심하세요, 미스 리이."

미스 그레그는 자못 응석부리듯 받아넘겼다.

"직업적 양심에서는 난 아무도 두려워하지 않으니까요."

"그렇다면 좋아요, 그럼 나가 보세요."

"감사해요, 미스 리이."

미스 그레그는 도어까지 갔으나 도어를 열자 바로 되돌아보며 미소와 같은 것을—— 뭔가 말 이외의 의미를 지닌 미소와 같은 것을 안을 향하여 던졌다. 더구나 너무나 악의에 차 있는 그 미소에 안은 오한을 느꼈다. 도어는 소리 없이 닫혔다. 안은 그대로 테이블 앞에 앉아 있었으나 마치 석상이라도 되어 버린 것 같았다. 그리고 뭔가 어두운 생각에 싸여 버렸다.

그녀는 자기의 지위의 위험을 냉정한 이성으로 생각해 보았다. 예의 어린 아이가 죽음에 대하여는 무엇 하나 자기에게 죄는 없으나 자기가 책임을 진 이상 죄임에는 변함이 없을 것이다. 그러나 지금, 자기가 시아람에서 해고 당한 표면상의 원인을 알고 있고 아마도 그 일을 남용하기를 불사할 것으로 생각되는 간호원을 자기가 감독하는 병실에 자기의 부하로서 두게 된 것이다.

　안은 있는 한의 용기를 불러일으켰다. 그리고 모든 일은 자기가 걱정하고 있는 것보다 틀림없이 훨씬 잘 되어 갈 것이다, 하고 마음 속으로 중얼거렸다. 그 여자에 대하여 두려워하는 따위의 직은 절대로 하지 않으리라. 그리고 또 자기에게 복종하도록 이미 사정에 말해 두었으니까. 그러나 이러한 굳은 결의에도 불구하고 어쩐지 마음에 걸리는 것을 느끼지 않을 수 없어 무거운 마음을 안은 채 그녀는 자기 일에 착수했다.

4

그런데 그해 겨울은 추위가 심하여 찬기운이 살을 파고드는 것 같았으며, 맵싸한 누런 안개가 시가를 폭 덮어 씌워 버렸다 이러한 가차없는 시기에는 병원도 환자로 가득 차게 마련인데, 보오링브로크 병실은 미어질 만큼 초만원이 되어 있었다.

새 환자의 대부분은 기관지폐렴이었다. 그 중 중증환자에게는 특별한 간호와 일순의 끊임없는 주의가 필요했다. 그것은 모든 기구가 충분히 동작하고 있는 병실만이 가능한 일이었다. 평상시라면 안은 그러한 하소연의 소리에도 자기의 전력을 다하고 또 부하 간호원을 독려하여 열심히 임하였는데, 지금은 점차로 더해 가기만 하는 불안에 시달려서 다만 마음을 번거롭게 하여 야위어 갈 뿐이었다.

그녀가 담당하고 있는 병실은 자기로서도 당연히 그리하여야 한다고 생각하고 있는 만큼의 기능을 다하고 있지 못했다. 여러 가지로 자상한 데까지 손이 미치지 못한 상태였다. 체온표는 언제나 정리되어 있지 않았고, 에나멜칠한 담호도 소독이 철저히 되어 있지 못했다. 이미 몇 번이나 안은 더욱 중대한 태만마저 확인하고 있었다. 그녀의 병실주임인 바니 박사는 혈청주사로 폐렴과 싸우고 있었다. 그는 록펠러 혈청을 사용하고 있었는데, 그것이 효과를 발휘하기 위해서는 일정한 시간을 두고 주사할 필요가 있었다. 그런데 정해진 시간에 혈청이 주사되고 있지 않은 것을 안은 세 번이나 발견했다.

이 이상 그 사실을 감추어 두는 것은 무익했다. 안은 처음에는 일은 크게 벌리는 일이 없도록 극력 노력해 왔었으나 사실을 사실로서 명백히 하지 않으면 안될 때가 이미 닥쳐 온 것이다. 그레그가 그러한 과실의 장본인이었다. 직접 잘못을 범하거나 실수를 하거나 하는 것은 언제나 그녀인 것만은 아니었다. 그녀는 본시 우수한 간호원은 아니었고, 얼마 전부터 눈에 띄게 칠칠치 못하게 되어버려 확실히 실수를 거듭하고 있기는 하나, 그러나 그 이상으로 방관할 수 없는 방법을 써서 안의 지휘하에 있는 두 사람의 간호원까지 망쳐 놓고 있었다.

똑똑하고 허물을 터놓지 않은 아가씨인 스코트는 실수하는 일이 적었으나, 지금까지 몸도 마음도 안에게 바쳐 일해 온 매력적인 아가씨인 젊은 실습생 레슬리까지가 점점 어찌할 도리가 없어져가고 있었다. 이들은 아직 유순한 소녀에 지나지 않았는데, 그레그는 그런 소녀에 대하여 꺼림칙한 영향을 주고 있었다.

안은 어느 날 가리개로 침대를 둘러치고 있는 두 사람의 환자가 중태에 빠져 있다고 하는데, 식당에서 와자지껄하게 웃음소리가 나는 것을 들은 적이 있었다. 레슬리는 점차로 거림낌이 없는 태도를 취하게 되어가고 있었다. 어느 날 오후 그녀는 어찌할 바를 모르는 그런 얼굴에 눈살을 찌푸리기까지 하면서 안에게 가가이 왔다.

"어쩌면 좋지요, 미스 리이."

하고 그녀는 뻔들거리는 태도로 말했다.

"그레그가 참으로 놀라운 것을 가르쳐 주었거든요. 더구나 당신에게 그것을 이야기하라는 거예요."

안은 그녀에 대하여 벌써 진지한 기분 같은 것은 느끼지 않게 되어 있었으나 그런 태도를 내색도 하지 않고 여느 때가 같은 냉정한 말로 되물었다.

"그래? 그레그가 너에게 어떤 말을 했지?"

가슴속까지 꿰뚫어 보는 것 같은 안의 시선을 받자 젊은 실습생은 가슴이 두근거려서 말을 더듬거리며 대답하기 시작했다.

"그녀가 당신은 디프테리아 환자의 간호를 하는 것을 좋아하지 않는다는 것입니다."

"난 어떤 환자라도 간호하는 것을 싫어하지 않아요."

안은 준엄하게 말했다.

"자존심이 있는 간호원이라면 그것이 당연한 것이에요. 자, 빨리 가서 15번의 검온을 하세요. 그리고 어린애 같은 짓은 이젠 하지 말아요.

"알았습니다. 미스 리이."

하고 실습생은 완전히 당황하며 일자리로 돌아갔다.

그러자 안의 고뇌는 이 일이 있은 후에도 더할 뿐이었다. 그녀는 그레그를 엄하게 꾸짖었다. 항시 그러한 태도이긴 하지만 그레그는 의미 있는 듯한 눈빛을 안에게 던지며 알랑거리는 태도로 이에 답했다.

안은 위기가 가까워진 것을 느꼈으나 사실 그것은 3월초에 돌발했다. 걱정이 되어 견딜 수 없게 되어 있던 안은 그레그로부터 받은 비상한 정신적 협박을 생각하면 이것으로 기분도 거의 마비되어 버린 것 같았다.

어느 아침 안은 작은 실험실에서 일을 하고 있었다. 거기는 병실의 옆에 위치하여 여러 가지 분석, 특히 오줌의 분석을 하고 당분이나 단백질의 비율을 검사하는 데였다. 그녀는 방이 말끔히 정돈 되어 있지 않은 것을 보고 심히 불쾌해졌다.

그것은 그레그에 책임이 있는 일이었다. 더러워진 시험관이 테이블 위에 난잡하게 산을 이루고 있었다. 반쯤 비어 있는 시약(試藥)의 프라스코가 몇 개나 피페트가 더럽혀진 테이블 위에 흩어져 있었다. 오컨대 실험실을 용서치 못할 상태였다.

안으로서 이것은 말하자면 울화통이 터진 것이다. 노기로 얼굴을 붉히고 엄중히 꾸짖지 않으면 안된다고 결심하고 그레그를 부르러 보냈다.

그레그는 안의 부름을 받고도 바로 오지 않았다. 그리고 겨우 모습을 나타냈을 때는 그 태도가 여느 대보다도 더욱 건방진 데가 있었다.

"부르셨나요, 미스 리이? 무슨 잘못된 일이라도 있었나요?"

"그래요, 이 실험실의 상태 말이요!"

하고 안은 노기를 감추지 못했다.

"네, 알고 있습니다."

그레그는 차가운 시선을 주위에 던지면서 말했다.

"깨끗이 할 작정이었지만 오늘은 전연 시간이 없어서."

"오늘도 그거예요. 어제 저녁 때, 이 방을 내가 청소한 것을 알고 있겠지요. 그래 당신에게는 그것이 못마땅한 거죠?"

그레그는 승리하 한 것처럼 시선을 안에게 던졌다. 그녀는 이것으로 목적을 달성한 셈이었다. 훨씬 이전부터 이것을 위하여 여러가지로 공작을 해 온 것이다. 이번에야말로 안 따위는 자기 마음대로 할 수 있는 것이다. 놓칠 수 없는 유일한 기회인 것이다.

"오늘도 당신이 청소를 해서 나쁠 것 없잖아요."

하고 그녀는 대수롭지 않다는 듯이 내뱉었다.

안은 심한 모욕에 얼굴이 창백해졌다. 그리고 두 뺨이 빨갛게 되었다.

"나에게 그런 태도로 말하는 것을 금합니다. 나는 이 병실의 책임자니까 당신은 나의 명령을 이행해야 합니다."

"아니, 정말인가요?"

"당신도 나와 마찬가지로 잘 알고 있을 거예요. 당신은 나를 따르지 않으면 안됩니다. 나는 감독입니다. 즉 당신 위에 서 있는 주임이에요."

"우스운 감독이군요!"

안은 냉정함을 잃지 않으려고 애쓰면서 주먹을 꼭 쥐었다. 최후의 힘을 짜내서 자기의 입장을 지키려고 했다.

"확실히 말해서 나에게 어떤 불만이 있는 거예요, 미스 그레그, 당신이 여기에 온 후부터 특별히 참아 왔어요. 당신은 언제나 태업만 하고 있지 않은가 말이에요. 그것은 자신도 알 것입니다. 그리고 당신에게 맡겨진 일을 정연하게 수행하는 것은 매우 중대한 일입니다. 우리들은 지금 이 순간에도 생(生)과 사(死)의 사이에서 싸우고 있는 중환자의 간호를 할 필요가 있기 때문이에요."

"당신이야말로 생사 사이에 있는 환자에 대하여 정신을 쓰고 있지 않았지 않아요. 시아람에서는 적어도 해고 당한 것으로 보아 나에겐 그렇게 생각돼요."

그레그는 자못 증오스러운 듯한 희색을 얼굴에 띠면서 드디어 최후의 비방을 썼다. 그러나 그녀가 간단하게 승리를 얻으려고 했다손치더라도 그것을 단지 헛수고가 될 뿐이었다. 불안한 빛이 안의 눈 속에 빛났다.

"이 이상 이런 입씨름을 하는 것은 그만두기로 합시다. 이 실험실을 말끔히 정돈할 것을 명령합니다. 만약 내일 아침, 내가 집무하기 전까지 말끔히 정돈되어 있지 않으면 당신의 규율위반에 대하여 내가 원장에게 보고하겠습니다."

그레그의 얼굴이 노랗게 되었다. 안이 당황한 기색도 없이 오히려 반격으로 나온 것을 보고, 그녀도 매우 당황하여 화난 김에 생각하고 있는 것을 모조리 터뜨렸다.

"함께 원장에게 가요? 나도 원장에게 할 말이 있어요. 만약 당신이 내 흠을 찾아내겠다면 당신에게도 그것은 있으니까 우리들 중에 누가 여기를 나가야 하는가, 곧 알게 될 거예요."

안은 대답해 줄 기분도 나지 않았다. 그리고 무엇을 생각하고 있는지 알 수 없는 얼음 같은 얼굴을 한 채로 그레그의 앞을 지나 밖으로 나갔다. 그날의 근무는 벌써 끝났다. 안은 병실을 나와 곧장 자기의 방으로 갔다.

방에 들어가자 침대에 걸터앉아 두 손으로 머리를 감쌌다. 겉으로는 평온한 듯했으나 심장은 숨이 막힐 정도로 두근거리고 있었다. 수 주일 전부터 덮쳐 누르고 있다가 아까의 그 협박으로 인하여 안은 눈물이 넘쳐날 것 같은 것을 느꼈다. 초인적인 노력으로 겨우 그것을 억누를 수가 있었다. 그리고 용기를 내라, 하고 마음 속으로 중얼거렸다. 있는 용기를 다 발휘하지 않으면 안된다.

겨우 평상시의 침착을 되찾고 그녀는 지금 자기가 놓여 있는 처지를 생각했다. 그리고 어떤 일이 있더라도 최후까지 싸우겠다고 굳게 결심했다. 그리고 자기가 지니고 있는 가능성을 신중히 생각해 보았다.

만약 시아람에서 해고된 이유를 그레그가 미스 멘빌에게 이야기를 한다면 자기는 이미 끝장이 아는 것이다. 원장은 자기에게 호감을 갖고 있다고는 할지라도 이번에도 짐을 챙겨 나갈 수밖에 다른 길은 없을 것이다. 더구나 그처럼 훌륭한 증명서를 간호원장에게 제출해 준 프레스코트 박사는 어떻게 생각할 것인가? 이런 의외의 사실이 폭로되면 반대로 어떤 반응이 올 것인가?

프레스코트 박사의 일을 생각하니 안은 다시 기력을 찾을 수 있었다. 박사에게만은 무엇이나 고백할 수가 있다. 그리고 구원은 거기에 있는 것이다, 라고 직감적으로 생각했다. 박사를 만나러 가서, 하잘것없는 자존심 따위는 버리고 박사에게 상의해 보자. 박사 앞에서 사실을 명백히 드러내 놓고 진상을 전부 이야기하자. 그것도 루시를 말려들지 않도록 하고, 설사 아무리 냉엄하게 판단된다 할지라도 자기의 말이 의심받지는 않을 것이다. 그것에 대하여는 적어도 그녀에게는 확신이 있었다.

있는 노력을 다 하여 안은 자기의 긍지를 지킬 수 있는 길을 걷기로 했다. 이제는 주저하거나 엉거주춤하고 있을 때가 아니다. 그녀는 재빠르게 까운을 외출복으로 바꿔 입고 병원을 나왔다. 그리고 빠른 걸음으로 윔폴가로 향했다.

5

　뿌리가 박힌 것처럼 진찰실의 창가에 서 있는 로버트 프레스코트의 시선은 거리를 헤매고 있었다. 오늘의 일은 끝났다. 대단히 바쁜 하루였다. 그는 오전 동안을 언제나 병원에서 보내고, 오후부터는 자기의 환자를 맞이하는 것이었다. 직업적 입장에서 말하자면 런던에 거처를 정하고 있는 것이 그에게 만족을 가져다 준 것임에는 틀림없다. 다른 이유에서도 그것은 몇 년 전부터 예측하고 있었던 일이며, 또 아마 그것을 보오리와의 모욕적인 불화가 그 일을 재촉한 것이라고도 할 수 있다.

　그에게 있어서 성(聖) 마틴병원의 일부분이 맡겨진 것은 커다란 영예였으나, 또 자기의 개인의 환자도 거의 걱정이 될 정도로 늘어나는 상태였다.

　그가 리스타 계단에서 행한 강연은 센세이션을 불러일으켰다. 더구나 런던에서는 여러 가지로 훌륭한 친구들에 세련되고 캠브리지의 우수한 인재 중의 한 사람인 존 로오가 친구의 수에 가해졌다. 더구나 로오는 지금 존 경(卿)이 되어 있고, 가장 젊고 가장 빛나는 변호사회의 일원이며, 왕실의 고문변호사리며, 옛친구인 그에 대하여 마음으로부터의 기쁨을 보여주고 있었다.

　그의 클럽인 아린톤에 프레스코트의 입회를 지지해 준 것도 바로 존 경이었다. 또 프레스코트가 일찍이 품고 있던 뇌외과진료소에 대한 혁명적 기획이 순조롭게 제출된 날에는 선거운동이 귀중한 스프링보드가 될 수 있다 하는 풍조가 후생성의 공기도 보아 국회의 분위기 내에 명백해지고 있는 것을 그 예민한 지성으로 그에게 시사해 준 것도 역시 존 경이었다.

따라서 표면상 프레스코트에게는 만족해야 할 이유가 전부 갖추어져 있는 셈이다. 그런데도 뜰안을 날고 있는 참새를, 다만 기계적으로 쫓고 있는 그에게는 행복한 모양도 만족하고 있는 태도도 찾아볼 수가 없었다. 오히려 내면의 갈망을 무의식으로 억제하고 있는 사람이라고 말하는 편이 좋았다. 벌써 몇 개월 동안이나 자기로서는 그렇게 인정하는 것을 거부하고 있었으나 이 이상은 싸놓고 숨겨 두는 것이 불가능하게 되어 지금은 확실하게 생활의 의의에 의문을 갖고 지금까지의 갖가지 성공도 전부 그 맛을 상실해 버렸다고 밖에는 그에게 느껴지지 않았다.

그는 멍청하게 한숨을 내쉬면서 창에서 등을 돌리고 책상 위에 흐트러져 있는 종이를 대수롭지 않게 모으기 시작했다.

마침 그때 노크 소리가 났다 싶었는데, 이미 퇴근 준비를 하고 있던 접수계 아가씨가 진찰실로 들어왔다.

"선생님을 뵙고 싶다는 분이 와 있습니다. 간호원이랍니다. 면회 약속이 없으시기에 진찰은 벌써 끝났다고 했습니다마는, 선생님과는 아는 사이니까 뵙게 해 달라는군요. 미스 리라고 하던데요."

프레스코트는 아직 무감동인 채였다. 그리고 극비로 하고 있는 자기의 욕망에 운명이 가져다 준 회답을 알고 놀라고라도 있는 것인지, 오랜 순간 계속 그런 상태로 있었다. 그리고 겨우 뭉친 듯한 둔한 소리로 말했다.

"들어오시라고 해요."

그 일순간의 후, 안은 신경질적인 제스처로 어느 때보다도 더욱 파란 얼굴이 되어 진찰실로 들어왔다.

그리고 박사에게 인사의 말을 할 틈도 주지 않고 성급하게 말했다.

"죄송합니다. 이렇게 늦게 찾아 뵈어서. 방해가 되신다면 내일 다시 찾아뵈어도 좋습니다만."

무뚝뚝하게 맞아진 안의 걱정은 바로 해소가 되었다. 프레스코트 박사는 무익한 전치사 같은 걸로 해서 시간을 허비하게 하지는 않았다. 터벅터벅 안의 앞으로 걸어나와 친절한 악수를 하고, 그녀에게 팔걸이의자를 권하고 자기의 테이블 앞으로 돌아갔다.

"우리는 꼭 다시 만날 수 있다고 생각하고 있었소."

하고 그는 진심어린 표정으로 말했다.

"마침 그때가 오지 않았는가 하고 생각하고 있었던 참이었소."

안은 얼굴이 화끈거려서 눈을 감았다. 자기가 박사의 도움을 구하려고 하고 있다고 생각하니, 그런 박사의 상냥한 기분에 가슴을 두근거리지 않을 수가 없었다. 좀더 차갑게 맞이하는 것이, 지금부터 부탁하고자 하는 것을 위해서는 훨씬 말하기가 쉬웠을 것이다. 박사의 친절함 때문에 그녀는 마음이 약해지는 것을 느꼈으나 그러나 자제를 하고 감연히 전진하려고 긴장을 했다. 그리고 다시 머리를 들어 똑바로 박사의 눈을 응시했다.

"오늘 말씀드리고자 하는 것은 그렇게 손쉬운 일이 아닙니다, 박사님. 저는 귀중한 시간을 한부로 허비시키고 싶지는 않습니다만. 그렇지만 사실…… 아무래도 선생님이 도와 주시지 않으면 안될 일이 있어서 왔습니다."

"그렇다면, 어렵게 생각할 것 없지 않은가."

프레스코트는 용기를 주는 듯한 미소를 띠우면서 말했다.

"무엇이든 들어 주겠어."

안은 잠깐 망설였으나 말을 시작했다.

"이야기가 길기 때문에 선생님께서는 대단한 인내를 해주시지 않으면 안될 것이에요. 그렇지만 부탁을 하지 않을 수 없습니다."

혼신의 용기를 발휘해서 그녀는 시아람에서 일어났던 사고를 될 수 있는대로 간단하게 말하기 시작했다. 누구의 이름도 입에 올리지는 않았으나, 어떤 계기에서 어떠한 이유로 그 실책을 자기의 책임으로서 받아들이고 경과가 어찌 되었는지를 설명하는 것으로, 하여간 그녀는 만족했다.

그는 묵묵히 그녀로부터 눈을 떼지 않고 귀를 기울이고 있었다. 그리고 그녀가 말을 마치자 호의에 찬 눈으로 말했다.

"미스 리이는 자기가 했다고 감싸 준 그 간호원에게 틀림없이 너무 애착을 느끼고 있는 것이 아닐까. 누구야, 그 간호원이? 자, 솔직히 나에게 말해 봐요. 이렇게 되면 쓸데없는 희생이 될 필요는 없어요."

그러나 안이 입을 봉하고 대답하지 않고 있자 박사는 다그쳐,

"동생이군?"

하고 물었다. 안은 그렇다고 대답했다.

박사에게 거짓말을 할 수는 없었고, 더구나 박사 자신이 진실을 이미 짐작하고 있지 않은가.

잠시 침묵이 흘렀으나 그 동안에도 프레스코트는 안이 고백한 의외의 사실의 범위를 산정(算定)하고 있는 것 같았다.

"나도 그것은 인정하지 않을 수가 없어요."

하고 박사는 드디어 입을 열었다.

"미스 리이가 거기에서 용기 있는 행동을 했다고 하는 것은 역시 잘못을 범한 거라고 나도 생각하지 않을 수 없군. 그 놀라운 태

만의 결과, 마땅히 벌을 받는 것이 동생에게는 이익이 되는 교훈으로 되었을 것이며, 아마도 그 덕택으로 훌륭한 간호원으로도 되었을 것이라고 생각하는데. 음, 그것 그렇다치고…… 결국 동생이 그 후에도 계속 시아람에 있나?"

"아뇨. 지금은 런던에서 일하고 있습니다."

"어디야, 거기가?"

안은 그 질문에 대답할 용기가 없었으나, 그렇지만 거북해 하면서도 말을 이었다.

"어떤 개인 진료소입니다…… 롤그레브라고 하는."

"롤그레브?"

프레스코트 박사는 깜짝 놀라 부르짖었다.

"저런, 그곳은 엉뚱한 곳이야. 바로 그만두게 하지 않으면 안돼."

안은 과분한 호의를 앞에 하고 뭐라고 대답을 해야 할지 몰랐다. 프레스코트는 팔걸이의자에 의지하여 깊은 동정에 사로잡혀서 창백하고 귀여운 얼굴을 한 이 젊은 여성을 응시했다. 박사는 그녀와 다시 만날 기쁨에 자기도 놀라고 있었다. 뭔가 그녀에게 도움이 되는 기회를 갖는 것은 자기의 염원을 이루어 주는 것이기도 했다.

더구나 그녀가 그의 인생에 다시 나타났다고 하는 사실은 단순한 우연의 일치 때문이라고도 할 수 없었다. 만약 그녀가 여기에 오지 않았다고 하면, 그가 그녀를 찾아갔을 것이 틀림없다. 그는 자신에게 대한 엄격함이나 직업상의 탁월한 지위나 또 신사로서의 속물적 입장에도 불구하고 그녀에 대하여 품는 자기의 감정을 진실성을 비로소 충분히 인식했다.

여성이라고 하는 것이 그의 생활 속에서 커다란 역할을 한 적은 지금껏 한번도 없었다. 연애를 생각한 적은 있어도 그것은 자기와는 관계가 없는 것이고, 과학에 종사하는 자로서 여성에게 막연한 경멸을 가지고까지 대해 온 것이다. 수 개월 전만 해도 자기가 일개 간호원과 연애를 하는 따위는 생각만 해도 꼴불견의 수치라고 생각했을 것이 틀림없다.

안에 대한 적의를 지닌 그의 태도는 근본적으로 위장된 것이었으나, 요컨대 그것은 싹트기 시작한 감정에 대한 무의식적인 방위에 지나지 않았다. 두 사람의 관계가 순수하게 직업적인 면에 있고 주장한 것도 실제로는 자기가 그녀에 매력에 사로잡히는 것을 두려워했기 때문이다.

그런 지금 이 순간에는 그런 요새(要塞)의 벽도 허물어져 버렸다. 물론 그녀가 그런 것을 알 리가 없고 또 그러서도 그것을 일순간일지라도 눈치채지 않게 하려고 굳게 마음을 결정하고 있다고는 하지만 자기가 처음 만났을 대부터 사랑하고 있었던 것을 드디어 자신도 인정하지 않을 수 없게 되었다.

이러한 긴 침묵을 깨고 그의 대답 가운데에 다소의 감정을 엿보이게 하지 않고는 배기지 못했다.

"미스 리이가 와 준 것을 내가 얼마나 기뻐하고 있는지, 어쩌면 미스 리이는 모를는지 몰라. 더구나 이것이 당신을 돕는 것이 되기도 한다고 생각하면 더욱 그래. 미스 멜빌은 나의 가장 오랜 친구의 한 사람이며, 실제로 또……."

하고 그는 갑자기 매우 젊게 보이는 미소를 띄으면서 덧붙였다.

"나는 그분이 어쩐지 숙모 같은 생각이 들거든. 오늘 밤에도 그분을 만날 참이야. 그럼, 꼭 새로운 감독님의 희생적 정신에 대하여도 서로 이야기하게 되리라고 생각해. 미스 리이로선 움직이거나 할 필요는 없어요. 미스 멜빌과 내가 이 문제는 함께 해결하겠으니."

안은 넘치는 호의에 휩싸여 뭐라고 감사의 말을 중얼거리고 있었으나 프레스코트는 여전히 미소 지으면서 그것을 가로막고 있었다.

"부탁이니 제발 답례 같은 것은 하지 말아요. 전에 우리가 만났을 때 미스 리이에 대한 나의 심했던 태도의 일을 생각하면 내가 이렇게 보상할 수가 있다는 것이 대단히 기쁘기 때문이야. 나는 초조해 하거나 괴로워하고 있었어요. 우리들의 친구인 보오리가 태연스럽게 나를 버린 참이었고, 거기에 또 나는 자기가 자신의 일을 확실히 알지 못했었지. 그러나 지금 와서…… 그것이 그렇다는 것을 나도 확실히 알게 되었어."

이 수수께끼 같은 말의 되풀이에 안은 완전히 당혹하여 버렸다.

그녀는 너무 오래 앉아 있는 것 같아 자리를 일어섰다. 출입구의 도어까지 배웅을 하면서 프레스코트는 말했다.

"미스 리이는 나를 위해서 한번 힘이 되어 줄 생각은 없을까?"

"기꺼이."

"당신은 기억하고 있는지 몰라, 그 자동차 사고가 있었던 후 우리 집에 와서 함께 아침밥을 먹은 것을. 만약 만사가 내 예상대로 되면, 내일 밤 당신을 레스토랑에 초대하여 언젠가의 보답을 했으면 하는데."

예상치 못한 초대를 받고 안은 눈을 크게 떴으나 아련하게 얼굴을 붉혔다. 물론 당황하긴 했으나 멋대로 거절하는 것과 같은 짓을 하지도 못했다.

"선생님의 신세만 지고 있는 저에게 그런 초대를 해주시다니. 그렇지만 참으로 기쁘게 생각합니다."

"나를 봐요, 이렇게 기쁜 걸. 병원에 사람을 보내서 알리도록 하겠어요."

그는 이렇게 말하고, 안의 손을 오랫동안 꼭 쥐고 있다가 거기를 떠났다. 안은 병원으로 돌아오는 길에서도 그의 남성적인 강한 악력(握力)을 자기 손에 느끼고 있었다.

6

그 이튿날 아침 안은 일찍부터 근무했다. 보오링브로크 병실에 들어가려고 할 때, 프레스코트의 확고한 말이 있기는 했으나 과연 일말의 걱정을 느끼지 않을 수가 없었다. 그녀가 아는 한 아직 아무 일도 일어나지 않고 있었다. 간호원장은 아직 만나지 않았고, 문제가 해결되었다고 하는 확증도 없었다.

그러나 안이 비교적 일찍 갔는데도 미스 그레그는 그보다 더 일찍 근무를 시작하고 있었다. 푸르데데하고 수줍을 듯이, 여느 때보다도 훨씬 말끔한 단장을 한 모습을 하고 실험실의 도어 앞에 부동자세를 하고 서 있었다.

"안녕하세요."

하고 떨리는 목소리로 그레그가 말했다.

"실험실은 전부 정돈했으며, 기구류나 시험과도 소독했습니다. 만족해 주셨으면 감사하겠습니다만."

활달한 제스처를 하며 그녀는 안에게 여느 때처럼 검사를 받기 위하여 도어를 열었다.

방안은 과연 손색없이 정돈되고 있고, 타일이 깔린 방바닥은 빛을 바랄 정도였다. 안이 만족의 뜻을 나타낼 틈도 주지 않고 미스 그레그는 서둘러 말을 이었다.

"병실의 담호도 모두 소독해 두었습니다. 그리고 스코트의 일을 도와서 체온표도 점검해 두었습니다. 제가 할 수 있는 일은 전부

했어요."

사실 미스 그레그는 확실히 할 수 있는 모든 일을 해 놓았다. 그 날 아침 원장으로부터 생각지도 않은 준엄한 일격을 당했기 때문에 그녀가 여느 때의 높은 곳으로부터 굴러떨어진 것은 사실이었다. 오만을 꺾인 그녀는 탄원하는 것 같은 시선을 안에게 향하고 비하(卑下)된 태도로 더듬거리며 말했다.

"제가 저에 말한 것, 용서해 주시겠지요. 제가 대단히 나빴다는 것은 지금도 잘 알고 있으니까, 제발 용서해 주세요."

안은 흡사 노예처럼 겁먹고 있는 그 여자를 지그시 응시했다. 감독으로서 안은 그레그에 대하여 힘으로써 복수하는 방법도, 매일 지옥처럼 보내게 할 수도 있는 것이다. 그러나 그런 것은 전혀 생각지도 않았다. 그뿐만이 아니라 안은 그레그에 대하여 일말의 연민의 정까지 느낄 정도였다.

"우리들 누구나가 잘못을 저지르는 거예요, 미스 그레그."

하고 친절한 말투로 말했다.

"당신이 앞으로 계속 열심히 일해 주리라고 난 생각하고 있어요. 그렇게 하면 다음달은 일요일에 임시 휴가를 얻도록 나도 노력하겠어요."

자신의 귀가 믿어지지 않은 그레그는 의심스러운 듯이 안을 바라 보았다. 그리고 바로 그녀는 자기에 대하여 가지고 있는 그 믿을 수 없을 만큼 관대한 마음을 알아차렸다. 입장이 반대로 된 것으로 보아 앞으로는 자기가 안의 의지대로 되고, 가혹한 복수를 받을 것으로만 생각하고 있었던 것이다. 눈물이 그레그의 눈에서 솟아 오르고 있었다.

"전 부끄러워요, 미스 리이."

하고 그녀는 속으로 기어드는 것 같은 소리로 말했다.

"그렇습니다, 제가 한 짓이 부끄러운 거예요! 용서해 주세요!"

하루 종일 안은 일에 쫓기어 프레스코트와 약속한 만찬을 거의 잊어버리고 있었다. 근무를 마치고 방으로 돌아오니 책상 위에 금색의 종이로 싼 상자가 놓여 있는 것을 보고 매우 놀랐다. 열어 보니 간단한 말로 '여덟시에 마농에서 만납시다' 라고 씌어진 리본이 붙은, 단추구멍에 꽂는 꽃이 들어 있었다.

안은 완전히 상기되어 그 고상한 모오브의 꽃을 손에 댔다. 그때까지 누구한테서도 꽃을 받아 본 적이 없었다. 다만 이런 값비싼 꽃에 어울리는 옷을 갖고 있지 않은 것을 생각하면 갑자기 당황해져 버려서 프레스코트 박사와의 만찬을 취소할까 하고 생각했을 정도였다. 단순한 직업 여성이며 간호원인 자기가 마농과 같은 고상한 레스토랑에 가만 어찌 될 것인가? 아직 번데기에 지나지 않는 자기가 아무리 부탁이라 해서 어찌 찬란한 나비로 변신할 수 있을 것인가?

그러나 그녀의 걱정은 바로 사라져 버렸다. 결국 프레스코트 박사는 나를 잘 알고 있으며, 조금도 유행의 그라비아가 나타나는 것을 보고 싶다고 기대하고 있는 것도 아닐 것이다.

그렇게 생각하고 그녀는 활기를 되찾았다. 목욕을 하고 특히 신경을 써서 머리를 손질 한 후 가장 깨끗한 옷을 입었다. 그리고 어깨에 그 꽃을 꽂았다. 효과는 금방 나타났다. 마네킹으로 잘못 보일까도 싶었다. 아 하느님, 그녀는 자기를 얼버무리면서 마음속으로 중얼거렸다. 제발 레슬리에게만은 이렇게 차린 내가 눈에 띄지 않도록 해주셔요. 그렇지 않으면 이젠 레슬리가 아무 것도 해주지 않게 될 테니까요.

그녀는 살짝 간호원 숙소를 빠져나가서 지나가는 택시에 뛰어올라 여덟시 조금 전에 레스토랑에 도착했다.

그 집은 근사한 곳이었다. 녹색의 벽으로 된 길다란 홀이며, 등의 쿠션이 불룩한 의자, 중앙에 있는 호화스런 뷔페를 둘러싸고, 뷔페의 위에는 식욕을 돋구는 오트밀이며 훌륭한 과일바구니가 놓여 있었다. 프레스코트 박사는 이미 와 있었다. 안이 들어오는 것을 보고 자리에서 일어나 맞이하러 나갔다.

"참으로 정확하군! 시간까지 당도하지 못할 것이라 생각하고 있었는데."

하고 그는 말했다.

안은 방긋 웃으면서 말했다.

"나처럼, 그럴 필요가 있는 직업이니까 그렇지요."

두 사람은 홀에서 가장 안쪽의 테이블에 앉았다. 웨이터는 그녀에게 세심하게 주의를 하며, 메뉴를 보고 주문을 받으면서 도와주었다. 웨이터가 가 버리자 안은 프레스코트 박사 쪽으로 얼굴을 돌렸다. 완전히 느슨한 기분을 맛보며 여기에 온 것이 참으로 기쁘게 생각되었다.

"여기는 참으로 기분이 좋은 곳이군요! 거기에다 기품이 있고, 우리들 간호원 따위가 올 레스토랑이 아니잖아요!"

"오늘 밤은 미스 리이도 간호원이라는 것을 완전히 잊어 주었으면 해요."

프레스코트 박사가 얼른 말을 가로막았다.

"어떻게 그럴 수가 있을까요? 특히 오늘은 저를 위해서 병원에서 그런 일까지 해주신 걸요. 제가 얼마나 감사하고 있는지 입으로는 말씀드릴 수 없어요. 근무 중 마치 빌로도 위라도 걷고 있는 것 같았어요."

안은 웃었다.

"확실히 미스 리이는 무엇보다도 먼저 간호원이군, 내가 보는 바로는."

"그럼, 선생님은 때때로 자신이 훌륭한 외과의사라는 것을 잊어 버리시지는 않으셔요?"

"그런 일이 있긴 할 거야."

프레스코트 박사는 수수께끼 같은 투로 말했다.

침묵이 흘렀다. 그러나 프레스코트도 이러한 시튜에이션을 이용하는데는 너무나 섬세했고 자란 환경이 좋았다.

그는 안을 즐겁게 해 주려고 안의 마음에 들게 하기 위해서, 그리고 메스를 사용하는 것 이외에도 여러 가지 재주가 있다는 것을 나타내기 위해서 모든 수단을 사용했다. 그리고 자기가 웅변과 재치가 넘칠 만큼 있다는 것을 피력하기에 이르렀다.

안은 지금까지 오늘밤과 같은 박사를 본 적이 없었고 또 상상한 적조차 없었다. 그 턱시도를 입은 모습은 한없이 젊게 보였다. 까만 넥타이는 빛날 정도로 하얀 와이셔츠의 가슴팍에 선명하게 떠오르고 윤기 있는 머리카락은 그 아름다운 이마에 붙어 있었다.

그녀는 박사에 대하여 열정이 넘치는 것을 느끼고 박사가 평생 행복하기를, 더구나 박사에게 어울리는 성공이 모두 이루어지기를 기원하고 있는 자기를 깨닫고 문득 볼을 붉혔다. 그리고 침묵의 일순간을 이용하여 말을 걸었다.

"언젠가 말씀하신 진료소의 계획 이야기를 오늘 밤에 말씀해 주셨으면 기쁘겠는데요. 무슨 뉴스는 없으신가요, 가장 열렬한 지지자의 한 사람에게 들려 줄 그런 것?"

프레스코트 박사는 미소지었다.

"그뿐만이 아니라 센세이셔널한 뉴스가 있어요. 그러나 오늘 밤은 장사 이야기는 하지 않기로 하지 않았든가."

"우리가 기를 쓰고 있는 화제를 왜 피하시려는 거예요? 어찌 돼 가는지 말씀해 주세요."

"나 자신이 바라고 있었던 것보다 훨씬 진척되고 있어요."

하고 프레스코트 박사는 자신만만하게 말하였다.

"친구의 한 사람인 로오라는 사람이 정치적인 입장에서 발언해 주고 있어요. 오늘 오후 매우 중대한 회견이 있어요. 비밀이니까 이름은 말하지 않겠지만, 정부의 요원의 일부러 만나러 와서 내 계획을 타진한 거지. 그것이 절대로 신뢰할 수 있다는 것은, 말하면 말만 손해보는 거지."

"그렇겠죠."

"그 중요한 방문객이라도 하는 분은 후생개시인 오질뷔이의 계획에 대하여 나의 의견을 탐색하러 온 거요. 물론 내 계획이 대신의 흥미를 돋구었던 모양이야."

"정부가 필요한 예산을 의결해 준다 이건가요?"

"그렇소. 사실 나의 계획이 이번의 선거전에서는 스프링보드의 역할을 할 것 같아요. 그런 건 아무래도 좋지, 실현만 된다면."

"그렇지만 근사해요! 그런데도 그렇게 초연한 태도를 취하셔요. 어쩐지 선생님은 그런 것에 무관심한 것 같은 생각이 드는군요."

"아냐, 나도 계획의 실현에는 대단히 관심은 가지고 있단 말이야. 그렇긴 하나 정직하게 말해서, 지금의 이 시점에서 내 관심은 단순히 그 일뿐만이 아니에요."

그런 말을 해도 안은 잘 알 수가 없었다. 더구나 그의 심중에 생긴 미묘한 변화도 그녀는 알 수 없었고, 그가 또 하나의 계획 위에 두 사람을 놓아 두려고 노력하고 있는 것도 알지 못했다.

만약 안이 규칙대로 열한시 전까지 병원으로 돌아갈 의무만 없었다면, 두 사람은 좀더 차분히 커피를 마시거나 여러 가지 대화를 계속했을 것이다.

마침 그때 또다시 운명은 안에게 타격을 가하게 되었다. 두 사람이 레스토랑의 입구에 서서 택시를 기다리고 있는데 신문팔이가 석간의 최종판을 코밑까지 들이댔다.

'여배우의 자살!' 하고 신문팔이가 부르짖었다. '메파 진료소에 경찰의 수사'

신문팔이가 내민 전단에는 아린 달라스의 이름이 큰 활자로 씌어져 있었다.

안은 최면술에라도 걸린 것처럼 그 이름에 눈을 박았다. 그 이름이 어떤 일을 환기시켰기 때문이다. 방금 아까까지는 그다지도 즐겁고 활기에 넘쳐 있던 그녀의 얼굴에서 일순 핏기가 가셔 버렸다.

프레스코트도 신문의 큰 제목을 눈으로 읽었다. 그는 신문을 사서 휘황찬란하게 밝은 입구의 차양 밑에서 그것을 펼쳤다. 드디어 억누르는 듯한 소리를 내면서 매우 마음 아프다는 시선을 안에게 보냈다. 그가 말하기 전에 안은 모든 것을 확실하게 깨달았다.

"그렇소, 롤그레브가 문제가 되어 있어요. 놀라운 스캔들이 아닐까 하고 나도 실은 걱정하고 있어요."

하고 프레스코트 박사가 말했다.

안은 그의 손에서 신문을 빼앗아 커다랗게 제1면에 나와 있는 뉴스를 열에 들떠서 읽었다. 영화 스타인 아이린 달라스가 롤그레브의 맨 윗층의 창에서 투신하여 자살을 하였다. 더구나 아직 마취제가 효력을 발하고 있는 동안에 이런 행동을 취해 버린 것이 아닌가 하는 혐의가 농후하다. 드디어 조사를 시작한 경찰은 그 진료소의 수색을 하기에 이르렀다. 원장이며 동신에 소유주이기도 한 미세스 사리반이 아이린 달라스 담당의 간호원과 함께 체포되었다. 그 간호원의 이름은 루시 리이였다.

안은 고통의 신음소리를 억제하지 못했다. 루시가——자기의 동생이 체포되어서 구금되어 있는 것이다. 신경질적으로 양손으로 신문을 구겨버리면서 그녀는 새파랗고 홀쭉한 얼굴을 프레스코트 박사에게 돌렸다.

"전, 동생에게 가 보지 않으면 안돼요. 여기서 곧장……."

프레스코트 박사는 신중히 생각하면서 말했다.

"동생은 확실히 당신을 필요로 하고 있을 거요……."

박사가 아직까지의 생애에 없었던 단호한 태도로 나온 것은 바로 그때였다.

"나도 함께 가자."

7

그 이튿날 아침, 프레스코트 박사는 친구인 왕실 고문변호사 존 로오 경(卿)을 인너 템플(런던에 있는 法廷辨護士協會가 있는 建物 중의 하나)에 있는 그의 사무실을 찾아갔다. 아직 대단히 이른 아침 이었다. 겨우 아홉시가 되었을 뿐이다. '법률'에 바쳐진, 학구적인 느낌을 주는 낡은 이 구획에는 벽 전체를 책으로 메우고 있는 길다란 방 속에 있는 것처럼 차분하고 평화스런 기운이 일고 있었다.

바닥이 약간 허술한 가죽의 팔걸이의자에 앉은 채로 프레스코트는 지그시 융단을 바라보고 있었다. 그의 앞에 서 있는 로오는 명백히 그를 향해서 신랄한 말을 하고 있는 것 같았다. 야위고 키가 크며 자세 바르게 서 있으나, 그 야윈 얼굴에는 프레스코트에 대한 우정이 단순한 말뿐이 아닌 걱정스러운 표정이 깃들어 있다. 말을 이은 것은 존 경(卿) 쪽이었다.

"되풀이 말해 두지만 만약 자네가 이 사건에 기어코 개입한다면 후에 틀림없이 쓰디쓴 후회를 맛보게 될 거야."

무거운 침묵이 흘렀다. 프레스코트는 얼굴을 들고 창틀 너머의 평화스런 정원으로 시선을 돌렸다. 마음의 밑바닥에서는 친구가 말하는 것이 당연하다고 생각하고는 있었다. 그는 전날 밤 자기가 경찰에 출두한 결과와, 그리고 불행한 루시를 구원하겠다고 약속한 것이 어떠한 일이라는 것을 지금 비로소 그것을 충분히 미루어 생각해 보았다.

로오는 따끔한 눈초리를 프레스코트에게 던지면서 신경질적으로 방안을 이리저리 큰 걸음걸이로 걷기 시작했으나, 이번에는 반 시간이나 전부터 늘어놓은 이의(異義)를 하나하나 요약했다.

"그것에 의하여 자네가 얻을 것은 단 하나도 없다 하는 것뿐만 아니라, 나아가서는 이것으로 자네의 전부를 잃어버리게 되는 것일세. 마치 진흙 속을 헤매는 것처럼. 이런 사건에 관계했다고 한다면 그것 때문에 아무튼 자네는 놀림을 당할 것이 틀림없어…… 설사 자네가 무죄일지라도 말이야, 로버트."

놀리듯 그러면서 친근미 있는 미소가 로오의 야위어 앙상한 얼굴로 부드럽게 했다. 그는 갑자기 자리에 앉아 다리를 꼬며 연필로 자기의 무릎을 두들기기 시작했다.

"전적으로 이 사건은 경죄재판소에서 취급할 문제가 아니야. 일개 치안판사에겐 너무나도 중대한 사건이며, 그것은 그들도 알고 있을 것이야. 사건은 오오올드 베에리(런던의 중앙 형사재판소가 있는 구획)의 중죄재판소에 기소될 것이며, 말려들면 대단한 반향을 불러들일 거야. 더구나 이 스캔들이 이미 큰 사건이라는 것 또한 신문이 캐치하고 있는 것은 물론일 테니 말이야. 더군다나 만약 자네가 관계를 가지고 있다 하는 소문이 퍼지면——소문이 퍼져도 자네는 속 편히 있을 수 있겠지만, 우리의 좋은 도시 런던이 얼마나 입방아의 소굴인가를 자네는 모르고 있겠지——그렇게 되면 정부는 자네를 헌신짝처럼 봐 버릴 것이 틀림없어. 그럼 자넨 예의 진료소의 보조금과는 영원히 작별하는 것이 될 뿐이야."

다시 침묵이 덮어 누르고 있었다. 프레스코트도 그러한 이론과 자기에게 심한 타격을 줄 권위의 힘이 어떠한 것이라는 것은 잘 알고 있었다. 로오는 법조계에서도 제1급의 지위를 차지하고 있고 이미 많은 유명한 소송사건의 변호에 선 경험이 있기 때문에, 혹은 그를 두고 미래의 검찰총장으로 보고 있는 사람도 있을 정도였다. 그러나 프레스코트는 만약 이 친구의 말에 의하여 동요를 가져 왔다 할지라도 털끝만치도 그런 내색을 보이려고 하지 않았다.

"나는 이 사건을 그렇게는 보지 않는데."

하고 그는 신중히 생각하면서 입을 열었다.

"농담은 아니겠지?"

로오는 쾌활을 가장하면서 말했으나 그가 느끼고 있는 것은 전연 달랐다.

"자넨 아직껏 이 사건에서는 자신이 아무 손해를 받지 않을 것으로 생각하고 있는 게로군. 만약 자네가 증인으로 서는 것을 바란다면, 자넨 의사의 자격을 옹호하는 증인으로서 소환될 것이라는 것을 잘 알고 있겠지? 내가 확인한 바로는 자살한 그 불행한 달라스라는 여자에게는 주치의라는 것이 없었다는 거야. 그리고 그 형편없는 미세스 사리반의 친구이기도 했다는 거야. 양심을 존중하는 의사라면 아무도 이 사건에 증언을 하려고 하는 사람은 없을 거요. 그런데 자네는——자네같은 훌륭한 인간이——자진해서 증언을 하겠다니……."

프레스코트는 턱을 끌어당겼다.

"나에게는 이 사건에 관계할 특별한 이유가 있어. 그리고 나를 위한 변호를 자네에게 부탁하는 것도 그 때문이야."

"하긴 틀림없이 매우 특별한 이유가 있겠지."

하고 로오는 더욱더 비양대는 말을 했다.

"그렇다면, 자넨 체포된 간호원에게 흥미라도 갖고 있었다는 건가?"

"그 여성에게 개인적으로 관심을 가진 것은 아니야."

"그 말을 들으니 다행이구먼."

로오는 무미건조하게 말했다.

"그렇지만 주의 깊게 봐주게나."

"내 생각으로는, 그녀에게는 아무 죄도 없어요. 적어도 참다운 의미에서는 말이야. 요컨대 그녀는 자기의 일을 수행한 것에 지나지 않기 때문이지."

로오는 경멸하는 것처럼 말하기 시작했다.

"초록은 동색이란 말이 있지. 그 사리반이란 사람은 대단한 평판의 여자야. 그것도 오래 되었어. 그 여자가 이런 일을 일으킨 것은 당연한 업보 이외의 것이 아니야. 더구나 그 조수인 젊은 간호원만 하더라도 그 나름의 죄값을 받은 것뿐이야. 그래서 나는 다시 한번 자네에게 잘 생각해 주었으면 싶은 거야. 이런 길에 이 이상 깊이 들어가기 전에 말이야. 몇 년이라는 세월을 헤어져 있다가 겨우 자네가 런던에 돌아와 준 것이 나도 얼마나 기쁜지 몰라. 자네가 염원하고 있는 진료소의 계획을 실현시키기 위해서도 나도 힘껏 노력하겠어…… 캠브리지에 있을 무렵 나는 자네에게 양식에 가장 감복했었는데, 자네가 지금도 그 양식을 가지고 있다는 것, 천사라도 감히 가려고 하지 않는 곳까지 의연히 위험을 무릅쓰고 나아가는 그 기개를 다시 한번 보여주었으면 싶은 거야."

프레스코트는 귀찮은 듯이, 그러면서도 매우 완고한 태도로 머리를 옆으로 흘렸다.

"나는 대단히 마음 아파하고 있어, 로오. 자네가 나에 대하여 그처럼 우정을 가지고 있다고 생각하면 참으로 감동하고 있다네. 이

것이 완전히 자네에게 설명할 수 있다면 하고 생각하지만, 나로선 다만 하나밖에 말할 수 없단 말일세. 어쨌든 그 젊은 간호원을 구조한다고 약속해 버렸기 때문에 그것을 실행할 수밖에 없지 않은가."

침묵이 이번에는 오래 계속되었다. 한참 후에 로오는 깊은 한숨을 쉬고 신경질적인 제스처로 가지고 있던 연필을 책상 위에 던졌다.

"그렇다면 말이지. 미치광이 같은 모험에 가담하여 자네를 편들 이외의 다른 길은 나에게는 아무 것도 남아 있지 않다, 이 말이군. 더구나 이건 자네의 이익에도 반하고 또 싫으면서도 할 수 밖에 없다는 거야. 하여간 이 소송에는 변호를 맡겠어. 사리반을 위해서가 아냐, 이것만은 확실히 해 두자. 그 경솔한 여자를 위해서…… 자네가 개인적인 관심은 가지고 있지 않다고 하는, 예의 그 여자를 위해서 말이다."

로오의 불퉁스러운 태도의 뒤에는 참다운 애정이 얼굴을 내밀고 있었으나 대범한 그 태도는 프레스코트도 간과하지 않았다.

격심한 고통이 뒤섞인 기쁨의 파도가 그에게 밀어닥쳤다. 자기가 입을 위험은 어떻든간에 안의 동생을 위해서 그는 런던 변호사단의 거물 한 사람을 어떻든 확보할 수가 있게 된 것이다.

"얼마나 감사하고 있는지 자넨 모르겠지, 로오."

하고 그는 마음속에 쌓여 있는 듯한 소리로 말했다.

"오늘 같은 아량은 평생 잊을 수 없을 거야."

"자네의 감사는 좀더 뒤로 미루어 두자구."

로오는 입 속에서 중얼거렸다.

"틀림없이 자네는 재판이 끝나기 전에 나를 마구 욕할 거야, 자네 자신을 향해서도 말이야. 그것을 잊어서는 안돼. 내가 자네를 증인으로서 부른다는 것은 필요불가결한 조건이야…… 뭔가 약간의 찬스라도 얻기 위해서는 말이야. 자, 부탁이니 행동으로 옮기기로 하지. 그리고 사실의 전말을 정확히 설명해 주게나."

8

롤그레브 소송사건을 7월 3일에 로오가 예견한 대로 오올드 베에리에서 행하여졌다. 프레스코트는 재판소로 나가고 있었다. 맑은 날씨의 상쾌한 아침이었으나, 시간의 여유가 있었으므로 택시를 잡기 전에 좀 걸어갈까 하고 윔폴가를 가로질러 포오트랜드 광장으로 향했다. 마침 그때 로시타 박사가 이쪽으로 걸러오는 것을 보았다.

로시타 박사는 그의 집에서 그다지 멀지 않은 곳에 살고 있는 의사로서, 함께 리스타기금협회에 가서 친히 이론을 교환하거나 한 사람이었다. 프레스코트는 지나칠 때에 인사를 할 생각이었는데 로시타는 눈을 돌려 버리고 잽싼 걸음으로 가 버렸다. 잘못 보거나 하는 일은 있을 수 없는 일이었다. 이런 모욕은, 그럴 것이라고 진작부터 생각하고 있던 일이었다.

프레스코트는 머리를 떨구고 그대로 같은 길을 계속 걸었다. 이 일로 마음이 상하기는 했으나 별로 놀라지는 않았다. 요 수 주일 간 친구들이 나타낸 헤아릴 수 없을 만큼의 냉담한 태도에 다시 하나를 더한 것에 지나지 않았다. 이러한 냉담을 특히 동료들 사이에서 느꼈다. 적어도 현재로서는 자기의 존재는 성(聖) 마틴 병원에서는 바람직한 것이 되지 못한다 하는 것을 빈틈 없이, 더구나 엄연하게 깨닫게 했다. 그리고, 그것은 병원과 하등의 관계가 없는 사교계에서는 더욱 심한 것이었다. 동료들은 그를 비판하고 비난마저 하는 사람이 있었고, 그 가운데에는 악취미의 선전에 열중하고 있다고 단호하게 비(非)를 공언하는 사람도 있었으나, 그런 한편으로 그를 가리켜 롤그레브의 어두운 실무에 내밀히 연결되어 있을 것이 틀림없다고 암시하는 사람까지 있었다.

하여간 런던 전시내를 들어 모든 독설이 난무했다. 그래서 프레스코트는 이 사건과 아무 관계도 없는 한 사람의 여성에게 자기가 열정을 쏟고, 다 된 그것만의 이유에 의하여 그 동생을 이 궁지에서 구출하기 위하여 모든 수단을 다하고 있는 것이다…… 하는 그 단순한 진실을 누구 한 사람도 의심하는 일이 없도록 하기 위해서는 어떻게 하면 좋은가 하고, 한두 번이 아니게 자문하지 않을 수가 없었다.

프레스코트가 오올드 베에리(중앙형사재판소)에 도착한 것은 아직 열시 반이 되어 있지 않았으나, 사건은 여론을 시끄럽게 하고 있었으므로 이미 공판정은 술렁거리고 있었다.

유명한 의사나 사교계의 부인들, 좋건 나쁘건 간에 저명인사들이 많이 방청석에 자리잡고 있었다. 귀가 막힐 정도로 시끄러운 말소리 가운데서 하여간 이 우스꽝스러운 사건에 몸을 던진 한 사람의 희생자를 보고자 하는, 몸부림치는 희생과 안달하는 기대가 느껴졌다.

프레스코트는 안이 여기에 와 있지 않다 하는 것을 알고서 매우 마음이 편해졌다. 그녀는 대단히 반대를 했으나 어쨌든 와서는 안된다고 끈질기게 타일러 놓았던 것이다. 그는 센세이션에 목이 마른 사람들을 보면서 그런 조치를 취한 것이 퍽 기뻐했다.

군중 사이를 헤치고 그는 변호사석의 뒷자리에 앉았다. 조수와 사무변호사인 스내그에 부축되어 막 들어온 로오가 그와 두세 마디의 말을 교환했다. 드디어 짙은 눈썹을 한 근엄한 차석검사인 돌데트가 모습을 나타냈다. 그는 전부터 잘 알고 있는 프레스코트에게 차가운 시선을 던지며 가볍게 인사했다.

드디어 갑자기 장내의 긴장이 고조되었다. 피고인 두 사람이 연행되어 온 것이다. 미세스 사리반, 이러서 루시가 출정을 하자 일제히 얼굴이 돌려지고, 모든 시선이 그녀에게 집중되었다. 호기심에 사로잡힌 이 군중에 프레스코트는 형언할 수 없는 경멸을 느끼며 비로소 눈을 그들로부터 외면했으나, 이어서 루시를 주시하지 않을 수가 없었다.

그녀는 두 팔로 몸을 조이듯이 하고, 흡사 남인형처럼 머리를 딱딱하게 든 채로 미동도 하지 않았다. 공포 때문에 몸뚱이가 마비되어 버렸는지 감정이라고 하는 것을 완전히 상실하고 자기 껍데기 속에 웅크리고 있는 것 같았다. 자기도 모르게 프레스코트는 그녀에 대하여 동정심이 솟아오르는 것을 느꼈다. 그녀의 모습을 보고는 누구나 이것이 악질의 여자라고는 도저히 생각할 수 없었을 것이다. 물론 미세스 사리반에 대하여는 똑같은 생각을 할 수 없었다.

어떻든, 제법 침착한 체하는 롤그레브 진료소의 소유주는 이 선택된 참석자가 주목의 과녁인 것을 즐기기까지 하여 대단히 좋은 기분의 상태이기도 했다.

작달막하고 깔끔한 몸뚱이에 야단스러운 복장까지 한 이 여자는 대담하고 빈틈이 없는 눈초리로 모인 사람들을 둘러보고 친기에게는 가볍게 인사하거나 친한 사람에게는 손키스를 보내거나 하기도 했다. 퇴폐와 파렴치를 그림으로 그림 것과 같은 것이었다.

마침 그때 '정숙!'이란 호령이 내려지고, 사법관들이 기립했다.

헐렁한 법복을 입고 높은 두건을 쓴 판사가 퍽이나 인상적으로 입장했다. 배심원들이 선서를 하고 그리고 재판이 시작되었다.

서기가 기소장을 낭독했다. 피고들은 6월 10일, 사기적인 방법에 의하여 얻은 몰핀, 헤로인 및 코카인을 다량 소유하고 있는, 통칭 롤그레브라는 진료소에 있었는데, 동일 피고들은 아이린 달라스라는 여성에게 마취제를 복용시킨 결과 아이린 달라스는 이 마취제의 작용을 받아 창에서 몸을 던져 이로써 그 생애를 마치게 했다, 하는 것이었다.

서기가 단조로운 소리로 기소장의 낭독을 마치자, 두 여자는 무죄를 신청했다. 미세스 사리반은 조금도 겁먹은 데 없이 지금껏 한번도 마취제를 사용한 것이 없다고 매우 큰소리로 떠들어 타인의 심리를 야기시키려고 했다. 판사는 그녀에게 준엄하게 정숙할 것을 요청했다.

다음에는 검찰측의 증인이 잇달아서 호출되었다. 프레스코트는 법의학자가 롤그레브에서 발견된 마취제의 정확한 성질을 정의하는 것을 들었다. 이어서 내무성의 베리 박사가, 고 아이린 달라스의 내장에 이러한 마취제의 하나인 헤로인의 흔적을 발견했다고 증언했다. 그 말이 끝날까 말까 했을 때 로오가 자리를 차고 일어섰다.

"베리 박사, 해부의 결과 헤로인은 치사량이었습니까?"

"아닙니다. 치사량은 아니었습니다."

로오는 지그시 판사에게 눈을 돌려 가볍게 머리를 숙이고 자리에 앉았다. 프레스코트는 로오가 한 점을 벌었다 하는 인상을 받았다.

이번에는 순경인 로바아츠가 증언할 차례였다. 그는 어떻게 해서 롤그레브에 들어가서 미세스 사리반과 달라스 담당의 간호원을 경찰에 연행했는가를 진술했다. 그것은 장황하여 지루했다. 이 두 사람을 검거했을 때 미세스 사리반은 진술을 일체 거부했으나, 간호원인 루시 리이쪽은 아무런 숨김도 없이 다음과 같이 대답했다고 로바아츠가 덧붙였을 때 장내는 찬물을 끼얹은 것 같았다.

"확실히 내가 헤로인을 환자에게 주사했습니다. 주사는 보통량이었습니다. 나는 자신이 받은 명령을 실행했을 뿐입니다."

이 증언은 법정 전체에 일종의 전율을 느끼게 했다. 그러나 로오가 기다리고 있었던 것은 그야말로 이 기회였다. 그리고 순경이 증언석을 떠나자 그는 벌떡 일어섰다.

"재판장, 나는 미스 루시 리이를 구금할 하등의 혐의도 존재하지 않는다 하는 증명의 허가를 간청하는 바립니다. 또한 재판장이 정식으로 허가해 주시면 나는 의사회의 대표자를 증인으로서 환문할 것을 제안합니다. 그의 공명한 증언에 의하여 모든 간호원이 검찰측에서 제시한 상황에 있어서는, 정신적으로는 물론 법률적으로 말해도 진료소의 감독 혹은 감호원장으로부터 주어진 지시에 따르는 것이라는 것을 명백히 하리라고 생각합니다."

이 신청은 센세이션을 일으켜 숨막힐 것 같은 환성을 여기저기에서 들을 수가 있었다. 프레스코트 자신도 이 흥분에 말려들었다. 이것에 의하여 로오는 검찰측에 지대한 타격을 주었으므로, 아마도 루시는 무조건 공소기각의 은혜를 입게 되리라.

그 이외의 사람은 위험을 깨달았다. 주임검사의 대리를 맡은 돌에트는 이미 일어서서 떠들썩하게 이의신청을 하고 있었다. 미세스 사리반의 변호사 코올즈는 돌에트와 공동전선을 폈다. 그 결과는 법률적인 조치에 대한 장황한 의론으로 전개되었으나 최후에

는 판사가 한손을 들어 정숙하도록 요구했다. 그리고 로오 쪽으로 몸을 굽히며,

"우리들은 존 경(卿), 당신의 증인을 받아들일 용의가 있습니다."

하고 말했다.

로오는 드디어 가볍게 절하고, 다시 법복의 매무새를 단정히 하며 단조로운 소리로 프레스코트 박사가 지금부터 증인석에 앉는다는 것을 고했다.

프레스코트는 자기의 이름을 불리워진 것을 듣자 깜짝 놀랐다.

변론의 신속한 진행도를 보고 뜻밖이라고 생각하기는 했으나, 이렇게 빨리 자기가 불리워질 것으로는 생각하고 있지 않았다. 그는 내심 심한 괴로움을 느끼면서 겉으로는 아무렇지 않게 일어서서 뚜벅뚜벅 증인석으로 들어갔다.

그 도중 신문기자들이 자기의 모습을 보고 열에라도 들뜬 듯이 필기하기 시작하는 것을 곁눈으로 보고, 또 모두의 시선이 자기에게 집중되어 그 무게가 뒷덜미에 느껴지는 것 같았다. 그는 갑자기 자기가 생각하고 있던 그 이상으로 유명하다는 것을 깨달았으나 그런 것을 언제까지나 생각하고 있을 겨를은 없었다. 이미 로오가 심문을 시작하고 있었기 때문이다.

"당신은 윔폴가 983번지에 사는 프레스코트 박사이지요?"

"그렇습니다."

"당신의 칭호는?"

"나는 의학박사의 칭호와 외과의사의 면허를 가지고 있습니다. 그리고 또 왕립대학 외과의 일원이기도 합니다."

"어느 병원에서 무슨 과장을 하고 있습니까."

"네, 성(聖) 마틴 병원의 신경과입니다."

"다른 병원에서도 과장을 한 경험이 있습니까?"

"있습니다."

"그렇다면, 당신은 끊임없이 간호원을 상대하고 계시겠군요. 따라서 당신은 간호원의 일, 단호원이라고 하는 직업의 윤리에 대하여 말씀하실 자격이 충분히 있겠지요?"

"그렇다고 생각합니다."

로오는 법복의 주름을 바로잡으면서, 이번에는 강한 인상을 주도록 천천히 다음과 같은 질문을 했다.

"프레스코트 박사, 만약 당신이 의사로서의 자격에 있어서 간호원에게 명령을 한다고 하면 당신은 그 명령이 실행되는 것을 예기합니까?"

"물론입니다. 그것이 무엇보다도 중요한 조건이며, 그 기초 위에 섬으로써 비로소 모든 의학적인 처치가 안심하고 취해지는 것입니다."

"그렇습니까? 또 한편으로 말해서, 만약 감독이나 혹은 그 외의 누구이든 권한이 있는 자가 간호원에게 명령을 내렸다고 하면 그 사람은 의사 자신이 명령을 내린 것과 마찬가지로 그것이 실행될 것을 말하는 것입니까?"

"그렇습니다."

하고 프레스코트는 조금도 주저하는 바 없이 대답했다.

"그럼, 그 명령을 실행하지 않을 경우는 그 사람은 직무를 태만히 한 것이 되겠군요. 따라서 그 산호원은 해고되든가 제재를 받거나 하는 일이 있습니까?"

"그렇습니다."

로오는 취해야 할 방법은 빠짐없이 취하고, 방청석에 있는 사람

전부에게 숨쉴 겨를을 주지 않았으나, 또한 매우 중요한 것은 판사의 관심을 불러일으킨 것으로서 이것을 자신도 크게 기뻐하면서 한숨을 돌렸다.

"프레스코트 박사, 현재까지의 당신의 경력 중 간호원에게 주사라고 하는 형태로 마취제를 주라고 명령을 내린 일이 있었습니까?"

이만큼 고통스럽고 이만큼 주저함이 없는 질문을 앞에 놓고 보니, 방청석 사이에도 과연 전율이 일고 있었으나 프레스코트는 조금도 동요하는 기색을 보이지 않고 더할 나위 없이 냉정한 소리로 답변했다.

"몇 번 있었습니다."

"그럼 그것은 특히, 검찰측이 마취제라고 부르고 있는 그 약품을 말하는 것입니까?"

"물론입니다."

"당신이 알고 있는 범위 내에서 감독 또는 명령할 권력을 부여받는 다른 당사자가 모두 그러한 마취제를 주사하라고 하는 형태로 치료하는 일이 있습니까?"

"그렇습니다."

로오는 약간 뭔가 노트를 했는데, 드디어 방긋 웃으며 말했다.

"수고하셨습니다. 프레스코트 박사. 이 이상 당신에게 질문할 것은 없습니다."

그는 프레스코트가 증인석을 떠나 자기의 자리로 돌아가는 것을 기다리고 있었다. 드디어 입가에 희미한 미소를 띠우면서, 그로서는 유리한 돌파구가 생긴 것은 이미 의문의 여지가 없다는 듯이 판사 쪽으로 얼굴을 돌렸다.

그는 명랑하면서 겸손한 말투로 말했다.

"지금 우리가 들은 증언에 비추어 보건대 나의 의뢰인에 대한 고소는 무조건 취하해 주시도록 나는 제안하는 바입니다. 체포된 시점이세 보면, 미스 루시 리이는 자기의 직무라고 믿고 있는 것을 수행한 이외 아무 것도 하지 않았다고 확실히 말하고 있는 것입니다. 따라서 책임은 모두 진료소의 소유주이며, 소장인 자에게 있는 것입니다. (이때 미세스 사리반의 변호인이 격렬하게 이의를 신청했으나 판사는 그것을 유효라서 인정하지 않았다.) 그러므로 재판장, 미스 리이가 만약 간호원장이 내린 명령을 수행하지 않았다고 하면, 그녀는 제재를 받았을 것이 틀림없었다 하는 것을 나는 주장하는 바입니다. 우리가 담당하고 있는 이 사건에서는, 그렇기 때문에 그녀는 전적으로 성실하게, 또는 적어도 아무것도 모르고 행동한 것입니다. 상사의 명령에 아무 이의도 말하지 않고 좋은 일이라 믿은 바를 행한 것에 지나지 않습니다."

이번에는 왕실고문의 차석검사 돌에트 씨가 이의를 신청했다.

로오는 낭패한 데는 털끝만치도 보이지 않고 이에 응답했다.

"탁월한 우리의 동료는, 간호원의 이름에 적합한 훌륭한 간호원이라면 롤그레브와 같은 악평 높은 진료소 따위에서 일하는 것을 절대로 승낙해서는 안되었을 것이다, 하는 의견을 말씀하였습니다 .실례지만 나는 실제제로서 개인적으로 아무 의지(依持)가 없는 간호원의 고용을 거절할 사치 따위는 허용되지 않는다, 하는 사실을 상기해 주셨으면 하는 것입니다…… 나는 재판장의 인내에 이 이상 말을 더하고 싶지 않습니다."

로오는 다시 한번 재판장쪽으로 얼굴을 돌리고 자기가 말하고 있는 사실에 결론을 내렸다.

"원컨대 나의 의뢰인을 위해서 공소기각의 결정을 언도해 주시기를 삼가 간청하는 바입니다."

　로오가 자리에 앉자 참석자 사이에 뭔가 술렁거림이 일어났으나, 이것은 당장 '정숙'이라는 소리에 의하여 억제되었다. 차석검사 돌에트는 로오의 변론에 대하여 반증을 들어 논박하고, 미세스 사리반의 변호인 코울즈도 그에 합세했다.

　이 두 사람이 법률의 용어를 구사하면서 궤변을 논하고 있는 동안에도 프레스코트는 긴장하여 이러한 변론의 결과가 어떻게 될 것인가, 하고 심히 불안을 가지고 자문하고 있었다. 드디어 재판장이 피로한 모습과 결정적인 제스처로 한 손을 들었다.

　프레스코트는 엉겁결에 숨소리를 삼켰다. 모든 것은 다음 순간에 달려 있다. 노재판장은 객관적인 간결한 말로 루시 리이를 구치해야 할 기소사실, 또는 정확히는 기소사실에 결함이 있는 것을 요약하여 말하였다. 그리고 그녀에 대하여 경솔하게 고용 당하는 것의 위험을 피하도록 엄숙치 주의를 주고, 이어서 냉정한 확신에 찬 말투로 결론을 내렸다.

　"따라서, 루이 리이의 건에 대하여는 공소기각을 결정합니다."

9

먼저 프레스코트의 머리에 떠오른 것은 안이었다. 그래서 무엇보다도 먼저 이 뉴스를 그녀에게 알리려고 일어섰다. 그는 서둘러 자리에서 일어나서는 복도로 쏟아져 나온 사람들을 헤치고, 겨우 전화실로 뛰어들었다. 사람과 사람의 틈바구니에서 거기에 뛰어들었는데, 운좋게 선이 비어 있었다. 바로 병원에 걸어 보오링브로크 병실을 불러 달라고 부탁했다.

수화기를 귀에 대고 기다리고 있는데 그에게는 가장 사랑스럽고 가장 친밀한 사람이 된 사람의 소리가 겨우 들려왔다. 그러나 그 순간, 그 소리에는 오후의 긴 시간을 기다린 매우 괴로움에 지친 소리였다.

"모두 잘되었어요. 완전히 결말이 났어요."

그는 힘차게 말했다.

안은 숨막힐 것 같은 신음소리를 지르며, 그리고 아무래도 믿을 수 없다 하는 소리로 말을 더듬거리면서 물었다.

"루시가 사면되었다는 말씀인가요?"

"그렇소."

그는 눈앞에 안을 보고 있는 것 같은 생각이 들었고, 그 창백한 얼굴이나 빛을 되찾은 눈이나 초조하게 가슴을 어루만지는 손을 연상해 보았다. 그러나 상대에게 말할 틈도 주지 않고 또 말을 계속했다.

"정식 절차가 끝나는 대로 동생은 내가 데리고 가겠소. 여기 가까운 곳에서 차라도 먹여서 여섯시에는 당신 있는 데로 데리고 가겠소. 그 쪽 근무가 끝나면 동생과는 병원 앞에서 만나게 될 거요."

안은 처음엔 말도 제대로 못할 정도였으나 드디어 감동적인 소리로 말했다.

"감사합니다. 진심으로 감사합니다."

그리고 울음소리로 훌쩍이면서,

"루시나 저를 위해 해주신 것, 평생 잊지 않겠습니다."

프레스코트는 형언할 수 없는 기쁨에 젖는 것을 느꼈다. 또한 그 이상으로 자기의 노력은 안이 나타내 주는 감사로 보상되었다고 생각했다. 그는 수화기를 놓고 전화실을 나왔다.

루시에게로 가 보니 그녀는 법정에 이어진 작은 대기실에서 그를 기다리고 있었다. 얼굴도 산뜻해지고 어느 정도 원기를 되찾은 것 같았다. 굳어졌던 표정도 조금은 가신 듯 느껴졌다. 그러나 빨갛게 된 눈이나 허탈된 것 같은 가련한 태도에서 지금 그녀가 받아 왔던 시련이 어떤 것이었던가를 미루어 볼 수가 있었다.

프레스코트가 들어서자 루시는 일어섰으나 말도 하지 못하고 묵묵한 채로 그의 손을 두 손으로 꽉 쥐었다. 눈물이 그녀의 눈에서 넘쳐나고 있었다. 프레스코트도 이 가련한 여성에게 심한 연민의 정을 느끼지 않고 가만 있을 수가 없었다.

그는 그녀의 팔을 잡고 밖으로 데리고 나와, 택시를 불렀다. 그리고 근처의 조용한 다방으로 안내했다. 홍차를 주문해 놓고, 떨리는 손으로 루시가 찻잔을 입에 가져다 대는 것을 보고 겨우 그도 질문을 해볼 기분이 되었다.

"이제 좀 괜찮아졌어?"

루시는 겁먹은 개처럼 눈을 하고 그에게 낮은 소리로 대답했다.

"네, 많이 좋아진 것 같습니다."

어찌 이런 그녀에 대하여 엄격한 태도를 취할 수 있을 것인가. 근본적으로 이미 충분히 해줄 일을 다해 주었고, 더 이상 그녀의 일 따위는 걱정하지 않고 냉정한 태도로 다루어도 좋을 것이다. 그러나 그녀의 겸손한 태도, 매우 좌절된 모습을 보고 그도 그렇게 엄한 소리를 할 수가 없었다. 더구나 그녀의 창백하고 초췌해져 버린 작은 얼굴에는 어쩐지 안을 닮은 데가 있다는 것을 깨닫고 그것이 어쩌지도 못할 만큼 그의 마음을 사로잡았다.

그녀가 무엇을 했기로서니, 또 그녀 때문에 재판소까지 가서 지불하지 않으면 안되었던 것이 얼마만한 손해가 있을지라도 하여간 그녀가 안의 동생인 것에는 변함이 없는 것이다. 또한 그는 깨닫고 보니 문득 친절한 말투로 그녀에게 말을 걸고 있었다.

"그렇게 너무 신경을 쓰지 말아요. 이미 지난 일이니까."

"전 끝장이에요."

"과거는 결단성 있게 하고, 장래의 일만을 생각하도록 하지 않으면 안돼."

"장래의 일요?"

하고 루시는 절망적인 말투로 그 말을 되뇌였다.

"저에겐 이미 장래 같은 것은 없습니다. 신세를 망쳐 버린 걸요."

프레스코트는 대답을 하기 전에 두 잔째의 홍차를 부어 주면서 이번에는 달래듯 말했다.

"그야 큰일을 저질러 버린 것은 틀림없는 사실이야. 그러나 그렇다고 해서 루시의 장래가 전부 막혀 버린 것은 아니야."

루시는 눈물에 젖은 작은 손수건을 부숭부숭한 눈에 갖다댔다.

"선생님이 저를 위해서 증언해 주신 것과, 제가 명령에 따라서 실행했을 뿐이라고 말씀해 주신 것은 참으로 고맙게 생각하고 있습니다. 그렇지만 지금까지 저는 나쁜 간호원이었고, 그러했다는 생각이 머리 속에 달라붙어 떠나지 않습니다. 처음에 간호원으로서 근무한 시아람에서 무서운 일을 저지른 것이⋯⋯."

그것을 생각하고 그녀는 몸을 떨면서 흐느끼며 다시 숨막히는 소리로 계속했다.

"그리고 또 이번에는 이런 부끄러운, 이런 스캔들을 일으켜 버리고⋯⋯ 만약 선생님이 안 계셨다면 저는 형무소에 처박혔을 것이 틀림없습니다. 절대로 롤그레브 같은 데서 일해서는 안되었던 것입니다. 더구나 저는 거기에서 여러 가지로 의심스러운 일이 행하여지고 있다는 것을 알고 있었으므로 더욱 나쁜 것입니다. 저는 바보고 에고이스트였어요. 더구나 저는 하나의 일밖에 생각하고 있지 않았던 거예요. 빨리 돈을 벌어 즐거운 생활을 하려고 한 것밖엔 자기의 임무 같은 것은 전혀 생각지도 않았습니다.

"그런데, 왜 루시는 새롭게 출발을 하려고 하지 않는 거지?"

하고 프레스코트가 되물었다.

루시는 부끄러운 듯한 눈으로 힐끗 그를 보았으나, 바로 얼굴을 숙여 버렸다.

"누가 저 따위를 고용해 주겠어요, 이렇게 된 지금."

"하나 좋은 일이 있어."

프레스코트는 격려하듯이 말했다.

"이것은 생각해 볼 만한 가치가 충분히 있다고 생각해."

루시의 그 눈에서 희망이 빛이 빛나는 것을 프레스코트는 포착했다.

"정말로 저를 구조해 주실 작정인가요? 아닙니다. 착각 같은 건 전연 하고 있지 않아요. 선생님이 저를 도와 주신 것도 저 때문이 아니라 모두 언니를 위한 것이라는 것도 잘 알고 있습니다. 그런데 선생님은 또 협조해 주신다는 것입니까?"

"사실을 말하면 말이지, 차를 마시자고 했을 때에는 어떤 무엇을 정하고 있었던 것은 아니야. 그러나 지금은 나도 생각이 달라졌어. 루시를 보니 걱정이 돼서. 만약 루시에게 가능한 일을 주면 루시도 버젓한 생활로 되돌아갈 수가 있는 것이 아닌가, 하고 생각하게 된 거야…… 물론 루시가 실제로 그럴 각오를 해준다면 하는 조건으로 말이지만."

루시는 똑바로 고쳐앉고 몰라볼 만큼 딴 얼굴이 되어 대답도 열을 띠고 있었다.

"그거예요, 제가 가장 바라고 있는 것은. 전 이번에야말로 좋은 간호원이 될 수 있지 않을까, 하고 마음속으로부터 생각하고 있어요. 시아람에 언니와 함께 실습생으로 있을 때 어떻게 해서 그런 나쁜 인간이 되었는지 저는 자신도 알 수 없어요."

"좋아, 그럼 내가 선(善)의 길로 되돌아가는 방법을 루시에게 가르쳐 주겠어."

그리고 루시가 눈으로 묻자 프레스코트는 말을 이었다.

"자기가 자기에게 물어 보더라도 현재는 어느 병원, 아니 어느 진료소든 루시를 고용해 주지 않을 거야. 루시에게 필요한 것은 루시가 완전히 달라져 버리는 일이야. 앞으로도 오래 루시를 괴롭힐 회한(悔恨)을 어떻게든 잊을 수가 있고, 그런 감정을 완전히 없애 버리는 데에 도움이 될 수 있으며, 또 자기를 열중케 하는 일을 하는 것이 무엇보다도 중요해요."

프레스코트는 이 젊은 여성을 뚫어지게 보면서 말을 계속했다.

"브린거웨어라고 하는 곳에, 유행성 뇌척추막염이 발생하여 현재 전염하고 있어요. 남(浦) 웰즈에 있는 작은 도시인데, 그곳은 무서운 곳이고, 또 병은 무서워. 그러나 그곳에는 간호원이 필요해. 대단히 많이 필요로 하고 있어. 병원이 그다지 정비되어 있지 않기 때문에 환자들로 초만원이라는 거야. 만약 루시가 그런 곳에 갈 각오가 있다면 수속은 내가 바로 해줄 수 있어요. 그러나 루시가 진정 그럴 각오가 있는지 없는지 문제는 모두 거기에 달려 있다고 생각해."

사람의 내왕이 거의 없는 작은 길가게는 차 한 대 지나지 않았다. 손님이 없는 다방의 정적을 방해하는 것은 벽의 괘종시계의 똑딱똑딱하는 소리밖에 없었다.

잠시 동안 루시는 장래 그녀의 일생에 영향을 미칠 결의를 눈에 보이지 않는 저울로 달고 있는 것 같았다. 드디어 더욱더 안과 닮은 결연한 태도로 자세를 바로잡으며 루시가 대답했다.

"브린거웨어로 가게 해주세요. 그것도 지금 바로 출발할 수 있게."

제 5 부

1

프레스코트는 그 이튿날 아침 자신의 의무를 다하여 어깨의 짐을 내려놓은 것 같은 매우 경쾌한 기분으로 눈을 떴다. 그는 직업상의 견지에서 말해서, 설사 자기가 어떠한 큰 대가를 지불했다 할지라도 하여간 그만한 가치가 있는 일을 수행한 것이다. 이제는 전연 관심이 없다고 할 수 없을 것 같은 공적인 보수를 받는 것만이 그에게는 남아 있을 뿐이었다. 입가에 미소를 지으면서 프레스코트는 그날 하루의 예정을 세웠다.

그날 아침은 진료할 환자가 적었고, 미스 멜빌이 응원해 준다기보다는 오히려 가담해 줄 것이 확실했기 때문에 트라팔거 병원에서는 지극히 간단히 지내고, 이어서 점심을 함께 하지 않겠는가하고 안을 초대할 결심을 하였다. 그리고 그녀가 오후가 되어도 병원에 돌아가지 않아도 되게 해 놓았다. 그것은 오늘에야 비로소 자기의 사랑을 고백하자고 굳게 결심하고 있었기 때문이다.

그는 여느 때보다 정성들여서 복장을 갖추고, 진홍빛 카네이숀을 상의의 보턴에 꽂았다. 그리고 아침밥을 들려고 할 때 전화 벨이 울렸다. 얼른 수화기를 들자 로오의 목소리가 들려왔다.

"잘 잤나, 어떤가 기분은?"

"매우 좋네."

"후회는 하고 있지 않은가?"

"전연."

"오늘 아침 신문을 읽은 후에도 말인가?"

"아직 읽지 않았어."

"그렇다면."

하고 로오는 빈정거림을 섞어 말했다.

"내가 좋은 뉴스를 들려 주지. 지금 막 읽고 난 참이야. 프레스코트, 나는 어젯밤 오질뷔이를 만나고 왔어. 오늘 아침 정부는, 예산에서 자네의 진료소 계획을 삭제해 버린 거야."

묘하게도 로오가 알려 준 이 파국적인 뉴스도, 프레스코트를 조금도 당황케 하지는 못했으며, 대답을 하는 소리도 쾌활하였다.

"실제는 말이지, 자네 말이지, 그것은 우리로서는 어쩔 수 없는 일이잖은가. 더구나 그것은 자네가 미리 알려준 일이 아닌가. 그러니까 지네에 대한 나의 감사의 마음이 줄어들거나 하는 일은 전혀 없다네, 로오."

그러고도 잠시 두 사람은 대화를 계속하고 있었으나, 드디어 프레스코트는 말을 끝마치고 수화기를 놓았다. 그의 기분은 조금도 변하지 않았고, 요즘 수 주일간에 걸쳐서 이렇게 아침밥이 맛있어 보기는 처음인 것 같았다. 그리고 진찰실에 가서 최초의 환지를 기다리기로 했다.

자리에 앉자 바로 입구의 벨이 울렸다. 환자가 들어기를 기다리고 있는데 뜻밖에 안이 모습을 나타냈으므로 그도 과연 놀라운 기색을 감추지 못했다.

그는 뛰어가 그녀를 맞았다. 회색이 만면한 그녀는 그의 손을 잡은 채 오래오래 있었다. 그리고 눈을 빛내면서 진심을 기울여 감사의 말을 하기 시작했다.

"선생님은 루시를 무죄로 해주셨을 뿐만 아니라, 그애에게 새로운 열의를 불어넣어 인생을 재출발할 각오를 하게 해주셨습니다. 더구나 얼마나 근사한 생각입니까. 웰즈 지방에 가서 그 무서운 전염병을 방지하는데 도움이 되라고 말씀하셨다구요! 틀림없이 하나님이 선생님을 위해서 그렇게 하도록 하신 거예요."

"동생은 출발할 작정을 하고 있겠지?"

안은 방긋 웃었다.

"나도 많이 생각했습니다. 그렇지만 오늘 오후에는 출발하기로 했어요."

"그것을 들으니 나도 기쁘군."

하고 프레스코트는 테이블 위의 서류들을 기계적으로 정리하면서 말했다(그는 안의 미소의 매력에 가슴 설레어, 뜻밖에 그녀가 와 준 것에 당황하기도 하고 신경질적으로 되기도 했다).

"거긴 일도 고될 것이며…… 게다가 위험하기도 할 테니까. 하여간 충분히 경계하지 않으면 안될 거요. 뇌척추막염은 보통 병이 아니니까 말이야."

"거기에 가는 간호원이면 어떤 일이 기다리고 있는지 그것을 다 알고 있습니다."

그렇게 대답한 안은 새로운 열의, 타오르는 감격으로 활기가 불러일으켜진 것 같았다.

약간 침묵이 흘렀으나, 드디어 프레스코트는 방 한구석으로 눈을 돌리면서 뭔가 매우 난감한 기분이 되어 조금 새삼스러운 소리로 말했다.

"어때요, 나와 점심을 함께 해주지 않겠소. 이건 무슨 일이 있어도 들어 주었으면 해. 미스 리이가 예스라고 대답해 주면 참으로 고맙겠어. 나는…… 당신에게 하고 싶은 말이 참으로 많이 있어요."

안의 미소는 사라지고 문득 괴로운 듯 낙담한 것 같은 태도였다.

"죄송합니다. 그렇지만 카디프행 열차가 한시 반에 출발하기 때문에."

"그런 것 상관없지 않아! 동생이 출발한 후 식사하기로 하면 되니까."

안은 깜짝 놀란 표정으로 그를 바라보았다.

"아니, 프레스코트 박사님, 모르고 계셨군요? 저도 출발합니다."

"당신도 간다고?"

안은 고개를 끄덕이며 입가에 미소를 띠었다.

"미스 멜빌이 허가해 주었어요. 저에 대하여 대단히 호의를 보여 주셨어요. 어젯밤, 루시가 돌아오자 바로 저는 그것을 그분에게 부탁했습니다. 그랬더니 1개월의 휴가를 주었습니다."

"그러나……."

"저는 루시를 혼자 떠나게 할 생각은 조금도 없었습니다. 이럴 때야말로 누군가가 곁에 있어 주어 그 애가 피로하거나 좌절되었을 때 정신적으로 격려해 줄 필요가 있다고 생각해요. 더구나 또……."

하고 안은 방긋이 웃으며 덧붙였다.

"선생님도 말씀하시지 않으셨어요. 거기에는 위험이 따른다고, 만약 제가 옆에 이대로 있고 루시만을 그런 위험에 직면하게 한다면 언니로선 대단한 에고이스트가 되는 것이 아니겠어요."

프레스코트는 갑자기 매우 진지한 얼굴이 되어 강요하는 소리로 말했다.

"제발 가지 말아 주오. 어떤 특별한 이유에서 이것을 꼭 부탁하는 거요."

이번엔 안이 깜짝 놀란 것 같았다.

"그렇지만, 참으로 모르겠어요…… 제가 거기에 가는 것에, 선생님은 어떤 이의(異義)가 계신가요?"

어떻게 하면 사실을 이야기할 수가 있는 것일까? 프레스코트는 그녀가 전혀 깨닫지 못하고 있는 것을 알고 더욱더 일이 어려워졌다고 생각했다.

"솔직하게 말해서 그 무서운 전염병을 생각하면 미스 리이를 보내는 것이 걱정되기 때문이야."

하고 그는 중얼거리듯 말했다.

"그렇지만, 간호원으로서 병을 방지하는 역할을 하는 것은 매우 훌륭한 임무잖아요. 그러니까 몸도 마음도 그것에 바칠 수가 있습니다. 바로 제가 바라는 것도 그것입니다."

"그럼, 미스 리이로서는 다른 무엇보다도 일이 중요하다, 그 말인가?"

프레스코트는 어두운 얼굴을 하고 이마를 찌푸리면서 반문했다.

"그래요. 이 직업, 그것이 저의 생명입니다! 얼마나 그것이 저를 만족시켜 주는지 선생님은 모르실 거예요. 루시와 함께 부린거웨어로 떠나는 것을 제가 얼마나 기뻐하고 있는지 이해해 주세요. 그것도 모두 선생님의 덕분입니다!"

무거운 침묵이 방안을 차지했다. 프레스코트는 바이스로 머리를 졸라 매고 저울추로 심장을 압박당하는 것 같은 기분이었다. 아침 눈뜰 때 느낀 즐거운 기분은 안이 말한 그로부터 멀어져 갈 사건대문에 순식간에 사라져 버렸다.

기사적인 제스처로 여성의 마음을 얻고자 공상한 사상누각의 꿈은 얼마나 바보스러운 것이었던가. 인생은 소설이 아니었던 것이다. 그리고 그는 냉혹하게도 다시 지상으로 낙하되어 버린 것이다.

"그렇다면."

하고 그는 드디어 말했다.

"그것으로 나도 당신이 즐거이 떠난다는 것을 잘 알았어. 그것으로 당신은 참으로 기뻐하고 있군. 나는 다만 머리를 숙일 수 밖에 없어요."

그 말에는 우울한 여운이 있었고, 쓴잔을 마신 듯 싶으면서도 그는 덧붙엿다.

"하다 못해 역까지 배웅을 하게는 하겠지?"

2

안과 루시는 그날 저녁 때 여섯시 가까워서 브린거웨어에 닿아 바람이 몰아치는 플랫폼에 내렸다. 자못 허술하기 짝이 없는 이 작은 거리는 거의가 강의 좁은 계곡의 낮은 지대를 따라 펼쳐져있었다. 불모의 양언덕에 솟아 있는 제강소에서 흘러보내는 쇠찌꺼기 때문에 누렇게 개천은 오염된 물결이 일고 있었다.

흡사 일을 멍하니 벌리고 있는 상처구멍처럼 어느 측면에도 탄광의 깊고 동굴이 열려 있는 민숭한 산들이 솟아 있고, 그것 때문에 고립되고 황폐한 느낌을 주었으나 갱부 숙소의 긴 우울한 열도 빨갛게 타고 있는 높은 용광로의 연기와 그늘 때문에 보이지 않게 되어 있었다. 그것은 전적으로 신(神)에게 버림받은 가련한 모습이었다.

이것이 작은 역을 나올 때의 안의 인상이었다. 그녀는 루시와 둘이서 자기들을 기다려 준 낡은 단필의 이륜마차에 탔다. 음울한 날씨였고, 작은 마을을 빙 둘러싼 산은 더욱 그런 느낌을 강하게 해주었다.

여행은 길고 따분했으나 안은 마음이 가벼워진 것 같은 기분이 들었다. 그런 동안에도 마차는 유일한 길은 포장도로 위를 덜컹덜컹 흔들리면서 나아가 드디어 목적지로 통하는 길로 접어들었다.

도중에 안은 쾌활하게 마부에게 말을 걸어 뭔가 정보를 얻으려고 했다.

"아직 병원은 멀었나요?"

바람에 머리카락을 말리며 얼굴을 마부 쪽으로 돌리면서 그녀는 물었다.

형태가 찌부러진 펠트모자를 쓰고, 레인코트 대신 즈크를 어깨에 두른 초라하고 늙은 마부는 처음엔 질문이 들리지 않았던 모양이었으나 겨우 입 속에서 중얼중얼 말했다.

"3킬로쯤 될 것이유. 그렇지만 거긴 병원도 아니유."

"병원이 아니라니요?"

안은 깜짝 놀랐다.

노인은 킬킬거리는 웃음소리를 냈다.

"이미 이래저래 오십년이 되는데유, 마침 천연두가 유행했을 때 세운 낡은 격리병사예유. 창고라고 생각하면 되겠죠. 완전히 허물어졌거던유. 그것 말고는 따로 아무 것도 없어유. 그것을 어떻게든 해서 써야 하니까유."

그가 건축물인 병사를 처음 보았을 때 안과 루시는 이런 형편이면 도저히 안심 할 수 없다 하고 생각하지 않을 수가 없었다. 까맣게 그을린 슬레이트를 이은 허술한 건물은 흡사 짐승이 웅크리고 있는 것처럼, 진흙의 고원 속에 커다란 등을 보이고 있었다. 그 양쪽에는 간호원용으로 최근 지었을 것이 틀림없는 양철과 나무로 된 바라크가 줄지어 서 있었다. 자매가 향한 곳은 그 간이건물 쪽이었다.

"여기는 그다기 위생에 좋지 않을 것 같군요."

하고 루시는 막연한 불안에 사로잡혀 주의를 촉구했다.

"반드시 우리들이 담당하지 않을 수 없게 될 거야."

안은 미소를 지으면서 대답했다.

두 사람은 벨을 울렸다. 그러자 바로, 까만 앞치마를 두른 중년의 여자가 나와 도어를 열고 그녀들을 방으로 안내했다. 인가가 드문 마을, 그 부근의 그다지 볼품없는 외관으로 보아서 안과 루시는 최악을 상태를 각오하고 있었는데, 그들의 눈에 띈 것은 그 어두운 예상을 훨씬 넘어서고 있었다.

두 사람이 공동으로 사용하도록 되어 있는 좁은 방은 틈새 투성이의 벽과, 비가 오면 시끄럽게 소리를 내는 양철지붕, 더구나 부서진 창틀이 끼워진 조명용의 지붕창이 나 있을 뿐이었다. 방바닥이나 벽에 있는 곰팡이의 얼룩은 습기가 얼마나 많은가를 말해 주고 있었다.

두 사람이 묵묵히 새로운 주거를 바라보며 살피고 있는데, 복도에 발소리가 들리더니 비교적 나이가 든 까만 머리칼을 한 여성이 입구에 나타났다. 야위고 초췌한 모습이며, 움푹한 눈을 하고 회색 제복이 그 야위고 등이 구부러진 몸에 걸쳐 있고, 이미 힘은 다 빠져 버린 듯한 인상을 주었다. 그 여성은 창백한 미소를 지으면서 두 사람의 신참자에게 환영의 말을 하였다.

"두 분이 함께 와 주셔서 대단히 기쁩니다. 난 미스 제임스…… 여기 간호원장이에요. 여행은 무사했나요…… 여기는 대단히 허술한 숙소입니다…… 그러나 일손이 부족해서요…… 문자 그대로 일손이 부족하답니다."

원장은 열에 들뜬 것처럼 두 손을 움직이면서 띄엄띄엄 더듬거리고 말하였는데, 안은 그녀의 왼쪽 눈꼬리가 일정한 사이를 두고 떨리는 것을 깨달았다.

"당신들이 앞으로 식사를 할 마루로 와 보세요…… 뭔지 잘 알 수는 없지만…… 차디찬 식사겠지요…… 거기에 근무표가 있어요. 안

됐지만 오늘 밤부터 바로 일해 주시기 않으면 안되겠습니다. 그렇지만 나로선 달리 어쩔 수가 없는 걸요. 하여간 문자 그대로……."

안은 원장이 말하기 전에 어쩔 수가 없다, 하는 말이 어이질 것을 미리 느꼈다. 그리고 미스 제임스는 울적한 미소를 흘리고 두 사람을 두고 가버렸다.

루시는 안을 향하여 그녀로서는 매우 드물게 절도 있는 말투로 말하기 시작했다.

"불쌍도 하지, 저분은 기진맥진해 버린 것 같아요."

안은 계속 방안을 조사하면서 고개를 끄덕였다.

"이런 비참한 집 때문에 네가 너무 신경 쓰지 않았으면 하고 난 생각하고 있어."

"언니와 함께 있는 이상 그런 것 별로 신경 쓰지 않아요. 우린 뭐 피크닉을 온 게 아니잖아요. 자, 세수라도 하고 오자구요."

하며 루시는 웃어 보였다.

두 사람은 에나멜 칠을 한 세면기를 될 수 있는 대로 잘 씻어 깨끗이 하고 까운을 걸치고서, 이제는 식사를 할 수 있다고 생각하면서 큰 대청으로 나갔다.

얼핏 보기만 해도 자기들에게 제공되는 나날의 식량이 어떤 것이라는 것을 충분히 알 수 있었다. 식탁 위에서는 콘비프의 통 하나와 통째로 구운 빵이 한 개, 거기에 말라빠진 치즈가 한 조각 놓여 있었다. 도어를 열어 준 잡역부가 미적지근한 코코아를 두 잔 가져다 주었다. 두 사람은 빵의 부스러기로 더럽혀진, 나무로 된 허술한 테이블에 자리 잡았다. 방안은 텅 비어 있고, 전체가 매우 무질서한 느낌이었다. 간호원은 내놓은 것을 식사 시간과 상관없이 먹지 않으면 안되는 것이다.

두 자매는 먼저 코코아를 마시는 것부터 시작했다. 조금 있으니 복도에 발소리가 들리고, 간호원 다섯 사람이 방으로 들어왔다. 너무 과중한 근무 때문에 매우 지친 듯 새로운 사람에게는 힐끗 눈을 줄 뿐으로, 한마디 말도 교환하지 않고 각자가 바로 고기와 치이즈, 빵을 자기 접시에 나누어 놓았다. 형도 색도 각각 다른 제복은 그녀들이 모두 다른 병원에서 파견되어 온 것을 말해 주고 있었다.

"대단히 고된 하루였었나 보군요?"

하고 그녀는 은근하게 말을 걸었다.

그 간호원은 고개를 끄덕여 보였다.

"우리는 방금 온 참입니다. 그러므로 어떤 상태인지 알고 싶군요."

잠시 침묵이 흘렀다. 그 나이가 든 데이비스는 말수가 적은 사람인 것 같았다. 그러나 안의 말에는 거부하지 못하고 지금 브린 거웨어가 어떤 상태에 놓여 있는가를 짤막하게, 그리고 확실하게 요점을 추려서 말했다.

이 임기응변식 병원에는 지금 54명의 뇌척추막염의 환자를 수용하고 있으나, 환자의 수는 매일 늘어갈 뿐이었다. 악성인 이 병은 카디프의 항구에 있던 선원의 한 사람으로부터 이 지방에 전염된 것으로서, 그 선원은 이미 사망했다. 그 외에 40명의 환자가 이미 병사해 버렸다.

처음, 지방당국은 거의 아무런 대책도 강구하지 않았다. 그러나 이러한 사망률은 눈으로 깨달은 인구가 조밀한 이 지방의 인심이 공포에 휩싸이게 되었으므로, 드디어 당국도 움직이지 않을 수 없게 되었다. 사람들은 모두 집안에 틀어박혀 있고, 모친은 아이들을 외출시키지 않도록 하였고, 거리는 흡사 페스트가 만연한 지방

그대로의 양상을 띠게 되었다.

그러나 관할지 이외의 구역에 있어서 전염병의 상황에 대하여는 조금도 알고 있지 않았었다. 결국 이 병사는 지방의 빈약한 정보를 바탕으로 매일을 보내고, 좀더 자주 정보가 들어오는 의료센터를 통하여 외부에서 파견된 약간의 간호원에 의하여 구원을 받고 있는 상태였다.

극히 최근 당국은 후생성에 호소했으나, 후생성은 런던에서 전권을 담당한 의사 레스프리 박사를 파견했다. 미스 데이비드가 경멸적으로 평가하고 있는 것처럼 이 엉터리 의사는 편협적인 사고를 가진 관료 이외의 아무 것도 아니었다. 그에게는 다만 하나의 생각밖에 없고——상부로부터의 지시에 따라서——무엇보다도 먼저 전염병에 대하여 귀찮고 무용한 공개를 피하려고 하는 것 외엔 아무 수단도 강구하지 않았다.

지방의 의사들은 물론 과중하기는 했으나 어쨌든 그 전력을 경주하여 이해를 도외시하고 현신하고 있었으며, 그 가운데는 원석(原石)인 채이지만 고귀한 다이아몬드라 할 수 있는 노(老) 포오레스트 박사도 있었다. 이분은 참으로 특별한 존재로서 레스프리가 병원의 경영에 리드를 잡는 것에 열심인 것에 반해서 실제로 모든 봉사에 힘쓰는 고매한 인물이었다. 최초의 환자에 진단을 내린 것도 박사였고 혈청을 보내게 한 것도 박사였다. 간호원장인 미스 제임스가 열의와 용기를 나타내며, 나타낸 만큼 아마도 전염병은 후퇴하고 있었을 것이 틀림없다. 그러나 간호원장은——일반자택에서 간호의 지시만 하고 있었는데—— 그 일은 확실히 과중한 상태로 담당하지 않으면 안되었다. 그렇기 때문에 완전히 피로해져 버리고 기진맥진하여 틈만 있으면 우울증에 사로잡혀 버리곤 하는 형편이었다.

안과 루시는 계속 흥미를 가지고 미스 데이비스의 이야기에 귀를 귀울였다. 두 사람은 조금 머리를 갸우뚱했으나, 드디어 똑같이 느낀 것을 최초에 말한 것은 루시였다.

"우리도 빨리 근무하게 되면 그만큼 도움이 되는 것이 아닐까요?"

안은 동의와 함께 애정이 넘치는 눈을 동생에게 던졌다. 루시가 이처럼 열성적으로 근무에 임하려고 하고, 명예를 회복하여 자기의 눈으로 그것을 확인하려고 하는 것을 알고 안은 마음이 따스해지는 것을 느꼈다.

식탁에서 일어서자 자매는 바라크를 뒤로 하고, 비가 오는 어둠 속을 본관쪽으로 뛰어갔다. 당번표에 의하면 두 사람이 다 같이 1층의 부인병실에 할당되어 있었다.

길다랗고 천장이 낮은, 매달은 석유램프 셋이 겨우 조명되어 있는 병실이었다. 붉은 이불을 덮은 침대는 매우 빽빽이 차 있고, 사이가 좁게 두 줄의 선을 이루고 있었다. 그 병실은 인원수가 너무 많을 뿐만 아니라, 전투중의 군함 갑판과 흡사하게 이루 말할 수 없는 혼란, 죽음에 대한 유별난 정말적인 싸움의 혼돈된 양상을 드러내고 있었다. 방의 중앙에 있는 테이블 위에는 얼음주머니에서 물이 방울방울 떨어지고 있었고, 입을 연 조제용의 유리병은 등록부나 체온표의 사이에 난잡하게 쌓여 있었다. 누군가가 넘어뜨린 채로 세워 놓으려고도 하지 않은 칸막이가 벽에 기대어 놓여져 있었다.

경험이 많은 안의 눈은 이러한 세밀한 것을 모두 확실히 기억에 새겨 넣었다. 그녀도 환자가 단번에 많이 밀리는 것에서 생기는 여러 가지 곤란을 잘 알고 있었으나, 그러나 환자가 많은 것도 여러 가지 곤란도 이 병실에서 볼 수 있는 것과 같은 상태를 정당하다고 인정할 수는 없는 일이었다. 그녀는 다른 간호원에서 그 말을 하여 주의를 촉구하는 일 따위는 전혀 하지 않았으며, 하물며 루시에게 지시하지도 않았다. 두 사람은 마음을 합쳐 그 심한 혼란을 정돈하기 시작했다.

마침 안이 루시에게 일을 많이 했으니 조금 쉬자고 말하려는 순간 불의에 도어가 열리고, 키가 큰 육중한 체격에 흐트러진 회색의 장발을 목덜미까지 늘어뜨리고, 짙은 눈썹과 주름이 있는 얼굴, 피로해 있기는 하나 꿰뚫어 볼 것 같은 눈을 한 사나이가 모습을 나타냈다. 사나이는 바느질이 좋지 않은 허술한 복장을 하고 있었으나, 미스 데이비스의 이야기를 듣고 있었으므로 안은 이분이 포오레스트 박사라고 바로 알았다.

포오레스트 박사는 성큼성큼 걸어오기는 했으나, 정돈과 차분함을 되찾고 전적으로 변화한 병실을 보자 멈칫하고 섰다. 그리고 그 주의 깊고 뚫을 듯한 시선으로 넓은 병실을 휙 둘러 보았는데 그의 눈은 무엇 하나도 빠뜨리지 않았다. 박사는 안과 루시 쪽으로 되돌아보았다. 그리고 두 사람에 대하여 방금 확인한 병실의 개선에 대하여는 아무 말도 하지 않고, 칭찬의 말 같은 것도 전혀 하지 않았다. 그는 두 사람을 유심히 보고 있다가 드디어 짖어대는 것 같은 소리로 말했다.

"당신들은 오늘 왔지? 어디서?"

"런던에서입니다."

하고 안도 지지 않고 간단한 대답을 했다. 그것을 도의의 중얼거림이기도 했다.

"따라 오구려. 두 사람 함께."

노의사는 입 속에서 투덜대듯 말했다.

"여기는 자기의 직업을 분별하고 있는 간호원으로서는 일할 보람이 있는 일이 얼마든지 기다리고 있어. 고맙게도 내가 본 바로는 당신들은 멍청하지는 않은 것 같아."

그리하여, 의사와 감독과 간호원 세 사람은 함께 환자 한 사람 한 사람 앞에 발을 멈추면서 병실의 회진을 시작했다.

3

안도 루시도 지금껏 뇌척추막염에 걸린 환자의 간호를 한 적은 없었다. 물론 갖가지 전염병 환자의 경과는 잘 알고 있었으나, 그 무서움에 있어서 그 위험성에 있어서 최악의 증상을 능가하는 이 병에는 처음으로 접한 것이다.

브린거웨어에서는 대부분의 환자가 졸도의 징후를 보이고 있었다. 건강하다고 생각되던 사람도 갑자기 심한 오한에 사로잡히고, 이어서 심한 두통과 격결한 경련을 일으키는 것이었다. 그리고 혼수상태에 빠져 24시간 이내에 그 불행한 병균의 희생자는 죽음에 이르게 되어 버리는 것이다.

모든 증상이 한결같이 모두 전격적이라고 할 수는 없으나, 환자의 거의 대부분은 1주일 사이에 생사의 경계에 놓였다. 이 가공할 병의 연혁을 잘 알고 있는 포오레스트 박사는 두 자매에게 사망률에 대하여 결코 착각을 일으키지 말도록 설명하였다. 이 병이 1908년에 벨파스트에서 유행했을 때는 725명의 환자 가운데 548명이 사망하고, 1940년의 뉴욕에서는 수천에 이르는 환자의 반수 이상이 죽었던 것이다.

안은 잠을 이루지 못할 만큼 생각을 골똘히 했다. 그녀는 이 병원이 자금의 면에서 결여되어 있는 이유를 너무나도 잘 알고 있었다. 미스 제임스는 착한 사람이긴 했지만 이러한 위험한 상황에 대처할 힘은 절대로 가지고 있지 못했다. 여기에 필요한 운영의 재능도 가지고 있을 리가 없었다. 그녀가 간호원장의 지위에 머물러 있는 것은 다만 관료인 레스프리 박사가 필요로 한 때문인 것에 지나지 않았다. 미스 제임스도 박사와 전적으로 똑같은 후생성에 소속하고 있었다. 포오레스트 박사는 공연히 벼락을 내렸다가는 잔소리만 할 뿐이었고, 이 관리는 퇴직과 승진과 고참이라는 것밖에 머리에 없고, 그녀를 전임시키는 일 같은 것은 전연 생각조차 하지 않았다.

그런데, 안과 루시가 도착하여 2주일쯤 지나가 신의 섭리라 할 수 있는 극적 사건도 소동도 없이 문제가 되어 있는 사태를 명백하게 변화시켜 주게 되었다. 미스 제임스가 신경성 우울증에 걸려 졸도해 버린 것이다.

그것을 포오레스트와 레스프리의 두 의사를 함께 한 아침의 회의에 들어가려고 하고 있을 때 큰 대청에서 일어난 일이었다. 그녀는 네 사람의 새 환자와, 밤중에 있었던 세 사람의 사망자에 대하여 보고하고 있을 때 갑자기 정수리를 누르면서 매우 날카로운 소리로 부르짖었다.

"내 머리! 아, 이 머리! 난 이제 도저히…… 문자 그대로 일손이 부족하단 말이야…… 그러니까 미쳐 버린단 말이야!"

"어찌 된 거요?"

하고 레스프리 박사가 더듬거리며 말했다.

"속이 좋지 않은가요?"

"난 이미 아무 것도 느끼지 못하게 되어 버렸어."

미스 제임스가 부르짖었다.

"싫어. 이젠 이런 일 계속할 수 없어…… 더 이상 할 수 없어. 휴식이 필요해요. 어떻게든 여기를 나가야지 그렇지 않으면 난 미치광이가 될 거예요."

　포오레스트 박사는 서둘러 이 찬스를 붙잡았다. 한 시간도 못미처서 박사는 미스 제임스와 그녀의 슈트 케이스를 스완시행의 가치에 밀어넣어 버렸다. 그리고 이번에는 그녀의 대리를 누구로 하는가 하는 문제에 대하여 레스프리와 상의했다.

　"그것에 대하여는 상부에 바로 보고하겠습니다."

　레스프리는 그렇게 자기의 의사표시를 했다. 그는 금테안경을 걸친 길고 멜랑콜리한 코를 가진 말라깽이 사내였다.

　"금주 말까지는 틀림없이 대리를 보내 줄 것입니다."

　"그건 헛수고야! 가까운 데에 한 사람이 있지 않은가?"

　하고 포오레스트는 가차없이 말했다.

　"네에, 뭐라고요?"

　레스프리가 이마를 찌푸리면서 되물었다.

　"미스 리이를 간호원단의 우두머리로 하자는 것이 내 의견이오. 그녀는 다른 누구보다도 훨씬 뛰어났어. 이건 이유 없는 사실이야, 레스프리군. 의논의 여지가 없는 일이야. 만약 이것에 자네가 불찬성이라면 난 자네가 여기에서 나가 주었으면 할 뿐이야."

　레스프리에게 대답할 여유도 주지 않고, 포오레스트는 성큼성큼 안을 찾으러 나갔다. 그것은 자기가 이 뉴스를 그녀에게 알릴 작정이었기 때문이다. 안은 여느 대와 마찬가지로 병실에서 환자와 섞여서 바쁘게 일하고 있었다.

　"여봐, 미스 리이!"

　하고 그는 소리쳤다.

　"나는 새로운 간호원장에게 축하의 말을 하는 최초의 사람이 되고 싶은 거야."

안은 꼼짝도 하지 않고 이 알림을 받았으나, 시선을 멀리로 돌리고 볼을 발갛게 물들이면서 앞으로 자기를 기다리고 있는 일이 많음을 생각하고 아찔할 정도로 감격을 느꼈다. 드디어 자기가 간호원단을 맡게 된 것이다. 그렇게도 전부터 가슴에 지녀 온 꿈을 드디어 실행에 옮길 수가 있는 것이다.

"어떤가, 응? 아무 말도 할 필요가 없어요."

포오레스트는 말했다.

"다만 앞으로 어떻게 해 나갈 것인가, 그것만 들려주면 돼."

"그것이라면 저는 확고한 생각이 있습니다, 포오레스트 박사님."

안은 신중히 생각하면서 대답했다.

"그렇지만 허가가 되는지, 문제는 모두 거기에 달려 있습니다."

"물론 그렇지! 나도 만사에 있어서 당신을 지지할 작정이야!"

하고 포오레스트가 확실히 말했다.

"나도 레스프리의 어물어물 넘기는 야비한 처사에는 진정머리가 났어요. 미스 리이와 내가 이 병원을 본래 있어야 할 상태로 되돌려 놓자구요. 그리고 만약 우리가 여기에서 죽지 않으면 안된다 할지라도 이 전염병만은 우리 손으로 박멸을 해버립시다."

이러한 열의를 앞에 놓고서는, 안도 열의에 타오르지 않을 수가 없었다. 그녀는 포오레스트 박사에게 자기의 계획을 서둘러 설명했다. 야근하는 밤에 줄곧 전부터 짜내고 있었던 만큼 말을 거침이 없었다.

"먼저 선생님, 좀더 많은 간호원이 필요합니다. 어디에서 데려오는가 그 문제를 걱정할 필요가 없습니다. 그리고 앞으로 간호원은 현재 실행하고 있는 열한 시간 근무 대신 여덟 시간만 일하게 하는 것입니다. 그 사이 몇 사람은 자택에 있는 환자를 방문하여 의심스러운 증상의 검출을 시킵시다. 마지막으로 간호원에게는 좀더 좋은 숙소와 좀더 나은 식사를 제공하는 것이 절대로 필요합니다. 이번의 병의 경우는 뭐니뭐니 해도 간호원이 가장 중요한 역할을 하기 때문입니다. 즉 과중한 노동을 시키거나 불충분한 영양을 주고, 비참한 숙소에서 살게 하고 있는 간호원들에게 이처럼 중태에 놓인 환자가 필요로 하고 있는, 줄곧 붙어 있어야 하는 간호원을 어떻게 요구할 수가 있겠습니까. 우리가 여기에 온 지 2주일 동안 동생이나 저나 찌꺼기 같은 음식 외에는 아무것도 먹지 못했습니다. 이것은 바보짓이에요. 왜 간호원은 조리사보다 나쁜 대우를 받아야 합니까? 간호원들은 영양 있는 스프와 따끈한 고기를 주었으면 하는 것입니다. 저는 어디에서든 조리사를 한 사람 찾아내서 조리장을 재편성하겠습니다. 우리 간호원들을 위해서 외부의 숙소를 찾아 보겠어요. 몇 사람은 이 비참한 바라크에서 참고 있어야 하겠지만, 다른 사람들에게는 그에 상당한 주거를 주어, 휴식이 얻어져서 신경이 진정되도록 해주고 싶은 것입니다……."

안은 숨을 들이쉬고 다시 말을 계속했다.

"이것은 줄곧 생각해 왔기 때문에 저는 이 근처를 돌아본 적이 있을 정도입니다. 거리를 약간 벗어난 곳에, 지금은 거의 빈 방이 되어 있는 금주(禁酒) 호텔을 발견해 두었습니다. 과연 낡아 빠지긴 했으나 살기에는 좋을 것 같았습니다. 어떻게든 그 호텔을 입수하고 싶습니다. 선생님, 제 자신이 식료품점, 푸줏간, 우유집, 약국에다 주문을 하겠어요. 절대로 낭비하지는 않을 것입니다. 간호원들이 종사할 전쟁에 필요한 물자밖에 주문하지 않겠어요……그리고 우리들이 종사하고 있는 이 전쟁은 인명을 구하기 위한 것이지, 파괴를 위한 것이 아니잖아요!"

안은 지나치지나 않았나 하고, 자기의 무리한 요구가 포오레스트 박사를 분개케 하지나 않았나 하고, 두려워서 숨을 죽이고 입을 다물었다.

박사는 그 날카로운 작은 눈에 꿰뚫어 보는 표정을 하고 안을 응시하면서 비교적 긴 순간을 묵묵히 있었다. 드디어 그녀의 손을 잡자 오래오래 두 손을 힘주어 쥐었다.

"야아, 미스 리이."

그는 특별히 부드러운 소리로 말했다.

"나는 미스 리이를 만사에 있어서 지지하겠어…… 어디까지나 말이야."

안은 외투를 걸쳐 입고 서둘러 거리로 나가 필요한 절차를 갖추기로 하였다.

먼저 우체국에 들렀다. 그리고 전보를 쳤다. 한 통은 조합의 서기인 수우잔 그래스톤에서 유자격의 간호원 6명을 바로 파견해 주도록 하는 의뢰였다. 그리고 한 통은 맨체스터에 있는 노라와 그레니 앞으로 친 것으로 어떻게든 만반의 수단을 써서 여기로 와 달라고 하는 간청이었다.

4

레스프리 박사와 충돌이 일어난 것은 그런 후 얼마 되지 않아서였다.

그것은 명령이며 또한 결정적인 것이었다.

포오레스트 박사가 안에게 완전한 직권을 부여한 그날 아침, 레스프리는 그녀를 자기의 작은 사무실에 초치하여 그녀의 임명에는 자기의 뒷받침이 있었다는 것을 친절한 태도로 강조했다. 안은 상냥하게 감사를 했으나, 자기의 계획에 대하여는 어떤 것도 하나도 내비치지 않았다.

그런데 그 이튿날, 병원에 우유가 배달되자 레스프리는 긴급한 용무라 해서 안을 불러들였다. 그는 심히 화를 내고 있는 모양으로 손에 청구서를 들고 꼿꼿하게 서서 그녀를 기다리고 있었다.

"어떻게 된 거야, 이건?"

하고 부르짖었다.

"오늘 아침은 우유가 5리터나 많이 들어 왔는데, 나는 환자를 위해서 이런 추가의 사인은 하지 않았어."

"그렇습니다, 박사님. 다만 저는 간호원을 위해 사인했습니다."

"간호원을 위해서?"

"네, 박사님, 오늘 모두 진짜 밀크 푸딩을 먹기로 되어 있습니다. 밀가루와 물뿐인 더러운 잡탕이 아닌."

"그렇지만 말이야……"

"돌격병에게는 충분한 영양이 필요합니다, 레스프리 박사님."

하고 안은 줄곧 미소를 지으면서 말했다.

"더구나 여기에서는 간호원도 모두 일선에 서 있는 거니까요."

"미스 리이는 내 허가 없이 그런 일을 솔선해서 할 권리는 없을 텐데."

레스프리 박사가 고압적인 일격을 가했다.

"그것은 박사님, 잘못되어 있습니다. 더구나 저는 앞으로 우유의 문제보다 훨씬 중대한 다른 일도 많이 할 작정으로 있습니다."

그리고 차분히, 그러나 결연히 안은 앞으로 실행할 작정으로 있는 계획을 모두 말했다.

레스프리는 어안이 벙벙하여 화가 나서 입을 크게 벌리고 그녀를 지켜 보았다.

"그러나, 그건 안돼! 미치광이 짓이야! 여기에는 필요한 법규 같은 것이 있잖아."

"제가 선생님이라면."

하고 안은 말투를 부드럽게 하며 말했다.

"앞으로 몇 주일 동안은 그런 법규 때문에 공연한 걱정을 하실 건 없습니다."

레스프리는 노여움 때문에 위엄도 잊어버렸다. 그리고 머리끝까지 빨개져서 날카로운 소리로 부르짖었다.

"그런 엉터리가 어디 있어, 어디에! 당신은 불복종과 무례의 종목으로 꼭 나에게 처벌 당하고 싶은가, 미스 리이? 당장 짐을 싸들고 나가라구!"

안은 머리를 옆으로 흔들었다.

"아니요, 레스프리 박사님, 저는 나가지 않습니다. 저에게는 하지 않으면 안될 일이 있습니다. 왜 협력을 거부하시는 겁니까. 이 것은 모두에게 좋은 일인데."

그 침착성과 냉정함을 앞에 대하고 레스프리의 분노는 한이 없 었다.

"당신은 하나 잊은 것이 있어. 그것은 내가 당신을 해고할 수 있 다고 하는 것을!"

그때 도어가 열리고 포오레스트 박사가 사무실의 입구에 모습 을 나타냈다. 박사는 한눈으로 그 자리의 정세를 파악하고 자기도 안과 나란히 섰다.

"그만 두구려 바보짓은, 레스프리. 미스 리이의 계획은 훌륭한 것이야. 지금은 이론을 펴거나 방해하거나 할 때가 아니야."

레스프리는 창백하게 두 손을 부들부들 떨기 시작했다.

"잘 이해가 안가, 이건 나에 대한 음모가 아닌가."

"음모라, 송구하게 됐군."

하고 포오레스트는 중얼거렸다.

"단순히 양식의 문제가 아닌가. 더 이상 바보짓은 하지 말아 주 게나!"

"그럼 이 비용은 모두 누가 냅니까?"

레스프리는 신음하듯이 말했다.

"자네의 무계획한 후생성이지. 만약 후생성이 거부한다면, 미스 리 이와 나는 거리에 나가 동냥이건 뭐건 하겠네. 뜰에서 노래도 부르 고, 대중에게 연설을 해서라도 세상을 떠들썩하게 하는 일이라면 하 겠어. 세상 사람으로부터 돈을 모이기 위하여 필요하다면 말이지."

오랜 침묵이 계속되었다. 드디어 레스프리는 못당하겠다는 듯 이 두 손을 올리면서 중얼거렸다.

"그럼 나도 머리를 숙일 수밖에."

포오레스트는 여느 때와 같은 무뚝뚝한 표정으로 그 자리에 남아 있으면서 드디어 승리를 맛보면서 돌아서고 싶은 모양이었으나, 좀더 인정미가 있는 안은 더 앞을 내다보고 있었다. 그녀는 레스프리 쪽으로 몸을 굽히고, 자기들의 이익이 되도록 하려고 어떻게든지 당연한 말을 하기에 힘썼다.

"만약 우리들이 악역(惡疫)의 유행병을 빠른 시일 안에 방지할 수가 있게 되면, 그 명예는 선생님의 것이 되지 않겠습니까. 그것을 생각하십시오, 레스프리 박사님."

레스프리는 조금 생각하고 있었으나 드디어 얼굴이 빛나기 시작했다.

"그렇긴 하군."

하고 그는 안경의 안 쪽에서 희미하게 눈을 빛내면서 말했다.

"미스 리이가 말하는 것은 지극히 당연해. 그렇게 되면 나의 캐리어에도 커다란 플러스가 되는 셈이군."

안은 레스프리 박사를 적으로 돌리지 않기를 잘했다고 생각하면서 퍽이나 기쁜 얼굴로 사무실을 나왔다.

점심 때, 간호원들에게 따뜻하고 맛있는 식사가 제공되어 그녀는 더욱 큰 만족을 느꼈다. 이미 그녀는 조리장을 완전히 재편성해 놓았다. 광부의 처이며, 이 지방의 여기저기에서 열심히 추천된 미세스 루이가 평판대로 솜씨를 발휘한 것이다.

그날 저녁 때, 조합에서 파견된 여섯 사람의 간호원이 도착했다. 안은 그녀들을 위하여 준비해 둔, 기분 좋은 작은 호텔에 자신이 모두를 안내했다. 그리고 지체 없이 근무할 시간표를 작성했다.

이 개혁은 뜻밖의 결과를 가져 왔다. 체력도 의지도 한계에 도달했다는 간호원은 이제 완전히 없어졌다. 안은 주위에 웃음이 방긋했다는 간호원은 이제 완전히 없어졌다. 안은 주위에 웃음이 방긋거리는 얼굴로 찾아볼 수 있었고, 식탁 주변에서 웃음소리마저 들을 수 있었다. 그녀 자신이 힘을 다한 사실은 차치하고서라도, 그녀의 선의가 주위의 작은 세계에 분발과 열의를 불러일으킨 것이다. 화기애애한 분위기 속에서 간호원들은 바쁘게 열심히 일했다. 1주일 후, 안은 감사의 마음에 넘쳐 겨우 안도의 한숨을 내쉴 수가 있었다. 그녀의 작업반인 간호원들은 놀라우리 만큼 상부상조의 정신으로 참으로 훌륭히 일을 수행해 주었으며, 그녀가 처음 왔을 때와 같은 서로 방해되는 행동을 취하는 일 등은 이미 찾아볼 수도 없게 되었다.

다음 월요일, 노라와 그레니가 도착했다. 두 사람은 어떻게 해서 휴가를 얻어낸 것일까? 어떤 기적을 연출하여 여기에 오는 것을 그 불독에게 납득시켰을까? 그것이 우선 궁금했다. 안은 귀중한 시간을 30분 할애하여 루시와 함께 브린거웨어의 쓸쓸한 역으로 그녀들을 마중 나갔다.

재앙에 침범 당한 이 비참한 소도시의 바람이 불어젖히는 플랫폼에서 이렇게 재회하는 것은 확실히 상상도 하지 않았던 일이지만 거기에는 감동도 있었다. 노라는 특히 안을 숨이 막힐 만큼 두 팔로 끌어안았으며, 그리고 겨우 그 손을 뗀 것도 이러한 감격의 소리를 올리기 위한 것이었다.

"이제 난 이렇게 버릇없이 굴 수 없지. 정말 넌 대단한 사람이 되어 버렸군. 그지? 브린거웨어 병원의 간호원장님!"

"당신이 병실에 들어올 때마다 난 무릎을 꿇을 각오를 하고 있어요."

여전히 변함 없이 그레니는 시치미를 떼고 말했다.

"성(聖) 안 님을 위하여 저의 일신을 바치옵나이다."

"그것 만으론 부족해요."

하고 노라가 장난기어린 눈을 빛냈다.

"나로 말하면, 융단 대신 당신의 땅바닥에 몸을 뉘여 모시겠어요."

"너희들 두 사람 가 그런 바보 같은 소리만 하고 있으면 난 이 자리에서 너희들을 다시 쫓아 버릴 테야. 자, 가자구. 짐은 어디 있지? 이 낡아빠진 덜컹 차가 병원 것이야. 입수한 지 얼마 되지 않았어. 간호원들이 모두 '뇌막염급행'이라고 명명했다우."

웃고 지껄이며 네 사람의 간호원이 낡은 차에 올라타자 차는 바로 움직이기 시작했다. 확인할 것도 없이 틀림없이 이 두 사람은 빛나는 증거를 보여줄 것이 틀림없다. 두 사람은 생명의 위험을 무릅쓰고 극도로 전염되기 쉽고, 흔히 사람을 죽음에 이르게 하는 악성의 전염병에 걸린 환자의 뒷바라지를 해줄 것이다. 더구나 두 사람은 마음으로부터 기꺼이 그것을 수행해 낼 것이다.

친구와 재회하여 흠뻑 기쁨에 취한 안은 병원에 닿자, 자기의 새로운 특권 중의 하나를 한번만 행사하고 싶은 생각이 들었다. 자기들 네 사람을 위하여 영양분 있는 차를 방가지 가져 오도록 한 것이다. 그것은 참으로 기쁘고 즐거움 모임이었다.

"야아! 근사하다!"

하고 그레니가 이번만은 예의 태연자약한 태도를 내던져 버리고 소리쳤다.

"언제나 이렇게 근사한 대접을 하는 건가?"

"언니들에게 보여주고 싶었어. 처음 우리들이 여기에 왔을 때의 대우를."

하고 루시가 감개무량하게 말했다.

"그랬으면 틀림없이 뒤로 나자빠졌을 거야."

그레니는 루시를 찬찬히 보면서 동의하는 것처럼 머리를 흔들었다.

"리이가(家)의 루시는 대단히 분별이 있는 아가씨인 모양이야."

하고 그녀는 케이크를 또 하나 자기의 접시에 놓으면서 말했다.

"나, 친구가 되어서 기뻐서 어쩔 수 없을 정도예요."

묘하게도 얼굴이 빨개지는 것은 안이었다. 두 사람의 친구가 동생에 대하여 바로 동감의 뜻을 표해 준 것을 보는 것 이상 그녀로서는 큰 기쁨이 없었다. 더구나 루시가 얼마나 변했는가를 이 이상 웅변으로 말해 주는 것도 없었다. 차가 마시기가 끝났을 때 안은 잠시 루시를 붙잡았다.

"네가 노라와 그레니와 마음이 잘 맞아 난 참으로 기쁘다. 그 사람들과 함께 사는 것은 너에게도 기쁜 일일 거야. 내가 너희들 세 사람을 위해서 넓고 깨끗한 방을 호텔에 잡아 놓았어."

"호텔이라고?"

"그래. 이 무서운 바라크와는 비교가 되지 않을 만큼 쾌적할 거야. 너를 이런 불건강한 습기 찬 방에서 재우는 것이 난 걱정돼. 너 같은 젊은 여성은 폐렴이 무서워."

"그럼 언니는?…… 언니도 호텔에 와서 사는 거유?"

"아니야, 그렇게는 할 수 없어. 난 여기에 남아 있지 않으면 안돼."

"그렇다면 나도 남겠어요."

하고 루시는 퍽이나 사랑스러운 미소를 띄우면서 말했다. 그리고 안이 말할 틈도 주지 않고,

"내가 사치스러운 데에서 자면서 언니를 이런 동굴 같은 속에서

자게 해 놓고 있을 것이라 생각하세요? 안돼요, 언니, 나도 그럴 필요가 없어요. 그건 그렇고, 만약 언니가 나를 호텔에서 살게 하면 다른 간호원들은 내가 언니의 동생이니까 특별히 우대하고 있다고 말할 거예요. 하여간 언니, 나는 언니와 함께 남는 편이 얼마나 편한지 몰라."

안은 크게 감격하여 눈물이 넘치는 것을 느꼈다. 그녀는 고집하지 않고 간단하게 말했다.

"또 하나 다른 이유가 있어. 이것은 이러니저러니 할 문제가 아니야, 명령하는 것은 나야. 그것에는 편파적인 결정이 아니야. 이렇게 결정한 것은 말이지, 루시, 너의 공적에 의한 것이야. 우리가 여기에 온 후 너는 아낌없이 노력을 다한거야. 그래서 나는 너를 전부터 매우 훌륭한 간호원이라고 생각하고 있어. 난 포오레스트 박사에게 계획을 말했어. 그리고 허가를 얻은 거야. 루시, 여기 2층에 새로운 병실을, 어린이 전용의 병실을 개설해. 난 너를 그 새로운 병실의 감독에 임명한다."

루시는 감동 때문에 말도 하지 못하고 다만 두 손을 모으고 있을 뿐이었다. 그리고 겨우 낮은 소리로 말했다.

"감사해요, 언니. 나 이렇게 기쁘기는 지금까지 한번도 경험해 본 적이 없어요."

5

새로 설치한 소아병실에는 신임의 감독이 직무에 착수했다. 새로운 백의를 입은 매혹적인, 자기가 직책을 잘 자각하고 퍽이나 진실되게 열의를 다하여 직책을 다하고 있는 루시를 보는 것은 안으로서는 더할 나위 없는 기쁨이었다.

새로운 용도를 위해 당장에 적용된 두 방이 이어진 그 병실에는 20명에 가까운 어린이가 있었다. 이 어린애들의 대부분은 이미 모두 회복기에 있었고, 부인 병실에서 옮겨진 것이었다. 그 다른 아이들은 비교적 중태이긴 했으나, 살 가망을 품을 수 있을 만큼의 저항력을 가지고 병균이 도전하고 있었다. 그런데 그 가운데 다만 한 사람의 예외가 있었다. 그 애는 매우 중태에 빠져 포오레스트 박사도 금주를 넘기지 못할 것으로 보고 있었다.

병실의 감독으로서 20명에 한 사람, 생명을 좌우하는 환자가 있다 하는 것만으로는 조금도 낙담할 필요는 없었다. 그것은 전염병의 성질로 보아서 오히려 적은 숫자이기도 했다.

그런데 루시는 확실히는 알 수 없었으나 뭔가 신비적인 이유에서 그 아이의 회복을 체념하고 있지 않았다. 고정관념에라도 홀린 것처럼 무의식적인 태도로 그 위험한 상태에 있는 아이에게 온 정력을 집중하고 있었다.

동생의 그러한 태도에 감격한 안은 그것을 지켜 보지 않을 수 없었다. 루시가 감독의 지위에서 일한 지 마침 1개월이 된 그날 안은

274

소아병실에 들어가면서 눈앞의 광경에 깜짝 놀라면서 엉겁결에 멈추어 섰다. 루시가 그 아이의 위에 구부리고 서서, 열을 내리게 하기 위해서 찜질을 하고 있는 참이었다. 이런 환자에게는 가장 흔한 처치였으나, 자기 밑에 두 사람의 간호원을 둔 감독의 위치에 있으면서 루시 자신이 그런 일을 하고 있는 것에 놀란 것이다.

칸막이 뒤에서 안은 오래 루시를 관찰하고 있었다. 그리고 관찰하면 할수록 루시의 일거일동에 나타나는 깊은 애정에 감동하지 않을 수가 없었다. 거기에는 뭔가 어머니를 생각키우는 바가 있었다. 아직 네 살이 될까 말까 한 이 소녀는 이 마을의 선량한 부부의 무남독녀였다. 안은 이 아이의 양친이 딸과 떨어지지 않으면 안되었을 때의 고뇌를 지금도 잘 기억하고 있다. 가슴이 찢기우는 듯한 그 장면이 역력히 눈에 남아 있다. 그리고 실제로 아직도 제 강소에 출근하지 못하고 있는 부친 톰 헤드리는 딸 그레이시의 소식을 알고 싶어서 병원의 뜰안을 서성대며 하루의 태반을 지내고 있는 것이었다.

열에 들떠서 부드러운 피부에는 반점이 생기고, 턱이 굳어 버리기는 했을망정 그레이시 헤드리는 후광과 같은 금발의 머리칼을 한 참으로 귀여운 소녀였다. 안은 그 의식이 없는 아이를 측은한 마음으로 응시하고 있으면 멍한 가운데 문득 떠오르는 기억이 있었다. 왜 생각이 나는지 그것은 알 수 없었다. 그러나 이 빈사상태인 소녀와, 디프테리아 때문에 시아람에서 죽은 그 소년의 사이에는 뭔가 흡사한 데가 있었다.

번개불이 번쩍 빛난 것처럼 한순간 안은 모든 것을 이해했다. 이 유사성에 깊이 감동한 루시는 포오레스트 박사로부터 도저히 가망이 없다고 선언되어, 이미 혼수상태에 빠져 있는 이 아이를 죽음의 손으로부터 되찾으려고 의심할 것도 없이 전후를 잊어버리고 사투를 하고 있는 것이다.

안의 미간이 찌푸려졌다. 그녀는 이미 거의 확실한 실패가 루시의 정신에 미칠 효과를 두려워했다. 그뿐이 아니라 루시가 필요이상으로 아이의 위에 몸을 구부리고 있는 것, 그것이 간호원에게 가장 주의하도록 요청되고 있는 감염에 불필요하리 만큼 가까이 접근하고 있는 것을 깨달았다.

루시는 찜질을 다 마치고 아이를 옆으로 뉘어 놓았는데, 그때 뒤돌아보고 안의 모습을 발견했다. 약간 얼굴을 붉히긴 했으나 아무 말도 하지 않았다. 그녀는 타는 듯한 작은 몸뚱이를 주의깊게 씻어 주고, 체온을 쟀다.

"사십도!"

그녀는 실망한 것처럼 말했다.

"조금도 내리지 않았어. 난 이 찜질을 한 시간마다 하고 있어요. 열을 내리는 유일한 방법이잖아요."

안은 간섭하기 싫어 가만히 있었다. 그렇지만 결국에 참을 수가 없어서 암시하는 것처럼 말했다.

"왜 넌 두세 시간이라도 미스 렌튼과 교대하도록 하지 않니?"

루시는 억지스럽게 말했다.

"안돼요. 난 특별히 이 환자는 내가 돌봐주려고 생각하고 있으니까."

안으로서는 뭐라 대답할 것인가? 그녀는 약간 망설이고 있다가 드디어 상냥하게 동정어린 말투로 말했다.

"네 일이 대단히 걱정이야. 포오레스트 박사도 이미 별로 희망을 갖지 않고 계시는데."

다시 더할 나위 없이 억지스러운 표정이 루시의 창백한 얼굴에 나타났다. 그리고 대답하는 말도 떨리고 있었다.

"그렇지만 난 희망을 잃지 않아요. 병의 경과도 이 정도 되면 기대할 수 있는 것은 간호뿐인 걸요. 그러니까 난 자신의 간호에 책임을 지고 있어요."

안은 감동하여 끄덕여 보였으나, 동생을 두고 나가기 전에 낮은 소리로 말하지 않을 수가 없었다.

"감염되면 큰일이니까, 절대로 주의해야 해 루시, 부탁이야."

루시는 방긋이 웃었다.

"그런 말을 태연히 저에게 하는군요. 언니, 당신이었잖아요, 지금까지 줄곧 전혀 주의 같은 것 하지 않았던 분은."

안이 돌아가자 바로 루시는 애인에게라도 끌리듯이 그레이시 헤드리의 작은 침대 옆으로 되돌아갔다. 그리고 베갯머리에 앉았다. 소녀는 혼수에 빠진 채로 괴로운 호흡을 하고 끊임없이 머리를 움직이고 있었다.

루시는 싸움을 계속하려고 단단히 결심을 하고, 조용히 주의 깊은 시선을 소녀로부터 떼지 않았다. 그리고, 45분이 되자 그녀는 다시 아이의 찜질수건을 바꿔 주었다. 누구나 다 할 말은 있는 것이다. 다만 자기는 이 아이만은 죽이지 않겠다…… 그렇다, 무슨 수를 써서라도 죽여서는 안된다.

하루가 지나고 또 하루가 지났다. 드디어 토요일이 되었다. 주말지도 나가려고 하고 있었으나 그레이시 헤드리는 매우 가는 실에 생(生)이 이어진 채 여전히 미약하나마 호흡하고 있었다.

포오레스트 박사는 이렇게 목숨이 이어지고 있는 것에 놀라기는 했으나 아무런 희망도 갖고 있지 않았다. 그러나 박사는 척추에 주사하는 혈청을 두 배로 할 것을 명했다. 박사는 위독상태에 있는 소녀 곁을 떠나려다 어깨 너머로 꿰뚫을 것 같은 시선을 루시에게 던졌다.

"무엇을 바라고 있는 건가, 루시? 그대가 옳고 내가 잘못되어 있는 것을 입증하기 위해선가?"

그러나 루시의 신념은 끄떡도 하지 않았다. 그녀는 매우 차분히, 더구나 더욱 긴장하면서 그 아이의 목숨을 건지려고 초인적인 노력을 계속했다.

이튿날 화요일의 아침, 포오레스트 박사는 어느 때보다도 긴 시간을 여전히 혼수상태에 있는 소녀 곁에서 지냈다. 박사는 헝클어진 머리칼을 긁적거리면서 무뚝뚝한 말투로, 그래에시가 만약 24시간 이내에 맞이할 위기를 극복하면 희생할 것이라고 했다. 그러나 쌀쌀맞게 자기의 생각으로는 그 위기가 오면 목숨은 가망이 없다고 덧붙였다.

24시간! 탁상시계를 지그시 지켜 보면서 루시는 자기에게 남겨진 최후의 힘을 불러일으켰다. 1초 1초가 느리게 흐르고, 1분 1분이 느릿느릿 지나가고 있었다. 그러나 그날은 지나가 버렸다. 루시는 열두 시간 전부터 병실을 떠나려 하지 않았다. 안의 힐문에도 들은 체도 하지 않고 그대로 아이의 베갯머리에서 밤을 샐 결심을 했다. 그것을 죽음과 싸우는 이 레이스의 최후의 단계, 최후의 백미터였다.

밤의 장막이 내려져 램프에 불을 켜고 루시는 작은 침대의 옆에 자리잡았다. 그녀는 이미 피로마저도 느껴지지 않았다. 어떤 우발사고에도 무감각이 되어 더구나 무슨 일에도지지 않을 어떤 힘에 고무되어 있는 것 같았고, 뭔가 공중에 둥실 떠 있는 기분이었다.

그 하루 동안에 그레이시의 병은 눈에 보이지 않을 정도였으나, 회복의 방향을 향하고 있는 것 같았다. 경련은 간격이 길어지고 안면마비도 그다지 찾아볼 수 없게 되었다. 그러나 어둠이 깊어갈 수록 소녀의 가냘픈 힘은 몸에서 없어져 가고 있는 것 같은 기분이 들었다. 숨이 헐떡여지고 체온은 오르고 있었다. 더욱 우려할 징후는 경련에 의하여 뒤로 젖혀진 머리가 흡사 뒤꼭지에 달라붙어 버린 것이었다.

루시는 경련으로 눈이 어두워진 동공의 시선을 헛되이 찾아 빈사의 소녀의 얼굴에서 눈을 떼지 않았다. 그리고 경련하는 작은 손을 자기 손으로 꼬옥 쥐어 주면서 그 가냘픈 작은 몸에 조금이라도 생명을 전하려고 애를 썼다.

루시는 마치 자기의 호흡까지 멈추어 버린 것처럼 새파랗게 되었다. 그처럼 노력한 결과가 최후의 막바지에서 좌절되어 버리는 것일까. 그녀는 지금껏 자기의 머리통이 바이스로 조여지고 있던 것이 갑자기 풀려진 느낌이었다.

작은 침대에 허리를 구부리고 그 아이를 끌어안고 생명이 없는 그 작은 입에 자기의 입술을 대고, 필사의 힘으로 숨을 불어넣었다.

그리고 정확하고도 또한 민첩하고 인공호흡을 시작했다.

도대체 몇 시간, 그녀는 혼이 나간 것처럼 그것을 계속하고 있었던 것일까? 자기는 전연 알지 못했으나, 그것을 멈추고 보니, 아이는 약하나 규칙 바르게 호흡을 하고 있었다. 그리고 아아, 그 이마에는 땀방울이 기적적으로 빛나고 있지 않은가.

떨리는 손으로 루시는 체온을 쟀다. 체온계를 볼 용기가 없었으나, 용기를 내서 그것을 보았을 때 자기도 모르게 소리를 지를 뻔했다. 열이 내린 것이다. 피페트를 손으로 잡고 루시는 작은 그레이시의 혓바닥에 페프톤을 몇 방울 떨구고, 아이가 그것을 받아 마시는 것을 보고 그녀의 마음은 춤출 듯이 기쁠 뿐이었다. 호흡은 한층 힘차게, 맥박도 훨씬 규칙적으로 되었고, 한편으론 체온도 내리고 있었다. 아이는 다시 소량의 페프톤을 수월하게 흡수했다.

그리고 새벽 최초의 빛이 창을 통하여 비추기 시작할 무렵에는 아이의 눈도 반짝하게 뜨게 되었다. 더구나 그 아이가 루시에게 향하는 시선에는 지각이 있었고 밝았다. 아직 말을 할 수는 없었으나 그것도 생명의 복귀와 함께 멀지 않을 것이다.

그렇게도 걱정되던 위기는 지난 것이다. 극복한 것이다. 루시는 형언할 수 없을 만큼의 행복에 싸이는 것을 느꼈다. 뜨거운 눈물이, 기쁨의 눈물이 피로로 빨갛게 된 두 눈을 흐리게 했다. 그녀는 두 손을 모아 허공에 높이 쳐들고 말없이 감사의 뜻을 나타냈다. 그리고 난 다음 피로로 다리를 휘청거리면서 일어나 덧문을 열었다. 그러자 밖의 벽에 기대어 역시 한밤을 꼼짝도 하지 않았던 그레이시의 부친 헤드리가 눈으로 그녀에게 물어 보았다. 루시는 미소로 그를 안심시키고 들어오도록 신호했다. 그가 뛰어들어 오는 것을 그녀는 마치 몽유병자와 같은 걸음걸이로 맞으러 나갔다. 드디어 입구에서 기쁜 소식을 그에게 말하고 있을 때 솟아오르는 태양의 빛줄기가 두 사람을 환하게 비추기 시작했다.

6

그레이시 헤드리의 기적적인 쾌유는 온 병원에 폭발적인 기쁨으로 맞아지고 더구나 그것이 전염병의 전반적인 후퇴와 일치하고 있었던 만큼 더더군다나 큰 기쁨이었다. 그날 이후 한 사람의 사망자도 내지 않았고, 입원신청을 한 사람도 반으로 줄고 있었다. 포오레스트 박사는 도시 전체에 예방조치를 조직화하였으며, 간호원의 가정방문도 좋은 결과를 가져왔다. 명백히 무서운 병을 막아내는 일에 성공한 것이다.

그렇긴 하나 아직 신환자가 생길 수도 있는 일이며, 마무리를 짓는 일도 중대했으나, 안은 휴식 시간을 이용하여 편지 쓰기를 마치고, 이것으로 가장 곤란한 고비는 넘겼다고 느꼈다. 그리고 새삼스럽게 장래의 일을 생각하면서, 루시와 함께 런던으로 돌아가는 계획을 하고 있었다. 이번에야말로 트라팔거에서 함께 일하자. 루시의 훌륭한 행위를 알리면 틀림없이 미스 멜빌도 동생에게 병실의 하나는 맡겨 줄 것이 틀림없다. 트라팔거 병원에서 두 사람이 다 같이 감독의 지위에 서게 되면 얼마나 좋을까 하고 그녀는 생각했다.

그녀가 쓴 편지의 한 통은 당연히 미스 멜빌에게 갈 것이었고, 그 가운데에도 이 희망은 비춰지고 있었다. 조합의 수우잔 그래드스톤에게는 자기의 계획, 장래의 기도(企圖)에 대하여 열심히 알렸다. 멘체스터의 미스 이스트에게도 역시 편지를 썼다. 노라와 그레니가 세운 훌륭한 공적의 하나하나를 불독 앞으로 쓰면서 그녀는 미소를 금치 못하였다.

그리고, 최후의 가장 어려운 편지를 쓰기 시작했다. 그것은 프레스코트 박사 앞으로의 것이었다. 그녀는 너무나 쓰기 힘드는 데에 자기 스스로도 놀랐다. 성공에 장식된 자기의 노력 같은 것은 거의 쓰지 않았으나, 루시의 일이나 루시가 행한 기적에 대하여는 길다랗게 썼다. 두 사람에게 실력을 발휘할 기회를 준 것을 여기에서도 새삼스럽게 감사했으며, 거기까지 쓰고 그녀는 펜을 떨어뜨렸다. 요즘 주 수일간 줄곧 그처럼 시종 프레스코트를 생각하고 있었는데, 그 생각을 잘 표현할 수 없다고 느껴지는 것은 어쩐 일일까? 자기는 박사에 대하여 막연히 혼란된 애정을 안고 있기는 하지만 박사를 다시 만날 수 있다는 것이 기쁘기도 함과 동시에 두려운 느낌도 들기 때문이다. 그렇게 생각하는 것이 그녀를 미소케 했다. 그리고 미소를 띤 채로 팔걸이의자에 차분히 앉아서 그 편지를 마저 쓰려고 하고 있었다.

마침 그때 노크도 하지 않고 노라가 회오리바람처럼 들어왔다. 얼굴이 새파랗게 되어 뛰어온 모양으로 숨을 헐떡이며, 침착성을 찾으려고 하면서 말했다.

"루시가 병원에서 기절했어. 그 애가…… 그 애가, 감자기 허물어지듯이 넘어졌어."

안은 벼락이라도 맞은 듯 노라 쪽을 뒤돌아보았다.

"으음, 괜찮을 거야."

하고 노라는 더듬거리면서 말했으나, 그 태도는 거짓말인 것을 나타내고 있었다.

"포오레스트 박사가 날더러 당신을 불러 오라고 하셔서……."

불안하고 무거운 침묵이 방안을 차지하고 있었다. 여러 가지로 질문하고 싶은 것이 한꺼번에 안의 입술까지 밀어닥쳤으나, 한 마디도 입밖에 나오지 않았다. 동생이 기절한 것은 너무나도 불길한 의미로밖에 받아들여지지 않았다. 그녀는 몽유병자처럼 일어서서 노라를 따라 병실로 들어갔다.

루시가 있는 데는 병실에 붙어 있는 좁은 방으로, 부엌의 일부로 쓰고 있는 곳이었다. 황급히 방바닥에 깔은 쿠션에 루시는 누워 있고, 포오레스트 박사가 그 옆에 무릎을 꿇고 있으며, 뒤에는 간호원이 두 사람 서 있었다. 포오레스트 박사에게 눈으로 묻기 전에 안은 루시를 얼핏 본 것만으로 최악의 사태가 생긴 것을 깨달았다. 루시는 실신한 것이 아니었다. 의식을 잃은 채 빠른 호흡을 하고 있었으며, 그 얼굴은 충혈되어 있었다. 무서운 열병에서 볼 수 있는 최초의 대리석 모양의 반점이 벌써 피부에 나타나 있었다. 안은 얼음 같은 손으로 심장을 쥐어짜는 느낌이었다. 이번에는 루시가 전염병의 희생이 될 차례란 말인가.

포오레스트 박사는 관절에서 뚝 뚝 하는 소리를 내면서 일어났다. 그는 자기가 생각하고 있는 무서운 진실을 안이 찾아내지는 않을까 하고 안을 볼 용기도 없었다.

"어쩌면…… 우리가 경계했던 일이 아닌가."

하고 박사는 겨우 변명이라도 하듯이 무거운 소리로 말했다.

"격리용 별실에 넣기로 하자구. 거기에 들어가면 틀림없이 좋아질 거야. 모두 힘을 합쳐 무슨 일이라도 해보기로 합시다. 그래, 무슨 일이라도. 아마도 우리가 걱정하고 있는 만큼 중태는 아닐테니까."

안은 한마디 말도 할 수 없는 안타까움을 느꼈다. 포오레스트 박사가 그렇게 말한 것은 단순히 안심시키기 위한 것뿐이라는 것을 잘 알고 있었다. 그녀는 뇌척추막염에 걸린 환자를 너무 많이 보아왔기 때문에 루시가 전염된 것은 좀더 무서운, 가장 악성의 것이라 생각하지 않을 수 없었다. 그녀는 힘을 들여 노라 쪽을 뒤돌아 보았다.

"별실에 침대를 준비하고, 그리고 그레니에게 내가 용무가 있다고 일러주어요."

그리고 10분 후, 루시는 격리병실로 옮겨졌다. 포오레스트 박사는 바로 그녀에게 요추천자(腰椎穿刺)를 행하고, 이어서 다량의 혈청을 주사했다. 노라와 그레니는 그 자리에 입회하여 안의 지시대로 할 준비를 했다. 거듭 필사의 노력을 하면서 안은 고뇌를 극복했다. 그녀는 노라와 그레니에게 교대로 루시의 머리맡에 있어주도록 명하고, 자기 자신도 잠시 떨어지지 않았다. 말소리는 별로 떨리지는 않았으나 그 타는 듯한 눈은 이 두 사람의 친구들의 원조를 무언중에 간청하고 있었다. 그리고 세 사람이 다 같이 루시에 대하여 아낌없이 간호를 하기 시작했다.

이 뉴스는 급속히 온 병원에 퍼졌고, 병원 전체가 순식간에 커다란 놀라움에 빠졌다. 루시의 상냥함, 그 한없는 헌신이 동료들 모두의 마음을 사로잡고 있었기 때문이다. 점심은 모두 묵묵한 채 음울한 식사로 변해 버렸다. 그리고 레스프리 박사 자신도——이 관료적이고 말라깽이 엉터리 의사인 레스프리마저도——자진해서 안에게 가서 위로의 말을 하고 왔다. 그 말라빠진 얼굴에도 경악의 표정이 역연했다.

"나도 깜짝 놀랐어요."

하고 그는 어색하게 중얼거렸다.

"정말 놀랐어요. 뭔가 내가 할 수 있는 일이 없을까요."

"감사합니다, 레스프리 박사님."

레스프리는 동정을 좀더 잘 표현하려고 헛기침을 했다.

"동생은 그레이시 헤드리의 간호를 하다가 전염된 것이 틀림없어요. 그처럼 헌신적으로 보살폈으니까…… 정말 미스 리이, 나도 대단히 마음이 아픕니다. 우리 함께 이 상태에서 벗어나게 최선의 노력을 합시다."

안은 이 뒤늦은 호의 같은 것은 필요로 하지 않았다. 어떻게든 그 상태에서 벗어나려고 모두가 가능한 한 모든 일을 했으나, 그러한 필사의 노력에도 불구하고 루시는 치료의 반응을 나타내지 않았다.

4시 경이 되자 루시는 헛소리를 하기 시작했다. 체내의 독소와 싸우면서 눈은 충혈되고, 종잡을 수 없는 말을 중얼거리고, 열에 못 이겨 두 손을 움직였다. 그것은 마음속에서 어린 시절의 일이나 어른이 될 무렵의 일, 시아람에서의 실습생시절로 되돌아간 듯한 토막토막의 말뿐이었다.

그러나 안의 이름이 자주 나왔다. 그리고 루시는 시간에 쫓기듯이 지껄였다. 때로는 어린애 같은 화난 얼굴을 하기도 하고, 또 오랫동안 잊고 있었던 농담이라도 들은 것처럼 웃음소리를 내기도 했다. 그런가 하면, 날카로우나 연약한 소리르 자기의 어머니가 특히 좋아한 찬송가를 부르기도 했다.

안은 맛보고 있는 죽음 같은 괴로움을 노라와 그레니는 잘 알수 있었다. 그렇지만 그런 기색은 털끝만치도 보이지 않고, 타는 듯한 동생의 이마 위에 얼음주머니를 지치지 않고 바꿔대며 찜질하고 있었다. 열은 오르기만 했다. 포오레스트 박사는 병상의 진전에 따라서 때때로 찾아왔으나, 벌써 아무 말도 하지 못하고 다만 머리를 흔들어 보일 뿐이었다.

10시 반이 되자 루시는 무서운 경련을 일으켰다. 안은 공포에 싸여 버렸다. 그러나 손도 떨지 않고 몰핀의 주사를 한 것은 안이었다.

"안, 제발 잠시 쉬도록 해요."

하고 노라가 애원했다.

"나 잠깐 나갔다 오겠어. 전보를 치고 오겠어. 동생의 남편에게 알릴 필요가 있어요."

그녀는 자기의 사무실까지 가서, 전화로 장거리 버스의 본사에 있는 조오에게 전보를 의뢰했다. 그리고 조금 생각하다가, 조오가 만약 북부에 나가 있어 전보가 그의 손에 들어가지 않을 경우, 즉 어딘가의 영업소에서 전보가 그대로 방치될 염려가 있는 경우를 생각하여, 동시에 프레스코트 박사에게도 전보를 쳐서 어떻게 해서라도 조오에게 닿도록, 그리고 바로 브린거웨어를 향하여 떠나보내 주었으면 한다는 뜻을 부탁했다.

안이 병실에 돌아와 보니 포오레스트 박사는 레스프리와 이 도시의 의사 타이넬 박사의 입회하에서 진찰하고 있는 중이었다. 세 사람의 의사는 환자의 머리맡에서 오래 지켜 보고 있었다. 드디어 포오레스트 박사가 안을 방의 한구석으로 데리고 갔다. 그리고 이번에는 박사가 조용히 안의 눈을 응시하면서 낮으나 확실한 어조로 그녀에게 말했다.

"미스 리이, 나는 그대가 용기가 있는 사람이라고 언제나 생각하고 있어요. 당신과 알고 지낼 특권이 주어진 이래, 그 증거는 몇 번이고 보여주었어. 그러니까 나도 그대에게 진실을 감출 생각은

286

전연 없으나."

그는 거기에서 말을 끊고 슬픔과 동정이 넘치는 눈으로 그녀를 보고 나서, 곧 다시 이어서,

"동생은 이제 가망이 없어. 병이 전격적인 상태로 된 거요. 이미 만에 하나도 희망은 없어. 저런 결과를 더듬으면 말할 것 없이 치명적이오. 다만 우리가 싸움을 포기한 것이라고 생각하지 말아 주어요."

그리고는 또 급히 말을 이었다.

"우리 세 사람 가운데 한 사람이 병원에서 철야하기도 되어 있어요. 그러나 미스 리이가 진실을 알아 주었으면 싶어서 말하는 말이야."

안은 관절이 하얗게 될 만큼 주먹을 힘주어 쥐었다.

"저도 그것은 알고 있습니다."

하고 그녀는 숨막힐 듯한 소리로 대답했다.

밤이 되어도 루시의 혼수상태는 다만 심해질 뿐이었다. 허용량의 마취제를 놓아도 그녀는 부르짖거나 발버둥치거나를 계속할 뿐이었다. 몇 번이고 안은 루시를 침대에서 굴러 떨어지지 않도록 갈하게 누르고 있지 않으면 안되었다. 두 팔로 자리를 바로 잡으며 동생이 매우 야윈 것을 깨닫고 심장이 찢어지는 것 같았다. 그것은 단순히 뇌척추막염 때문만이 아니고, 여러 날에 걸친 과로의 탓이기도 했다.

그럭저럭하는 동안 갑자기 열이 내렸다. 아니 내렸다고 할 만한 것이 아니었다. 일거에 떨어져 버린 것이다. 노라는 체온계를 보면서 큰소리를 쳤다.

"삼십분 전에는 40도 5분이었는데, 지금은 37도야!"

그러나 안의 얼굴은 밝아지지 않았다. 기뻐할 징후이기는커녕 이 갑작스러운 체온의 저하는 임종을 고하는 것이었다.

"포오레스트 박사를 불러 주세요."

하고 안이 속삭였다.

"그리고 그레니도 데리고 와요."

열한시가 조금 지나 루시의 혼수상태는 그쳤다. 아까까지 부어 충혈되어 있던 얼굴이 지금은 창백하게 초췌해져 버렸다. 눈꺼풀은 힘없이 껌벅거리고 있었다. 눈을 뜨자 언니가 자기 위에 구부리고 서 있는 것을 알아차린 듯,

"언니 물 좀 주세요."

하고 루시가 중얼거렸다.

물을 두세 모금 마신 신 후 루시는 반듯이 누워 꼼짝도 하지 않았다. 확실히 의식이 있어, 더구나 자기가 빈사의 상태라고 알고 있는 것도 그의 눈에서 판단되었다. 드디어 그녀는 약간 몸을 움직이는 것도 그의 눈에서 판단되었다. 드디어 그녀는 약간 몸을 움직거렸다. 시선이 방을 한번 둘러보고는 노라에게 문득 멈추고, 이어서 그레니에게로 옮겼다. 그리고 애써서 손을 그녀들에게 뻗쳤다.

"전 행복했어요, 언니들과 알고 지내고……함께 일할 수 있었고."

하고 그녀는 겨우 알아들을 수 있는 소리로 말했다.

눈물이 노라의 볼을 흘렀고, 결련이 그레니의 입 가장자리에 일었다. 그러자 이 사람 좋은 스코틀랜드 여인은 조여드는 듯한 소리로 원기를 북돋았다.

"곧 또 함께 일하자, 응?"

루시의 마른 입술이 희미하게 미소를 띠었다.

"아니요, 그레니. 이젠 그런 일 없어요."

무거운 침묵이 흘렀으나 드디어 루시가 중얼거렸다.

"나, 언니와 단둘이 있었으면 해요."

모두 밖으로 나갔다. 노라는 흐느껴 울었다. 안은 루시의 머리 맡에 앉자 아무 말도 하지 않고 그녀의 손을 잡았다.

희미한 소리로 말했으나 루시는 이제 완전히 본 정신으로 돌아 왔다.

"언니, 시아람에서 일어난 일, 기억하고 있지요…… 나의 과실로 죽어 버린 그 아이의 일은, 나 지금은 속죄한 것이 아닐까?"

안은 아찔해져서 한마디도 말하지 못하고 다만 고개를 끄덕여 보일 분이었다.

"하나의 목숨 대신, 하나의 목숨을 살리는 것을 용서해 주신 하나님께 감사합니다. 이것은 저로서는 큰 행복이에요. 그렇게 생각하지 않우?"

"그래 루시."

"또 하나, 언니가 알아 주었으면 하는 것이 있어요."

하고 루시는 급격하게 약해지면서 말을 이었다.

"여기에 오기 전에 시아람의 간호원장에게 편지를 했어요. 나 그분에게 사실을 모두 고백했어요."

안은 울지 않으려고 입술을 깨물었다.

긴 침묵이 흐른 뒤에 드디어 루시가 물었다.

"언니, 조오에게 알렸나요?"

다시 안은 고개를 끄덕이며 이번에는 안이 말했다.

"한밤중에 도착하는 기차가 있어."

미소와 같은 것이 루시의 튼 입술에 희미하게 스쳤다.

"나 대단히 걱정이에요, 그 사람이 도착하기 전에 가 버리는 것아 아닐까…… 불쌍한 조오! 그 사람에게 잘해 주세요, 언니. 난 그 사람에게 몹쓸 짓만 했어요."

대답 대신 안은 동생의 손을 두 손으로 힘주어 쥐었다. 마음이 혼란하여 말이 나오지 않았다.

루시의 호흡이 점차로 짧아지고, 눈도 멍해져 갔다. 다시 헛소리가 시작되는가 싶었는데 이번에는 당돌하게 말했다.

"언니, 우리들이 어렸을 때에 불렀던 찬송가가 있지요. 그걸 나한테 불러 주세요. 알고 있지요? '나에게 주신 나날은, 주여……' "

그것이 절망상태에 있는 루시가 무리하게 부른 노래였다. 안은 눈물을 참고 루시에게 이러한 최후의 기쁨을 주신 신에게 감사의 기도를 했다 그녀는 동생의 어깨에 팔을 돌리고 애정을 다하여 끌어안으며, 낮고 상냥한 소리로 루시가 좋아하는 그 찬송가를 부르기 시작했다.

최후의 일절이 끝나자 루시가 한숨을 쉬며,

"고마워요, 언니"

하고 중얼거렸다.

일순간이 흘렀다. 루시는 두 눈을 크게 떴다. 안의 뺨에 문질러 내는 그의 볼은 얼음 같았다.

"밤은 참으로 길고 어두웠어요. 그러나 빛이 다시 돌아왔군요. 언니, 이제 새벽이 됐지요."

그것이 루시의 최후의 말이었다.

그녀는 베개에 고개를 떨구고 그대로 조용히 영원히 새벽으로 떠나고 있었다.

7

안은 침대의 베갯머리에 있는 자기의 자리로 돌아갔다. 눈물 한 방울 흘릴 힘도 없이 다만 오래도록 마비라도 된 것처럼 그 자리에 엎드려 있었다. 그런 후 겨우 일어나 얼음과 같은 동생의 이마에 최후의 키스를 하고, 눈을 감겨 주고, 이불을 덮어 주었다. 그러자 멀리 엔진 소리가 들리고, 드디어 병원의 뜰안에서 브레이크 소리가 들렸다. 그것이 조오라고 생각하니 제정신이 났다.

도어가 열리고, 조오가 캡을 신경질적으로 손가락 사이에서 구겨 비비면서 모습을 나타냈다. 그는 침대에 누워 얼굴까지 덮어씌운 모습에 겁나는 시선을 던졌다. 안이 조오에게 가까이 가자 그가 이미 모든 것을 알고 있다는 듯, 최악의 사태에 처하는 마음가짐이 되어 있는 것을 깨달았다.

"나는 가슴을 도려낸 것 같아, 조오!"

하고 그녀는 달래듯 말했다.

"참으로 눈 깜짝할 순간의 일이었어요."

조오는 어색한 모습으로 한 걸음 앞으로 나왔다. 신경을 건드리는 초조가 이때 그의 마음속에서 비탄보다도 그 걸음을 멈추게 했다. 안은 그의 기분을 편하게 해주려고 애를 썼다.

"뇌척추막염이라고 하는 병은 전격적인 형을 취하는 수가 흔히 있어요."

안이 설명했다.

"그렇다고 하더군요."

조오도 겨우 말을 하게 되었다.

"열차 속에서 프레스코트 박사가 말씀하시더군요."

안은 멍하니 그를 응시했다.

"프레스코트 박사께서? 그럼, 여기에 오셨단 말인가요?"

"네, 저와 함께, 아무리 말해도 듣지 않으시고. 참으로 친절히 해주셨어요."

조오는 역시 초조해 하면서 다시 한 걸음 침대로 가까이 갔다. 그리고 가슴이 미어지는 것을 느끼고 그 자리에 적합한 행동을 취했다. 그녀는 말없이 루시의 얼굴에 씌운 것을 걷었다. 조오는 자기의 처였건 아름다운 여성의 변해 버린 얼굴을 보고서 갑자기 풀이 죽어 버렸다. 그리고 침대 앞에 꿇어앉아 흐느껴 울기 시작했다.

이 사람을 혼자 있게 해야 한다고 안은 생각했다. 그래서 고개를 떨군 채 고뇌에 가슴을 쥐어짜면서 비틀거리며 방을 나왔다. 복도까지 와서 처음에 본 사람이 프레스코트 박사였다.

그녀의 괴로운 눈망울은 깊은 연민으로 부드러워진 박사의 얼굴위에서 멈추었다. 그러나 그런 후는 다만 멍하니, 박사가 자기의 팔을 잡고 이곳의 호의 있는 사람들로부터 자기를 떼어다 어딘가 멀리로 데려다 줄 것이다, 하고 느꼈을 뿐이었다. 이곳 사람들은 너무나도 자기에게 동정해 주는 것 같다고 생각하면서——. 복도의 끝까지 가자 박사는 멈추어 서고, 팔을 풀지 않은 채 그녀 쪽으로 얼굴을 향했다.

박사는 문득 깊은 감동을 자기도 모르게 내뿜듯이 말했다.

"뭐라고 하면 좋을까. 난 당신의 전보를 받고 바로 조오와 함께 달려 온 건데, 우리가 너무 늦게 도착하지나 않을까 하고 그것만 걱정했소."

"이제는 그렇게 큰일이 아니에요, 이제는……."

하고 안은 중얼거렸다.

"그렇게 생각하지 말아요, 안."

프레스코트 박사는 약간 떨리는 소리로 그렇게 말했으나 드디어 있는 용기를 끌어내서 수 주일 전부터 그녀에게 말하고 싶어했던 말을 했다.

"나에게 맡겨 주지 않겠어. 당신의 일이라면 나는 뭐든지 할 작정이오."

안은 어리둥절하여 그를 쳐다보았다. 박사는 괴로움을 잊지 못하고, 매우 오랫동안 억제하고 있던 감정에 이끌려서 이젠 더 이상 자기의 사랑을 감추고 있을 수가 없었다.

"안, 그런 눈으로 나를 보지 말아요. 그런 슬프고 애처로운 그대를 보면 나는 가슴이 찢어질 것 같아…… 나는 그대를 사랑하고 있소. 진정으로 사랑하고 있소. 이것은 수 개월 전, 훨씬 전부터 생각하고 있었소. 제발 나의 아내가 되어 주구려. 그대를 위로하기 위해서라면, 그리고 그대를 행복하게 하기 위해서라면 나는 무슨 일이든 하겠소."

그는 안을 두 팔로 안으려고 했으나 그녀는 공포 때문에 그를 밀어냈다.

"안됩니다. 그런…… 선생님은 모르시나요? 루시가…… 불쌍한 나의 루시가 죽어 버렸습니다!"

안은 마치 쫓긴 짐승처럼 떨고 있었다. 드디어 그녀의 마음속의 무엇인가가 자연히 풀어져 버린 것 같았다. 그녀는 괴로움에 스스로의 몸을 내맡겨 버리고, 드디어 홀가분히 울어 버릴 수가 있게 되었다. 그리고 억제하지 못하고 흐느껴 울면서 갑자기 계단을 뛰어내려가 병원 밖의 이른 아침의 싸늘한 공기 속으로 달려가고 있었다.

제 6 부

1

두달 후 안은 간호조합원의 자기의 사무실에 앉아서 편지를 쓰려는 참이었다. 백의는 걸치고 있지 않았으나, 그 간소한 검정 상복은 위엄있는 느낌을 주었고 안을 에워싼 주위의 단순성과 완전히 조화를 이루어 그녀의 마음의 상태를 잘 반영하고 있었다.

미스 그래드스톤과 함께 조합의 서기 일을 분담하여 하게 된 것이 이미 두 주일이나 지나고 있었다. 브린거웨어에서 돌아왔을 때 트라팔거에서 병실주임의 지위로 다시 되돌아가고 싶었으면 얼마든지 그럴 수 있었으나 일이 많아 손이 모자라는 수우잔 그래드스톤이 지금의 지위에 앉아 주기를 그녀에게 간청하였고, 자기가 사용하고 있는 조합사무실의 윗층에 있는 방을 두 사람이 나누어 쓰자고 제안한 것이다.

그다지도 사랑하고 있던 직분을 버리는 것은 안으로서는 매우 괴로운 일이었음에 틀림이 없었으나, 이 행정적인 직무에 종사함으로써 지금껏 추구해 온 목적…… 간호원의 생활과 노동조건의 개선이라고 하는 목적을 달성할 기회를 더 많이 가질 수가 있을 것이라고 안은 깨달은 것이다. 그것은 수우잔 그래드스톤이 중요한 논거(論據)에 의하여 획득한 결의였다. 내년의 정년이 오면 그녀는 조합의 서기라는 직분을 싫어도 사임하지 않으면 안된다고 내다보고 있었다. 그 경우, 그녀의 의견에 따르자면 이 지위를 이을 사람으로써 안 이상의 적임자는 없다는 것이었다.

이 6월의 아침, 안이 편지를 거의 다 쓰고 있는 참에 수우잔이 들어왔다. 그녀는 담뱃불을 붙이고 테이블의 한구석에 똑바로 앉아 약산 장난기어린 태도로 안의 얼굴을 보았다.

"당신을 만나고 싶다는 신문기자가 두 사람 저기에 와 있어요."

하고 그녀는 담배 끝으로 응접실 쪽을 가리키며 말했다.

"대영제국 훈장의 명예스런 수상자는 그들을 만나 주려는지요?"

안은 얼굴을 들었다. 언제나 젊어 보이기는 하지만 그녀의 아름다운 얼굴의 선은 어느 때보다도 준엄하고 한층 두드러지게 아름다웠다. 브린거웨어의 전염병, 동생의 죽음으로 이어진 불행이 그 얼굴에 깊이 새겨져 있는 것이다.

루시가 바람이 휘몰아치는 시골의 작은 묘지에서 영원한 잠을 자기 시작한 이래 안의 신선하고 자연스러운 미소는 완전히 그 입술에서 가시고 없었다.

"어떻게 할 셈이우, 안? 당신이 개인적으로 아무런 관심도 없는 것은 나로서도 알고 있어요. 그렇지만 이것은 조합으로서는 대단한 선전이 되는 일이에요."

하고 수우잔이 말했다.

"그렇다면 만나겠어요."

안은 결심한 바가 있는 것처럼 말했다.

잠시 있으나 두 사람의 신문기자가 사무실로 들어왔다.

"만나 주셔서 감사합니다, 미스 리이."

두 사람 가운데 나이 든 사람이 먼저 입을 열었다. 그리고 바로 문제의 핵심에 들어가,

"우리는 말입니다. 뇌척추막염이 유행했을 때 당신이 브린거웨어에서 세운 기적이라 해야 할 업적에 대하여 대영제국 훈장이 수

여된 것에 강한 흥미를 가지고 존경해 마지않고 있는 것입니다. 축하의 말씀을 드림과 동시에 당신의 수상을 독자에게 보도할 수 있다는 것은 우리로서도 대단히 기쁘게 생각합니다.”

안은 조금 생각을 하였다. 그리고 나서,

“그것은 저로서는 큰 기쁨이었습니다.”

그녀는 엄숙한 소리로 말하였다.

“그러나 그 악역과 써운 모든 간호원이, 만약 똑같은 영예를 받았다면 저의 기쁨은 훨씬 더 컸을 것으로 생각합니다.”

“미스 리이, 당신은 너무나도 겸손하십니다.”

하고 젊은 기자가 말했다.

“그것은 당신 자신의 손으로 조직했지 않습니까. 간호원 전체에 똑같은 영예를 줄 수는 없는 것이 아니겠습니까?”

“그럴는지도 모르죠. 그렇지만 당신들을 신문기자가 아니예요. 그렇다면 그 간호원들에게도 뭔가 해줄 수가 있지 않습니까?”

수우잔이 옆에서 찬동의 표시를 하며 거들었다.

두 사람의 신문기자는 서로 눈을 마주 보았다. 이 인터뷰에 예정하고 있던 반단 기사보다도 더욱 흥미 깊은, 보통의 흔해빠진 기사를 훨씬 능가하는 재료가 된다고 감지했기 때문이다.

“설명해 주십시오, 미스 리이.”

처음에 말한 기자가 메모 노트를 펼치며 말했다.

“저도 그럴 작정입니다.”

마침내 안은 신중하게 생각하면서 말하기 시작했다.

“이미 지금도 전염병도 막아내고 그 뉴스는 신문에도 보도되고 있으므로, 세상에서는 모두 브런거웨어에서 행한 간호원들의 훌륭한 활동상을 축하해 주시고들 있습니다. 우리들로서도 칭찬에 충만한 기사로 다루어지고, 가볍게 어깨라도 두들겨 주시는 칭찬을 받을 권리는 있었을 것입니다. 우리들의 직업이 중요하다는 것, 모든 지방에서 우리들이 행하고 있는 봉사라고 하는 것도 국민 전체가 잘 이해하셨을 것으로 생각합니다…… 다만 국민에게 조금도 알려지고 있지 않는 것은 간호원의 대부분이 매우 혹독한 조건 아래서 일하고 있다는 것…… 장시간의 근무, 비참한 보수, 불충분한 식사, 기숙사 등의 실태입니다. 나는 솔직하게 말합니다만, 일반적으로 말해서 간호원의 생활은 궁핍과 무리를 강요하는 노동 이외의 다른 아무 것도 아닙니다. 4만 명 가운데 한 사람의 간호원에게 훈장을 수여하는 것만으로는 이러한 실상이 구제되는 것은 아닐 것입니다. 그러나 그 대신, 이 4만 명의 간호원이 단결하게 되면 현재의 보잘것없는 생활조건을 구제할 수가 있을 것입니다."

"브라보, 미스 리이."

하고 신문기자 가운데 젊은 사람이 부르짖었다.

"계속해 주십시오."

열심히 노트를 하고 있던 다른 한 사람이 말했다.

"이 문제는 국가적으로도 중대한 의미를 가지고 있습니다. 만약 내가 말한 것을 믿을 수가 없다고 생각하신다면, 하여간 당신들 주위를 살펴보십시오. 실제로 간호원으로서의 사명을 가지고 있는 수천의 젊은 여성이 이 직무에 취임하는 것을 주저하고 있는 겁니다. 위험이 두려워서가 아닙니다── 물론 위험은 있습니다만──그렇지만 여성들에게 요구되는 비인간적인 희생이 원인이 되고 있는 것입니다. 면허장이 있는 간호원이 부족이 이미 그것을 말해 주고 있습니다. 그리고 만약 이러한 사태가 시정되지 않으면 국가적으로 보아 파국에 이르게 될 뿐입니다. 이것을 이유로 나는 브린거웨어에서 돌아왔을 때, 트라팔거 병원에서의 근무를 버리고 미스 그래드스톤을 도와 조합의 일에 취임한 것입니다. 그것은 우리들의 조합의 목적 그 자체가 간호원들을 위하여 보다 좋은 생활조건, 새로운 법규를 획득하는 데에 있기 때문입니다. 다만 거기에는 무엇보다도 먼저 세론(世論)을 환기시킬 필요가 있습니다. 우리 나라의 국민은 공정하고 관용한 사람들입니다. 틀림없이 우리들은 조만간에 국민 전체의 지지를 받게 될 것입니다. 그리고 그때야말로 우리들은 국회에 호소할 실시를 이 이상 지연시키려고 하는 사람은 없을 것입니다."

말 이상의 침묵이 일순 사무실을 차지했다. 설사 아무리 완고하였더라도 두 사람의 기자도 안의 감명 깊은 설명과 정당한 입장을 옹호하는 열의에는 감동되지 않을 수가 없었다.

"다분히 이것으로 운동의 제일부가 될 자료로서 모자람이 없을 것입니다, 미스 리이."

하고 기자 한 사람이 노트를 덮으면서 말했다.

"방금의 말씀 가운데는 범할 수 없는 진실이——실례가 있으면 용서하십시오——확실히 있군요. 나의 생각으로는 만약 신문이 그렇게만 결심한다면 당신들에 대하여 틀림없이 실제적인 지지를 할 것으로 생각합니다."

이렇게 말하면서 그는 안의 손을 잡았다.

다른 사람도 역시 악수를 하고 들어올 때와 마찬가지로 두 사람은 총총히 사라졌다.

두 사람이 사라지자 수우잔은 만족의 탄성을 올렸다.

"근사해, 안! 그 사람들 말대로 해준다면 신문에 의한 참다운 언론전으로 제일보를 내딛게 되는 거야."

"말대로 해준다면 그렇겠지요."

하고 안은 되뇌이며 별로 열의 없는 소리로 말했다.

그러나 그녀의 비관론은 실증되지 않았다. 두시가 되어 함께 점심을 든 후 미스 그레드스톤은 바깥 공기를 쏘이려고 내려갔는데, 석간의 제일판을 들고 되돌아왔다. 그때에는 비로소 안도 여느 때의 태연자약한 태도를 버렸다.

"해주었어요…… 써주었어요…… 큰 제목으로! 근사한 기사야!"

안은 그녀의 손에서 신문을 뺏듯이 하여 보았다. 제1면에 자극적인 제목이 늘어서 있었다.

'대영제국 훈장의 수상자 브런거웨어의 히로인의 성명'——'그러한 영예보다도 간호원 전체의 지위에 대한 새로운 법규를 희망한다' 고.

그 다음, 안이 두 사람의 기자와 교환한 인터뷰를 바탕으로 빠짐없이 숫자까지 들어 간호원조합의 역사부터 그 추구하는 목적 및 그 사단방법 등이 2단에 걸쳐서 게재되어 있었다.

"이 정도의 기사가 나왔으니 우리들의 자금도 적지 않게 들어올 거요."

안은 고개를 끄덕여 보였다. 그녀로서는 브런거웨어에서 한 자기의 역할이 눈에 띄게 보도되는 것을 매우 싫어하고 있었긴 하나, 이러한 선전의 중요성은 그 참다운 가치에 있어서 과소평가를 할 수는 없는 것이었다. 그녀는 이 운동이 드디어 발동하기 시작한 것을 보고 만족하였으나, 그러나 자기가 기대한 만큼의 기쁨을 느끼지 못했다.

어쩌면 반드시 자기도 루시의 죽음에 의한 쇼크와 같은 것을 다시 받는 것이 아닐까 하고, 그런 일을 생각하기만 하면 바로 우울한 기분이 되어 자칫하면 허탈해져 버리는 것이었다.

그리고, 생각에 잠기면서 다시 테이블을 향하여 집무에 몰두했다.

그녀는 오후 미스 그래드스톤과 서식을 메우는 일에 헌신했다. 그리고 그래드스톤의 시선이 지그시 자기에게 쏟아지는 것을 느끼고 몇 번이고 당황했으나, 그 날의 일이 끝나고 자리에서 일어나 모자를 쓰려고 하자 그래드스톤이 그녀에게 말을 걸었다.

"자, 위로 올라가서 차라도 마실까?"

"아뇨, 오늘은 안되겠어요."

하고 안은 대답했다.

"전, 약속이 있습니다. 별로 가고 싶지는 않지만 아무래도 가지 않으면 안되겠어요. 늦어도 일곱시 경에는 다시 사무실로 돌아오겠어요."

그래드스톤은 그 이상 묻지 않았다. 그러나 안이 나가 버리자, 자신이 차를 부어 마셨으나 어딘지 모르게 생각에 잠겨 걱정스러운 표정이었다. 그녀는 여러 가지 일을 잘 알고 있었고, 특히 안이 지금 심각한 불행에 빠져 있다는 것을 너무나도 잘 알고 있었다.

2

안은 다섯시 반에 블랙캣에 닿았다. 이 작은 다방은 라이젠트가(街) 가까이에 있어, 루시와 자주 만나던 곳이었다. 물론 그런 과거의 추억은 그녀를 퍽이나 슬프게 했으나 그 다방에 들어갔을 때 그녀의 눈에는 불안의 기색이 감도는 것을 알아차릴 수 있었다.

여기에서 만나자고 약속한 것은 조오이며, 그 조오가 자기에게 이야기하고 싶다고 하는 것을 생각하고 어쩐지 무서운 생각이 들었기 때문이다.

그럼에도 불구하고 조오가 침착하게 미소 짓고, 까만 양복에 잘 조화된 펠트모자 차림으로 나타나자 그녀는 자기도 미소로 답하지 않을 수가 없었다.

그는 열의 있게 말했다.

"당신을 만나 참으로 기뻐요! 늦어서 미안합니다. 그렇지만 처리할 장부가 산더미같이 있었고, 증차를 두 대나 내지 않으면 안 되었기 때문에 늦어지고 말았어요."

두 사람이 자리에 앉고, 각각 마실 것을 주문했다. 조오는 지금까지 안이 알고 있는 것보다 훨씬 침착하고 활기도 회복한 것 같았다. 제법 실업가다운 자세가 되어 있었다. 그리고 주문한 것이 오자 그는 바로 말하기 시작했다.

"당신이 알아 주었으면 하는 대뉴스가 있습니다. 나는 본사에 불려 갔다가 온 참입니다만, 이런 일은 생각지도 않았던 일입니다. 본

304

사에선 나를 북부지방 전체의 감독에 임명하게 되었다 하더군요."

"아, 조오, 근사해요!"

"싫지는 않아요."

조오는 약간 얌전한 표정으로 수긍해 보이고, 옛날의 즐거웠던 무렵처럼 얼굴을 붉혔다.

그는 잠시 입을 다물고 있다가 잠시 후에 말을 이어,

"안, 당신 덕분이에요, 내가 이렇게 된 것에 대하여 감사하지 않으면 안될 사람은. 어쨌든 장거리 버스회사에 계속해서 있으라고 나를 설득한 것은 당신이었잖아요. 기억하고 있지요? 그날 맨체스터에서 내가 모든 것을 집어치우겠다고 한 것을, 그때 당신은 장거리 버스의 운전수라는 쓸모없는 지위라도 받아들이라고 주장했지 않아요?"

"조오는 그 밤의 일을 말하고 싶은 게로군요, 해파톤 병원으로 만나러 왔을 때의 일을?"

"아, 그날 밤은 나는 정말 침울했어요. 당신이 없었더라면 나는 뭐가 됐을까. 만약 그때 그렇게 말해 주지 않았더라면 지방의 감독에 임명될 까닭도 없었던 거죠."

"참으로 대단한 지위예요, 조오."

"얼마나 받을 것으로 생각해요? 연봉이 적지 않대요. 5백 파운드예요. 그렌과 짝이 되었던 시절에 별 수단을 다해도 받을 수 없었던 것의 다섯 배도 더 되는 거예요. 더구나 나도 런던을 떠나 북부로 돌아가 살 수 있게 된 거고, 또한 리버풀, 맨체스터, 에딘바라 사이를 줄곧 왕래할 수 도 있고. 정말이야, 안, 이번에야말로 그 그리운 시아람에 자그마한 집 하나쯤은 못 가질 것도 없다고 생각해요."

이 최후의 말을 듣자 안은 막연한 불안에 사로잡혀서 눈을 감아 버렸다.

"그렇기 때문에 오늘 밤 당신을 만나러 온 거예요, 안. 내주에는 바로 런던을 떠나 북부에 자리잡을 작정이요. 그러나 그 전에 꼭 당신에게 말해 두고 싶은 것이 있어서, 약간 말하기 곤란하지만, 이건 중요한 일이에요."

안은 완전히 당황해 버리고 계속 조오의 시선을 피하고 있었다.

조오도 안의 심중을 알아차릴 수 있었던 것 같다. 테이블 위로 구부려서 그녀의 손을 잡았다.

"아니야 안, 당신이 생각하고 있는 그런 것이 아니오."

하고 그는 안심시키듯 말하였다.

"그것은 물론, 난 지금도 당신을 사랑하고 있고, 앞으로도 언제까지나 사랑할 것이요. 그러나 지금부터 말하고자 하는 것은 그게 아니오…… 루시가 죽었을 때도 그랬었고, 당신에 대한 감사의 마음도 그랬었지만…… 다른 일이 있어요. 그렇지만 안심해요. 당신에 대한 나의 기분을 말하려는 것이 아니니까."

안의 얼굴이 밝아졌다. 조오가 처가 되어 달라는 것이 아니었으므로, 또다시 거절하여 그의 기분을 상하게 하지 않아도 된다고 생각하니 그녀는 기분이 가벼워졌다.

"우리는 앞으로도 계속, 둘도 없는 친구로 지냈으면 해요, 조오."

"물론 지금도 그렇잖아요! 그렇기 때문에 나도 지금부터 하려고 하는 말에 용기를 내는 거지(그는 테이블에 팔꿈치를 세우고, 자기가 마치 오빠라도 된 기분으로 그녀를 응시했다. 안, 세상에는 또 한사람, 내가 감탄해 마지않는, 그리고 당신과 마찬가지로 존경하고 있는 인물이 있어요. 그건, 프레스코트 박사야."

대화 속에 갑자기 뛰어든 그 이름에, 안은 순간 얼굴을 붉혔으나 조오는 그런 것도 조금도 상관하지 않았다.

"당신은 이해하기 곤란할지 모르지, 그 사람이 얼마나 잘해 주었는지를. 불쌍한 루시가 죽었을 때만 해도 그 사람은 참으로 고마웠어. 더구나 나의 이번의 새로운 지위도 그분의 덕택이고, 그분의 추천이 있었기 때문인 거요. 그러나 문제는 내 일이 아니예요. 프레스코트 박사와 당신의 일이오⋯⋯."

그는 좌우로 몸을 흔들며 열심히 말을 계속했다.

"당신에게 말하려고 하는 중요한 일이란 이거예요. 나는 당신들 두 사람의 일을 지금은 너무나 잘 알고 있고, 더구나 당신들이 함께 있을 때의 표정도 나는 주의해 보고 있었소. 당신은 그분을 사랑하고 있고, 그리고 그분도 당신을 사랑하고 있어요. 그런데, 왜 당신은 자기의 감정을 막다른 골목까지 끌고 가려고 하는 거요?"

안은 가슴에 숨긴 감정이 이다지도 확실하게 지적된 것, 은밀히 싸서 감추어 둔 것을 이다지도 난폭하게 폭로 당하여 문득 전율을 느꼈다. 그러나 이러한 질문에 대답하지 않고 있을 수는 없었다.

"조오는 잊어버렸군요. 훨씬 이전에 내가 당신에게 말했잖아요, 조오. 설사 당신이 말하는 것이 사실이라 할지라도 나는 지금 결혼과 양립할 수 없는 직업에 종사하고 있는 거예요."

"아마 그것도 사실이겠지요. 당신이 병원에서 일하고 있는 동안은 그랬지만 지금은 직업이 서기이니까 아무런 구애될 것이 없지 않아요."

"그렇지만 난, 나를 간호원이라고 생각하고 있잖아요, 조오. 더구나 내가 이 자리에 앉은 것은 간호원 전체의 처우를 개선하기 위한 것이에요."

조오는 이마를 찌푸리고 약간 생각하고 있다가 다시 말했다.

"나는 당신이 매우 중대한 잘못을 범하고 있다고 생각해요. 뭐 결혼했다 해서 동료들의 처우를 개선하는 일에 방해될 것은 없잖아요. 오히려 자랑으로 생각해도 좋다고 생각하는데…… 미안하오, 안. 이런 말 해선 안되는 것이지요? 그러나 내가 생각하고 있는 것은 당신의 행복뿐이에요. 난 무슨 일이 있어도 당신들, 프레스코트 박사와 당신이 결혼하는 것을 보고야 말겠소."

이번에는 두 사람이 다 같이 침묵해 버렸다. 안은 조오가 이렇게 자신을 망각하고까지, 이렇게도 자기에게 마음 써 주는 것을 알고 크게 감동하였다. 그와 동시에, 아마도 결코 아무런 일이 없을 것으로 생각되는 상처를 마음에 느끼지 않을 수가 없었다.

그녀는 지금까지 해 온 것처럼 프레스코트를 거부했다고 해서, 그것으로 자기가 자존심의 위에 편히 앉아 있거나 하는 일은 절대로 없을 것이다. 자기를 잘 알고 있는 만큼 그것은 그녀에게도 확실히 알 수 있는 일이었다. 그러나 그 사람도 기품이 고고하기 때문에 절대로 자기 스스로 먼저 제일보를 내딛지는 않을 것이다.

조오도 이것에 대하여는 충분히 이미 말했다고 생각하고 그 화제로 되돌아가지 않았다. 두 사람은 그리고 30분쯤 이런저런 말을 나누었다. 드디어 조오는 뮤지엄 스퀘어까지 안을 바래다 주고 거기에서 헤어졌다.

3

　로버트 프레스코트는 하루의 일과를 막 끝마치고 있는 참이었
다. 정성을 다하여 수행하는 고된 하루가 아니고, 어쩐지 우울한
긴 하루에 지나지 않았다. 그래도 심한 피로를 느끼면서 신을 슬
리퍼로 바꾸어 신고, 상의를 벗고 실내복을 입었다. 그리고 파이
프에 담배를 재고 나서, 장작을 피운 2층 서재의 난로 앞으로 의
자를 끌고 갔다.

　런던의 혹독한 겨울에 앞서 오는 짙은 안개가 거리를 꽉 채운 음
울한 가을 밤이었다. 정적이 무겁게 온 집안을 내리누르고 있었다.
그곳은 모친으로부터 물려받은 훌륭한 가구들이 있어 아파트 보다
는 훨씬 나은 것이라고 언제나 그도 자랑하고 있는 아름다운 넓은
저택이었다. 장래에 이름을 떨칠 것이 틀림없는 한 사람의 외과의
사로서 이 이상은 생각할 수 없는 훌륭한 환경이기도 하였다.

　이름을 떨친다? 그런 것을 생각하면 프레스코트는 자기도 모르
게 고소를 금치 못했다. 예의 소송이 있은 후에도 그의 빛나는 경
력은 아주 짧은 기간밖에 흐리지 않았다. 개인적인 환자는 전과
마찬가지로 신뢰해 주었고, 병원에서의 근무도 역시 분주하였으
나…… 그러나 그는 자기의 일에 열의도 없는가 하면 또 좀더 놓
은 직무에의 욕망 같은 것도 없이 다만 기계적으로 직무를 수행하
고 있을 뿐이었다.

　뭔가가 마음속에서 산산히 부서져 버린 것이다. 그것을 자기로

서는 의욕이 없기 때문에 공허한 것이라고 느끼고 있었다. 아름답고 공허한 이 저택과 마찬가지고 공허한 것이다. 더구나 아무 쓸모도 없는 것이다.

친구들이 뒤에서 자기를 숙덕거리고 있는 것도 그는 잘 알고 있었다. 정부는 그가 입안한 진료계획의 실시를 거부하고 그에게 패배를 맛보게 한 그 기만행위도 그들은 그가 무관심한 탓으로 돌리고 있는 형편이었다. 친구들은 또, 그 한심스러운 롤그레브 사건의 증인으로서 출정한 것에 의하여 바보스럽게도 찬스를 잃어 버렸다고 다 같이 비난하고 있었다. 그는 자기가 맡은 역할이 어떠한 이유에 의한 것인가 하는 설명 또는 변명도 하려고 들지 않았다.

만찬회나 극장에 초대되어도 뭔가 구실을 만들어 언제나 반드시 그것을 거절했다. 그도 이러한 태도가 모두 자기의 장래에 있어서, 상처를 남기고 우려해야 할 것으로 되는 것이라고 깨닫지 못하는 바는 아니었다. 그러나 혼자 난로가에서 밤을 지내는 편이 그는 더 좋았던 것이다.

한 시간이 흘러 갔다. 이미 파이프의 불도 꺼졌다. 난로의 불도 꺼지기 시작하고 있었으나 불을 살리려고도 하지 않았다. 그때 갑자기 전화 벨이 홀에서 울렸다. 그는 팔걸이의자에 깊이 파묻힌 채 틀림없이 조오가 브리지(트럼프 놀이의 일종)의 상대로 끌어내려고 하는 것이리라 생각했다. 그렇지 않으면 병원에서 응급의 입원환자가 있었던 것인지도 모른다고 생각했다. 그러나 가정부가 문 앞에 모습을 나타낸 것을 보고 그런 일과는 관계가 없는 것을 알았다. 맨체스터 이래 줄곧 있어 온 이 사람 좋은 한 가정부는 매우 흥분한 모양으로 양피지와 같은 밝은 얼굴을 빛내고 있었다.

"싱크레아 박사가 전화에 나와 계십니다, 선생님. 맨체스터에서 걸고 계신 것 같습니다. 박사님 소리를 듣고 저는 저의 귀가 믿어지지 않았습니다…… 마치 고향에 돌아간 것 같은 기분이 되어."

프레스코트도 약간 놀란 것 같은 표정이었다. 일어서서 옛친구로부터의 전화를 받았다.

"여보세요, 프레스코트군? 난 싱크레아야. 자네 소리를 들으니 기뻐. 내가 말하는 것을 들어 주게. 제발 꼭 맨체스터에 와서 진찰을 해주지 않겠나. 아무래도 자네가 필요해."

"으응, 어째서?"

"중태의 환자야…… 흥미도 있고. 실명의 우려가 있는 열네 살 된 아이야. 나는 신경교종이 있는 것 같은 인상을 받고 있어. 만나서 상세하게 말하겠어."

프레스코트가 먼저 생각한 것은 거절하고 싶다는 것이었다. 그 때의 정신상태에서는 그런 출장은 전혀 가고 싶지 않았다.

"도저히 갈 수 없을 것 같아, 싱크레아 박사. 여러 가지로 런던이 놓아 주지 않아…… 여기에도 환자가 많고, 병원 근무도 있고 해서. 그래, 아무래도 불가능하다고 생각해."

"그렇지만 와 주지 않으면 곤란하단 말이오!"

싱크레아는 부르짖었다.

"이것이 오로지 자네의 영역이니까. 내 생각으로는 아무래도 수술이 필요한 것 같아. 더구나 수술을 해도 성공할 찬스가 있는 것은 자네밖에 없기 때문이야. 그리고——싱크레아는 거기서 최후의 보다 강력한 논거로써 프레스코트를 공략해 왔다——환자가 자네의 옛친구 보오리의 딸이란 말일세. 그것만으로도 자네가 결심하기에 충분하지 않은가."

보오리라고 하는 이름만 듣고서도 프레스코트의 얼굴은 굳어져 버리고, 대답도 얼음과 같은 차가운 소리로밖에 할 수가 없었다.

"유감이지만 싱크레아 박사, 누군가 다른 외과의사에게 부탁해 보구려. 그 환자라면 어떤 구실이 있든 나는 손댈 수가 없어요."

그뿐만 아니라 그는 싱크레아에게 대답할 틈도 주지 않고 수화기를 내려놓아 버렸다.

서재에 돌아와 프레스코트는 초조해 하면서 방안을 걸어다녔다. 현재 맨체스터의 시장이 되어 있는 보오리는 확실히 어떤 것이라도 살 수가 있을 것이다. 그러니 뭐가 어찌 되었든 자기가 궁지에 몰렸다고 해서 그다지도 무정하게 배반했었던 친구로부터 이제 와서 봉사를 기대하려고 하는 것은 무리한 이야기이다. 프레스코트는 보오리가 보인 그 비열하고 더구나 에고이스틱한 태도만은 결코 용서할 수 없다고 생각했다. 그러나 지금 유리한 입장에 있는 것은 자기 쪽이다. 얼마나 좋은 기회인가. 드디어 자기에게도 복수의 기회가 주어진 것이다.

그때 전화가 다시 울렸다. 프레스코트는 차가워져 버린 파이프를 악물었다. 그리고 어디서 걸려 온 것인지를 읽을 수가 있었으므로 스스로 전화기 앞으로 갔다.

"여보세요. 거기 로버트 프레스코트군?"

"프레스코트입니다."

프레스코트의 얼굴이 굳어졌다. 생각한 대로이다. 전화해 나온 것은 마슈 보오리였다.

"날 알겠지, 로버트? 마슈야 자네 친구, 마슈 보오리야."

보오리는 친근미에 넘친 말을, 희망을 기다리고 있는 것처럼 말을 멈추었으나 프레스코트는 돌처럼 묵묵히 있었다. 그러자 보오리가 다시 말을 이었을 때는 더욱 초조해져 괴로운 듯한 어조가 되었다.

"근 일년 동안 자네를 만나지 못해 나는 얼마나 쓸쓸했는지 모른다네. 자넨 모를 거애. 그렇지만 말이지, 로버트, 난 맨체스터의 시장이 된 이래 대단히 바쁘다네, 문자 그대로 바쁘다네."

프레스코트는 여전히 얼음같이 침묵을 계속하고 있었는데, 마슈는 넘칠 것 같은 친애감을 과시하면서 조금 떨리는 소리로 말을 이었다.

"로버트, 싱크레아가 말하는 것이 사실인가? 내 딸 로즈의 진찰을 자네가 거절했다구?…… 싱크레아는 자네가 꼭 와 주었으면 하네, 로버트, 나도 역시 그래. 자네가 와주는 것이 절대로 필요해. 자, 기분 좋게 와 주지 않겠나. 여기에 언제 올 수 있는가, 구체적으로 말해 주게나."

"나라면, 기대하지 않을 거야, 보오리."

겨우 프레스코트도 침묵을 깨뜨렸다.

"뭐라고, 로버트?"

라고 보오리도 이번에는 괴로운 가슴속을 감추려고 하지 않았다.

"그 말 본심에서 하는 말은 아니겠지? 옛 단짝이 아닌가! 자에가 나에게 원한을 품고 있는 것은 지극히 당연해. 어쨌든 나는 자네에 대하여 잘하지는 못했으니까. 그러나 모두 과거의 일이 아닌가, 로버트. 더군다나 자네의 옛친구가 불행하게 되었어. 로즈 말이야, 로버트, 우리 귀여운 로즈가 말이야. 그 애가 현재 중태야…… 눈이. 그 미치광이 놈 싱크레아가, 그 애는 위험하대…… 장님이 될 우려가 있다는 거야."

보오리는 이 장님이란 말을 간신히 말한 것 같았다. 그렇게까지 괴로워하고 있는가 하고 생각하니 프레스코트도 어쩐지 불쌍해졌으나, 그 감정을 떨어내 버렸다.

"왜, 다른 의사를 부르지 않는 거야? 나와 똑같은 자격을 가진 사람은 얼마든지 있을 것 아닌가."

하고 그는 냉담하게 대답했다.

"다른 의사에게 보이고 싶지 않기 때문이야."

보오리는 애원하는 어조로 신음했다.

"자네야, 내가 와 주었으면 하는 것은, 자네라면 기적을 행해 줄 것으로 생각하고 있어. 나는 자네밖에 신뢰하지 않아. 다른 의사에겐 내 귀여운 로즈의 손도 만지게 하고 싶지 않아…… 부탁이야, 프레스코트."

보오리도 겉으로만 친애감을 과시하는 것을 단념하고 현재 자기가 맛보고 있는 고뇌를 그 한마디 한마디에 새기듯 말을 이었다.

"제발 부탁이네. 와 주지 않겠나! 내가 자네한테 한 그 더러운 행위는 잊어버리고 다만 하나만을 생각해 주게나. 로즈는 나에게 있어서는 전부라는 것을. 그 애는 이 세상에서 내가 사랑하고 있는 것의 전부야. 그러니 만약 그 애에게 무슨 일이 일어나면 난 미치광이가 될 거야."

프레스코트는 어떻게 하면 좋을까 하고 주저했다. 아까부터의 굳은 결심에도 불구하고 그도 이 비동한 호소에는 마음이 움직여지지 않을 수 없었다. 만약 보오리가 다른 말을 했다면, 설사 막대한 사례금을 지불한다 하는 따위의 말을 했다면 그도 일언지하에 거절했을 것이다. 그러나 이런 상태에서는 그의 마음도 흔들릴 뿐이었다. 드디어 그는 갑자기 결심을 하고 무뚝뚝하게 말했다.

"알았네. 오늘 밤차를 타겠어. 내일 아침 역으로 마중을 나오도록 싱크레아 박사에게 말하게나."

314

보오리는 기쁨의 날카로운 부르짖음을 냈으나, 감사의 말을 너절하게 말하기 전에 프레스코트는 수화기를 놓아 버리고 말았다.

그는 자기 방으로 들어가 슈트 케이스에 몇 벌의 옷을 챙겼다. 그러나 벌써 좀 전의 결심을 후회하고 있었다. 그렇지만 약속을 해 버린 이상 그 약속을 취소하는 것은 문제가 되는 것이다. 그리고 세 시간 후 그는 밤 급행열차에 올라타고 있었다.

4

프레스코트는 이른 아침에 맨체스터에 도착했는데, 이른 아침임에도 불구하고 싱크레아는 차를 가지고 역에서 기다리고 있었다. 프레스코트는 거의 잠잘 여가가 없었다. 기차 속에서 흔들린 나머지 노의사가 운전하는 차 속에 편히 앉아 한숨 돌리는가 싶었는데, 이번에는 그리운 맨체스터의 가로를 지나치는 것을 연신 내다 보고 있었다. 싱크레아는 다정한 인사말을 교환한 후 지체 없이 당연한 문제에 들어가 어린 로즈 보오리가 걸린 병에 대하여 상세하게 말하였다.

그 보고는 명확하고 또한 정확했다. 프레스코트 태연한 얼굴을 하고 듣고 있었으나 때때로 과연 그렇다는 듯이 끄덕여 보였다.

"내 의견은 말이지."

하고 싱크레아 박사는 결론을 내렸다.

"장애는 뇌의 종양에서 온 것 같아. 아무 시신경의 위에 있는 섬유성의 것일 테구. 로즈의 시력은 서서히, 그리고 규칙적으로 저하하고 있네. 이 상태로 가면, 그리고 무슨 수를 쓰지 않는다고 하면 수 개월 안에 완전히 장님이 되어 버릴 것이라고 생각해. 나로서는 의사의 자격으로 단지 하나밖에 말하지 못해——즉 종양의 제거——이렇게 되면, 이건 자네가 결정할 일이야…… 그러니 내가 두려운 것은,"

그리고서 싱크레아는 머리를 흔들면서 덧붙였다.

"그런 수술도 천에 하나밖에 성공할 경우가 없다 하는 거야."

"대단히 확신이 없군요."

"확신이 없어서가 아니야, 알겠어. 우린 무서운 딜레마 앞에 세워져 있는 거야. 수술을 하지 않으면 그 애는 틀림없이 실명한다. 수술을 하면 치명적인 결과를 초래할지도 모르지. 아니 거의 확실하다 해도 좋아. 나는 이것을 분명히 함으로써 보오리를 공포에 몰아넣을 용기가 없었던 거야. 하여간 이미 사태가 여기까지 와 있으니 말이야!"

"보오리는 당연한 업보를 받은 거야."

프레스코트는 중얼거렸으나 그 후엔 계속 침묵한 채였다.

차가 드디어 보오리의 저택에 닿았는데, 그 현관에는 방패형을 한 시의 문장(紋章)이 걸려 있었다. 프레스코트는 가족처럼 친했던 이 집에 들어가는 것에 여러 가지로 복잡한 감정을 느꼈으나 그런 기색을 털끝만치도 보이지 않았다.

현관에 들어서자 바로 프레스코트는 두 사람이 도착한 것을 주인에게 알리러 가는 하인을 손짓으로 제지하고, 바로 환자의 방으로 안내해 주지 않겠는가 하고 말했다.

열네 살로서는 숙성한 로즈 보오리는 어두컴컴한 방에서 안대를 한 채로 누워 있었으나, 잠자고 있지는 않았다. 전연 그런 기색을 보이지 않겠다고 애쓰면서도 그녀는 초조한 나머지 신경을 날카롭게 하고, 그리고 무서운 고뇌에 사로잡혀 있는 것을 누구에게나 느껴졌다. 프레스코트에게는 자기가 와서 진단을 내리는 것을 그녀가 기다리고 있었다는 것과, 잠 못 이룬 밤을 지샌 것을 바로 알 수가 있었다. 깊은 연민의 정이 갑자기 그를 엄습했다. 그래서 그는 가만히 손으로 안대를 풀고, 퍽이나 부드러운 말로 그녀에게 질문하기 시작했다.

진찰은 철저히 행하여지고, 결국 싱크레아 박사의 진단에 찬성하지 않을 수 없었다. 그것을 종합하면──심한 구토증을 수반하는, 심한 두통의 압박상처가 인정되며──고광도렌즈에 의한 안검사의 결과, 장애의 중추를 명할 수가 있었다. 그리하여 사실이 명백해짐에 따라서 그도 싱트레아의 의견에 찬성하지 않을 수 없게 되었다. 뇌의 그 부분을 수술하는 것은 거의 확실한 위험으로 이끄는 것이었다. 수술을 하지 않으면 조만간에 어떤 일정한 기간 내에 확실히 또한 완전한 실명을 가져 온다. 싱크레아가 말한 것처럼 이러한 환자의 경우, 외과의사가 가장 무서운 딜레마 앞에 놓이게 되는 것이었다.

그러나 진찰을 끝내고도 프레스코트의 표정은 내심의 싸움을 전혀 내색하지 않았다. 그는 안심시키는 말을 몇 마디 환자에게 말했으나, 로즈는 환자 특유의 일종의 육감에 의해서 프레스코트가 머리말을 떠나려고 할 때 그 손을 붙잡았다.

"저를 장님이 되지 않게 해주세요, 선생님."

하고 그녀는 불안하고 긴박한 어조로 간정했다.

"영원히 밤으로 떨어진다고 생각하니, 그건 정말 견딜 수가 없어요. 난, 난…… 그렇게 되면 차라리 죽는 것이 낫습니다."

프레스코트는 기분을 부드럽게 하는 말을 해주며, 소녀의 기분이 차분해졌다고 느껴질 때까지 오래 그 손을 만져 주고 있었다. 그리고 겨우 그 방을 싱크레아와 함께 나왔다.

홀에서 두 사람을 기다리고 있던 마슈 보오리는 천천히 어정거리는 발걸음으로 그들 앞으로 왔다. 서둘러 하의 위에 실내복을 걸치고 헝클어진 머리칼을 하고 매우 심히 불안한 표정의 눈으로 프레스코트에게 붙고 있었다. 그는 정중한 인사말로 시간을 낭비하지 않고 단도직입으로 물었다.

"그래, 자네 의견은 어떠한가?"

하고 목쉰 소리로 말했다.

프레스코트는 보오리가 제정신을 잃고 있는 것이라고 생각하고 있었다. 그러나 그가 자못 고뇌에 시달리고 있는 모습을 보고 눈을 돌리지 않을 수 없었다. 이전에 참으로 명랑하고, 퍽이나 무사태평이든 보오리도 옛 모습은 전혀 없었다.

"그 대답은 나도 하기가 어려워."

프레스코트는 무겁게 대답했다.

"싱크레아 박사의 진단에 나도 동의할 수밖에 없어요. 따님의 시력은 급속히 저하되고 있어요. 그래서 우리도 대단히 위험한 수술을 해보는 것 이외에 방법은 없지 않은가 하고, 이것도 내 의견이지만, 생각하고 있는 거야."

"수술?"

보오리는 그에게서 눈을 떼지 않고 되물었다.

"아냐, 그것이 바로 내가 그대에게 기대하고 있는 거요!"

프레스코트는 무기력하다는 표시로 두 손을 들어 보였다.

"나에겐 기적을 행할 힘이 없어."

하고 그는 확신을 가지고 말을 이었다.

"더군다나 어느 모로 보든지 치명적인 결과를 초래할 것 같은 수술은 결코 하지 않을 작정이야."

"그럼 내가 무릎을 꿇고 부탁하지 않으면 안된다는 건가, 로버트."

"딸을 장님으로 만들기는 싫어요. 그 애도 물론 똑같은 생각이겠지. 우리 두 사람은 어떠한 찬스에라도 뛰어들겠어. 그래서 자네에게 부탁하고 싶은 것은 로버트, 그 찬스를 우리 부녀에게 주어 달라는 것이야."

프레스코트는 날카로운 시선을 보오리에게 던졌으나, 당황하여 그 눈을 돌려 버렸다. 친구의 심각한 혼란, 가슴을 치는 것 같은 겸손한 태도가 프레스코트의 가슴속에 있던 모든 원한을 지워 버리고, 모든 이성(理性)에 반하여 로즈의 생명인가 시력인가 하는 두 갈래길의 주사위를 던지도록 부추기고 있었다.

더구나 마슈가 지금 말한 것에도 어느 정도의 진실이 포함되어 있는 것이 아닐까. 설사 극히 약간이기는 하나, 로즈의 생애를 전적인 암흑 속에 처넣기보다는 시력을 되돌린 찬스를 하나라도 시도해 보는 것이 보다 가치 있는 것이 아닐까. 그렇다. 절대로 그럴 것이다, 하고 프레스코트는 씁쓸한 기분으로 자기에게 말해 주었다. 그러나 만약 로즈가 수술대 위에서 죽게 된다면 어쨌든 자기의 양심은 진정시킬 수가 없을 것이며, 또 자기의 명성을 건질 수가 없게 될 것이다.

그는 고개를 떨군 채 홀의 창가로 가서 부드러운 녹색의 잔디와 아침이슬의 진주처럼 빛나는 싱싱한 나뭇잎과, 바람에 흔들리는 자작나무의 가지 사이로 멀리 보이는 파아란 하늘로 시선을 돌렸다. 기적적으로라도 로즈의 시력을 회복해 주지 않으면 이러한 갖가지의 아름다움도 영원히 그녀에게서 빼앗아 버리는 것이 되는 것이다. 그 생각이 그를 결심하는 데로 인도했다. 이것은 미친 짓이다. 미친 짓임에 틀림없으나 자기는 이 기적을 행하려고 하고 있는 것이다. 그는 갑작스럽게 보오리 쪽을 뒤돌아 보았다.

"로즈의 수술은 한다. 그러나 나는 수술의 결과를 보증할 수는 없어. 이미 시간을 허비할 수는 없으니, 조금 휴식을 취하고 오늘 바로 시행하기로 하세. 물론 여기에서는 수술할 수 없지. 그러니까 어딘가의 병원이나 그렇지 않으면 자네만 좋다면 로즈를 해파톤의 병실에라도 옮길 필요가 있어. 그래, 지금 자네가 좋다면 우린 호텔로 가서 서너 시간 쉬었다 왔으면 싶은데."

보오리는 얻어맞은 개와 같은 애원의 눈으로 줄곧 프레스코트의 얼굴을 보고 있었다. 그는 감사의 말로 상대를 하는 일도 없이, 다만 간단하게 이렇게 말했을 뿐이었다.

"나도 자네가 믿을 수 있다고 생각하고 있네, 로버트."

그리고 초인종의 벨을 누르면서,

"호텔에 가다니, 자네만 좋다면 자네를 위해 방을 준비해 놓겠으니 여기서 쉬도록 하게."

이번에도 프레스코트는 눈앞에서 수그리고 있는 사나이를 실망시키고 싶지 않아, 끄덕여 보였다. 그러나 일찍이 두 번 다시 발을 들여놓지 않으리라고 맹세한 이 집의 호화스런 침실의 하나에 일단 들어 앉아 보니 자기의 결심이 분별 있는 사려인가 아닌가 하는 의심에 사로잡혔다.

이미 롤그레브의 소송에 증인으로서 출정했을 때도 자기는 명성을 위태롭게 하지 않았는가 말이다. 현재의 상태에 있어서, 만약 실패했다 하면 그것은 치명적인 결과를 초래할 것이 분명하다. 그는 초조해 하면서, 그런 생각을 내몰아 버리고 앞으로 취하지 않으면 안될 조치에 생각을 집중했다.

로즈를 수술실로 옮기는 것은 싱크레아 박사를 시키면 된다. 그러나 여러 가지 기구의 문제도 있다. 그는 베갯머리에 놓아 둔 수화기를 들어 다음 열차로 자기 병원의 수술실담당 조수에게 와 주도록 부탁하는 전보를 치게 했다. 마침 그때, 그때까지도 무럭무

럭일고 있던 가슴속의 안개에 돌연 한 줄기의 빛이 비추어졌다.

일순 이것저것 생각했으나, 바로 그 얼굴은 밝아졌다. 그리고 생각하면 생각할수록 그의 충동은 그 착상에 따르도록 그를 부추기고 있었다. 일찍이 안이 견딜 수 없을 만큼의 굴욕과, 더한 나위 없이 부당한 취급을 받은 것은 바로 이 집이었다. 그러니까 이번은 안이 패(敗)한 보오리의 모습을 보고, 이 필사의 시도에 한 역할을 담당할 차례일 것이다. 이거야말로 그녀로서 절대 불가결한 권리일 것이다.

그렇게 결심을 하자, 프레스코트는 다시 수화기를 들어 좀 전에 친 전보를 취소하고, 안에 대하여 이도저도 다 내던져 버리고 맨체스터로 급히 와 주도록, 그리고 대단히 중대한 수술의 조수를 담당해 주도록 하는 장문의 전보를 쳤다.

그리고 조끼와 슬리퍼를 벗고, 필요한 몇 시간의 수면을 취하려고 침대에 길다랗게 몸을 폈을 때 뭔가 미소와 같은 그늘이 그의 입술에 떠올랐다.

5

프레스코트가 눈을 뜬 것은 오후 네시였다. 눈을 뜬 순간 싱싱하고 상쾌한 기분이 되어, 물론 자기를 기다리고 있는 것은 의식했으나 여섯 시간의 수면에 의하여 신경도 충분히 진정이 되었다. 대단한 시장기를 느꼈으므로 초인종을 눌러 하인을 불러, 갈비고기의 로오스트와 토스트의 가벼운 식사를 주문했다.

그리고 수염을 밀고 샤워를 했다. 검소한 식사가 운반되었을 때에는 이미 옷을 갈아입고 외출할 준비도 되어 있었다. 쟁반 위를 보니 싱크레아가 전갈 쪽지가 있었다. 거기에는 간단히 이렇게 씌어 있었다.

'미스 리이와 기구류가 도착했음. 수술은 오늘 밤 여섯시 해파톤에서 하기로 결정되었음.'

벌써 오랫동안 프레스코트는 이러한 기쁨을 맛본 일이 없었다. 그런 만큼 강렬하고 깊은 감동이 엄습하는 것을 느꼈다. 안에 대한 자기의 사랑이 재빠르게 이 재회의 기회로 붙잡게 했다고는 과연 그로서도 자인할 수 없었다. 다만 그녀가 자기 옆에서 일해 주고, 자기를 도와 줄 것이다, 그녀가 있다고 하는 것만으로도 도움이 되는 것이다, 하는 것을 자신 스스로에게 말해 주고 있었다. 그는 갑자기 영감을 되찾은 작곡가처럼 느꼈다.

다섯시 반, 차가 기다리고 있다는 전갈이 왔다. 그는 담배를 한 대 피우고 나서 바로 곧 계단을 내려가 차에 올랐다. 어김없이 여섯시 십오분 전, 그는 수술실로 들어갔다.

안이 거기에 와 있었다. 그녀 쪽으로 뒤돌아보지도 않고 표정도 전연 바뀌지 않았으나 그녀가 있다는 것은 똑똑히 의식했다. 그는 긴 시간에 걸쳐 손과 팔을 씻은 후 그녀가 수술복을 건네주었을 때 낮은 소리로 '고마워요, 와 주어서' 라고만 말했다.

안은 아무 대답도 하지 않았다. 이러한 때에는 아무 말도 필요 없었다. 더군다나 행동만이 중요고 의논 따윈 아무 소용이 없다. 이러한 수술대 위에 있어서는 그녀도 말을 삼가는 것에 익숙한 연기자가 아니던가.

준비는 완전히 완료되고, 배우는 각각의 위치에 배치되고 최후의 마스크를 하고 연극은 언제든지 시작해도 좋을 정도로 되어 있었다. 프레스코트의 신호로 이미 마취가 준비되고, 환자 운반차에 태워진 로즈가 운반되어 왔다. 세 사람의 동작이 완전한 동시성(同時性)을 나타내고 이미 로즈는 수술대 위에 뉘어졌다. 크롬 강철이 반짝거리는 이 수술대 위에서, 로즈는 힘없는 신체는 백포로 덮어 지고, 머리는 블론드의 머리카락이 완전히 깎여졌다. 강렬한 반사등에 비춰져 요도징크를 칠한 맨숭이 머리가 빛났다.

프레스코트의 시선은, 하얀 수술복에 목을 파묻고 테이블 저쪽에 있는 싱크레아 박사로부터 마취기구를 향하고 있는 마취의에게로, 역시 하얀 마스크를 하고 있는 네 사람의 간호원과 안에게로 차례차례 옮아 가고 있었다. 앞으로 생이냐 사냐 하는 교향곡의 연주를 시작하려 하고 있다. 백의를 입은 묘한 악사들을 지휘하는 지휘자로서 그는 정신을 집중했다. 드디어 장갑을 낀 손가락을 이 번들번들 하는 구체, 피부가 팽창된 채 생명이 맥박치고 있는 머리위에 놓자 드디어 두개골까지 틀어막아 갔다. 그는 한 손을 내밀었다. 안은 탐폰 가제를 그에게 건네고 이어서 동맥을 틀어막을 겸자(수술 가위)를, 그 다음에 탐폰을 내밀었다. 최후는 천두기(穿頭器)였다. 그는 두개골과 대결했다.

얼마나 불가사의한 느낌일까. 반투명의 막 아래 적나라하게 보이는, 박동으로 들썩들썩 움직이고 있는 장미색의 대뇌(大腦)가 나타날 때는…… 복잡하고 미묘한 모든 사고의 중추인 이 대뇌…… 장님이 될지도 모르는 로즈 보오리의 이 대뇌…… 메스를 한번 놀려 프레스코트는 막을 자르고, 그 쪽으로 몸을 구부리고 있던 안도 대뇌의 반들반들하고 동시에 꼬불꼬불한 주름을 볼 수가 있었다. 그녀는 신성한 공포와 같은 느낌에 사로잡혔다. 마치 정신의 중추 바로 그것을 보아 버린 느낌이었다.

그럼 이번에는 이 생명체의 중심에 메스를 넣어 종양을 도려내고, 이것을 완전 뿌리째 뽑아내고, 침범된 조직을 다시 건강한 조직으로 갈아 넣어야 한다. 그리고 이러한 모든 작업을 하고 있는 것이 바로 프레스코트 그 사람이었다.

뇌수술에 있어서 생기는 무서운 위험과 극도의 복잡성은 이것에 통달하지 않은 보통 사람들은 그 작업의 곤란성을 이해하지 못할 것이다. 그러나 안은 그것을 충분히 알고 있었다. 그녀의 머리 속에는 마치 전선의 그물이라도 친 듯이 독립된 피막 속에 연결되어 있는 몇 백의 뇌세포를 그리고 있었다. 그리고 프레스코트가 그 전선의 하나라도 잘랐다 하면 그것으로 이미 파국을 부르기에 충분하다는 것을 그녀는 알고 있었다.

모든 수술이라고 하는 것이 엄숙한 모험임에는 틀림이 없으나, 그것은 어느 정도까지 외과의사에 일임되어 있다. 그는 동맥을 맺고 묶고 하는 것도 잘못한 메스의 자리를 꿰매 버릴 수고 있다. 그러나 특히 뇌에 관해서는 단 하나의 잘못도 허용되지 않으며, 어떤 경우에도 원상에로의 복귀가 불가능한 것이다.

안의 마음은 환자 위에 구부리고, 서두르는 일 없이 자신 있는 솜씨로 일을 하고 있는 프레스코트에 향해지고 있었다. 수술은 이미 한 시간 이상 계속되고 있으나 아직 프레스코트는 종양의 밑바닥까지 도달하지 못하고 있었다. 종양이라고 하는 이물의 모든 가지를 찾아내야 하는 이 미묘한 작업은 허겁지겁 서둘러서 할 수는 없는 것이었다.

헤아릴 수 없는 인내와 특별한 수완을 요하는 이 수술은 적게 잡아도 세 시간은 계속될 것이다. 그러나 프레스코트는 이미 피로의 기색을 보이기 시작했다. 안은 그의 이마가 땀으로 빛나고 있는 것을 깨달았다. 수술실은 견딜 수 없이 더웠다. 그녀 자신 마스크 아래서 피가 얼굴로 몰리는 것을 느꼈다. 얼마나 한마디 용기를 북돋우는 말을 속삭여 그의 신념을 굳게 해주고 싶었던가!

1분 1분이 느릿느릿 흘러가고, 똑같은 완만(緩慢)한 속도로 프레스코트의 손가락은 로즈 보오리의 회백질 속을 더듬고 있었다. 갑자기 안은 싱크레아 박사의 얼굴에 극도의 불안한 파도가 지나치는 것을 보았다. 박사는 몸을 구부리고, 휑하니 뚫린 구멍에서 끌어내는 부정형의 덩어리는 좀더 가까이에서 보려고 했다. 안은 바이스로 심장을 조이는 것 같은 느낌으로 두 사람이 뭔가 뜻밖의 병발증을 앞에 놓고 있는 것을 깨달았다. 프레스코트는 더듬던 손을 멈추고 얼굴을 들어 수술대 위에서 마스크를 한 이 두 사람이 눈으로 서로 상의하고 있었다.

싱크레아의 눈에는 무서운 걱정의 빛이 빛나고, 무언의 경계가 엿보였다. 안의 본능은 그 전부를 번역할 수가 있었다.

326

'이 이상 나가지 말라! 종양은 우리가 생각했던 것보다 훨씬 심부까지 침투하고 있다. 생명의 중심부에 들어가 있다. 단념하고 상처를 덮자. 깊이 파고들면 죽음은 확실하다.'

그러나 프레스코트의 눈은 감긴 채였으므로 안에게는 그의 마음을 읽기가 훨씬 수월했다.

'만약 내가 단념하면 로즈는 장님이 되어 버린다. 주사위는 이미 던져졌다. 나는 끝까지 계속한다.'

이 중대한 시선의 교환은 몇 초 밖에 계속되지 않았다. 안을 제외하고는 누구 한 사람도 깨달은 사람이 없었다. 그리고 프레스코트가 한 손을 내밀어 다음과 같이 간단한 말을 했을 때, 싱크레아의 얼굴을 돌연 엄습한 공포의 표정을 그녀 이외는 누구 한 사람도 깨닫지 못했다.

"천두기(穿頭器)!"

안은 프레스코트 박사에게 천두기를 건네 주었다. 박사는 이미 무리를 하여 연두개골을 다시 크게 갈라 내려고 하고 있었다.

안은 심장의 고동이 멈추는 것 같았다. 싱크레아도, 프레스코트가 무서운 위험을 범하지 않았나 하는 그런 표정을 하고 있었다. 안은 돌연 하나의 계시(啓示)를 받았다. 왜 자기가 프레스코트 박사의 부름을 받고 달려왔는가, 그리고 어떠한 이유에서 박사의 성공을 이다지도 열정적으로 바라고 있는가, 그것을 깨달을 수가 있었던 것이다. 이것은 단순히 로즈 보오리에 대한 동정도 아니고, 또 자기 직업에의 사랑 때문만도 아니었다. 물론 그것도 있었으나, 그 이상의 의미가 포함되어 있다.

지금껏 다만 프레스코트와 순수하게 직업적인 유대로 맺어져 있었다고만 생각하고 있었으나, 그것은 지금 태양 앞의 봄눈처럼 녹아 없어져 버렸다. 그리고 요즘 몇 개월 동안 자기 자신의 생각을 잘못하고 있었던 것, 비겁하게도 자기 마음을 확실히 규명해 보려고 하지 않았던 것이 견딜 수 없이 후회되어 그러한 자신이 가책되는 것이었다. 자기는 그를 사랑하고 있는 것이다, 하고 드디어 인정하지 않을 수 없게 되었다.

그렇게 생각하지 밀물처럼 애정이 밀려와서 그녀의 온 존재는 프레스코트 쪽으로 날아가는 느낌이었다. 여념 없이 긴장해서 작업을 하고 있는 그를 지켜 보면서 그녀는 그 노력이 성공하여 줍시사 하고, 신에게 기도하고 있었다. 아니다, 실패할 리가 없다. 절대로 실패해서는 안되는 것이다.

겉으로는 조용하고 침착하게 그의 바로 옆에 서서 필요한 기구를 하나하나 건네 주고 그 위에 비호의 나래를 펼치고 있는 수호천사처럼 자기의 생각을 불어넣었으면 하고 기원했다.

이러한 공감의 불어넣음과 이러한 사랑의 약동과 자기가 그에게 보내고 있는 이 기원을 과연 그는 감지하고 있는 것일까. 프레스코트는 그녀 쪽으로는 눈도 돌리지 않았으며, 또 그런 기색은 털끝만치도 보이지 않고 더욱 한층 열의를 다하여 일을 하고 있었다.

안은 그로부터 눈을 떼지 않았다. 그리고 1분 1분이 흘러 가고, 그 동안에도 로즈 보오리는 호흡을 계속하고 있었는데, 안은 싱크레아 박사의 태도의 변화를 의식했다. 박사의 얼굴에는 벌써 불안한 기색은 나타나 있지 않았다. 박사는 매료된 것처럼 열의를 다하여 환자의 뇌를 더욱 깊이 더듬어 내고 있는 프레스코트의 행동을 하나하나 쫓고 있었다.

그러는 동안에 안도의 한숨이 마스크를 한 프레스코트의 입에서 새어나왔다 싶었는데, 정확히 또한 교묘히 구멍의 가장 깊은 데서 무수한 돌기를 가진 섬유의 덩어리를 잘라 낼 종양의 최후의 가지를 끌어냈다.

안은 자칫했으면 기쁨과 안도의 부르짖음을 소리칠 뻔하였다. 이미 위기는 넘긴 것이다. 프레스코트는 다시 신속하게 손을 움직여 막을 맺고, 묶고, 봉합하고, 두개골에 열린 창을 최후로 닫고 있었다. 그리고 안은 눈에 봉지 않은 흐름으로 자기의 기분을 그에게 전달하면서, 더욱 신속하게 끝맺음을 하도록 무언으로 촉구했다.

수술이 매우 오래 걸렸기 때문에 로즈 보오리의 최후의 힘도 다 되고 있는 참이었다. 그래서 안은 맥박이 멈추지나 않을까 해서 목의 동맥을 볼 용기마저도 없었다. 그때 돌연 모든 것은 끝나고 최후의 봉합이 끝맺어지고, 최후의 장선(腸線)도 단절되었다. 로즈는 수술실에서 운반되어 로 몸의 주위를 두르고 모포로 싸거나 하고 있었다. 수술 도중 줄곧 애쓰고, 긴 시간 동안 노력을 계속한 때문인지 그 반동은 그만큼 심한 바가 있었다. 안은 전력을 짜내서 증기실까지 겨우 당도하여 기구를 소독하기 시작했다. 프레스코트는 여전히 수술대 위에 구부리고 있었으나, 이제 겨우 편히 쉴 수 있다는 것도 자기는 아직 확실히 알고 있지 않은 것 같았다. 싱크레아가 그의 어깨에 손을 얹을 때까지, 그는 몸을 일으키지 않았다. 드디어 프레스코트는 깊이 숨을 내몰아쉬며 싱크레아의 뒤를 따라 갱의실 쪽으로 발걸음을 옮겼다.

두 사람은 뭔가 망설이고 있어, 수술 동안 지키고 있던 긴 침묵을 깨지 못하고 있는 것 같았다. 그러다가 싱크레아가 겨우 입을 연 것은 몇 분이 지난 후였다.

"도저히 손을 쓸 수 없는 환자가 있기 마련인데, 프레스코트군,

오늘의 경우가 그 좋은 예일 거야. 축하의 말은 하지 않기로 하겠네…… 지금 받은 감동을 나타내는 데는 말 같은 것은 전적으로 무력하기 때문에. 그러나, 자네가 지금 내 눈앞에서 해보인 그러한 수술에 입회하리라고는 생각도 하지 않았어. 대단히 훌륭한 일을 해주었네."

프레스코트는 노의사에 대하여, 어딘지 먼 곳에라도 보는 것 같은 시선을 보냈다.

"나도 그것을 어떻게 해서 할 수 있었는가, 나 자신도 모르겠어요."

"그런 말 하지 말게나."

하고 싱크레아는 상냥하게 미소를 띄우면서 대답했다.

"기적을 행하는 것은 자네야…… 내가 아니야."

두 사람 다 같이 그 이상은 말을 교환하지 않았다. 그들이 오해 손과 팔을 씻고, 그리고 닦고 있는데 거기에 커피포트가 보내져 왔다. 구 사람은 마치 학생시절처럼 와이셔츠의 팔을 걷어 올린 채로 의자에 걸터앉아서 뜨겁고 진한 커피를 걸신 들린 사람처럼 마셨다.

"우리가 마셔야 할 것은 샴페인이 아닐까, 프레스코트?"

하고 싱크레아가 명랑한 소리로 말했다.

"1982년의 폴 로제의 큰 병으로 말이야."

"그건 보오리에게 맡기기로 합시다."

겨우 마비상태에서 빠져 나온 프레스코트가 대답하였다.

그 말이 끝날 즈음에 보오리가 좁은 갱의실에 들어왔다. 기다리고 있는 동안의 고통이 아직 그 얼굴에서 읽을 수가 있었으나, 보오리도 생기를 되찾아 몇 시간 전까지 보이고 있던 그 심한 절망적인 표정은 없어졌다. 그러나 큰 기쁨에 눈을 빛내고 있긴 하지만 마치 어린애처럼 어색하게 어물어물하는 것 같았다. 그는 느리기 짝이 없고 망설이는 걸음걸이로 프레스코트의 앞까지 와서 멈추어 서서는, 겨우 떨리는 소리로 말했다.

"자네에게 뭐라고 말했으면 좋을지 모르겠네."

무거운 침묵이 흘렀다.

"자네가 이전에 나에게 조력을 요청했을 때 나는 흡사 무뢰한처럼 행동했는데."

하고, 마슈 보오리는 깊은 감동을 담아 말하였다.

"내가 자네에게 구원을 요청했을 때 자네는 귀공자와 같이 행동했지…… 그리고 자네는 나의 로즈를 구해 주었네. 시력을 되돌려 주었어. 나는 나 자신보다 그 애가 중요하단 말이야. 어떻게 이 사례를 하면 좋은가?"

"사례 같은 것은 하지 않아도 좋아."

프레스코트는 중얼거렸다.

"그럼, 이것을 받아 주겠는가?"

프레스코트는 보오리가 내민 수표를 보고 깜짝 놀랐고, 또한 얼굴이 굳어졌다.

"그런 돈 받을 생각은 없어, 보오리. 사례의 청구서를 보낼 테니 그때까지 기다려 주게나."

보오리는 얌전하게 대답했다.

"훨씬 이전의 자네의 꿈을 실현시켜 주고 싶어서 약속한 그것이야…… 너무 늦어졌으나, 말하지 않는 것보다는 낫다고 생각한 때문이야. 자네도 틀림없이 관대한 기분으로 받아 줄 것으로 생각하네."

프레스코트는 보오리가 내놓은 수표를 기계적으로 받아들고 그 금액을 읽었다. 그리고 그 얼굴이 새파랗게 질렸다. 그것은 후에

'로즈 보오리 기금'의 이름을 갖게 될 신경과진료소의 창설에 쓰일 수표였다. 그리고 그 수표의 금액은 오만 파운드였다.

"자네도 그 기금에 로즈의 이름을 붙이는 것이 못마땅하지는 않았지."

보오리는 말을 계속했다.

"물론 자네의 진료소임에는 틀림이 없고, 또 자네가 바라는 곳에 설립해도 상관없어. 여기든 런던이든 혹시 다른 데라도. 필요한 자금은 바로 찾아보내기로 하겠어. 당장 내일부터 약출금을 모으기로 하겠네. 그렇게 하면 운영하는데 필요한 돈은 틀림없이 모아질 걸세."

프레스코트는 감동을 억제하려 무던히 애썼다.

"이건 자네의 대단히 배짱 좋은 점, 바로 그것이군."

겨우 프레스코트도 말을 입 밖에 냈다.

"참으로…… 참으로 근사해. 나도 기꺼이 받겠네, 그리고 진심으로 감사하네."

"그럴 것까지는 없네."

보오리는 어느 정도 본래의 활기를 되찾아 말했다.

"아, 자네 자신도 말하지 않았는가 말이야. 사례 따윈 문제가 아니야. 내가 바라는 것은 자네와의 우정을 되찾는 것이야."

그것에 답하여 프레스코트가 구우(舊友)에 손을 내밀자, 보오리는 오래오래 그 손을 쥐고 흔들었다. 그때 도어가 열리고 안이 입구에 모습을 나타냈다. 그녀는 갱의실이 비어 있는 줄로 알고 있었는데, 보오리의 모습을 보고 깜짝 놀라 뒷걸음질을 했다.

"가지 말아요, 미스 리이."

보오리가 불러 세웠다.

"당신과도 만나야겠다고 생각했었으니까……."

그는 짙은 눈썹 아래의 눈을 눈물로 흐리게 하면서 일순 주저했다.

"제발 꼭 악수해 주기 바라오. 당신에 대한 옛 행동을 깊이 부끄럽게 생각하는 악한에게, 악수로서 우정을 보여주지 않겠소?"

6

　그런 반 시간 후 안은 출발 준비를 갖추었다. 그녀는 자기 일을 끝내자 프레스코트의 의료기구류의 짐을 꾸리고, 해파톤의 간호원장이나 옛친구들과 작별 인사를 교환했다. 보오리는 벌써 프레스코트를 데리고 자택으로 들어간 것이 틀림없었다. 싱크레아는 로즈의 병상을 떠나와서 환자는 만사 잘되어 가고 있다고 알려 주었다.

　병원의 계단에 선 안은 옛친구인 수위 마리강이 잡으러 간 택시를 기다리고 있었다. 그녀가 오전 두시가 조금 지나 런던에 도착하는 열시 십오분 발차의 급행에 탈 수 있었으면 하고 생각하고 있었다. 문득 지금까지 경험한 긴장과 깊은 감동의 몇 시간을 지낸 후인 만큼, 그녀는 묘하게 고독한 기분이 되어 활기가 없었다. 프로세코트에 대한 사랑을 의식한 것이 기쁨과 동시에 고통의 원인으로도 되어 있었다.

　모든 신념, 모든 결의가 발뿌리에서 흘러가 사라져 버린 느낌이었다. 아니 적어도 현재의 정신상태는 이 이외의 것은 아무 것도 느껴지지 않았다. 그녀는 오랫동안 자기 자신을 지켜 왔기 때문에, 그러한 감정에 몸을 내맡기고 있으면 이러다간 자기가 얻고자 한 목적이나 이상을 배반하는 것뿐이라고 생각하지 않을 수가 없었다.

　그러나 그러한 모순되는 감정에 의하여 갈기갈기 찢기우긴 했으나, 하나의 감정이 다른 모든 감정을 나타내고 말했다——프레스코트에 대하여 품고 있는 사랑이었다.

택시가 계단 앞에 서자 안이 그것을 타려고 하였으나, 그때 발걸음소리가 들리고 자기의 이름이 불리워지는 것을 들었다. 그녀에게는 그것이 프레스코트의 목소리인 것을 바로 알았다. 뒤돌아보니 그가 급하게 그녀 쪽으로 달려오고 있는 것을 보았다.

"어디에 가 있었지?"

하고 그는 숨을 가쁘게 내쉬면서 물었다.

"이십분이나 전부터 찾아다니고 있었소."

"옛친구들을 몇 사람 만나고, 원장님께 작별 인사를 하고 있었습니다."

"그럼, 나에게는 고맙다는 인사도 받지 않고 가 버릴 작정이었소?"

안은 눈을 아래로 떴다.

"전, 여기에 온 것이 대단히 기뻤습니다. 옛 해파톤을 다시 볼 수 있어 정말 기뻤어요. 더구나 저 로즈양이 좋은 결과로 되었고."

"그렇지만, 그건 그렇다치더라도 나는 당신에게 하고 싶은 이야기가 산같이 많은 걸, 당신의 일, 나의 일로. 지금도 보오리와 이야기하고 온 참이야. 그는 당신들의 운동에 대단한 흥미를 가진 모양으로 당신들을 원조하고 싶다고 말하고 있었어요……."

그는 도중에서 말을 끊고, 시계를 보면서 물었다.

"몇 시 차를 카겠소?"

"열시 십오분의 급행입니다."

프레스코트는 당장에 결심했다.

"그럼 나도 함께 가겠소. 밤의 특급을 탈 작정이었으나, 역시 급행이 편리하니까."

이렇다 저렇다 할 틈도 주지 않고 그는 수위에게 슈트 케이스를 가져 오도록 하여, 그것을 택시에 실었다. 그런 몇 분 후, 두 사람은 역의 방향으로 차를 몰았다. 바쁘게 짝이 없는 시간이었고, 더구나 이야기를 내놓을 때도 아니었다. 역에 닿자 프레스코트는 운전수에게 요금을 지불하고 안을 데리고 플랫폼으로 나가 거기에서 그녀를 아무도 없는 일등 객실에 태웠다. 그 순간 날카롭게 기적이 울고 열차는 움직이기 시작했다.

"마침 제때에 왔군."

프레스코트는 슈트 케이스를 선반에 올리면서 말했다.

"그러나 언제나 이렇다니까, 당신이나 나같이 바쁜 사람이 기차를 탈 때에는."

안은 거북한 것처럼 호화스런 객실의 빌로도를 깐 자리를 보면서 끄덕여 보였다. 그리고 퍽이나 난처한 표정으로 말을 했다.

"전 삼등 차표를 가졌는데요."

프레스코트의 얼굴이 순간 활짝 밝아졌으니, 아무래도 웃음을 참기 어려운 것 같았다.

"그건 극복할 수 없는 곤란은 아니라고 생각해요. 마슈 보오리가 당신의 출장비는 틀림없이 변상한다고 약속했으니까, 그 늙은 너구리가 말이요. 마음을 돌린 죄인만큼 위험한 인간은 없다지만, 이번만은 그 말에 나는 동의하지 않아요."

프레스코트는 안과 마주 보며 자리에 앉으면서, 지갑에서 보오리의 수표를 꺼내서 그것을 그녀에게 건네 주었다.

"잠깐 이것을 봐요. 보는 바와 같이 한 장의 종이쪽지에 불과하지만, 이건 매우 흥미 있는 거요. 특히 이것이 내 진료소의 벽돌이나 시멘트로 변할 경우에는."

안은 눈을 빛내면서 볼에는 생기를 되찾았다. 잠시 동안 그녀는 모든 괴로움을 잊어버리고 프레스코트의 희망이 실현된 것을 보는 기쁨에 젖었다.

"드디어 염원이 이루어졌군요!"

"그렇소, 드디어!"

잠시 두 사람은 말이 없었다. 속력을 더한 열차는 때때로 용광로의 불꽃이나 네온의 간판, 불빛이 흐르는 아래를 돌진하고 있었다.

"자, 이번에는."

하고 프레스코트는 결심한 표정으로 말했다.

"당신 일을 이야기하지 않으면 안되겠군. 그러나 그 전에 먼저 식사의 상의를 합시다. 나는 수술을 한 후 커피를 마셨지만, 당신도 역시 그뿐이 아니오. 식당차로 가기엔 시간이 늦은 것 같고, 그렇지만 샌드위치나 뭐 마실 것 정도는 아직 주문할 수 있을 것 같소."

그는 초인종을 누르고, 보이에게 음식을 주문했다. 안은 배가 고픈 것은 아니었으나 여느 때와 마찬가지로 시키는 대로 먹기로 했다. 프라이드가 자기를 숨기도록 명하고 있는 것도 마음이 약해져서 뜻하지 않게 속을 드러내 보이지나 않을까 하고 그것이 매우 걱정되었기 때문이다.

프레스코트는 그녀가 원기를 되찾는 것을 기다려 진지한 표정으로 다시 말을 계속했다.

"당신에게 더 이상 감추고 있을 수는 없어요. 이것이 나에게 있어서는 큰 행복이라고 하는 것을. 어쨌든 견딜 수 없을 만큼의 슬픔이나 환멸을 실컷 맛보고 난 후에 자기의 진료소를 겨우 만들 수 있게 되었다고 생각하면 말이오. 그렇지만, 이것도 문제의 일면에 지나지 않아요. 당신이 하려고 하는 사업만 하더라도 역시 중대한 일이에요. 나는 보오리와 상당히 긴 시간을 서로 이야기했는데, 그는 당신에 대하여 보상을 하지 않으면 안된다고 생각하고 있고 거기에 당신에게 뭔가 해주고 싶다고 생각하고 있는 모양이오…… 아니, 이건 내 멋대로의 상상이 아니오. 그로서도 양심의 가책은 영구히 달라붙어 떠나지 않을 것으로 생각하며, 우리에게 약속한 것을 설마 잊을 수는 없을 것이고…… 설사 그것이 딸에 대한 사랑을 위한 것 뿐일지라도 말이오."

프레스코트는 그런 화제에 열중하면서 앞으로 몸을 가까이 하며 말을 계속했다.

"내일 아침, 당신의 우편함을 보구려. 당신들이 간호원을 위하여 발동한 대단히 과감한 캠페인에 대하여 상당한 헌금이 기대될 수 있다고 생각해요. 그러나 재정적인 문제가 전부가 아니오. 우리들의 친구 보오리는 국회의원의 의석을 바라고 있고, 다음의 선거에는—— 그렇소, 우리나라의 국회의원들이 얼마나 그것에 쏟아넣고 있는지 그것을 알 수 있겠지만—— 어떻게 해서든 출마할 의향이니까, 당선될 때에는 틀림없이 그 자신을 위해서도 현재와 같은 비참한 간호원의 생활조건에 대하여, 반드시 정부가 주의를 돌리도록 하겠다고 나에게도 약속했었소. 당신들의 캠페인이 확고하게 시작되어 있는 것을 보면, 그의 지지가 필요없을지도 모르고, 하물며 나의지지 같은 것은 문제가 되지 않겠지만, 그러나 당신을 위하는 것이라면 전면적으로 전력을 다할 것을 확실히 나는 약속해요."

안은 걱정이 되어 가슴의 고동을 진정시키기에 노력을 하고, 또 그런 그의 말에 답할 수 있는 침착성을 되찾고 있었다. 그러나 그녀의 대답은 묘하게 빗나간 말이 되고 있었다.

"선생님은 저에게 참으로 잘해 주시는군요."

하고 그녀는 중얼거렸다.

"상관없어요, 내가 어떻게 생각하든?"

프레스코트는 입가에 진지하고 또한 멜랑콜리한 미소를 띄우면서 되물었다.

"내가 당신을 사랑하고 있는 것은 당신도 알고 있을 거요. 이건 당신에게 감추려 해도 감출 수가 없기 때문이야. 하긴 당신은 나 같은 것은 없는 것이나 마찬가지인 모양이지만, 다만 당신의 친구라고 하는 것만은 허용해 주었으면 해요."

안은 마치 순교자와 같은 고통을 느꼈다. 그러나 프레스코트는 그녀의 얼굴을 보지 않고, 다만 옛날의 기억을 불러일으키면서 말했다.

"우리가 처음 만났을 무렵의 일을, 당신은 기억하고 있소? 그 자동차 사고가 있었던 후 함께 먹은 처음 식사 말이오. 나는 그다지도 바보였었는지! 우리는 단순히 의사이고 간호원일 뿐만 아니라, 한 사람의 남성이고 한 사람의 여성이라는 것을 어떻게 해서든지 감추려 하고 있었으니 말이오. 참으로 가련한 바보가 아니었을까. 그것만으로도 나는 벌 받아야 마땅하다고 생각하고 있어요. 아니 이렇게 벌을 받고 있어요. 엄한 벌을 말이오."

프레스토크는 자기를 상처 입히고, 안의 눈에 자신을 낮추어 보이거나 하는 것에 쓸쓸한 기쁨을 느끼고 있는 것 같았다.

"더군다나 전후의 분별도 없이 오로지 당돌하게 브린거웨어에서 내가 자신의 감정을 고백해 버린 그날의 일을 —— 당신이 나를 거부하고 비 속으로 도망쳐 가 버린 그날의 일을."

하고 그는 슬픈 듯이 말을 이었다.

"나는 자신의 동기를 변명하기 위하여 모든 논거를 갖추어 놓고 있었소. 그리고 말라빠진 노교수처럼 만약 우리가 결혼을 한다고 하면, 둘이서 매우 좋은 일을 할 수가 있지 않을까 하고 그런것도 설명할 작정이었소. 두 사람의 노력을 합하면 서로 도움을 줄 수가 있을 것이오. 나의 진료소나, 당신의 캠페인이나 공통의 생활 가운데서 공통의 목적을 나타낼 수 있을 것이다, 우리의 결합은 우리 두 사람의 이익을 다 같이 끌어낼 수 있을 것이다, 라고 말이오."

여기까지 말하고, 그는 어두운 기분이 되어 깊은 한숨을 몰아쉬면서 말을 맺었다.

"나는 아무래도 하나만은 잊을 수가 없어요…… 이것은 근본적인 일이며, 즉 허영심과 에고이즘에서 확실히 생각하는 것을 자신에게 거부마저 해 왔으나, 그것은 당신이 나를 사랑하고 있지 않다는 것, 절대로 사랑하는 일은 없다 하는 것 말이오."

억제하고 억제해 온 눈물로 눈앞이 보이지 않게 되고, 가슴의 고동이 열차의 리드미컬한 음향을 흡수해 버린 안은 그래도 아직 자기의 감정과 싸우고 있었다. 그런데 돌연 무리한 몸부림으로 괴로워하고 있는 안개 속에서 한 줄기의 빛이 빛났다. 이번에야말로 말하자, 주어진 찬스를 헛되이 놓치지 않으리. 완전히 거꾸로 되긴 했으나, 그녀는 최초와 최후로 만났을 때 조오가 극구 프라이드 따위는 무시하고 임해야 한다고 한 말을 생각해냈다. 두 손을 굳게 쥐며 용기를 있는 대로 짜내서 그녀는 떨리는 소리로 말했다.

"자신을 속이고 있었건 것은 저입니다. 선생님이 아닙니다."

프레스코트는 잘못 들은 것이 아닌가 하고 생각하면서 안을 지그시 응시했다. 그러나 갑자기 눈썹과 눈썹 사이에 새겨진 주름이 일시에 사라졌다.

지금 안의 입에서 나온 말도 그의 마음에 덮어 누르고 있건 무거운 돌을 완전히 제거해 버리는 만큼의 것은 아니었다. 그러나 안의 눈 속에는 그가 언젠가는 읽어 내리라 바랐던 것으로 확실히 읽을 수가 있었다. 프레스코트는 앞으로 몸을 내밀며 그 손을 쥐었다. 그것을 중얼거림이었다.

　"정말이오? 당신도 조금은 나를 사랑하고 있었다고 하는 말이?"

　그 일순 후, 그는 안의 옆으로 가고 안은 프레스코트의 품에 얼굴을 묻고 있었다.

　"벌써 몇 주일 전부터 저는 대단히 비참하리 만큼 괴로워하고 있었어요."

　그녀는 눈물에 젖으며 말했다.

　"저는 처음 뵈었을 때부터 선생님을 사모했습니다. 그렇지만, 그것을 자기 자신에게는 고백하려 하지 않았던 것이에요. 틀림없이 뭔가가 방해하고 있었던 거예요."

　"내가 바보였어! 쓸데없는 자존심을 버리지 못했던 거요!"

　"아니예요."

　하고 안이 웃으면서 동시에 눈물을 머금고 대답했다.

　"저야말로 바보였어요. 모두가 제 자존심 때문이었어요!"

　그는 커다란 손으로 눈물에 젖은 귀여운 얼굴을 안으며 그것을 키스로 덮고 있었다. 드디어 안의 마음에서 환희의 찬가가 불리워지고 있었다. 그리고 열차는 두 사람 앞에 휘황찬란하게 열린 미래를 향해서 그들을 인도하여 어둠속을 돌진하고 있었다.

사랑의 회리바람

2019년 12월 20일   인쇄
2019년 12월 25일   발행

지은이 | A. J 크로닌
옮긴이 | 이 상 길
펴낸이 | 김 용 성
펴낸곳 | **지성문화사**
등 록 | 제5-14호(1976.10.21)
주 소 | 서울 동대문구 신설동 117-8 예일빌딩
전 화 | 02)2236-0654
팩 스 | 02)2236-0655, 2236-2952